Auf fremden Beinen – ein Mann in transgener Bedrängnis

Von Conrad de Buer

Conrad de Buer

Auf fremden Beinen

Ein Mann in transgener Bedrängnis

Roman

Bibliografische Information der Deutschen Nationalbibliothek:
Die Deutsche Nationalbibliothek verzeichnet diese Publikation in
der Deutschen Nationalbibliografie; detaillierte bibliografische Daten sind im Internet über http://dnb.dnb.de abrufbar.

Lektorat und Coverbild: Alma Hatram

Herstellung und Verlag: BoD – Books on Demand, Norderstedt

ISBN: 978-3-7519-5715-1

Der Mensch ist ein Seil, geknüpft zwischen
Tier und Übermensch – ein Seil über einem
Abgrund
Nietzsche, *Also sprach Zarathustra*

1

Ob er sich auf einen Flug in den Weltraum einlassen würde, wenn er Gelegenheit dazu bekäme; das hatte Maria ihn rundheraus gefragt, als er neulich mit der Freundin eine Ausstellung über *ungelöste Rätsel des Sonnensystems* verließ.

Konrad war einer Antwort ausgewichen, um sich nicht zu blamieren. Tatsächlich hätte er bei einem solchen Exklusivangebot eher abgewinkt. Er war zu erdverbunden. Aufregung brauchte er nicht um jeden Preis. Gelegentlich musste er schon mal für seine Firma in den Flieger steigen, um eine Kaffeeplantage in einem fernen Winkel der Erde aufzusuchen. Das war ihm in seinem Leben allemal Weltraum genug. Also unter dem Strich, sollte man meinen, kein großes Thema, in dem für ihn und sein Schicksal etwas Vielversprechendes drinsteckte.

Andersherum hatte er aber auch keinen Grund, sich in der Ablehnung emotional zu verbeißen. Ein vergönnter Blick auf den einzigartigen blauen Heimatplaneten des Menschengeschlechts, das war kaum abzustreiten, und das hatte er Maria auch auseinandergesetzt, trug bestimmt etwas Berauschendes in sich. Nur wenige beneidenswerte Individuen hatten bisher die einzigartige Chance wahrnehmen dürfen, ihn zu genießen. Dass der Weltraum ihm sein zurückhaltendes Interesse, das überhaupt nicht feindselig gemeint war, einmal übelnehmen könnte und aus einer Revanchestimmung heraus sich seinerseits über Konrad hermachen könnte, auch das lag jenseits aller realistischen Erwartungen.

Für jenen 24. Juni, an dem Konrad Keller es gleichwohl mit dem Weltraum zu tun bekam, hatte der junge Mann völlig andere Pläne, als vielleicht in irgendeiner Weise abzuheben. Der vierundzwanzigste war ein Samstag. Da hatte er frei. Da war er mit Mechthild verabredet, seiner verführerischen jungen Bekanntschaft, die er ziemlich zeitnah und gleichermaßen erfolgreich wie Maria, seine andere verführerische junge Bekanntschaft, umworben hatte.

Die Dreiecksbeziehung, obwohl von ihm nicht zielstrebig herbeigeführt, sondern als zweifellos befristetes Sonderangebot vom Leben eher unerwartet bereitgestellt, war etwas vertrackt. Die Konstellation war auch nicht typisch für ihn, das sollte bloß keiner glauben. Im Allgemeinen bevorzugte er klare Verhältnisse. Die waren in diesem Fall aber nicht ohne weiteres sofort zu schaffen.

Es stimmte natürlich, Konrad liebte die Mädchen. Das war so, seit er zurückdenken konnte. Im Sandkasten schon hatte er lieber bei ihnen anstatt bei den Jungs gesessen und mitgespielt. Selbst in dem Alter, in dem man sich als Junge bei seinesgleichen ziemlich lächerlich machen konnte, wenn man sich mit einem Mädchen abgab, hatte er seine Gewohnheit, ohne Schaden an Leib und Seele davonzutragen, beibehalten. Auf der Schule, an der Universität, dann als frisch gebackener Berufsanfänger, immer kam er gut klar mit den Vertreterinnen der holden Weiblichkeit und hatte umso mehr das positive Gefühl, an einer richtigen Stelle angekommen zu sein, je mehr von ihnen um ihn herum in Erscheinung traten.

Dabei war er kein Schürzenjäger und im Beisammensein mit sympathischen Damen beileibe nicht bloß am Thema Sex interessiert. Im beruflichen Umgang mit ihnen hielt er stets auf Correctness. In seinen privaten Beziehungen wiederum suchte er ehrlichen Herzens nach

Beständigkeit, was aber bisher nicht gut gelang. Vielleicht war Konrad einfach noch zu jung dafür.

Es war, das sprach wiederum für seine unkomplizierte Art, auch noch niemals dramatisch verlaufen, wenn eine Liaison ausklang. In keinem Fall war zugleich die rein menschliche Seite der Beziehung zu einem Mädchen zu Bruch gegangen, nur weil die erotischen Aspekte und Ansprüche auf einmal ausdünnten. Meist passierte das sogar auf beiden Seiten, dass das Verliebtsein nachließ. Hinterher verkehrte man rein freundschaftlich möglichst entspannt weiter miteinander. Das funktionierte aus Konrads Sicht erstaunlich gut. Er kannte andere Dramen, da schien Mann und Frau sich die Augen auskratzen zu wollen.

In einer für seine Persönlichkeit charakteristischen Weise war es so, dass ein Mädchen oder eine junge Frau, mit der Konrad in Beziehung trat, bald seine ungezwungene, aufrichtig wirkende Umgangsform zu schätzen wusste. Der junge Mann ließ unaufdringlich eine Strähne von Einfühlsamkeit herabfallen, wie sie bei Männern im Allgemeinen selten eine große Gabe ist, an der sich für ein weibliches Wesen aber gut festzuhalten war. So oder so ähnlich hatte ihm die eine oder die andere das schon mal zu erklären versucht, wenn sie zu dem Ergebnis gekommen war, dass sich eine entspannte Zutraulichkeit bei ihr zu ihm entwickelt hatte oder auch wenn ein Begehren entstanden war, sich für ein paar Augenblicke emotional fallenzulassen, wo sie doch das sichere Gespür hatte, von Konrad später sanft aufgehoben zu werden.

Mal endeten solche Situationen im Bett, mal aber auch nur bei einer Flasche Wein am Küchentisch. So oder so war am Ende bei dem Mädchen oder der jungen Frau das Gefühl entstanden, dieser Portion ihrer mit Konrad zugebrachten Lebenszeit jedenfalls nicht nachtrauern zu müssen.

Am dreiundzwanzigsten, also am Tag vor seinem Date mit Mechthild, war bis zum Nachmittag überhaupt noch nicht ausgemacht, dass er sich gerade mit ihr verabreden würde. Es hätte von seiner Bereitschaft her genauso gut ein *Stelldichein* mit Maria werden können. Alle beide Bekanntschaften hatte er vor vier Wochen gemacht, letztere in beruflichem Zusammenhang bei einem Empfang in seiner Firma; Mechthild einen Tag später in einem Frisiersalon, als er sich endlich mal wieder auf dem Kopf ordentlich herrichten ließ.

Eine schnelle Entscheidung zu treffen, war von Anfang an äußerst schwierig. Beide junge Frauen waren attraktive Erscheinungen, und sie wussten mit ihren weiblichen Reizen selbstbewusst umzugehen. Beide waren sie Damen auf der beruflichen Erfolgsleiter: Maria in der Geschäftsleitung einer kleinen, aber feinen Kaffeerösterei; Mechthild als Inhaberin des erwähnten Frisiersalons, den sie mit acht Beschäftigten betrieb und profitabel gemacht hatte.

Dass seine beiden Neuentdeckungen sich in der Ausstattung mit körperlichen Attributen kontrastreich ergänzten, anstatt ihn synchron zu langweilen, machte eine Entscheidung nicht leichter. In diesem gefühlsgeladenen Schicksalsgeflecht musste Konrad erst einmal nachdrücklich das aktuelle Angebot sondieren. Damit kam er schnell voran und in jedem Einzelfall voll auf seine Kosten, ohne dass er jedoch eine zusätzliche verlässliche Orientierungshilfe an die Hand bekommen hätte.

Bei Mechthild fand er eine glattrasierte Muschi vor; nicht die allerkleinste Stoppel war irgendwo übersehen und stehengelassen worden. *Das kommt jetzt voll in den Trend auf dieser Etage*, behauptete sie. Aufregend war das allemal, fand Konrad, obwohl er sich nicht sicher war, wie der zur vollkommenen Einsicht freigegebene Kampfplatz der besonderen Art längerfristig auf ihn wirken würde.

Da er gerne über solche Angelegenheiten sprach, wenn die Situation dazu anregte, brachte er bald darauf in Erfahrung, dass Maria, die oberhalb der zartesten Gegebenheit ihrer liebreizenden weiblichen Anatomie eine unaufdringliche Frisur kunstvoll beibehalten hatte, eine andere

Auffassung dazu vertrat. *Du würdest doch bestimmt auch nicht wollen, dass ich oben auf dem Kopf mit einer Glatze herumlaufe,* hatte sie gesagt und ein wenig die Nase gerümpft. Er war verblüfft. *Natürlich nicht,* war seine vorsichtige Antwort gewesen. Tatsächlich hatte er diese Perspektive noch nicht in Betracht gezogen.

Zugleich wurde ihm bewusst, dass jeder dieser hochspezialisierten Intimpflegefälle sein eigenes Reizpolster hatte. Außerdem war Mode immer ein fließendes Geschehen. Um sich für eine privilegierte Bindung zu einer der beiden Freundinnen zu entscheiden, brauchte er solidere Gesichtspunkte jenseits der kurzen Aufregungsphasen.

Da war in der letzten Woche vor dem vierundzwanzigsten, gerade während des Besuchs der oben erwähnten Ausstellung, auf einmal das Gefühl in ihm wach geworden, dass Maria mehr als Mechthild von der verlockenden Gemütsschwere eines weiblichen Ego in sich trug, in der er glaubte besser ruhen zu können, um eine längere Lebensstrecke mitgeführt zu werden. Er war fünfundzwanzig. Er war beruflich arriviert. Er dachte in der letzten Zeit häufiger schon mal an so etwas wie Familie. Irgendwann sollte es doch mal werden. Er glaubte fest dafür geschaffen zu sein.

Weil jedoch der vierundzwanzigste sich als ein Tag herausstellte, an dem Maria aus beruflichen Gründen gar nicht würde abkömmlich sein können, fasste Konrad die Konstellation dahingehend auf, dass das Schicksal ihm die Gelegenheit hatte geben wollen, an diesem schönen warmen Sommertag noch ein letztes Mal sich die Glattrasur erwählen zu dürfen, bevor von ihm die Dreiecksbeziehung schicklicherweise würde aufzuheben sein, um der Entstehung von Gemütsverletzungen vorzubeugen, die er für keinen von ihnen drei wünschte.

Elbe oder Alster? Sie hatten abgemacht, bis zum Mittag in der Sonne zu relaxen, um nach einem gemeinsamen Mittagessen herauszufinden, wie das frühsommerliche Sonnenangebot auf ihren Hormonhaushalt gewirkt hatte.

Elbstrand Övelgönne? *Zu voll*, sagte Mechthild. Rotherbau an der Außenalster? *Zu steril*, wandte er ein. Also verlegten sie die endgültige Entscheidung bis zum Fahrtantritt.

Er verließ nach den Nachrichten das Haus. Staumeldungen keine. Auch sonst nur Belanglosigkeiten. Ein ausgedienter Satellit wollte partout wieder in seine irdische Heimat zurück. Zwischen dem 50. Breitengrad Nord und dem 50. Breitengrad Süd stand seine Ankunft zu erwarten. Irgendwann in diesen Tagen. Das meiste von dem Schrott würde ohnehin verglühen. Man vermied in der Berichterstattung jedes überflüssige Wort, jeden besonderen Tonfall, was für Beunruhigung hätte sorgen können.

Am Elbstrand Wittenbergen fanden sie sich schließlich ein und versuchten, die hinter ihnen liegende harte Arbeitswoche abzustreifen. Er hatte allerlei Achtung davor, wie Mechthild ihr kleines Geschäft im Griff hatte. Jedes Wochenende hatten zwei der Friseurinnen frei. Reihum. Und die Chefin sparte sich dabei nicht aus. Zum Gelingen ihres heutigen Dates. Er musste eher selten am Samstag in der Firma auflaufen. Auch sein eigener Chef hatte den Laden gut im Griff.

Irgendwann wurde Konrad unruhig auf der gemeinsamen Decke. Zuvor war er einfach weggedöst. Jetzt schielte er von der Seite auf die sanft wogenden Brüste von Mechthild unter ihrem knappen Bikinioberteil und hatte das Gefühl, dass seine Schläfrigkeit vorbei war.

Ein jungenhafter Spieltrieb erfasste ihn. Noch in Rückenlage verbleibend, verschob er seinen athletisch gebauten Körper, bis er mit dem von Mechthild einen nahezu gestreckten Winkel bildete. Ihre Hinterköpfe berührten sich. Dann, mit einer geschmeidigen Rolle zur Seite, brachte er sich in die Bauchlage, hob seinen Kopf in die Höhe und schob ihn in der dem Blicke sonderbar anmutenden Verkehrung langsam über das feine, von mittellangen blonden Haaren umrahmte Gesicht von Mechthild, die immer noch die Augen geschlossen hielt und so tat, als ob sie schlief oder vielleicht tatsächlich schlief.

Als er ihre jetzt stärker wogenden Brüste aus der veränderten Position auf sich zugleiten sah, konnte er gar nicht anders, als ihren Mund mit dem seinigen anzusteuern und den inspirierenden Kontakt der Lippen herbeizuführen. Gerade in diesem Augenblick brachte sich der Weltraum in Erinnerung.

Konrad glaubte zunächst, Mechthild mit ihrer recht hohen Frauenstimme habe angefangen zu summen. Ein wenig verdutzt realisierte er, dass das gar nicht sein konnte, wenn er ihr durch Küssen den Atem nahm. Da war aber aus dem Summen schon ein Pfeifen geworden, und inmitten der schrillen Kakophonie in seinem Gehör entzündete sich ein Blitz in seinem Bewusstsein, bevor eine schwarze Leinwand das Filmende anzeigte. Konrad war nach dem dumpfen Schlag, der ihn erschütterte, sofort besinnungslos geworden.

2

Wie sich herausstellte, war der Film wohl nur angehalten worden. Irgendwann lief er mit furchtbar überbelichteten Einstellungen holprig und ständig von Überblendungen entstellt wieder an. Die Handlung war von steriler Eintönigkeit und geisterte ohne Ton. Als erstes glaubte Konrad das Gesicht seiner Mutter zu erkennen. Auch der Vater und die geliebte Schwester Sandra traten nach und nach in Erscheinung, bevor jemand oder etwas, das die Macht darüber hatte, die Vorführung wieder abbrach.

Ein Zeitempfinden wollte sich auch dann noch nicht einstellen, als sich die Szenen wiederholten und einen nachhaltigeren Eindruck hinterließen, für den die Tonspur jetzt schon ein Rauschen freigab, das sich nach und nach klanglich ausdifferenzierte.

Einmal war es dann so weit, dass sich die Zweifel an der Selbstgewissheit vorsichtig abschütteln ließen: Er lebte noch. Das Nachdenken darüber tat ihm aber nicht gut. Ein weiteres Mal schwanden ihm die Sinne, bevor das Leben, die hartnäckigste aller komplexen Eigenschaften des Organischen, sich in seinem drangsalierten Körper doch noch behauptete.

Einsam lag er in jenem kostbaren Augenblick, da ihn der Gedanke von einem zurückgewonnenen Leben durchflutete, inmitten von Apparaturen, war an Schläuchen angeschlossen und spürte Schmerzen in den Beinen. Hin und wieder huschte ein weißes Wesen durch den trunken schwankenden Raum und gönnte sich einen flüchtigen Blick in die Richtung seiner Liegestatt. So viel noch an virtueller Energie war unverdorben in ihm zurückgeblieben, dass ihm seine Umgebung bald als eine moderne Krankenstation bewusstwurde. Doch eine Erinnerung an das, was vorgefallen war, sodass es ihn hierher verschlagen hatte, meldete sich nicht.

Noch ein letztes Mal schließlich kapitulierte sein morbides Bewusstsein vor der Fülle der ihm zugemuteten Anstrengungen und sackte weg. Als er aus dieser neuerlichen Dunkelheit zurückkam, hatte er die Todeszone mit einem ausreichenden Sicherheitsabstand hinter sich gelassen.

Der unerwartete Blick in das unverhofft hübsche Gesicht der Krankenschwester, die sich gerade über ihn gebeugt hatte, um eine Kanüle zu überprüfen, war für ihn wie der Kuss für das Dornröschen in dem anrührenden Märchen, und er inspirierte ihn zu einer beinahe heiteren Stimmung, die dem wahren Zustand seiner Genesung doch um Lichtjahre voraus war.

„Wie heißen Sie, Schwester?" Oh, er konnte sprechen! „Ich bin ..."

Er stockte. Er entsetzte sich. Die vergleichsweise junge Krankenpflegerin, sichtlich überrascht von dem Resultat ihrer Routinebetreuung, blickte mit gespannter Aufmerksamkeit in das Gesicht des bedauernswerten Patienten. Sie war sich des Umstandes bewusst, dass dies jetzt ein sehr kritischer Augenblick war, als dem jungen Mann, der trotzig die Augen geschlossen hatte, die Mundwinkel zu zucken begannen. Er legte seine Stirn in Falten, stöhnte und rang nach Worten, um seinen ungestüm begonnenen Satz zu Ende zu sprechen. Da kam ihm endlich die Erlösung.

„Ich heiße Konrad Keller. Jetzt werden Sie Ihren Namen doch nicht länger verschweigen!"

„Sie dürfen mich Schwester Tanja nennen."

„Schwester Tanja!"

Konrad seufzte und schloss noch einmal die Augen. Die nachfolgenden Worte waren nur noch schwach zu hören, doch Schwester Tanja befand sich nahe genug an der Tonquelle, dass sie den vor ihr Liegenden fragen hören konnte:

„Haben Sie etwas dagegen, wenn ich die Schwester einfach weglasse?"

Möglicherweise war für Konrads Lebenskräfte der Konversation für diesmal bereits zu viel getan. Doch der lange Schlaf, in den er von der einen auf die andere Sekunde noch einmal zurückfiel, erfrischte ihn am Ende wirklich.

Als er das nächste Mal erwachte, hatte er den Eindruck, dass seine Erinnerung den verlorengegangenen Anschluss an das Zeitkontinuum suchte, ohne sogleich für die Bemühungen belohnt zu werden. Lange konnte er sich mit dem Problem aber nicht beschäftigen, denn eine aufmerksame Regie schien dafür gesorgt zu haben, dass er endlich doch von denen begrüßt werden durfte, die mit Ungeduld und bangem Herzen die Begegnung lange herbeigesehnt hatten.

Nach und nach schlichen sie herein, als erstes seine Mutter mit rot verweinten Augen in einem Gesicht, in dem erst in diesem Augenblick das Glück für sich einen gebührenden Platz beanspruchen durfte. Dann seine liebe kleine Schwester, die gar nicht mehr klein, sondern bloß vier Jahren jünger war als er. Zuletzt, auch in diesem bewegenden Moment um korrekte Haltung bemüht, sein Vater.

Konrad verstand nicht sogleich, warum bei einem Krankenbesuch unbedingt so viele Tränen fließen mussten. Er fühlte sich, bis auf die Schmerzen in den Beinen, eigentlich ganz prima. Erst als man davon sprach, weil die Konversation alles in allem doch recht stockend vorankam, dass für Ende August die Temperaturen draußen doch recht enttäuschend seien und gerade an dieser Stelle des Gesprächs Konrad, wie in einem Nachblinken der letzten Erinnerung vor dem Filmriss sich mit Mechthild auf einer Kuschelecke in der Sonne liegen sah, wurde er plötzlich ganz kleinlaut. Sein Versuch, die Befangenheit durch ein forschendes Fragen aus der Welt zu schaffen, schlug aber fehl. Stattdessen hatte er schon alsbald das unangenehme Gefühl, dass ihm etwas Bedeutsames verschwiegen wurde.

„Du hast einen schweren Unfall gehabt", sagte mit gewichtiger Stimme der Vater, hinter dessen breitem Rücken die Mutter, die ihr neuerlich aufgekommenes Weinen vor den Blicken Konrads abzuschirmen suchte, sich unauffällig schnäuzte.

„Du musst jetzt erst einmal wieder zu Kräften kommen, Großer, Und du musst dich vollkommen erholen. Das ist jetzt das Allerwichtigste."

So äußerte sich die Schwester; auch sie war außerstande, den feuchten Schimmer in ihren Augen zu verbergen. Sie schien gleichwohl Recht zu behalten. Denn Konrad wurde gleich darauf wieder sehr müde. Das zurückgewonnene Leben in ihm sah wohl darin den vielversprechendsten Weg, sich vor einem vorzeitigen Verschleiß zu schützen, indem es sich oft und lange in den Armen des Schlafes barg.

Noch war es nicht so, dass die Zeiten des Einschlafens und des Aufwachens von durchschaubarer Regelmäßigkeit geprägt und die regulären Bewusstseinsphasen, die davon begrenzt wurden, in ihrer Dauer verlässlich zu kalkulieren gewesen wären. Ein Zeitgefühl war dem vorsichtig genesenden Patienten überhaupt wohl erst rudimentär wiedererstanden.

Seit dem Schrecken, der in ihn gefahren war, als man in dem schleppenden Gespräch der Eltern und

Geschwister den Sommer gewissermaßen schon verabschiedet hatte, vermied es Konrad, sich wie auch immer des aktuellen Datums seines neu gewonnenen Weltbürgertums zu versichern. Hingegen schien er etwas anderes doch deutlich zu vermissen und mit den bescheidenen Mitteln in seinem hilflosen Dasein um Behebung des Mangels bemüht zu sein.

Es fiel nämlich bald auf, dass immer dann, wenn nach einer Phase des Schlafens sein Bewusstsein sich zurückmeldete und die Augen mit vorsichtigem Blinzeln ihren physiologischen Dienstauftrag zu erfüllen begannen, sie sogleich im Rahmen des eingeschränkten Freiheitsgrades, den die Bettlägerigkeit heraufbeschwor, im Raum umher zu wandern begannen, als ob sie nach irgendetwas oder nach irgendjemandem Ausschau hielten.

Mehrfach bereits waren sie dabei nicht erfolgreich gewesen. Das rief in dem Blick, sobald er die Vergeblichkeit seiner Bemühungen erfahren hatte, jedes Mal einen Eindruck von Enttäuschung hervor, die er an die anderen am Zustandekommen einer Gemütsbewegung beteiligten Instanzen sogleich weitergab. Unter Seufzen löste sich die Muskelanspannung, deren der umherschweifende Blick zum Zwecke seiner Aufrechterhaltung bedurft hatte und gab die noch leidlich souveränen oberen Gliedmaßen wieder frei, auf dass sie erschlafften und unter das weiche Bettzeug sich zurückzogen.

Die Augen aber, weil sie ihre Pionierrolle bei der Wahrnehmung und Verarbeitung eines ersehnten Eindrucks nicht hatten meistern können, schlossen sich und sorgten dafür, dass irgendjemand, so er sich am Krankenbett des Patienten aufgehalten hätte, im Unklaren darüber würde verblieben sein, wie es um den Bewusstseinszustand des jungen Mannes tatsächlich bestellt war.

Am Ende eines solchen Wechselspiels der Sinne, dem eine ausgedehnte Schlafphase auf dem Fuße folgte, war es auch schon mal geschehen, dass Konrad erneut in die Wachphase eintrat, als die Krankenstation ganz den

Eindruck machte, als existiere sie bloß als ungenutzte und verwaiste Nebendimension der unendlichen Raumzeit. Abgedämpfter Glanz fiel herein, diffuse Lichtsprenkel tasteten plump und anspruchslos an der Erregbarkeit der Sehzapfen. Bedrückende Stille umhüllte das mit der Fülle des Lebens nur noch lose verbandelte Gemüt, schnürte es nach und nach ein im unaufhaltsamen Vormarsch der inhaltsleeren Minuten.

Nicht zuletzt bedrängten die gekünstelten technischen Sphären eines unbezähmbaren menschlichen Überlebensfanatismus die verstörte Seele des vereinsamten Patienten mit einem eintönigen, streng getakteten Pochen und Klicken aus der allgegenwärtigen medizinischen Apparatur, die den Armseligen bedrohlich umgab. Am Anfang doch kaum hörbar, schienen die verhaltenen akustischen Schwingungen aus den technischen Klangkörpern sich geisterhaft zu verstärken, verabredeten sich zu launigen Überlagerungen, vernetzen sich auch schon mal verschwörerisch zu einem Bedrohungsgeflecht von tonaler Urgewalt, dem sich Konrad mitunter so einverleibt fühlte wie der im Gewebe einer Riesenspinne gefangen gehaltene Käfer, während er von den angeregten Verdauungssäften seines erbarmungslosen Fressfeindes gierig erwartet wird.

Dann wiederum erwischte er für das Aufwachen einen lichteren Zustand in einer räumlichen Flora von emsigster Geschäftigkeit. Weiße Kittel flatterten herein, flatterten wieder heraus, flatterten an seinem Bett vorbei. Der Anblick eines jeden von ihnen ließ spontan sein Herz höherschlagen, bis er nicht mehr ignorieren konnte, was sich darin verbarg.

Zuletzt schon mehrfach war seine Stimmung heftig umgeschlagen, wenn beim Anblick eines dahinschwebenden Schwesternkittels seine Phantasie auf einmal Flügel bekam, um gleich darauf an derselben wuchtigen, massigen Gestalt mit dem breiten fleischigen Gesicht zu verbrennen, wenn die plumpen Konturen aus ihrer von purer Wunschvorstellung getragenen Entrückung heraustraten. Bis es endlich mit der Frage an die allgegenwärtige Schwester Roberta aus ihm herausplatzte:

„Wo ist denn eigentlich Schwester Tanja? Ist sie etwa nicht mehr in dieser Abteilung?"

Aus dem Kittel heraus glotzte es ihn böse an.

„Dass unsereins auch mal ausschlafen muss und nicht auf alle Ewigkeit eine Schicht an die nächste reihen kann, das geht den jungen Herren von heute wohl schwer ein", sagte sie.

Wäre Konrad nicht plötzlich wieder so unsäglich müde geworden, hätte er bestimmt nicht lockergelassen und weiter nachgefragt. So aber fiel seine Anteilnahme auf einmal in sich zusammen, wurde jedoch gleich darauf, ohne dass es den Organismus übermäßig beanspruchte, von den nachgeschobenen Worten der Schwester Roberta, die wie aus der Ferne an sein Ohr drangen, heftig inspiriert.

„Schwester Tanja wird ab morgen mit ihrer Frühschicht auf dieser Station weitermachen."

3

Schwester Tanja! Mit ihr hatte Konrad, aus einer abgelaufenen Zeit seines Lebens kommend und in eine neue, ungewisse hinübergleitend, seine erste mitmenschliche Begegnung gehabt. Schwester Tanja war ihm unfreiwillig die Hebamme bei seiner klinischen Neugeburt gewesen. Und in dieser Begegnung ging es Konrad Keller mit Schwester Tanja nach den Regeln der ersten, unwiderruflichen Prägung wie den frisch geschlüpften Graugänsen mit ihrem Übervater, dem Vornamensvetter und Verhaltensforscher Konrad Lorenz, von dem das possierliche Getier bekanntlich nicht mehr lassen konnte.

Ganz im Gegensatz zu den von Konrad gehegten Erwartungen ließ sich der tatsächliche Schicksalslauf von dem Schichtwechsel des folgenden Tages nicht beeindrucken. Konrad wurde sogar, der Tag hatte noch nicht einmal begonnen, kurzzeitig wach, wie von einer aufgepeitschten Hoffnung geweckt, schlief aber angesichts der stillen, lichtarmen Ödnis, die ihn umgab, sofort wieder ein, ohne Schwester Tanja ansichtig geworden zu sein.

Er nahm kaum wahr, dass man sich bald darauf an seinen Beinen zu schaffen machte und Verbandsmaterial erneuerte. In die Apathie hinein, von der er nicht ahnte, dass sie ihm verordnet war und hinterlistig beigebracht von dem, was unsichtbar, zuverlässig dosiert und zeitlich abgestimmt seinem Körper aus den von außen eindringenden Kunststoffadern zugeführt wurde, spürte er nur jenen dumpfen Schmerz in seinen Beinen, der ihn mit schwankender Intensität, doch nachhaltig gemahnte, dass irgendwo in diesen zur Ruhe verdammten Beinen das Epizentrum der diabolischen Empfängnis steckte, die jener noch im Dunkeln seiner Erinnerung steckende Unfall, von dem der Vater sprach, herbeigeführt hatte. Alle umschlichen sie das Thema seiner Beine wie die katholische Kirche das Mysterium der unbefleckten Empfängnis. Nicht einmal hinlangen mit seinen Händen vermochte er, weil eine dicke Verpackung unten im Bündnis mit dem immer noch geringen Bewegungsspielraum in der Liegehaltung den neugierigen Tastsinn erfolgreich ausbremste.

Auf 11 Uhr ging es zu, als die segensreichen Gifte ausgeschwemmt waren und den lebensgierigen Geist wieder freigaben. Da reichte ein Räuspern, um ihn hellwach werden zu lassen, und in die Überraschung hinein, die ein unerwarteter Anblick in ihm auslöste, ließ es ihn sogar die zierliche Schwester Tanja übersehen.

Hochgewachsen ragte er neben seinem Bett in die Höhe. Hager und leicht vorgebeugt stand er da. Und einen festen prüfenden Blick, vor dem sich Konrad am liebsten unter die Bettdecke verkrochen hätte, ließ er auf den schwerversehrten jungen Mann in dem wuchtigen Klinikbett herabfallen. Neben ihm, mit einem Schreibblock in der Hand, im Männchen-Format, der Assistenzarzt. Hinter dem schrecklichen Duo, in gebührendem Abstand, waren zwei

Krankenschwestern festgewachsen, die stationären Satelliten für den lebendigen Gott in Weiß. Nein, keineswegs. Er, der Gott, trug beinahe Zivil am hageren Körper. Auch keinen Gedanken mehr daran, unter der Bettdecke zu verschwinden, verschwendete Konrad, als er erkannte, dass es sich bei einem der beiden Satelliten um Tanja handelte, die teilnahmslos zur Seite blickte.

„Guten Tag, Herr Keller. Ich bin Professor Knippschild, der Sie in den letzten Wochen medizinisch versorgte. Ich beglückwünsche Sie zu Ihrem bemerkenswerten Lebenswillen, der uns sehr geholfen hat, Sie durch eine schwere Zeit hindurchzubringen."

Nun war es wohl soweit, dass eine befugte und kompetente Person ihm Aufschluss geben würde über das, was sein persönliches Schicksal mit ihm angestellt hatte. In ein künstliches Koma hätten sie ihn versetzen müssen. Der hohe Blutverlust. Komplikationen bei der Wundheilung und eine hochgradige Stresssituation für den Organismus. Eine Menge Zeit sei dabei verstrichen, und nicht in jeder Minute während dieser Zeit seien er und sein Team sich sicher gewesen, ihn am Leben erhalten zu können.

Konrads geducktes Gemüt zog sich noch eine Weile weiter zurück, um auf halber Strecke des Vortrags in die Gegenrichtung zurück zu schwingen und optimistisch zu expandieren, in der nunmehrigen Gewissheit, dass all die schweren, kritischen und hoffnungsarmen Momente doch zweifellos hinter ihm lagen.

Er lebte. Er war bei Bewusstsein. Er fühlte sich beinahe wohlauf. Hatte es denn nicht etwas Erhebendes an sich, Zeuge einer Selbsterfahrung zu werden, wie ein schweres Schicksal drehte und wie sein Leben, das schon in den Sog des Verlöschens hineingeraten war, im letzten Moment noch einmal aus dem Dunkel herausgezogen wurde und einer unzeitgemäßen Bestimmung entwischte? Oh ja, er hatte sich bester Gesundheit erfreut, er war körperlich gut trainiert und seelisch in einer ausgeglichenen Verfassung gewesen. Eine eiserne biologische Reserve für Zeiten, in denen es vielleicht einmal auf der Kippe stand, war ein Pfund gewesen, mit dem sein robuster Organismus zweifellos hatte wuchern können.

Konrad hatte während des Vortrags des Professors zwischenzeitlich mehrfach seine Augen geschlossen, um nicht zu viel von seiner Gemütsbewegung nach außen preiszugeben. In die aufkommende Erleichterung hinein öffnete er sie wieder, gelangte zu einem entspannten Lächeln auf den Lippen und hätte spürbar emotional gestärkt seine erste Unterredung mit dem Professor hinter sich gebracht, wäre nur nicht jener verspätet gesprochene Satz gewesen, der die Szene veränderte und die Lichtverhältnisse in seinem Gemüt von der einen auf die andere Sekunde auf den Kopf stellte:

„Unter diesen Bedingungen", so äußerte sich nämlich der Professor, „ist es bedauerlich, dass Ihre Beine für eine weitere Verwendung nicht mehr zu gebrauchen waren. Wir haben sie trotzdem erst einmal funktional gelagert für den Fall, dass Sie Wert darauf legen sollten, sich von ihnen zu verabschieden."

Von der Heimtücke dieser Botschaft niedergestreckt, lag Konrad da und rührte sich nicht mehr. Das wiedergewonnene Leben versank vor seinem inneren Auge in einem Schlammpfuhl, und Wildschweine, die darin suhlten, machten sich über seine abgesonderten und abgestorbenen Beine her und knabberten unter lautem Grunzen genüsslich an ihnen herum.

Noch hatte der Professor nicht zu Ende gesprochen. Doch seine Worte schienen nunmehr entrückt. Wie von einer schallschluckenden Wand abgedämpft, erreichten sie schüchtern Konrads Ohr, und mit einer deutlichen Zeitverzögerung, wie große Entfernungen sie jeder akustischen Übertragung zumuten, erschloss sich für den schockierten Patienten ihr Sinngehalt. Endlich wurde es still. Als Konrad die Augen wieder öffnete, war die Delegation des medizinischen Sachverstandes weggerauscht.

Auf seinem Bauch lag eine rote Mappe. Schwerfällig kamen ihm die Worte des Professors wieder in den Sinn: *Alles, was Sie über Ihren Unfall wissen sollten, steckt in dieser Mappe. Ihre sympathische Schwester hat keine Mühen gescheut, das zugängliche Material für die Familiengeschichte zu sammeln und zu bewahren.*

Konrad zögerte. Sein Herz pochte. Dann, mit einem tiefen Atemzug, legte er die Mappe erst einmal beiseite. Die augenblickliche Schwäche, die er in sich spürte, ließen es ihn nicht angeraten erscheinen, sich gleich allen Problemen auf einmal zu stellen. Er legte sich zurück und ließ mit geöffneten Augen, gegen die Decke starrend, das soeben Vernommene nachwirken. Er hätte nicht sagen können, wie lange er in dieser Haltung verblieben war, als Schwester Tanja den Raum betrat. Sie hatte ihre Alltagsmimik wieder aufgesetzt und sah ihn freundlich, mit einer deutlichen Spur von Mitgefühl, an.

Sogleich wandte Konrad sich an die Person, die als einzige ihm bisher an diesem Ort vertraut geworden war.

„Ich bin ein Krüppel fürs ganze Leben. Haben Sie das gewusst, Schwester Tanja?" Konrad vergaß in diesem Moment, dass er auf die *Schwester* hatte verzichten wollen.

Schwester Tanja schlug die Augen nieder.

„Der Professor hat darauf bestanden, dass niemand außer ihm selbst Sie über Ihre Lage aufklären darf. Auch Ihre Angehörigen haben sich an diese Anweisung gehalten."

„Sie haben das doch eben mitbekommen", ereiferte sich Konrad. „Können Sie für meinen Seelenfrieden auch nur den kleinsten Vorteil darin entdecken, dass dieses Ungeheuer von Professor und nicht meine Mutter oder meine Schwester mir verrieten, dass ich keine Beine mehr habe?"

Schwester Tanja schwieg eine Weile. Doch sie setzte sich vorsichtig auf den Seitenrand seines Krankenbettes und blickte ihn teilnahmsvoll an.

„Sie haben sicher recht; eine Glanzleistung von Einfühlsamkeit war das soeben nicht. Doch wer sonst hätte aus medizinischer Sicht über den richtigen Augenblick einer so schwerwiegenden Mitteilung befinden können. Und bedenken Sie, der Mann, der vor Ihnen stand, hat Ihnen Ihr Leben gerettet. Ihr Fall war mit das komplizierteste, was seit langem in diesem Krankenhaus behandelt wurde. Professor Knippschild ist eine außergewöhnliche Kapazität als Chirurg."

„Leben!" brach es aus Konrad heraus. „Ein Leben im Rollstuhl. Was soll das für ein Leben sein?"

Schwester Tanja schüttelte missbilligend den Kopf.

„Ein Leben, auch wenn es schwerer zu führen ist als ein anderes, ist und bleibt ein einzigartiges Geschenk. Sie sollten es nicht geringschätzen. Sie sind jung. Und die Medizintechnik ist weit fortgeschritten. Sehen Sie den Zustand, in dem Sie sich jetzt befinden, nicht als den letzten und vor allem nicht als den bestmöglichen an. Sie werden demnächst noch häufig mit dem Professor reden müssen. Seien Sie zuversichtlich! Wenn es jemanden gibt, der für Sie ein Optimum an Lebensqualität zurückgewinnen kann, dann ist er es."

Die Ansprache von Schwester Tanja, die in einem beinahe feierlichen Tonfall gehalten wurde, durchströmte Konrads Gemüt wie ein warmer Quell. Mit einem tiefen Gefühl von Zutraulichkeit, jenem nicht unähnlich, was der Goldjunge Konrad in seinem früheren Leben bei manchem Mädchen, bei mancher jungen Frau hervorgerufen hatte, wandte er sich Schwester Tanja zu:

„Ach bitte, Schwester Tanja, halten Sie für einen Augenblick meine Hand. Ich möchte Ihre Nähe spüren und mich für Ihre beruhigenden Worte bedanken."

Ohne weitere Umschweife streckte er seine Linke aus, und die Krankenpflegerin nahm sie in ihren eigenen warmen Händen unter die Obhut, wobei sie streng darauf achtete, dass ihrer Geste von pflegerischer Fürsorglichkeit kein weiteres Gefühlsmoment beigegeben war. Ihr junger Patient schloss seine Augen und verhielt sich ruhig.

Bald aber konnte er die Frage, die ihm wohl auf der Zunge lag, nicht mehr zurückhalten.

„Können Sie sich erklären, warum mich meine Freundin Mechthild, mit der ich vor meinem Unfall zusammen war, noch nicht besuchen kam?"

„Wenn Sie die junge Frau meinen, die bei Ihrem Unfall mit dabei war – ich glaube, sie stand damals unter schwerem Schock. Danach kann es leicht passieren, dass ein Leben sich verändert."

Konrad schwieg eine Weile. Dann hatte er eine weitere Frage:

„Aber warum ist Maria nicht gekommen? Sie war nicht dabei und kann nicht unter Schock gestanden haben."

Schwester Tanja blickte überrascht in sein Gesicht.

„Wer ist Maria? Vielleicht eine weitere Freundin von Ihnen? Sie wollen mir doch jetzt nicht alle aufzählen."

Konrad schüttelte den Kopf.

„Ich hatte mich zwischen den beiden noch nicht entscheiden können. Aber ich hatte vor, die Angelegenheit zu klären. Ganz ehrlich."

Schwester Tanja versuchte, dem Patienten vorsichtig ihre Hände wieder zu entziehen. Doch Konrad hielt daran fest.

„Herr Keller, Ihre Privatangelegenheiten gehen mich eigentlich gar nichts an. Doch wie ich die Sache jetzt verstehe, hat Ihre Freundin Maria vielleicht darunter gelitten, auf den Fotos nicht so gut getroffen worden zu sein wie ihre Nebenbuhlerin."

Konrad blickte sie verständnislos an.

„Was denn bloß für Fotos?"

„Herr Keller, Sie sollten sich in aller Ruhe die rote Mappe ansehen. Danach werden Sie vieles besser verstehen. Der Professor ist fest davon überzeugt, dass Sie nicht an einer Amnesie leiden. Ihre Erinnerung wird vollkommen wieder zurückkommen, den Augenblick des Unfallgeschehens vielleicht ausgenommen. So ..." und mit den letzten Worten entzog sie Konrad doch noch ihre Hände „... jetzt muss ich mich aber wirklich wieder meinen anderweitigen Aufgaben zuwenden. Sie ahnen gar nicht, wie viele Patienten auf dieser Station zu betreuen sind."

Und weg war Schwester Tanja.

4

Konrad ruhte noch eine Weile still, dann konnte er seine Neugierde nicht länger bezähmen und langte zu der roten Mappe hin, die er mit einer spürbaren inneren Erregung öffnete. Sie enthielt überwiegend Zeitungsartikel, die er erst einmal hastig durchblätterte. „Weltraumschrott zerstört Menschenschicksal", „Fluch der Raumfahrt holt uns ein", „Wie gefährlich ist wirklich der Müll im Orbit?"

Solche und ähnliche Schlagzeilen bestimmten die inhaltliche Richtung der Druckerzeugnisse. Und immer wieder Bilder von ihm und von Mechthild. Das heißt, er war immer nur in derselben Pose zu sehen: liegend auf der Bahre, besinnungslos. Aber Mechthild – schrecklich sah sie aus!

Tanja hatte recht. Immer mehr Einzelheiten traten aus der brodelnden Erinnerung an die Bewusstseinsoberfläche. Mechthilds weiße Badebekleidung mit dem betörend schwingenden Oberteil; seine letzte Erinnerung. Auf den meisten Fotos war die Freundin in einer Decke eingewickelt zu sehen. Doch zweimal hatte ein zudringlicher Fotograf sie mit seiner Kamera in ihrem Bikini erwischt, der Konrad, so blutverschmiert wie der Körper der jungen Frau, aus der Mappe in die Augen sprang.

Konrad vergrub sich in die Texte. Bald war ihm klar, dass es nur sein eigenes Blut war, das Mechthild anhaftete. Und der ganze banale Hergang von dem, was an jenem 24. Juni passiert war, erschloss sich seinem nachforschenden Geist.

Ein Teil des geborstenen Satelliten, von dem in den Nachrichten jener Tage die Rede gewesen war, hatte die Strapazen des Eintritts in die Erdatmosphäre tatsächlich unbeschadet überstanden und war in die Nordsee gestürzt, wo die meisten Teile später auch geborgen wurden.

Nur ein vergleichsweise kleines abgesprengtes Stück hatte irgendwann auf der Reise einen Sonderweg eingeschlagen und war, ohne vollständig zu verglühen, nur dieses eine Stück! - es war auf den Elbstrand Wittenbergen heruntergefallen; ein einziger winziger Rest vom Ganzen, er war also genau auf die Stelle heruntergeschossen, an der ein verliebt verspielter junger Mann namens Konrad Keller gerade seine Beine verschoben hatte, die vor wenigen Augenblicken noch eine andere Position eingenommen hatten, und der aus seiner neuen und günstigeren Lage heraus gerade Anstalten machte, seine attraktive weibliche Begleitung, durch ihren wunderschönen Anblick und die Energie der Sommersonne inspiriert, auf den Mund zu küssen.

Diese Beine, die dem, was der Weltraum zur Erde geschickt hatte, also in die Quere kamen, waren zum Rumpf hin vollständig und sauber abgetrennt, nach unten aber, von den Knien bis zu den Knöcheln, zu Brei zerschmettert worden. Wegen der scharfen Kanten an einer Seite des tückischen Objektes hatten die Weltraumbehörden, das ging aus der späteren Berichterstattung hervor, dessen Identität als Weltraumobjekt zunächst in Abrede gestellt; mit Hinweis auf die Reibungshitze in der Erdatmosphäre, die eine solche Materialverformung nicht hervorrufen könne.

Letztendlich vergeblich war dieses Bemühen, sich aus der Verantwortung zu stehlen, als die Bergung der Trümmerteile in der Nordsee das Gesamtbild zweifelsfrei abrundete. Und angesichts der Erregung in der öffentlichen Meinung ruderte man schnell zurück. Die Behörden gaben sich auf einmal anteilnehmend, waren am Ende sogar eher erleichtert und stellten großzügig Schadenersatz und Schmerzensgeld in Aussicht. Denn schließlich war, was überhaupt nicht selbstverständlich war, durch das ganze Vorkommnis niemand weiteres zu Schaden gekommen.

Konrad musste seine Lesetätigkeit häufig unterbrechen, weil die Gemütsbewegung seinen geschwächten Organismus wieder und wieder erschöpfte. Einmal liefen ihm die Tränen über die Wangen, als er ein Interview mit seiner Mutter las, die ihren tiefen Schmerz mit furchtbar einfachen und bewegenden Worten zu schildern wusste.

Er war, während die Ärzte um sein Leben rangen, zu einer Sensationsgestalt stilisiert worden, hatte Menschen berührt, hatte ihre Ängste kanalisiert und Behörden in Bewegung gebracht. Fragen, die man bisher nur von der hypothetischen Seite angegangen war, nicht zuletzt solche von versicherungsrechtlicher Art, mussten auf einmal ganz praktisch abgewickelt werden. Doch wie und von wem? Wem gehörte der Weltraum überhaupt? Wer war für das, was an Schaden entstand, wenn von hoch droben ein Schrotthaufen niederging, haftbar zu machen?

Oh ja, es gab ein internationales Regelwerk. Und es galt ein Verursacherprinzip auch für den Fall eines Weltraum-Fall-out. Wenn das vermaledeite Ding denn zu identifizieren und eindeutig zuzuordnen war. Außerdem bestätigte sich die Erfahrung: Je komplexer ein Problem war, desto langwieriger gestalteten sich im Allgemeinen die Entscheidungsprozesse. Vielleicht hatte die deutsche Weltraumbehörde, vor dem Hintergrund einer öffentlichen Erregung ohnegleichen, das Sinnvollste getan, was sie tun konnte, nämlich sofort finanziell in dem vorliegenden Fall für alle Kosten und Folgekosten gerade zu stehen.

Nach einigen Wochen hatte sich das öffentliche Interesse an dem Fall gelegt. Die Umschlagzeit der Sensation, in deren Mittelpunkt Konrad unbeabsichtigt gestanden hatte, war abgelaufen. Die moderne Zeit war schnelllebig, und jedes Megaereignis trug das Verfallsdatum bereits in sich. Vereinzelt fand er dann noch Notizen über seinen gleichbleibend stabilen Zustand, der die Hoffnung nähre, dass der Lebenswille des leidgeprüften jungen Mannes letztendlich doch obsiegen werde. Zwischen den Zeilen las Konrad heraus, dass das Krankenhaus ihn vor öffentlicher

Neugierde abgeschirmt hielt. Darüber war er erleichtert. Gar nicht auszudenken, wenn jetzt auch noch die Reporter hier bei ihm ein und aus gingen.

Innerlich aufgewühlt legte er die Mappe beiseite und sank erschöpft in die Kissen zurück. Wie opulente Wassertröpfchen vor einer Kulisse düsterer Kaskaden überlagerten sich für eine Weile zahlreiche Fragen, Gedanken, Eindrücke zu einem Stimmungsungetüm von schwermütiger Ratlosigkeit.

Die Frage, wie es für ihn weitergehen sollte, verlor darin zum Beispiel nicht deshalb an Brisanz, nur weil eine andere sich nicht verleugnen ließ, nämlich die, wie Mechthild mit ihrem schrecklichen Erlebnis fertig geworden war. Während er, zugegebenermaßen als Hauptleidtragender, erst einmal ein paar Monate verschlafen konnte, musste die bedauernswerte Freundin den Leuten weiterhin die Köpfe frisieren. Da sie über Nacht zu einer Hamburger Berühmtheit geworden war, waren das sicher mehr Köpfe als zuvor. Zeit zum Ausspannen gab es da wohl nicht. Über seine Grübelei schlief Konrad bald ein.

Die Eltern wollten jetzt jeden Tag bei ihm vorbeischauen. Schon kurz nach drei waren sie heute bei ihm. Sie erblickten sogleich die rote Mappe auf seinem Bett. Die Mutter fing wieder an zu weinen. Am Ende dann konnte man jedoch entspannter miteinander umgehen als bei der ersten Begegnung. Und dabei tat es ihnen so gut, über alles das zu sprechen, was sich im Innern der Gemüter angesammelt hatte und wie ein schrecklicher fetter Kloß den Zugang zur befreienden emotionalen Teilhabe an einem zuträglichen Lebensgefühl versperrte.

Kurz vor vier komplettierte Konrads Schwester Sandra die kleine familiäre Runde. Sie erzählte davon, wie ihr die Arbeit an der Zusammenstellung der Dokumentation Qual und Erleichterung zugleich gewesen war. Und für eine Weile kuschelte sie sich, wie in früheren glücklicheren Tagen, in den Armen ihres *großen* Bruders.

Für Konrad war an diesem schweren Tag einer unerwarteten Schicksalsgewissheit die Zusammenkunft mit seiner Familie zweifellos von großer Bedeutung. Und auch das, was Schwester Tanja ihm zuvor gesagt hatte, ging noch lange in seinem Kopf herum. Die vielen tröstenden und aufmunternden Worte wurden ihm zu Beruhigungstropfen für die bevorstehende einsame Nacht.

Er war nun aber einmal von seiner charakterlich geprägten Grundstimmung her ein optimistischer, dem Dasein zugewandter Mensch. Bei Schwierigkeiten, die in seinem Leben unvermittelt auftauchten, gelang es ihm gewöhnlich schnell, in Alternativen zu denken. Diese Eigenschaft war auch in seiner Firma aufgefallen und hatte, zum Nutzen des Unternehmens, zu einer erstaunlich schnellen Bewältigung der ersten Karriereschritte des jungen Angestellten geführt.

Bevor er einschlief, erinnerte sich Konrad eines Dokumentarfilms über Menschen, denen Prothesen anstelle von Gliedmaßen Ersatz bei der Fortbewegung bieten mussten. Er hatte damals, als vollkommener Laie in derartigen, für ihn seinerzeit lebensfremden Fragen, mit Erstaunen vor dem Fernseher verfolgt, wie unterschenkelamputierte Läufer auf ihren Kunstgelenken an die Weltspitze der Sportler Anschluss halten konnten. Nein, das Leben, sein Leben, war noch nicht zu Ende! An diese Hoffnung klammerte sich Konrads verzweifelte Seele, bevor er einschlief und sich im Traume unruhig hin und her bewegte.

Da sah er sich, im behütenden Schatten des Schlafes, laut um Hilfe schreiend, mit dem Rumpf am Erdboden festgewachsen und im Winde wie ein Schilfrohr hilflos von einer auf die andere Seite schaukeln, bis ihm auf einmal, wie von Geisterhand befördert, kleine Räder unten herauswuchsen, auf denen er sich mit atemberaubender Geschwindigkeit, ein Zwerg unter Riesen, an jeder Menschenmenge vorbeibewegte. Doch er raste unachtsam auf einen Stein zu, an dem die Räder zerschellten. Dunkelheit, bis der zerschnittene Traum wieder Anschluss fand.

Da war er dann plötzlich ein Riese inmitten von Zwergen und überragte sie allesamt. Gewaltige Extremitäten aus blitzendem Titan trugen elastisch und geschmeidig seinen Rumpf. Dem Känguru gleich machte er große Sprünge über die Köpfe der Menge hinweg. Weiter und weiter hüpfte er, über Berge und Täler, bevor sich das Traumgebilde in der Dunkelheit des Unterbewusstseins verlor und die angeregte Fantasie im Tiefschlaf vorübergehend erlöst wurde.

Der Professor war indessen unwiderruflich in den bewussten Teil von Konrads Leben eingetreten, nachdem er bereits über viele Wochen hinweg als stille Schicksalsmacht den unbewussten Teil maßgeblich bestimmt und am Glimmen gehalten hatte. Als der ob seiner erstaunlichen Künste hochgeachtete Mann am nächsten Tag, in derselben Begleitung wie tags zuvor, an Konrads Bett stand, spielte ein feines Lächeln um seine Mundwinkel. Konrad konnte nichts dagegen unternehmen, dass er ihn in diesem Augenblick sympathischer fand, als er ihn in Erinnerung hatte.

„Ich hoffe, Herr Keller, Sie haben Verständnis dafür, dass ich erst einmal Ihre mentale Stärke testen musste. Für das, was unvermeidlich auf Sie zukommen wird, braucht es notwendig ein starkes nervliches Polster. Und ich selbst benötige ein zuverlässiges Feedback davon, wenn ich für den weiteren Verlauf Ihres Schicksals noch eine positive Rolle spielen soll. Sie sind, wenn ich das einmal so ausdrücken darf, ein ausgewähltes Kind von des Geschickes Mächten. Was Ihnen, durch welche diabolische Fügung auch immer, widerfahren ist, grenzt statistisch gesehen an die viel zu oft strapazierte Kategorie des Unmöglichen. Würden Sie bei drei aufeinanderfolgenden Ziehungen jeweils als einziger den Jackpot knacken, dann wäre die Wahrscheinlichkeit dafür immer noch größer als für das, was Sie erlebt haben.“

Konrad hatte sich fest vorgenommen, sich nicht noch einmal einschüchtern zu lassen. Er bemerkte deshalb kurz angebunden:

„Sie werden es mir vielleicht nicht glauben, Herr Professor, hätte ich aber die Wahl zwischen den beiden statistisch nahezu unmöglichen Ereignissen gehabt, dann hätte ich mich wohl eher für den Jackpot entschieden."

Jetzt schmunzelte der Professor sogar. Konrad ging, den Smalltalk hinter sich lassend, sogleich in die Offensive.

„Ich möchte Beinprothesen haben, Herr Professor. Sie als ein Chirurg von Weltrang werden Sie mir wohl anpassen können. "

Ein kurzes, aber intensives Schweigen entstand am Krankenbett. Professor Knippschild hatte zu seiner teilnahmslosen Miene zurückgefunden, als er ohne weitere Umschweife erläuterte:

„Sie werden niemals Prothesen tragen können. Ihre Beine sind in so knapper Entfernung vom Rumpfansatz abgetrennt worden, dass Sie sogar noch von Glück reden können, wenn eine zweifellos bedeutende Funktion ihrer Männlichkeit unversehrt geblieben ist. An Ihrem Körper Beinprothesen anzubringen, ist – unmöglich."

Jedes einzelne Wort des Chirurgen, obwohl vollkommen ruhig vorgebracht, traf Konrad wie ein Peitschenhieb, unter dem er zusammenzuckte. Am Ende der Bemerkung entrang sich nur noch ein Röcheln seiner Brust.

Professor Knippschild schien heute eine andere Gesprächstaktik zu verfolgen als gestern. Er gönnte dem Patienten eine kurze Pause, bevor er fortfuhr:

„Wir müssen das mentale Training nicht weitertreiben, Herr Keller. Verzweifeln Sie nicht! Was ich zu den Prothesen sagte, ist wahr. Dieser Weg ist Ihnen verbaut. Damit haben wir aber noch nicht die Möglichkeiten eines Lebens jenseits des Rollstuhls ausgeschöpft. Wir werden morgen unser Gespräch darüber fortsetzen. Dann werde ich Ihnen Vorschläge unterbreiten, wie sich eine vielversprechende

Alternative auch ohne Prothesen eröffnen lässt. Bis dahin, glauben Sie mir, das ist eine ernsthafte Bitte, üben Sie sich in Zuversicht."

5

Sandra brachte ihm das Notebook aus seiner Wohnung. Dazu seine Notizbücher und noch ein paar Kleinigkeiten. Sie half ihm auch dabei, sich so einzurichten, dass er im Bett arbeiten konnte. Täglich ein paar Stunden, das würde vielleicht bald wieder möglich sein. Zumindest seine private Korrespondenz wollte er schnell in Gang bringen. *Hallo, ich lebe noch. Meldet euch!* So in etwa gedachte er die Sache über E-Mail anlaufen zu lassen. Einige private Freundschaften waren geschäftlichen Ursprungs. Mit ihrer Hilfe würde er zudem Anschluss an die beruflichen Gegebenheiten finden.

Wofür würde er noch einsatzfähig sein? Er bemühte sich, Illusionen darüber nicht aufkommen zu lassen. Um das Materielle ging es dabei nicht. Auf einen Clinch mit den Behörden hatte sich der Vater verbissen eingelassen und eine der renommiertesten Anwaltskanzleien Hamburgs, die für die Wahrnehmung von Konrads Interessen in diesem sonderbaren Fall die besten Voraussetzungen bot, mit der Angelegenheit betraut. Noch vor Konrads Wiedereintritt ins Leben war geklärt worden, dass er gewiss keine Not leiden musste. Das war beruhigend, aber nicht der entscheidende Aspekt seines beruflichen Selbstverständnisses.

Die Firma würde sein Arbeitsverhältnis kündigen oder hatte das schon getan. Das war klar. Das wäre auch im Einklang mit seinem Arbeitsvertrag. Er würde jeden halbwegs fairen Vergleich akzeptieren, um später, vielleicht, irgendwann vielleicht später einmal, die Chancen für einen Neuanfang zu bekommen.

„Was machen Sie eigentlich beruflich?"

Als Schwester Tanja diese Frage stellte, nachdem Konrad gerade einige Zweifel an seiner diesbezüglichen

Zukunft geäußert hatte, da hockte sie in derselben Haltung wie am Tag seiner ersten Unterredung mit dem Professor auf der Bettkante, hatte die Hände auf ihrem Schoß gefaltet, zwischen denen die seinigen heute aber nicht Anschluss finden durften, und musterte ihn mit einem schwer zu bestimmenden Blick aus ihren braunen Augen. Vielleicht war ihre Körperhaltung sogar noch ein wenig lockerer als beim ersten Mal oder sie war mit ihrer zierlichen Gestalt ein winziges Stückchen näher an seinen Kopf herangerückt.

Konrad, der bei der Beobachtung einer Frau niemals etwas übersehen wollte, war jedenfalls der Meinung, dass beides zuträfe. Weil es nun auch schon das vierte Mal war, dass Schwester Tanja an seinem Bett eine derartige *Sitzung* abhielt, hatte er die feste Überzeugung gewonnen, dass diese Gewohnheit bis in alle Ewigkeit von ihr beibehalten würde, zumindest jedoch so lange, wie er noch in der Klinik zu verweilen genötigt war. Über diese Zeit zielstrebig hinauszudenken, gelang ihm noch nicht wirklich, schon gar nicht, wenn Schwester Tanja in seiner Nähe war.

„Ich arbeite bei *Hanselmann und Partner*, wenn Ihnen der Namen der Firma etwas sagt.“

„Ist das diese noble Firma, die sich nur mit den allerfeinsten Kaffeesorten abgibt?“

„Genau die“, sagte Konrad stolz. „Ein Kleinod unter den Kaffeeröstern. Ich habe ein hübsches Büro drüben in der Speicherstadt. Er zögerte einen Augenblick, dann konnte er sich die Bemerkung doch nicht verkneifen:

„Sie können mir glauben, Schwester Tanja, ich weiß eine Kaffeebohne sehr zuverlässig zu beurteilen.“

Weil er einen Lachimpuls nicht unterdrücken konnte, trug ihm seine Bemerkung einen missbilligenden Blick ein. Doch ernsthaft böse klang es nicht, als Schwester Tanja ihn belehren zu müssen meinte:

„Es spricht eigentlich für Ihre Charakterstärke, wenn Sie in Ihrer bedauernswerten Lage noch scherzen können.

Doch die moralische Qualität einer Bemerkung sollten Sie nicht ganz vernachlässigen, Herr Keller."

„Nein, im Ernst, Schwester Tanja, ich bin für den Einkauf zuständig und führe einen Geschäftsbereich als jüngster Mitarbeiter auf dieser Führungsebene. Ich glaube, dass meine Firma meine kaufmännischen Qualitäten zu schätzen weiß. Kaffeebohnen, also ich meine die Qualität einer Kaffeesorte zu beurteilen, das gehört zu meinem Geschäftsbereich. Und es liegt mir auch im Blut."

Es war nicht ersichtlich, ob Konrads Erläuterung Schwester Tanja besänftigt hatte, wie schon zuvor nicht ganz klar geworden war, in welchem Ausmaß seine anzügliche Bemerkung sie tatsächlich verstimmt hatte.

Es war vielmehr so, als sie jetzt aufstand, dass ihre Zeit, die sie für ihre Stippvisite an seinem Bett aufwendete, vorbei war. Fünf Minuten, das war Konrad inzwischen aufgefallen, fünf Minuten Aufmerksamkeit hatte sie sich zur Gewohnheit werden lassen, ihrem jungen Patienten zusätzlich und ganz exklusiv an jedem ihrer Arbeitstage zu gönnen, bevor ihre Schicht zu Ende ging.

Einmal war es sogar ganz überraschend zwischendurch passiert, dass sie sich dahin setzte, wo er sie furchtbar gerne sitzen sah. Diese Zeit stellte sie aber nicht etwa in Rechnung, als sie sich später zur regulären *Sitzung* erneut bei ihm einfand. Das hatte er ihr besonders hoch angerechnet.

„Schade", murmelte Konrad, als die Pflegerin sich verabschiedet hatte. Weit davon entfernt, wirklich enttäuscht zu sein, freute er sich schon jetzt auf sein nächstes *Date* mit Schwester Tanja. *Sie hat wunderschöne Rehaugen*, dachte er. Doch ihr Alter zu schätzen, fiel ihm schwer. Älter als er war sie gewiss. Doch um wie vieles älter; eins, zwei, drei oder sogar noch mehr Jahre?

Über ihrem Gesicht lag ein Schatten von Traurigkeit. So verhuscht war dieser Schatten, dass er ihn nicht einmal sehen konnte. Nur spüren mit einem verborgenen Sinn konnte er ihn, wenn er in das Gesicht hineinblickte; so, wie er manches spürte, wenn er sich vorgenommen hatte, eine Frau nicht nur mit seinen Augen intensiv wahrzunehmen.

Er fand auf einmal seine vorlaute Bemerkung von vorhin nicht mehr gut. Sie passte nicht zu Schwester Tanja. Die Anzüglichkeit hatte von seiner Seite den gewissen Respekt vermissen lassen, zu dem er in den letzten Tagen ganz von selbst gefunden hatte und aus dem heraus er auf absehbare Zeit auch erst einmal verzichten wollte, gegenüber Schwester Tanja, so, wie er es sich ganz am Anfang vorgenommen hatte, die *Schwester* wegzulassen.

Es ging ihm jetzt schon zweifellos besser. Nicht nur im Hinblick auf seine körperliche Verfassung. Er war im Innern seines Gemütes ruhiger geworden. Und das hing mit der dritten Unterredung zusammen, die er gestern mit Professor Knippschild geführt hatte, einen Tag später als geplant, weil der Professor plötzlich anderweitigen dringenden Verpflichtungen nachkommen musste.

Mit dem, was der Mediziner vorschlug, hatte Konrad nun wirklich nicht gerechnet. Sein Fall, so verlautete die kühne Botschaft, habe von den Umständen her genau das Profil, um eine Transplantation fremder Gliedmaßen in Erwägung zu ziehen.

„Wie", hatte Konrad verblüfft gefragt, „Sie wollen mir die Beine eines Toten annähen? Das ist doch verrückt!"

Erstaunlicherweise waren seine anfänglichen Vorurteile von den Überlegungen des Professors immer mehr zurückgedrängt worden.

„Geht das denn überhaupt?" „Ich meine, Herr Professor, das muss doch unglaublich kompliziert sein, solche ausgewachsenen Haxen zu transplantieren. Und dann gleich zwei Stück."

Dass Finger oder Zehen, auch mal eine Hand oder ein Unterarm wieder angenäht wurden, das war Konrad bekannt. Aber Beine, wenn es sich nicht einmal um die eigenen handelte? Davon hatte er noch niemals gehört.

„Lassen Sie sich nur nicht verführen, Herr Keller", wandte Dr. Knippschild ein, „die Transplantation eines Herzens, über die der nicht betroffene Laie heute kaum noch ein Wort verliert, als viel weniger kompliziert anzunehmen und das Problem als geringer zu gewichten, nur weil für den Empfänger die Gabe des Spenders nicht so auffällig in Erscheinung tritt."

Konrad konnte es drehen und wenden, der Professor hielt für alle seine Fragen eine überzeugende Antwort bereit. Er war nicht einmal darauf bedacht gewesen, das Problem klein zu reden. Die Operation sei selbstverständlich äußerst kompliziert, daran gebe es nichts zu deuteln. Weltweit habe man dazu noch kaum Erfahrungen gesammelt. Aber das Chance-Risiko-Profil sei nicht schlechter als bei einer Transplantation innerer Organe. Der besonders heikle Punkt ließe sich freilich nicht vorweg bestimmen, nämlich die Abwehrreaktion des Gewebes auf die Spenderorgane. Man sei aber in der medikamentösen Prophylaxe weit fortgeschritten. Und der Spender würde sehr sorgfältig auszuwählen sein, damit eine optimale Übereinstimmung der organischen Komponenten gegeben sei.

„Bis so ein Glücksfall eintritt, dass sich für mich etwas Passendes findet, habe ich vielleicht das Rentenalter erreicht."

„Gar nicht einmal, Herr Keller." Der Professor war nicht aus der Ruhe zu bringen. „Die Wartezeiten für Spenderorgane der inneren Medizin sind in der Tat ein Ärgernis und ein Riesenproblem. Immer mehr Bedürftige kommen auf die Wartelisten. Demgegenüber werden Beine doch kaum nachgefragt. Also, Herr Keller, gegenüber so einem armen Teufel, der schon wer weiß wie lange auf eine geeignete Spenderniere wartet, können Sie doch geradezu aus dem Vollen schöpfen. Diese Fülle des Angebots sollte Ihnen nicht Mut machen?"

Nach dieser Unterredung fand Konrad die Vorstellung, für den Rest seines Lebens auf Beinen herumzulaufen, mit denen ein anderer Fußball gespielt hatte, zeitweise einfach absurd. Dann wiederum elektrisierte ihn die ungewöhnliche Perspektive. Allemal besser wäre das als der Rollstuhl, zu dem er sich bereits verdammt gesehen hatte. Wenn die Prozedur klappte, konnte er wieder ein normales Leben führen.

Er redete mit seinen Eltern darüber. Seine Mutter schlug die Hände über ihrem Kopf zusammen. Er redete mit Sandra darüber. Sie gab sich hoffnungsvoll und ermunterte ihren Bruder zu einem Schritt, der ihm vielleicht die Zukunft zurückgewinnen half. Er redete mit Schwester Tanja darüber. Sie nickte vielsagend mit dem Kopf und betonte noch einmal ihr Vertrauen in die chirurgischen Fähigkeiten des Professors.

In den nächsten Tagen sah er alte Freunde wieder, die sich auf seine E-Mails hin an seinem Krankenbett in der Klinik einfanden. Aus der Firma meldeten sich enge Mitarbeiter. Konrad fühlte sich für das menschliche Dasein neu inspiriert. Lange ging er mit sich zu Rate, wie er mit Mechthild verfahren sollte. Die Bilder aus der Mappe kamen ihm immer wieder in den Sinn. Schließlich nahm er Abstand davon, ihr eine elektronische Post zukommen zu lassen. Irgendwann einmal würde er die Klinik verlassen können. Dann würde er sie persönlich aufsuchen. Das war er ihr schuldig. Gegenüber Maria sah er die Sachlage unkomplizierter. Doch die Kontaktaufnahme zu ihr verlief ergebnislos. Ihre E-Mail-Adresse existierte nicht mehr.

6

Sein Fall bekam dann auf einmal eine unerwartete Dynamik, die ihn regelrecht überrumpelte.

„Sie haben ein bemerkenswertes Heilfleisch, Herr Keller", ließ sich eines Tages der Professor vernehmen. „Zu Kräften sind Sie auch gekommen. Sie werden in absehbarer Zeit kein Gast in diesem Krankenhaus mehr sein können. Auch meine Mission, den hinter Ihnen liegenden operativen Teil zu begleiten, ist beendet. Sie werden mithilfe eines modernen Rollstuhls wieder ein halbwegs selbständiges Leben führen können, wenn wir Sie mit dem physiotherapeutischen Programm fit gemacht haben, das morgen für Sie beginnen wird."

Konrad war sprachlos. Die vorangegangenen Gespräche. Die Transplantationsüberlegungen. Er, auf sich gestellt, ohne Beine allein zu Hause? Er wagte einen Einwand. Professor Knippschild hörte ihn geduldig an. Dann erläuterte er:

„Ich bezog mich auf Ihren Unfall. Sie sind, die irreparablen Schäden außen vorgelassen, wiederhergestellt und deshalb nicht mehr in die Kategorie derjenigen einzuordnen, die auf einen Klinikplatz Anspruch haben. Sollten Sie sich aber für eine Transplantation in dieser Klinik unter meiner Leitung entscheiden, wird ein neues Kapitel Ihrer Krankengeschichte aufgeschlagen. Da in Ihrem speziellen Fall die Frage der Finanzierung unproblematisch ist, würden wir Sie nach einer rein formalen Entlassung sofort wieder aufnehmen – das heißt also, Sie gleich hierbehalten – und nach einem geeigneten Spender Ausschau halten. Wir könnten dann, bei einem Eintreffen der passenden Gliedmaßen, sofort mit der Transplantation beginnen. Denken Sie sich in aller Ruhe durch die Alternativen. Wir sprechen uns in drei Tagen wieder."

Konrad verstand nicht sogleich, warum er nach diesem Gespräch so furchtbar aufgeregt war. Über die Möglichkeit einer Transplantation hatte er mit dem Mediziner doch bereits gesprochen. Die Aussichten hatten ihn vor wenigen Tagen noch positiv inspiriert. Jetzt seine heillose Aufgeregtheit und sogar Niedergeschlagenheit, was war mit ihm los?

Dann allmählich glaubte er, die Situation zu verstehen. Bis heute war das Szenarium rein hypothetisch geblieben. Nun sollte es ans Eingemachte gehen. Man nötigte ihn zu einer schnellen Entscheidung. Wählte er die Transplantation, dann würde unaufhaltsam eine Maschinerie anlaufen, die nicht zu stoppen war. Sich tot zu stellen half diesmal nicht.

Er war froh darüber, dass sein provisorisch eingerichteter Arbeitsplatz funktionierte. Via Internet informierte er sich erst einmal über die wesentlichen medizinischen Aspekte einer solchen Transplantation. Danach ging er sie alle durch, die Koryphäen auf diesem Gebiet. Was er dazu fand, ging in die Richtung von Tanjas Einschätzung: Professor Knippschild war eine erlesene Adresse im Reich der Chirurgie. Was der schon zusammengeflickt hatte, füllte eine lange Liste. Aber da gab es noch einen anderen Professor Knippschild. Molekularbiologe, Genetiker. Zahlreiche Veröffentlichungen. Als er Tanja darauf ansprach, klärte sie ihn auf:

„Horst und Günther Knippschild sind Zwillingsbrüder. Sie machten Karriere auf verschiedenen Sachgebieten. Ähnliche Erfolgsstorys. Beide sind bodenständig in Hamburg ansässig. Ich habe einmal sagen hören, man sieht sie nie zusammen. Ihre Rivalität trennt sie. Aber Offizielles ist nicht bekannt, dass vielleicht einer dem anderen schon mal am Zeug geflickt hätte."

Konrad seufzte und legte sich zurück. Der Bruderzwist konnte ihm gleichgültig sein. Er lächelte Schwester Tanja an, weil ihm plötzlich danach war. Selbstverständlich hätte er auch gern nach ihren Händen gegriffen. Seine Kühnheit verdorrte jedoch in wenigen spastischen Zuckungen seiner eigenen Hände.

Die Recherchen waren abgeschlossen. Er ruhte wieder stärker in sich selbst. Es verschaffte ihm Erleichterung, wenn eine Informationsoffensive Früchte trug und eine frühe affektive Vorwegentscheidung, die für sich genommen besser unter Misstrauensvorbehalt zu stellen war, später sachlich gestützt und emotional gerechtfertigt werden konnte. Denn tatsächlich, er hatte sich bereits entschieden. Er würde in einem Monat 26 Jahre alt sein. Ein Leben im Rollstuhl, das war für ihn keine Alternative, wenn die moderne Medizin es wahr machen konnte, dass man auch auf fremden Beinen noch erfolgreich durchs Leben lief.

Ein junges Gemüt ist in dem Alter, in dem Konrad sich befand, noch keineswegs ausgeformt. Ein dramatisches Ereignis, wie es ihm widerfahren war, musste irgendwann anfangen nachzuwirken, förderte vielleicht sogar einen Reifeprozess, für welchen sich die Lebensbiografie unter normalen Umständen mehr Zeit gelassen hätte. Mochten jugendliche Leichtigkeit und ein in der Veranlagung steckender Frohsinn in Konrads Charakter auch deutlich ausgeprägt und harmonisch gemischt sein, so warfen doch die Erschütterung durch das Erlebte wie auch die Ungewissheit vor dem Kommenden ihre eigentümlichen Schatten.

Das Gefühl, wieder stärker in sich zu ruhen, erwies sich dann doch nicht als nachhaltig. Einsilbiger als zuvor gab er sich in den kommenden Tagen, die dem nächsten Treffen mit dem Professor vorausgingen, was weniger die Besucher aus dem Freundeskreis, wohl aber die Mutter und auch die Schwester sehr wohl spürten. Doch verschlossen sie die Wahrnehmung, die sie traurig machte, kommentarlos in ihrem Inneren.

Nur gegenüber Schwester Tanja sparte Konrad auch weiterhin nicht mit seinen Worten. Indes war diese erfahrene Pflegekraft durch bloßen Wortschwall nicht dahin zu bringen, die neue überraschende Ernsthaftigkeit und gleichsam vibrierende Besorgnis in den Worten ihres jungen Patienten zu überhören. Sie schaute aufmerksamer hin und hörte offener zu, bis sie die unumstößliche Gewissheit hatte, dass auch bei ihm, der seit seinem Erwachen aus dem Koma so erstaunlich lebensfroh den niederschmetternden Gewissheiten gegenübergetreten war, tief in der Seele das Schicksal nunmehr angekommen war und die volle geistige Durchdringung einforderte, von der sie aus vielen Beobachtungen wusste, wie viel Energie sie jedem Menschen in einer vergleichbaren Situation abverlangte.

Seine Augen hatten von ihrem ursprünglichen Glanz ein wenig abgeben müssen. Sein Blick, gewöhnlich beschaffen wie der stetige Versuch einer freundlich offensiven Vereinnahmung des Gesprächspartners, schien jetzt zu einem Teil nach innen gerichtet zu sein. Er kämpfte mit einer Traurigkeit, die seinem Gemüt wesensfremd und seinem Verstande ungewohnt war. Das schien ihn zusätzlich zu belasten.

Dann kam der Tag, an dem der Professor im Hinblick auf die Lebensperspektive seinem Patienten würde Rede und Antwort stehen. Nicht vor dem späten Nachmittag war der vielbeschäftigte Mann zu erwarten. Konrad konnte also vorher noch Besuch empfangen. Mit einer gewissen Spannung erwartete er Rüdiger Knapp, seinen bisherigen Stellvertreter in der Firma. Sie waren ein eingespieltes Team und kamen auch privat prima miteinander klar. Rüdiger würde ihm heute die vertraglichen Einzelheiten auseinandersetzen, unter denen die Firma das Arbeitsverhältnis auflösen wollte. Bei Rüdigers erstem Besuch vor einer Woche hatten sie die Angelegenheit vorgeklärt. Die Firma schien eine großzügige Regelung anzustreben. Die Sache sollte in trockene Tücher kommen, bevor er eventuell bald wieder unter dem Skalpell lag.

„Das ist ein faires Angebot", sagte Konrad, als der geschäftliche Teil des Besuchs hinter ihnen lag. „Ich bin glücklicherweise nicht in der Zwangslage, beim Finanziellen feilschen zu müssen. Was mir elementar wichtig ist, das ist ein Ausscheiden in so positivem Einvernehmen mit der Firma, dass ich später vielleicht noch einmal eine Chance bekomme zurückzukehren."

Sie hatten jetzt alles Nötige besprochen. Konrad stellte die kleine Musikanlage an. Sandra hatte sie ihm dieser Tage besorgt. Ganz unbeabsichtigt erklang das Stück, das er sehr häufig in den letzten Tagen gehört hatte. Rüdiger stutzte nach einer Weile, während der ein Gespräch nicht so recht in Gang kommen wollte.

„Das kenne ich irgendwoher. Aber frag mich mal, woher ich das kenne."

Konrad lachte trocken. „Ich wette, du kennst die Musik von dem Film *2001 - Odyssee im Weltraum*, den wir einmal gemeinsam gesehen haben. Das hier ist das Originalstück, worauf die bekannte Filmmusik fußt. Stammt von einem gewissen Richard Strauss und heißt *Also sprach Zarathustra*, eine sinfonische Dichtung nennen sie so was."

„Ich verstehe, du hast es jetzt mit dem Weltraum nach der ganzen Geschichte. Ist aber auch unfassbar, ich meine das, was dir passiert ist."

Konrads Gesicht verdüsterte sich. Er sprach beinahe geistesabwesend:

„Das ist vielleicht viel grundsätzlicher, was mit meinen Neigungen augenblicklich passiert. Ich bin irgendwie nicht mehr der Alte. Derselbe Strauss hat als alter, verbitterter Mann ein Stück komponiert, das sich *Vier letzte Lieder* nennt. Ich bin wie besoffen danach. Hör mal kurz rein!"

Schon nach wenigen Minuten verzog Rüdiger das Gesicht zu einer Grimasse.

„Halte ein! Das ist ja grässlich. Du hast doch früher nicht ein solches Zeug gehört."

„Ja, früher", sagte Konrad gedehnt, „in einem anderen Leben. Da hätte ich bestimmt genauso reagiert wie du. Jetzt überkommt es mich wie ein Fieberschauer, wenn ich diese Musik höre. Jeder Takt geht mir durch Mark und Bein, obwohl ich gar keine Beine mehr habe."

Rüdiger blickte ihn teilnahmsvoll an.

„Ich gehe jetzt mal, Connie. Früher hätte ich zum Abschied gesagt: Halte dich aufrecht! Jetzt bekommst du nur einen Handschlag."

„Ist schon komisch", sinnierte Konrad, während Rüdiger sich zum Aufbruch fertigmachte, „was sich in wenigen Sekunden deines Lebens verändern kann. Jetzt brauche ich keine Schuhe, Socken und keine langen Hosen mehr. Ich komme mit einem Fünftel weniger an Kalorien aus. Und meinen umgangssprachlichen Wortschatz kann ich

getrost verkleinern, ohne eine Einbuße an Bildung befürchten zu müssen."

Sie verabschiedeten sich. Eine Stunde später hatte er
die bisher längste Unterredung mit Professor Knippschild,
an die sich die schwerste und unruhigste Nacht anschloss,
die er bewusst in seinem Krankenbett erlebt hatte, an das
er nun schon so viele Tage seines jungen Lebens gefesselt
war.

7

P f h h h t. Stille. *P f h h h t.* Stille. *P f h h h t.* Stille.
P f h h h t. Stille. Wie lange ging das bloß schon so? Der
Ton kippte am Ende seines Daseins immer weg wie ein
Versager. Dafür plusterte er sich in der Mitte auf, als wollte
er besonders imponieren. Dieser Mittelteil war weich, but-
terweich. Umso härter dann das Ende. Ein Wegbrechen
wie die Landschaft an einer Steilwand. Das Geräusch war
überhaupt nicht laut. Nur aufdringlich. Wenn man nicht
darauf aufmerksam wurde, hatte die Stille eigentlich freies
Feld. Aber einmal darauf aufmerksam geworden, ließ die
quälende Melodie sich nicht mehr ignorieren. *P f h h h t.*
Mochte sie sich auch noch so vornehm geben.

In der Arche hatte Noah seinerzeit auf Geheiß Gottes
unterhalb des einzigen Fensters ein Loch anbringen müs-
sen, um die Luftversorgung für Mensch und Getier im In-
nern des Holzbaus zu sichern. Wenn an dieser Stelle das
Wasser der Sintflut überschwappte, klang das so ähnlich.
Der Großvater kannte noch den vollständigen Bauplan der
Arche, die der Menschheit vor langer Zeit eine zweite
Chance gegeben hatte. Schon die nächste Generation der
Familie hatte die Frömmigkeit und die Glaubenstiefe ver-
loren.

Oder das Wasser, wenn der Stöpsel aus der Badewanne
herausgezogen wurde. Nein, nicht am Anfang, wenn die
Wanne noch gefüllt war; zum Ende hin, wenn fast alles
herausgelaufen war und die letzten Wassermohikaner um
den Siphon herum ins Trudeln kamen. Das klang auch so

ähnlich. War aber insgesamt viel härter im Ton. Wasser war überhaupt ziemlich hart, was oft unterschätzt wurde. Wenn Luft durch eine Verengung strömte, klang das gewöhnlich weicher. Eine Lüftung! Ein Luftschacht vielleicht. Dann befand man sich bestimmt im Kellergeschoss.

Das Bewusstsein war noch vorsichtig. Die Niederlage wirkte nach. Man hatte ihm wieder einmal hart zugesetzt, wollte es nicht dabeihaben und schaltete es kurzerhand aus. Es empfand seine Ausgrenzung wie eine tiefe Kränkung. Jetzt nur nicht bei der nächstbesten Lebensgewissheit so tun, als sei alles vergessen und man wieder voll im Dienst. Sie sollten ruhig merken, dass es ein wenig nachtragend war.

Dieses weiche, zarte *pfh h h t* mit dem harten Abgang wahrzunehmen, war vielleicht ein vielversprechender, unkomplizierter Neuanfang. Vielleicht enthielt der Impuls die Botschaft für eine Erneuerung. Eine Wiedergeburt. An eine Sackgasse mochte es nicht denken. Und wem hatte es den sonderbaren Eindruck bei seinem Versuch eines Neubeginns zu verdanken? Dem Gehör.

Das Gehör war partout nicht unterzukriegen. Der Sehsinn, der Geruchssinn, der Geschmackssinn, der Tastsinn, sie alle waren abzuschalten oder mit einfachen Mitteln wenigstens dazu zu bringen, die Arbeit vorübergehend einzustellen. Das Gehör nicht. Es war immer aktiv und selbst im Schlaf noch in Alarmbereitschaft versetzt. Das Bewusstsein wusste, worüber es urteilte. Sie hatten geglaubt, es völlig stillgelegt zu haben. Irrtum auf der ganzen Linie, der Hörsinn hatte während der ganzen langen Zeit niemals völlig kapituliert. Das war selbstredend viel besser, als wenn der Tastsinn so zählebig geblieben wäre. Ein filigranes Raunen aus unermesslichen räumlichen Tiefen war dem Bewusstsein die ganze Zeit verblieben, als sie nicht aufhören wollten zu schneiden, zu nähen, zu flicken und zu verknüpfen. Der Sehsinn behauptete, von dieser handwerklichen Geschäftigkeit bisweilen auch ganz schemenhaft etwas mitbekommen zu haben. Das war schwer zu überprüfen. Mit den rudimentären Signalen des Hörsinns jedenfalls hatte das Bewusstsein nahtlos den Anschluss gefunden an das aufdringliche *p f h h h t*, das es nun schon die ganze Zeit bedrängte und ungeduldig weitere Entscheidungen herausforderte.

War es von der Natur richtig gewesen, einen der Sinne derart zu privilegieren? Dahinter wird zweifellos etwas gesteckt haben. Die anderen Sinne waren auf die Eigenschaft ihres Geschwisters auch nicht unbedingt eifersüchtig. Warum auch. Mal abschalten können war eher eine feine Sache. Doch gelegentlich nervte der Informationsvorsprung des Gehörs. Jetzt zum Beispiel, wo ein ständiges *p f h h h t* sich nur an das Gehör richtete und auf ein Dasein außerhalb des Ego aufmerksam machte, während die Augen beispielsweise hartnäckig geschlossen blieben und der Sehsinn als Kundschafter leer ausging. Das war umso unerträglicher, je sicherer nach und nach die Wahrnehmung des Gehörs wurde und das Bewusstsein hilfreich mit einer erleichternden Selbstgewissheit ausstattete. Jetzt war es aber auch wahrlich genug!

Als Konrad die Augen öffnete, traf ihn ein langweiliges Funzel-Licht. Er hatte geträumt. Doch konnte man unter Narkose überhaupt träumen? Das hatte er verpasst, Schwester Tanja zu fragen. Dabei hatte er ihr Löcher in den Schwesternkittel gefragt; über alles, alles Mögliche, was ihm in den Sinn kam über das, was ihm bevorstand.

Wie lange hatte die Prozedur gedauert? Er hatte keinerlei Anhaltspunkte. Mit einer Hand versuchte er dahin zu greifen, wo sie ihn bearbeitet hatten. Es war unmöglich. Und die ganze Gegend da unten war rein tot. Er hatte jedenfalls keinerlei Empfindung. Jetzt erinnerte er sich. Sie wollten ihm über die Vollnarkose hinaus, die wegen der ungewissen Dauer der Operation ständig überwacht und gegebenenfalls erneuert werden musste, auch Rückenmarksspritzen setzen. *Nur nicht nervös werden*, hatte Schwester Tanja gesagt, *wenn Sie wieder aufwachen und in den Beinen noch längere Zeit nichts spüren.*

Konrad versuchte so gut es ging, seinen Kopf zu wenden. Viel Spielraum hatte er dafür nicht. Doch es reichte, um die bizarre Bettenlandschaft nicht zu verpassen. Links von ihm standen Betten. Rechts von ihm standen Betten. Vor ihm standen Betten. Und ganz bestimmt standen auch hinter ihm noch Betten. In jeder dieser kleinen Burgen auf Rädern befand sich jemand unter dem weißen Überbau. Tot oder lebendig. Jedenfalls regungslos.

Nach einer Weile war ihm so, als habe er von irgendwoher ein leises Stöhnen vernommen. Endlich einmal etwas anderes als das nervtötende Geräusch aus der Belüftungsanlage. Ach ja, vom Großvater hatte er geträumt. Warum ausgerechnet vom Großvater? Jetzt fielen Konrad sogar einige Bibelstellen ein, die der alte Mann zu Lebzeiten bis zum Überdruss seiner Lieben zitiert hatte.

Halt! Das saß ja einer. Weit vorn schräg links saß einer an einem Pult und blickte in denselben Abständen, wie die Lüftungsanlage anschlug, über die Bettenlandschaft hinweg in die Runde. Ob er gesehen hatte, dass er sich regte? Er griff jedenfalls zum Telefon. Konrad versuchte sich zu entspannen.

Wieder etwas später öffnete sich geräuschlos eine breite Tür hinter dem Rücken der Dienstkraft im Aufwachraum, und zwei männliche Pflegekräfte traten ein. Die drei tauschten sich kurz aus, dann ging das Rollkommando schnurstracks auf Konrad zu. Grußlos legten sie Hand an das Gestell und schoben das Gefährt nebst seinem Inhalt von dannen. Quer durch den Raum ging die Fahrt, durch die breite Tür hindurch, die sich wiederum wie von Geisterhand öffnete, hinein in einen langen Flur, der die Richtung der Weiterfahrt vorgab. Schon nach kurzer Zeit hielten sie an. Einer der beiden Männer öffnete auf der rechten Seite eine Stahltür, hinter der Kisten und Kartons ziemlich durcheinanderlagen, ging hinein und machte sich rechts in einer seichten Nische zu schaffen.

Konrad wendete den Kopf. Seine Gesamtsituation war nicht so spannend, dass er sich auch nur die kleinste

Abwechslung zwischendurch entgehen lassen sollte. Es hatte den Anschein, als ob die Pflegekraft über ein Buch gebeugt war und darin einen Eintrag machte. Ganz genau konnte er den Vorgang nicht beobachten. Er hatte inzwischen begriffen, dass in so einem Krankenhaus alles Mögliche vermerkt, registriert, quittiert und etikettiert wurde. *Konrad Keller aus der Narkose erwacht und mit neuen Beinen um soundsoviel Uhr in Empfang genommen. Gezeichnet Mustermann.* Warum auch nicht. Wenn etwas schieflief, waren die Unterlagen da. Der Vater würde jedenfalls verbissen recherchieren.

Den Verpackungsmüll könnten die auch mal wieder entsorgen, dachte Konrad. An den weiter vorn bei der Tür liegenden Kartons konnte er sogar noch die Beschriftung erkennen. Auf einmal wurde er förmlich elektrisiert. Da, das Etikett auf der langen Schachtel; träumte er? Da stand sein Name. *Empfänger: Konrad Keller.* Darüber: *ein Beinpaar, Vollversion.* Konrad riss die Augen auf. Eine Zeile mit Angaben über den Spender nahm er noch wahr. Schade, die Buchstaben waren zu klein zum Entziffern. In diesem Augenblick hatte die Pflegekraft ihren Auftrag erledigt. Der Mann schloss die Stahltür wieder.

Und während die Fahrt weiterging den Korridor entlang, wunderte sich Konrad noch, dass er auch den Namen Knippschild auf dem Etikett aufgedruckt gesehen hatte. Eigentlich war das kein Grund, sich darüber zu wundern; Knippschild war sein Chirurg und der ihn betreuende Arzt. Das allein war es auch nicht. Es war ihm nur so, dass auf dem Aufkleber der Name Knippschild gleich zweimal draufgestanden hatte.

Jetzt hatte er tatsächlich die Orientierung verloren. Hinein ging es in einen Fahrstuhl. Der sauste dann nach oben. Ein weiterer Korridor nahm sie auf. Konrad schwindelte es im Kopf. Er hatte aufhören müssen, die Flure, Türen und Wendemanöver zu zählen. Endlich hatten sie ihr Ziel erreicht. Grußlos verschwanden die schweigsamen

Gestalten in Weiß. Konrad befand sich auf einer fremden Station.

8

Fürs Erste versorgte ihn die wachhabende Pflegerin. Sie sah nach der Drainage, verschaffte ihm Bewegungsspielraum auf der Oberseite, kontrollierte den Puls und maß die Körpertemperatur. Schnell, gründlich, mit viel beruflichem Geschick und vorzüglich eingeübter Sorgfalt ging sie ans Werk, das war sein Eindruck. Dabei war sie schweigsam, nicht einmal unfreundlich. Doch auf ein Gespräch mit ihm ließ sie sich nicht ein. Die zeitlichen Gegebenheiten immerhin konnte Konrad ohne Umschweife erfahren. Demnach hatte die Operation mehr als 24 Stunden gedauert. Warum hatten sie ihn bloß auf eine andere Station gebracht?

Als er allein war, verfiel Konrad schnell ins Dösen. Irgendwann glaubte er ein Kribbeln in den Beinen zu spüren. Kribbeln war fast zu viel gesagt. Impulse irgendwelcher Art nahm er mit seinem Nervensystem vom Unterleib her wahr, zumeist feine Stiche, wie von Nadeln erzeugt, wie das schon mal bei einem extremen Zusammenziehen der Haut empfunden wurde. Als die Signallage eindeutig war, dass er unten allmählich *auftauen* könnte, wurde er hellwach.

Wenn er jetzt unten hinlangte, dahin, wo er die Oberschenkel vermutete, bekam sein Tastsinn einen diffusen Eindruck. Es war noch nicht viel mehr als eine plumpe, undifferenzierte Ahnung davon, dass an der Stelle, die er berührt hatte, etwas war, was mit ihm zu tun hatte. Konrad erbebte innerlich.

Wieder und wieder tasteten seine Hände nach einer Bestätigung, suchten nach einer verlässlichen Botschaft von dort, wo er unerbittlich mit den Gliedmaßen eines anderen Menschen vernäht worden war. Nach und nach veränderte sich der Eindruck, den der Tastsinn empfing. Bald war es tatsächlich ein Kribbeln, das durch die Oberschenkel hindurchlief. Reflexartig wollte er seine neuen Beine bewegen.

Er hatte keine Zweifel, dass entsprechende Befehle vom Gehirn ausgingen. Sie kamen womöglich sogar an, erreichten aber nicht ihren Zweck. Nur ein elastisch federnder Widerstand in der Leistengegend, verkuppelt mit einem Gefühl wie nach einem Akt des vollständigen Misslingens, wie er es am Anfang seiner Berufslaufbahn hin und wieder schon mal erlebt hatte, erzeugte eine Insel der Verzweiflung in seinem Kopf. Und von den Beinen her, welche die Befehlsausführung verweigerten, empfing das Gehirn grelle Lichtblitze und feine elektrische Entladungen als ohnmächtiges Feedback in einer misslungenen Nervenkommunikation.

Bis auf einmal, nach wer weiß wie vielen Bemühungen, Handlungsinitiative zu erlangen, dort unten tatsächlich etwas zu zucken begann, jedenfalls ein unglaublich zarter Vorgang sich abspielte, den seine Erinnerung als eine spastische Form von Bewegung akzeptierte.

Wenn er nunmehr körperabwärts sondierte, spürte er inzwischen schon deutlich mehr an physischer Substanz. Die Beine waren vielleicht nicht einmal in voller Länge eingewickelt. Dieser Gedanke stellte sich beiläufig ein. Oberschenkel, Knie, Wade, noch nichts dergleichen war für den Tastsinn zu unterscheiden. Eine straff gespannte Ballonhülle um einen Flüssigkeitspool mochte das sein, was ins Visier der Aufmerksamkeit gerückt war, vielleicht elektrostatisch aufgeladen, denn jetzt spürte er die Blitze, die eben noch das Gehirn bei seinem vergeblichen Bemühen, den Extremitäten Befehle zu erteilen, erreicht hatten, auch in den Fingerkuppen, während sie über das, was allem Augenschein nach seine Beine waren, misstrauisch hinwegtasteten.

Danach war es auch mit den zuckenden Blitzen bald vorbei. Inniger wurde das Empfinden, zugleich aber wohl auch fremder der Gemütseindruck, den es hinterließ. Das war riesig, was er ertastete. Das war prall und breit, wie das Beine niemals sein konnten, dazu ein wenig elastisch, wie eine Gallerte. Er erschrak. Immer noch aber war das merkwürdige Gewebe recht straff gespannt und simulierte eine aufgeblasene Natur.

Doch nach und nach verblasste der Eindruck von einer ballonähnlichen Oberflächenstruktur. Ein Tier kam ihm in den Sinn. Mit einem glatten Fell, spärlich besiedelt von langen, fein sprießenden Härchen, die seine Finger mit der matten Wehrbereitschaft welker Nesseln schrecken wollten. Die Finger strichen darüber hinweg wie über grobkörniges Schmirgelpapier. Er kannte kaum einen unangenehmeren Eindruck unterhalb der Schmerzschwelle.

Konrad hatte noch kein realistisches Zeitempfinden. Er dachte auch nicht so sehr in Zeitportionen, sondern in Entwicklungsschritten seines sensorischen Systems, das von der anfänglichen rohen Form eines urtümlichen Tasteindrucks bis zu einem mehr oder weniger souveränen Identitätsempfinden mit dem, was an seinem Körper stillgelegt worden war, zu den gekannten Dimensionen eines vervollständigten Ich-Empfindens zurückschwang.

Bis schließlich die Macht der regenerativen Energie sich nicht mehr eindämmen ließ und der Flutstrom des amputierten Lebens zu seinem anatomischen Ursprung zurückgefunden hatte, von dem aus er langsam, sicher und frei von der Hüfte abwärts kroch und bis in die Zehen hinein sich wohltuend ausbreitete. So sollte es also doch geschehen, dass er zum Herrn seiner neuen, fremden eigenen Beine mutierte. Ein weiteres Mal war er unter den Tantalos-Gelüsten modernster medizinischer Reparaturbesessenheit neu geboren worden.

Konrad verfiel in eine helle Aufregung. Er war glücklich. Er war besorgt. Er hoffte. Er zweifelte zugleich. Er griff in einem überraschenden Affekt zu der Schnur für alle Fälle und schellte die Krankenpflegerin herbei.

„Es ist nichts, Schwester", sagte er unsicher, als sie herbeigeeilt war. „Ich habe aus Versehen den Knopf betätigt." Er war furchtbar enttäuscht, dass Schwester Tanja nicht an seiner Seite war. Warum war er nicht auf seiner alten Station?

Dann beruhigte er sich allmählich, und Gedanken der nüchternen Art konnten sich zur Geltung bringen. Sie hatten ihr eigenes beunruhigendes Potential im Gepäck. Denn auch von einer nüchternen Betrachtung her hatte nicht mehr und nicht weniger als ein Wettstreit mit dem Risiko begonnen, dass sein eigener Körper das Gute, das ihm hinzugefügt worden war, als solches nicht erkannte und nicht anerkannte. Die erste Phase der Abstoßungsgefahr hatte bereits begonnen. Sie würde einige Tage dauern, bevor man sie als überstanden einzustufen hätte. Doch würde der Staffelstab des Verhängnisses in diesem positiven Fall nur weitergereicht worden sein an den hartnäckigen Bruder des Erstrisikos, der viele Monate lang in Bereitschaft stehen und viel Mühe aufwenden würde, um doch noch über das viele fremde Gewebe frohlocken zu können.

Bis in alle Ewigkeit würde er auf Medikamente angewiesen sein. Denn ein dritter, noch mächtiger, noch weit ausdauernder und hartnäckiger Bruder des Nachtransplantationsrisikos lauerte in der Ferne. Vor ihm glaubte Konrad sich am meisten fürchten zu müssen: Dass noch nach einer ganzen Reihe von Jahren, in denen er vielleicht erfolgreich auf den Beinen des *Anderen* herumgelaufen war, die Abstoßung des Fremden doch noch erfolgreich verliefe. Dann müsste man wieder abschneiden, was unter so großen Mühen angenäht worden war. Dann würde man ihm wieder nehmen, woran er sich vielleicht hoffnungsvoll gewöhnt hatte. Zweifellos, es war gerade dieser Gedanke, der Konrad so unerträglich war wie kaum ein zweiter. Deshalb drängte er ihn zähnefletschend beiseite, um ganz hier, ganz jetzt, um ganz er selbst und gegenüber den nächstliegenden bedrohlichen Unwägbarkeiten des in seinem Organismus wütenden biologischen Aufruhrs durch mentale Selbstsicherheit hinreichend gewappnet zu sein.

Der Professor zeigte sich zufrieden, als er ihn aufsuchte. Die Operation sei ohne Komplikationen verlaufen. Nerven, Blutgefäße, die diffizilsten Gewährleistungen bei der Verknüpfung des Materials, hätten nichts zu wünschen übriggelassen. Er erwähnte noch einmal mit Genugtuung Konrads ausgezeichnetes Heilfleisch.

„Da haben Sie jetzt etwas bekommen, worauf Sie sich verlassen können, Herr Keller. Freunden Sie sich damit an. Wir beginnen so bald wie möglich mit den Rehabilitationsmaßnahmen. Im Übrigen rechne ich nicht mit abweisenden Reaktionen in der allernächsten Zeit. Langfristig kann selbstverständlich niemand eine Garantie abgeben. Die Chancen stehen aber gut, dass Sie Ihre neuen Beine in absehbarer Zeit fast wie ihre alten werden gebrauchen können."

Konrad konnte nicht verhindern, dass ihn ein Gefühl von Seligkeit durchflutete. Um davon abzulenken, glaubte er dem Professor Mitteilung machen zu müssen, dass er seine alte Krankenstation ein wenig vermisse.

Der Professor, der bei dieser Visite tatsächlich ohne jegliche Begleitung gekommen war, wiegte den Kopf auf dem schmalen Hals hin und her.

„In drei Tagen werden Sie wieder in die vertrautere Umgebung zurückgeführt. Man hört, dass Sie eine gewisse Anhänglichkeit gegenüber dem Personal dort an den Tag legen. Ruhen Sie aus. Sammeln Sie Ihre Kräfte. Wie gesagt, Sie sollen schon bald sehen, dass wir Ihre neuen Beine nicht zur bloßen Zierde angebracht haben."

9

Dann kam für Konrad der Tag der Begegnung seiner Sinne mit einer neuen Lebenswahrheit, wie moderne Medizinkunst in einer Sternstunde ihrer Schaffenskraft sie kreiert hatte. Es wurde der Augenblick einer emotionalen Betroffenheit und bizarren Einfühlsamkeit in die

Geheimnisse eines durch Menschenwillen neu erfundenen aufrechten Gehens.

Bis dahin hatte er sich geweigert, bloß mit den Teilwahrheiten seiner modifizierten körperlichen Erscheinungsform unterhalb der Gürtellinie in Blickkontakt zu treten und sich stattdessen darauf konzentriert, die reine Funktionalität jener ausgeborgten Verlängerung seiner zerstückelten Anatomie zu erleben und auszutesten. Jenes medizintechnische Artefakt aber vollzog mit dem schwerversehrten jungen Mann ein kleines Wunder. Es sicherte diesem zuerst ein vorsichtiges Bewegungsvermögen im Bett, bald, nach regelmäßigen Mobilisations-Übungen mit einer Pflegekraft, größere Bewegungsfreiheit überhaupt, noch später den aufrechten Stand außerhalb des Bettes, endlich aber unter großer Aufregung die ersten unbeholfenen Schritte, von blauen Krücken zunächst unterstützt und abgesichert, als wiedergewonnene Lebensqualität. Und auch dann war der Fortschritt im Gebrauch der neuen Organe noch längst nicht zum Erliegen gekommen.

Es waren, in der funktionalen Betrachtungsweise, die Gliedmaßen, die sein neues Leben trugen, nichts Weiteres als ordinäre Beine. Oh ja, in den erhebenden Augenblicken der süße Früchte tragenden Anstrengung der Fortbewegung schwebte eine Wolke von Erleichterung vom Grunde seines Gemütes empor, und nicht weniger wunderbar dünkte Konrad das, was mit ihm geschah, als seinerzeit dem gläubigen Petrus, da er gewahr wurde, wie die Wasseroberfläche des Sees Genezareth auf Geheiß eines Begnadeten seine irdische Schwere trug. Er konnte gehen. Er würde bald noch besser gehen können. Ohne Zweifel stiftete diese besondere Erfahrung einen überwältigenden Eindruck in seinem noch kurzen Leben.

Doch ein ähnliches Gefühl, hätte er es nicht auch erfahren, wenn ihm die zurückgewonnene Mobilität aus der Rekonvaleszenz der eigenen geschundenen Gliedmaßen entstanden wäre? Die Freude wäre dann doch nicht minder groß gewesen. Das positive Resultat einer neu erworbenen Souveränität wäre nicht minder stark herbeigesehnt worden. Allein, mit einer solchen Betrachtung konnte es nicht getan sein. Tief in Konrads Innerem suchte ein einziges Faktum jeden Gedanken an eine Normalität der Situation umzustürzen. Der ganzen Fülle des Unbegreiflichen nämlich, dass er in Wirklichkeit auf der Hinterlassenschaft eines Toten herumstakste, dass sein Gehirn den Extremitäten eines Fremden Befehle erteilte, die der andere an seiner Stelle womöglich gar nicht im Sinn hätte, dieser Absonderlichkeit, an die sein neues Leben auf Gedeih und Verderb angehängt worden war, hatte er sich noch nicht stellen wollen, noch nicht stellen können.

Bis knapp unterhalb der Knie blieb er nach der Operation in Verband und Tüchern gewickelt. Der Rest der Spendergabe, im Wesentlichen aus Waden und Füßen bestehend, hatte, als die ersten mobilisierenden Übungen in Angriff genommen wurden, vor seinen Blicken freigelegen. Einen nur hatte er bisher gewagt. Ein einziger war beinahe beiläufig ausgeschickt worden, der gierig seine neuen Füße fand und sogleich die Botschaft zurückfunkte: *Das ist nicht deine Schuhgröße.*

In jenem Augenblick einer allererersten Fassungslosigkeit über das Erscheinungsbild der an ihm vollbrachten Symbiose hatte er beschlossen, nicht mehr hinzusehen, stattdessen sich auf Erwerb und Erweiterung der funktionalen Geschicklichkeit zu konzentrieren und so lange mit dem Inspizieren des errungenen Körperteils zu warten, bis man ihm alles davon zur Begutachtung würde freigelegt haben. Jetzt endlich war es so weit, dass er das Ganze erschauen durfte und sich in die verbliebene fleischliche Signatur eines fremden, längst verwelkten Organismus vertiefen sollte.

Im Krankenzimmer hatten sie ihn so weit hergerichtet, dass er hier, an dem gewissen Örtchen, das Menschen aufzusuchen pflegen, wenn sie allein mit sich selbst etwas abzumachen haben, mit wenigen Handgriffen den Vorhang zu lüften vermochte, der die intimste Begegnung mit seiner neuen Körperlichkeit noch hemmte.

Seit jenen weit zurückliegenden Tagen, da er als pubertierender Junge sich seiner Geschlechtlichkeit bewusst geworden war, hatte es keinen vergleichbaren Augenblick der inneren Überwältigung mehr gegeben, in dem seelische Erhabenheit, fleischliche Verdorbenheit und ein bis dato unbekanntes Verlangen nach lustvoller Entäußerung zu einer untrennbaren, aber widerspruchsvollen Einheit der Selbstwahrnehmung verschmolzen. Zum zweiten Mal in seinem noch jungen Leben musste Konrad vom Baume der Erkenntnis kosten, zum zweiten Mal mit allen seelischen Kräften sich einer unfassbaren Neuentdeckung im Hinblick auf seine körperliche Identität ausliefern.

Er hatte nach einem Gesamteindruck verlangt, bevor die Details ihn überzeugen dürften. Um des Gesamteindrucks willen war er vor den großen Spiegel getreten und hatte sich in heftiger Aktion entblößt. Was aber sollte sein Gehirn in diesem Augenblick auch anderes tun als das, was es in einer ersten Staffel von neuronalem Feuerwerk immer tat, wenn ihm der Sehsinn die Koordinaten eines Körpers mitteilte, als zu rechnen und danach das Resultat mit einem imaginären Urbild zu vergleichen. Von der Bewältigung einer solchen Routinehandlung des Gehirns war auch der eigene Körper nicht ausgenommen.

Ans Wunderbare grenzt die Befähigung des menschlichen Bewusstseins zur Gesichtserkennung, grenzt auch die Leistung des Gehirns, Symmetrien und Proportionen in Augenblicken auszumessen und kleinste Abweichungen sowohl von dem, was die Erinnerung gespeichert hatte als auch von dem, was als ein Repertoire von Idealmaßen in seinen Tiefenstrukturen hinterlegt war, unbestechlich zu beurteilen, bevor vielleicht nachgelagerte Illusionsbildung im verstörten Gemüt etwas anderes daraus machte.

Da stand er nun vor dem Spiegel und empfing als erstes eine Botschaft, die er nicht erwartet hatte. Er war kleiner geworden, als er sich in Erinnerung hatte. Er war gewissermaßen ein Stückchen geschrumpft. Der Unterleib und der Oberkörper passten von den Maßen her nicht mehr so vorteilhaft zueinander, wie er das gewohnt war und wie er das früher als selbstverständlich an sich zu schätzen gewusst hatte. Er war sich über die Absurdität des Gedankens in seiner jetzigen Lage vollkommen im Klaren, aber das machte dem Gedanken nichts aus, weil er nun einmal da war und Macht über die Vorstellung gewann, wie das für ihn als Mann und für sie als Frau sein würde, wenn er mit derart zerrütteten ästhetischen Proportionen demnächst bei einem Mädchen läge.

Konrad ließ sich auf die zweckdienliche Vorrichtung nieder, obwohl ein Geschäft nicht anstand. Der kleine Hocker war ihm nicht bequem genug. In dieser Haltung war er erst einmal der Unmittelbarkeit seiner niederschmetternden Selbstwahrnehmung entzogen. Zwangsläufig drängten sich nunmehr die Einzelheiten in die emotionale Verarbeitung, die ästhetischen Kleinigkeiten und anatomischen Besonderheiten des *Anderen,* die für sich warben, es aber schwer hatten, gegen die Voreinstellung anzukommen, die der Gesamteindruck hervorgerufen hatte,.

Zuerst fühlte sich der allererste Blick noch einmal bestätigt, dass er seine Schuhe wohl wegwerfen müsste. Konrad befürchtete, es in diesem Zusammenhang mit einem ähnlichen psychologischen Phänomen wie im Falle des Autowechsels zu tun zu haben, wo es auch ungleich schwieriger war, vom großen auf ein kleineres Modell umzusteigen als umgekehrt.

Doch da war noch etwas, etwas Seltsames auf dem rechten Fuß; eine Maserung der Oberfläche, die der Haut ein wenig vom Charakter einer Hühnerhaut gab, an den sichtbaren Rändern der körnigen Struktur braungelb auslaufend, wie eine unachtsam geführte und niedergesetzte Kaffeetasse einen unschönen Rand hinterlassen konnte. Ein lange zurückliegender Unfall oder die Spuren einer frühen Verletzung, so kam es Konrad in den Sinn, den das unmittelbar davon betroffene Organ nun länger überlebte als der übrige Organismus.

Die Zehen waren tatsächlich ein wenig zierlicher als seine angestammten, und sie hinterließen den ersten positiven Eindruck, der aber schon bald attackiert wurde, als Konrad die Behaarung der Beine in Augenschein nahm. Die Farbe gefiel ihm nicht, sie war zu hell. Wohl auch spärlicher sprießten die atavistischen Überreste einer im Laufe der Evolution verlorengegangenen Fellbehaarung.

Konrad drückte, tastete, streichelte, er bewegte Muskeln und Gelenke. Meine Güte, fiel es ihm auf, wie viel von dem *Anderen*, im Längenmaß ausgedrückt, nun ihm zu Eigen war, trotzdem er seine vormalige Körpergröße nicht mehr erreichte. Nur die Nähte konnte er nicht begutachten. Noch war der Fortschritt in der Wundheilung nicht so weit gediehen, dass auch sie dem voyeuristischen Blick freizugeben wären. Doch er erschrak, als ihm zum ersten Mal in den Sinn kam, wie nahe sie an den Rumpf heranreichten. Die Grenze zwischen Amputation und sicherem Tod war im Millimeterbereich zu ziehen gewesen.

„Ist alles in Ordnung bei Ihnen, Herr Keller?" Konrad zuckte zusammen, als die Stimme von draußen zu ihm hereindrang.

„Ja, ja", rief Konrad zurück, „ich komme gleich."

Freunden Sie sich damit an, hatte ihn der Professor aufgefordert. Das war vielleicht leichter gesagt als getan. Die neuen Beine waren ihm räumlich und emotional unglaublich nahe, und nicht nur an schönen Strandtagen durch die Wahrnehmung der Mädchen würde das so sein. Man musste ihm Zeit geben, dieses Stück Identität des *Anderen* an sich selbst zu akzeptieren.

In das schwer zu besänftigende Misstrauen mischten sich indes die ersten heilsamen Zweifel. Wer aus einem brennenden Haus gerettet wurde, hatte keinen Anspruch, auf dem bequemsten Weg herausgebracht zu werden. Es war nicht gerechtfertigt, an seine alten sportlichen Höchstleistungen zu denken und sich zu fragen, ob er an sie mit der anatomischen Unwucht, mit der sein Körper nunmehr sichtbar ausgestattet war, noch einmal heranreichen konnte, wenn die Möglichkeit der selbständigen Fortbewegung für den Rest seines Lebens überhaupt auf dem Spiel gestanden hatte.

Konrad war froh, dass sein Krankenhemd keine Knöpfe hatte. So blieb ihm erspart, in diesem Augenblick einer deprimierenden Unschlüssigkeit an ihnen abzählen zu müssen: *Ich liebe sie, ich liebe sie nicht, ich …*

Doch dann, als er sich vom Klo-Sitz erhob, meldete sich sein Realitätssinn zurück, und er schwoll an mit jedem gemachten Schritt. Jeder souveräne Akt an autonom gesteuerter Mobilität milderte seinen ersten negativen Gesamteindruck von den neuen Instrumenten, bis die Einzelabenteuer des freien aufrechten Gehens sich summiert hatten und der Seele die atemlose Gewissheit auferlegten, dass er hilflos wie ein Käfer auf dem Rücken liegen würde, wenn ihm die Beine jenes unbekannten Fremden, die er zu dessen Lebzeiten am Strand gewiss übersehen hätte, weil sie ihm nicht attraktiv genug erschienen wären, nicht dieses neue tätige Leben geschenkt hätten.

Als Konrad nach vielen kleinen selbständigen Schritten wieder an seinem Krankenbett stand, hatte er sich innerlich gefangen und glaubte, gefasst und zuversichtlich an der weiteren Rehabilitation arbeiten zu können. Der anfängliche Gesamteindruck, der ihn fassungslos gemacht hatte, war schon verblasst, ohne vollständig getilgt zu sein. Doch nur Schwester Tanja, die zum Abend hin an sein Bett trat, vertraute er etwas von dem an, was tagsüber sein Gemüt durchgeschüttelt hatte. Als die Eltern ihn später besuchten, als seine Schwester Sandra sich an ihn schmiegte, als Freunde sich einstellten, schwärmte er von seinen neuen Beinen und ließ sich in den höchsten Tönen darüber aus, was er mit ihnen demnächst noch alles anstellen werde.

10

Seit bald einem Jahr besuchte Konrad nun zum ersten Mal wieder den *Blauen Engel*, das Bistro mit der besonderen Atmosphäre, das von jüngeren Leuten aus dem Geschäftsleben rundherum, insbesondere von Angestellten in den mittleren Hierarchieebenen, gern aufgesucht wurde. Seinerzeit hatte er unter der Woche, mit oder ohne weibliche Begleitung, gewöhnlich ein paar Stunden am Abend hier zugebracht und dann gleich die letzte kleine Tagesmahlzeit eingenommen. Dabei trank er im Allgemeinen wenig und sah zu, dass er spätestens um elf zu Hause war. Er arbeitete zuverlässig in seinem Job. Doch dafür brauchte er ausreichend Schlaf.

Während er jetzt steif auf einem Hocker an der Bar saß und auf Rüdiger Knapp wartete, blinkten die Ereignisse der letzten Wochen und Monate in seinem Kopf nach. Seine beneidenswerte Fähigkeit, die Gegebenheiten des Lebens, gerade solche der unangenehmen Art, locker wegzustecken und sich immer sofort auf die nächsten Erfordernisse zu besinnen, hatte merklich Schaden genommen durch die Wucht des Schlages, den das Schicksal ihm zugefügt hatte.

Er dachte über eine wichtige Angelegenheit inzwischen länger nach als früher; nicht unbedingt gründlicher, bestimmt aber nachhaltiger. Und möglicherweise lud er sich dabei die Gefahr einer emotionalen Virulenz auf, dass eine unmerkliche Gemütsveränderung, auch wenn sie sich anfangs schleichend vollzog und erst später, nach ihrer Vollendung überhaupt bemerkt wird, irgendwann einmal das Identitätsempfinden ramponieren könnte.

Dass er nachdenklicher geworden sei und von seiner früheren Leichtigkeit etwas abgegeben habe, war ihm seit seiner Entlassung aus der Klinik schon mehrfach attestiert worden. Man vermied es immer, vielleicht mit Rücksichtnahme auf sein seelisches Empfinden, vielleicht wegen der vermuteten Nichtigkeit der beobachteten Verhaltensweise, den Gesichtspunkt zu vertiefen; denn ganz augenscheinlich, nach einem nicht einmal übermäßig großen Quantum verflossener Zeit des Beisammenseins, nach erhellenden Gesprächen und genutzten Gelegenheiten gegenseitig gewidmeter Aufmerksamkeit, war doch an dem Konrad nichts Auffälliges mehr zu entdecken, und der angemerkte neue Charakterzug zerfloss in der Wahrnehmung des Gesprächspartners wie ein frühmorgendlicher Nebel beim Heraufziehen eines sonnigen Tages.

Wenn Konrad hingegen allein war, konnten sich die Nebel auch schon mal hartnäckiger halten, wie man das im Herbst ungeachtet einer allgemein schönen Wetterlage nicht selten antrifft. Neue Einsichten und Erkenntnisse wurden durch die geistige Regsamkeit dabei schon lange nicht mehr zu Tage gefördert. Es war wohl eher so, dass die Arbeit des Verstandes der malträtierten Seele eine spürbare Entlastung verschaffte. Das verhalf dem Alltagsbewusstsein, das beruflich nicht mehr und auch sonst kaum noch durch nützliche und ablenkende Beschäftigung beansprucht war, sehr zu einer stabilen Verfassung, an der Konrad nun einmal gelegen war.

Das Verlassen der Klinik, nachdem er auf seinen erworbenen Beinen selbständig und ohne fremde Hilfe laufen gelernt hatte, war ihm, emotional gesehen, kein schwerer Schritt geworden, sondern wie die Vollendung jener Neugeburt erschienen, die mit dem Erwachen aus der Narkose eingeleitet worden war. Das Krankenzimmer, das wuchtige Bett, die medizinische Gerätschaft und vieles mehr, so unauslöschlich diese Gegenstände mitsamt dem eigenwilligen Aroma, das sie verströmten, seine Erinnerung besetzt hatten, wollte er gerne und am besten für immer hinter sich lassen.

Wenn es ihm tatsächlich schwerfiel, sich von irgendetwas zu lösen, was während der Bewältigung seines Klinikdaseins eine bemerkenswerte Rolle gespielt hatte, dann war das Schwester Tanja. Mit Schwester Tanja hatte er, geschuldet der Entlassung aus dem Hospital, eine Bezugsperson verloren, von der er erst draußen begriff, wie wertvoll sie ihm gewesen war. Sein Gespür von der hohen Bedeutung dieser Bekanntschaft hatte ihn danach verlangen lassen, dass es kein abrupter Verlust werde, sondern besser ein gestaffelter Abschied, ein etappenweises Loslassen, vielleicht sogar die allmähliche Umwandlung einer bloßen Pflegebeziehung im fürsorglichen Handwerk in eine solche der freundschaftlichen Art außerhalb jeglichen beruflichen Sachzusammenhangs.

Viel Gelegenheit dafür schien ihm gegeben. Denn mitnichten hatte er die Klinik tatsächlich hinter sich gelassen. Die Notwendigkeit der Nachsorge, die Beobachtung der Wundentwicklung, die jederzeit in eine heimtückische Überwucherung der segensreichen Heilkräfte hinein fehl laufen konnte, die weitere Optimierung der Rehabilitationsmaßnahmen, die ständige Anpassung der Medikation, all das machte ihn auf absehbare Zeit zu einem regelmäßigen Besucher bei Professor Knippschild und bei manchem anderen der dienstbaren Geister seiner Umgebung.

Jede dieser Visiten, von denen morgen wieder eine anstand, hatte er nutzen wollen, um Schwester Tanja *Guten Tag zu* sagen. Noch kein einziges Mal seit seiner Entlassung vor einem Monat war ihm das gelungen. Hieß es anfangs noch, Schwester Tanja sei nicht in der laufenden Schicht vertreten, so wurde später gesagt, sie sei auf eine andere Station versetzt worden. Man schien sie auf einmal nicht mehr zu kennen, oder man war in einen Zustand des Desinteresses der Mitarbeiterin gegenüber versetzt worden. Von der Schwester Roberta mit ihrer brüsken Ausstrahlung hatte er nicht unbedingt eine freundliche Haltung erwartet. Doch die verbreitete Gleichgültigkeit auch der anderen Pflegekräfte irritierte Konrad sehr.

Sie hatten sich eigentlich doch herzlich voneinander verabschiedet. Seinen Wunsch, ihre Adresse in Erfahrung zu bringen, hatte Konrad sogar zurückgestellt, weil er doch wusste, dass er wiederkäme und jetzt nicht gleich mit der Tür ins Haus fallen wollte. In eine vorübergehende Gesprächsleere hinein, wie sie bei emotional unterlegten

Abschiedszeremonien leicht auftreten kann, hatte er Schwester Tanja von seiner Beobachtung während des Erwachens aus der Narkose erzählt. Den Umstand, dass jemand die Frachtverpackung gespendeter Gliedmaßen nach erfolgter Transplantation an seinen Körper zu Gesicht bekommt, schien ihm zwar ein wenig skurril, andererseits aber auch nicht so schräg, dass man darauf als attraktiven Gesprächsstoff verzichten müsste.

Das stumme Entsetzen, das in Tanjas Augen trat, als er seinen Erzählstoff ausbreitete, hatte er seither nicht mehr vergessen können. Nur für einen Augenblick zwar hatte sie so ausgeschaut, als ob der Leibhaftige sie verschlingen wollte, doch vielleicht deshalb, wegen der Kürze, in der er wirken sollte, war die emotionale Dichte des Augenblicks, während sie ihn ansah, von so erschreckender Wirkung. *Was ist los, Schwester Tanja? Was haben Sie?* war es ihm entfahren. Doch da hatte sie sich auch schon gefangen. *Es ist nichts*, hatte sie geantwortet. *Ich fühle mich auf einmal nur schrecklich überarbeitet.* Auch darüber, was wirklich in ihr vorgegangen war und was sie möglicherweise missverstanden hatte, wollte Konrad sie noch einmal befragen. Immer wieder kam er beim Nachdenken an diesen Punkt heran. Doch wie sollte er sie ausfindig machen? Oder wollte sie ihm vielleicht gar nicht mehr begegnen? Aber warum?

Als Rüdiger Knapp, der gerade das Bistro betreten hatte, jetzt seine Grübelei unterbrach, war Konrad froh, auf andere Gedanken gebracht zu werden. Doch noch bevor Rüdiger dazu kam, Konrad zu begrüßen, hatte eine junge, hochgewachsene Frau, die hinter ihm das Bistro betrat, ihn mit einem schnellen Schritt überholt und mit Konrad an der Bar Kontakt aufgenommen. Sie ergriff seine Hände, drückte ihm einen Kuss auf die Stirn, und für ein paar Sekunden kraulte sie mit ihrer Rechten seinen Nacken.

„Das ist so wunderbar, dich wiederzusehen, Connie! Rüdiger hat mich immer auf dem Laufenden gehalten.

Aber am Samstag will ich eine originale Berichterstattung von dir. Du kommst doch, oder?"

„Klar komm ich, Margot. Freu mich auch, dich zu sehen."

Es blieb nicht aus, dass Konrad im Hinblick auf den Bericht, den Margot, die Lebenspartnerin von Rüdiger Knapp, von ihm erwartete, jetzt schon mal einen kleinen Vorschuss gewähren musste. Er bemühte sich um einen möglichst emotionsarmen Erzählstil.

Als er seine augenblickliche Situation dahingehend zusammenfasste, dass die Angelegenheit gut vorankomme, besser jedenfalls, als der medizinische Sachverstand das ursprünglich für möglich gehalten habe und dass sich für ihn die Beschwerden in erträglichen Grenzen hielten, da konnte man an Konrads Körpersprache gut erkennen, dass er keineswegs seinen Zuhörern etwas vormachte; doch ein genauer forschender Blick eines Beobachters in sein Gesicht hinein würde auch nicht übersehen haben, dass der gehandikapte Jüngling nicht alles, ja, nicht einmal alles Wichtige über seine Befindlichkeit preisgegeben hatte.

„Weißt du, Connie", sagte Margot, „eigentlich brenne ich darauf, dich einmal gehen zu sehen. Die Vorstellung, dass da jemand mit Beinen herumläuft, die schon mal einem anderen gehört haben, die finde ich ungeheuerlich. Keine Angst, du bist kein Zirkuspferd, und ich werde dich nicht wie ein solches behandeln. Auch die weibliche Neugierde kann sich, wenn es denn nicht anders geht, für ein Weilchen bezähmen. Bis Samstag also!"

Noch einmal drückte sie Konrad einen Kuss auf die Stirn, bevor sie sich in den Gastraum des Bistros begab und an einem der hinteren Tische Platz nahm. Dort wurde sie von vier weiteren Frauen begrüßt.

„Sie bespricht sich mit einigen Abteilungsleiterinnen der Firma. Da ist wohl irgendetwas blöde gelaufen. Nun ist Manöverkritik angesagt."

„Ihr wollt also tatsächlich heiraten?" fragte Konrad.

„Der Wunsch geht eher von Margot aus. Sei es drum. Drei Jahre zusammen. Ich meine, nach so einer langen Zeit hat man doch einigermaßen Klarheit, worauf man sich einlässt. Am Samstag geben wir unser Vorhaben bekannt."

Beide schwiegen sie eine Weile, jeder in seinen besonderen Gedanken versunken, bis Konrad wissen wollte, ob es Neuigkeiten über Maria gebe.

„Du hättest Margot danach fragen sollen", sagte Rüdiger. „Die beiden kontaktieren wieder über E-Mail. Maria kommt jedenfalls in diesem Jahr noch zurück."

„Fein", sagte Konrad. Seitdem ihm bekannt war, dass Maria in die Staaten gegangen war, wo ihre Firma in der Nähe von New Orleans die einzige Auslandsniederlassung betrieb, betrachtete er seine Lebensperspektive für sich im Hinblick auf die ehemalige Freundin mit größerer Gelassenheit.

Jetzt ließ er das Thema erst einmal liegen. Mit Rüdiger hatte er etwas Wichtigeres zu besprechen, nämlich die Möglichkeit seines Wiedereinstiegs in die Firma. Es sah dafür, so erkannte er bald im Verlauf der Unterhaltung, nicht wirklich gut aus, jedenfalls nicht auf absehbare Zeit.

„Man zweifelt an deiner Belastbarkeit und auch an deiner zeitlichen Unabhängigkeit für die Belange der Firma", schloss Rüdiger seine Ausführungen, nachdem seine Sicht der Dinge, die er sich nach Rücksprache mit der Geschäftsleitung angeeignet hatte, gewissermaßen auf dem Tresen lag.

„Sei mal ehrlich", forderte er Konrad heraus, „Wie viele Termine hast du wöchentlich in der Klinik? Wie viel Zeit hast du dafür zu veranschlagen? Musst du nicht ständig während des Tages den Bewegungsapparat trainieren? Wie flexibel bist du überhaupt in deiner Fortbewegung? Hat sich deine Anfälligkeit für Infektionen erhöht? Jedermann weiß, wie ein solcher Medikamentencocktail, den du einnehmen musst, auf das Immunsystem schlägt. Mensch Connie, du bist gerade mal einen Monat draußen. Im

nächsten Jahr mag die Sache schon ganz anders aussehen. Ich dachte, du hast keine finanziellen Probleme."

Konrad schwieg eine Weile. Dann wehrte er ab.

„Es geht mir nicht um die Kohle. Ich muss einfach was
Nützliches machen. Ich vermisse das vertraute geschäftliche Metier. Aber ich begreife natürlich, die Firma ist kein
karitativer Betrieb. Und die Antworten auf die von dir ge-
stellten Fragen fallen nicht gut aus, wenn man die Profita-
bilität eines Mitarbeiters im Auge hat."

„Wie sind denn, jetzt mal ganz ehrlich gesagt, deine körperlichen und gesundheitlichen Perspektiven?" wollte
Rüdiger wissen.

„Wenn das Gewebe nicht doch noch abgestoßen wird,
kann ich längerfristig, also auf Sicht mehrerer Jahre, bis
an die Höhe meiner früheren Beweglichkeit heranreichen.
Der Professor hat nicht einmal ausschließen wollen, dass
es irgendwann einmal sogar fürs Joggen reichen könnte.
Aber gut, ich selbst will mich nicht unbedingt auf Wunder
versteifen. Doch verstehe, für eine zuverlässige Geschäftstätigkeit wird das reichen."

Sie redeten noch eine Weile hin und her. Dann war insoweit ein Einvernehmen hergestellt, dass Konrad im Augenblick keine Initiative auf Einstellung starten, sondern
erst einmal eine weitere Besserung seines Zustandes ab-
warten sollte. Liefe dann alles nach Plan, könnte im Früh-
jahr des kommenden Jahres eine Bewerbung versucht
werden. Rüdiger versprach, sich dann voll einzubringen.

„Sag mal, merkst du eigentlich nicht, dass du mir dauernd gegen das Schienbein trittst?" Rüdiger lachte, als er
diese Frage stellte. Er stand direkt vor Konrad an der Bar,
der immer noch steif auf dem Hocker saß, und er war deshalb den unregelmäßigen Zuckungen ausgesetzt, die sich
in Konrads Unterschenkeln seit einer Weile eingestellt hatten.

„Tatsächlich?" In Konrads Gegenfrage schwang Überraschung mit. „Nein, ich habe nichts gemerkt. Der Professor
meinte, dass eigenwillige Nervenreaktionen am Anfang

sehr gut möglich sind. Das muss wohl der komplizierteste Teil der gesamten Transplantation gewesen sein, die zahllosen Nerven richtig miteinander zu verknüpfen, damit der Kopf wieder zuverlässig mit den Beinen kommunizieren kann."

Rüdiger schien es so, als wollte Konrad noch etwas hinzufügen. Er sah ihn deshalb fragend an. Konrad druckste erst einmal eine Weile herum. Dann rückte er doch noch mit einer Mitteilung heraus, die ihm wohl etwas peinlich war.

„Diese Reaktionen sind bisweilen komisch. Ich spüre sie nicht als Bewegung des Beins. Aber ich kann sie sehen, wenn ich aufmerksam bin. Halte mich jetzt nicht für verrückt, aber ich hatte beim Gehen schon manchmal den Eindruck, dass die Beine mich viel lieber in eine andere Richtung führen wollten, als ich sie eingeschlagen hatte."

„Dann hat der Herr Professor dir wohl eher Wünschelruten angenäht." Rüdiger wollte dem Thema mit einem Scherz die Spitze nehmen. Doch Konrad ging nicht darauf ein. Er wurde lebhaft und argumentierte mit einer für ihn ungewohnten Ernsthaftigkeit.

„Auch der Kaffee, den du gerade trinkst, ist für meine Beine offensichtlich anregend. Das ist die spezielle Bohne, die hier im Haus gebrüht wird. Sie hat ein komplexes Aroma. Doch mir ist, als hätte ich das früher anders wahrgenommen."

„Vielleicht nicht so sehr mit den Beinen, hmmm?" Rüdiger war immer noch der Überzeugung, das Thema, das sein Einfühlungsvermögen überforderte, am besten von der lustigen Seite zu nehmen.

„Vielleicht hast du recht." Konrad bemühte sich um einen Stimmungsumschwung. „Der Mensch wird ja auch meschugge, wenn er sich andauernd mit einem seiner Körperteile beschäftigt. Aber ernsthaft, ich habe natürlich schon mal daran gedacht, dass in dem ganzen undurchschaubaren Nervengewusel vielleicht doch ein falscher Draht zum Gehirn gelegt wurde. Der Professor meinte, selbst wenn, das komplexe System verkraftet das und organisiert sich zuverlässig selber, wenn man ihm etwas Zeit lässt. Rüdiger, ich mach mich mal davon. So lange sitzen funktioniert noch nicht. Und die Hocker sind nicht sonderlich bequem."

Konrad machte ein etwas gequältes Gesicht, als er langsam vom Hocker glitt. Ein kurzer Handschlag. Dann verließ er das Bistro. Rüdiger sah ihm nach. Konrad ging langsam, aber einigermaßen sicher. Er fiel dabei, so hatte es den Anschein, etwas plump in den jeweils nächsten Schritt hinein. Rüdiger erinnerte sich, was für einen geschmeidigen Gang der Freund früher gehabt hatte; für die Mädchen war er immer einen Hingucker wert, obwohl das Hingucken, nach landläufiger Meinung, eher andersherum stattfinden sollte.

Scheiße, dachte Rüdiger, *was einem im Leben alles passieren kann.*

11

Am darauffolgenden Tag fand Konrad die Kraft, endlich ein inneres Versprechen einzulösen. Er bestellte ein Taxi und ließ sich in die Pelzerstraße bringen. Vielleicht war das nicht unbedingt der beste Ort für sein Vorhaben. Doch schon zu lange hatte er gewartet, um seinen längst gefassten Vorsatz zur Ausführung zu bringen. Es war so etwas wie ein Gefühl der Mutlosigkeit gewesen, das ihn in der zurückliegenden Zeit, seit er die Klinik verlassen hatte, vor dem Schritt zurückschrecken ließ. Und eine alternative Idee für den Ort der Aussprache war ihm nicht gekommen.

Auch eine rundum plausible Erklärung für seine Verzagtheit fand er nicht. Von der Grundeinstellung her war er doch ein geradliniger Charakter, der sich nicht gern vor einer Herausforderung des Lebens versteckte. Es wäre zudem töricht, sich Schuldgefühle einzureden, als habe er das, was passiert war, selbst zu verantworten; abgesehen davon, dass er mit Abstand der hauptsächlich Leidtragende jener Schicksalssekunde war, die mit Brachialgewalt das Schäferstündchen von zwei verliebten jungen Leuten vernichtete. Wie dem auch sei: Der Schritt fiel ihm tatsächlich schwer. Doch gleich würde er ihn getan haben.

Mit einem tiefen Atemzug stieß er die Tür zum Frisiersalon auf und trat ein. Mechthild beschäftigte sich gerade mit dem Kopf eines älteren Kunden und dessen abgemagerter Haartracht. Sie blickte beim Ertönen des Türsignals gleichgültig auf, und so geschah es, dass ihr Blick dem Blick des einstigen Freundes in dem Spiegel begegnete, vor dem sie ihr Handwerk verrichtete.

Sie erstarrte augenblicklich in ihren Bewegungen. Eine heftige Gemütsattacke lief in Wellen über ihr Gesicht. Konrad, mit leichter Erregung aufmerksam auf die alte Freundin konzentriert, bemerkte als erstes ein freudiges Aufleuchten in den Augen von Mechthild, das jedoch augenblicklich wieder erlosch. Als sie sich langsam umgedreht hatte, während ihre Hände mitsamt Kamm und Schere, die eben noch kunstfertig im Einsatz gewesen waren, an den erschlaffenden Armen herabhingen, und sich ihr Blick mit dem von Konrad nunmehr ohne Umweg über das Spiegelbild traf, schaute der erwartungsvolle Besucher in ein blasses, freudloses und erschütternd ausdrucksloses Frauengesicht.

„Komm", sagte Mechthild, „wir gehen nach nebenan."

Sie beauftragte eine Mitarbeiterin, die gerade ohne Kundschaft war, ihren Frisierfall zu übernehmen. Dann schritt sie, ohne Konrad noch einmal anzusehen, auf eine kleine Tür an der rechten Seite des Frisiersalons zu, durch die sie einen unscheinbaren Nebenraum betraten. Mechthild gab Obacht, dass er die Tür hinter sich auch wieder fest verschloss.

„Setzen wir uns", forderte sie ihn auf und wies auf einige Sitzgelegenheiten um ein schäbiges Tischchen herum. Sie hatte wohl vor, ihn erst einmal nicht selbst zu Wort kommen zu lassen. Sie fing an, über belanglose Dinge ihrer Geschäftstätigkeit zu reden. Gleich darauf beklagte sie, dass man ihr eine Zeitlang nach dem Unfall die Tür eingerannt habe, um ihre traurige Berühmtheit einmal live zu erleben.

„Doch jetzt ist alles wieder normal." Die Beteuerung klang wie ein missglücktes Frohlocken. „Die Attraktion hat sich längst erschöpft. Alles ist wieder normal, alles, bis auf das, was tief drinnen steckt."

Mechthild wischte sich mit einer raschen Bewegung über die Augen. Konrad konnte nicht erkennen, ob sie eine Träne entfernte oder nur ein kleines lästiges Insekt zur Strecke bringen wollte. Die äußere Maske ihrer Gleichgültigkeit war intakt.

In die entstandene Gesprächspause hinein wollte Konrad nun seinerseits etwas sagen. Doch Mechthild ließ es immer noch nicht dazu kommen. Kaum hatte er den Mund geöffnet, kam sie ihm zuvor.

„Ich hatte, als ich von den Fortschritten deiner Genesung erfuhr, erwartet, dass du irgendwann einmal kommen würdest." Dann, nach einer bedeutungsschweren Pause, fuhr sie fort: „Ich hatte befürchtet, dass es zu früh sein könnte. Nun weiß ich genau, wann immer du gekommen wärst, es wäre immer zu früh gewesen."

Erst jetzt, nach einer ersten Staffel von Gefühlsausbrüchen, die es herausgedrängt hatte aus ihrem quälenden Schlummerdasein in den Tiefen eines beschädigten Gemüts, schien Mechthild sich auch für das Zuhören ein wenig geöffnet zu haben.

Konrad berichtete über seinen Klinikaufenthalt. Er hielt sich dabei mit Details zurück, weil er sich unsicher darüber war, was er Mechthild zumuten konnte. Während er sprach, waren ihre Hände ständig in Bewegung. Mal glitten sie über den Tisch, als wollten sie einen Unrat beseitigen, mal umfassten sie die Tischkante und taten so, als wollten sie sie nach unten biegen. Mehrmals auch griff Mechthild zu einem Hocker hinüber, auf dem eine

Packung Zigaretten neben einem Schächtelchen mit Zünd-hölzern lag.

Konrad erinnerte sich, dass Mechthild früher nur gelegentlich geraucht hatte, in ihrem Geschäft überhaupt nicht. Auch ihre Mitarbeiterinnen waren von ihr angehalten worden, den kleinen Ruheraum nicht zu verqualmen. Jetzt war die Luft hier drinnen unangenehm verpestet von den Ausdünstungen abgebrannter Zigaretten und erkalteter Kippen. Und wenn er ihre Bewegungen richtig deutete, war sie selbst eine der Urheberinnen der miserablen Raumluft. Doch sie hielt sich jetzt zurück und widerstand der Versuchung. Während ihre Hände also unablässig nutzlos beschäftigt waren, hielt sie den Kopf unnatürlich ruhig und den Blick an Konrad vorbei starr auf die gegenüberliegende Wand gerichtet.

Hört sie mir überhaupt zu? dachte Konrad, der sich über die Geistesabwesenheit seiner Gesprächspartnerin wunderte. Eine Antwort darauf wurde ihm alsbald zuteil. Er kam nämlich darauf zu sprechen, dass er relativ spät nach dem Erwachen aus dem Koma von den Vorfällen draußen am Elbstrand erfahren habe und erwähnte in diesem Zusammenhang die Dokumentation seiner Schwester, die es ihm ermöglicht habe, den ganzen Unfall in seinen scheußlichen Einzelheiten nachzuvollziehen.

„Ich weiß noch, wie ich dich küssen wollte und inmitten eines sausenden Geräuschs in Ohnmacht fiel", hatte er gesagt, da brachte die Erinnerung in Mechthild alle Dämme zum Bersten.

„Du weißt ja überhaupt nicht, was sich da abgespielt hat", presste sie mit einer fremd klingenden Stimme hervor. Konrad schwieg sofort, als er bemerkte, dass die Erlebnisse seiner damaligen Begleiterin jetzt mit aller Macht an die Oberfläche drängten und sich unbedingt mitteilen mussten.

Mechthilds Worte kamen zunächst vorsichtig hervor, stockend, als müssten sie die Umgebung testen, auf die sie trafen. Nur zaghaft wagten sie sich zum eigentlichen Kern des furchtbaren Dramas vor. Für Konrad wurde ersichtlich, dass die Freundin damals keineswegs geschlafen, sondern, mit den Augen blinzelnd, sein Vorhaben erkannt hatte und auf den Kuss wartete, als auch sie auf das Pfeifen aufmerksam wurde.

Mechthilds Darstellung belebte sich vorübergehend ein wenig, als sie gleich darauf ihre ersten Eindrücke von einem Hergang schilderte, den sie seinerzeit lange nicht richtig begriffen hatte. Doch je näher sie dem sachlichen Kern ihrer Ausführungen kam, desto ausdrucksloser wurde ihre Stimme.

„Dieser furchtbare Schlag, der da auf einmal war. Ich weiß nicht mehr, ob ich einen Knall gehört habe. Ich dachte, die Welt würde zusammenstürzen und bekam es mit der Angst. Als es still war, habe ich erst einmal gar nichts wahrgenommen, nur noch einen etwas beißenden Geruch nach Verbranntem. Und dein Kopf, der sich eben auf meinen Kopf zubewegt hatte, der war auf einmal nicht mehr da, und deinen warmen Körper, den habe ich auch nicht mehr an meiner Seite gespürt. Stattdessen ... oh Gott!"

Mechthilds Stimme versagte. Sie drehte hilflos ihren Kopf zur Seite und versuchte, das Beben in ihrer Brust unter Kontrolle zu bringen. So, als habe sie ihre Rede auf ein Nebengleis geschoben, sprach sie von den Leuten, die auf das Unglück aufmerksam geworden waren.

„Es war ja schon einiges los an dem Strand. Die in unserer Nähe sind alle aufgeschreckt worden. Dann kamen sie schon bald von weiter weg und haben sich um uns herumgestellt und haben gegafft. Aber da war schon das viele Blut und da war ..."

Erneut geriet Mechthild ins Stocken, und es hatte ganz den Anschein, als wäre sie mit dem Erzählstoff wieder bei demselben Eindruck angelangt, an dessen sprachlicher Vergegenwärtigung sie vorhin schon einmal gescheitert war.

„Die Leute, ach, die Leute. Du lagst da in deinem Blut und rührtest dich nicht. Aber unter den Leuten hatte sich herumgesprochen, dass da was vom Himmel gefallen war. Die dachten wohl alle an die Nachrichten des Tages, und auf einmal wollten alle ein Stück von dem Himmelskörper finden. Die trampeln also alle um uns herum und suchen den Boden ab. Ein paar von denen wollten dich sogar auf die Seite drehen, um zu sehen, ob da was liegt, wonach sie suchen. Das war alles so furchtbar."

Mechthild hatte sich unterdessen beim Sprechen in einen Rhythmus hineingefunden, der ihr die Kraftaufwendung ersparte, ihren Bericht kontrollieren zu müssen. Es war, als ob etwas anderes in ihr aus ihr heraus sprach und sie als Medium benutzte. Wort für Wort trat hervor, eins so dünn und farblos wie das andere, aber alle miteinander durch das verflossene Erleben, mit dem sie fest verschmolzen waren, für Konrad von einer erschütternden Eindringlichkeit und Zeugniskraft.

„Da war aber einer", fuhr Mechthild fort, „ich glaube, dem verdankst du genauso dein Leben wie dem Professor, der dich operiert hat. Der hat sich erst einmal durch die Gaffer durchkämpfen müssen. Der hat augenblicklich geschnallt, was da abläuft, dann hat der sich eine Kinderschaufel gegriffen und auf alle dreingeschlagen, die in unserer Nähe herumfuhrwerkten. Wie getretene Hunde sind die Katastrophenjunkies abgezogen. Der hat sich von den am nächsten liegenden Decken alles an Textilien gegriffen, was er greifen konnte und in deine Beinstümpfe gesteckt, um den Blutstrom einzudämmen. Ein Teil hat er zerrissen, um was zum Abbinden zu haben. Aber vor oder zwischendurch, das weiß ich nicht so genau, da hat der einen anderen herangezogen, hat ihm sein Handy gegeben und ihn angeschrien, eine ganz bestimmte Nummer anzurufen. Und dann hat er noch dies und das angeordnet, und keiner hat gewagt, sich dem zu widersetzen. Der war so unglaublich cool, der Typ, das habe ich noch nicht erlebt. Dann ging auch alles ganz schnell, als der alles in die

Hand genommen hat. Da war auf einmal der Rettungshubschrauber. Der konnte auf dem Gelände gut landen. Die haben dich sofort weggetragen. Auch um mich hat sich ein Sanitäter gekümmert. Aber ich hatte ja nichts abgekriegt. Kaum war der weg, da waren die Reporter da. Da waren aber schon wer weiß wie viele Handyfotos gemacht worden. Eine Zeitlang habe ich einen Logenplatz im Internet eingenommen. Das haben mir später welche gesagt."

Nun zeichneten sich doch die ersten Tränen in der immer noch versteinerten Mimik ab. Bislang hatte Mechthild sie erfolgreich zurückhalten können. Mit einer schnellen Bewegung wischte sie über ihr Gesicht. Sie achtete nicht darauf, dass sie ihr Make-up im Gesicht verschmieren könnte, über das sich nun eine dunkle Spur zog. Alles, was sich im Gemüt der Frau angesammelt und über die Zeit hinweg verborgen gehalten hatte, drängte nun heraus. Nicht der geheimste Eindruck wollte zurückbleiben. Bald war mit der Monotonie einer gebändigten Leidenschaft eine schlichte, ergreifende Botschaft bei Konrad angekommen. Und dann war endlich auch der Damm gebrochen, und der gewaltigste Eindruck ihrer Erinnerung drängte aus ihr heraus.

„Das war doch alles so unwirklich, was sich vor meinen Augen abspielte, dass ich meinte, das alles zu träumen. Nur eins war da, das war das Schlimmste von allem, und da wusste ich, dass das kein Traum war. Als das Geschoss nämlich von oben auftraf, da hat die Wucht deinen Körper von mir weggedrückt, und ich habe dich auf einmal nicht mehr gespürt. Stattdessen ..."

Noch ein weiteres Mal stockte Mechthild. Ihre Mundwinkel hatten zu zucken und ihre Hände zu zittern begonnen. Doch sie nahm alle ihre Kräfte zusammen, um diesmal ihre Schilderung zu Ende zu bringen.

„Aber die Wucht des Aufpralls hatte auch deine abgetrennten Beine durch die Luft geschleudert. Die fielen aber in dem Schreckensmoment, während ich meinen Oberkörper schon halb aufgerichtet hatte, in meinen Schoß und lagen da quer übereinander, während der ganze Rest von dir von mir runtergefallen war. Aber die zuckten, die zuckten ja noch. Und das Blut, das viele Blut, das floss auf meinen Bauch, das floss in den Sand und drang klebrig und warm durch mein Bikinihöschen. Ich habe eine Zeitlang nur geschrien. Aber ich habe deine Beine festgehalten. Und die zuckten immer noch. Als ich merkte, dass die Leute da, wo du lagst, nach etwas suchten, da habe ich mich an deinen Beinen festgeklammert. Weil ich auf einmal Angst hatte, die könnten darauf herumtrampeln, wenn sie nach etwas suchten. Und ich hatte auf einmal den Gedanken, weil man von sowas irgendwann schon mal gehört hat, dass man das vielleicht noch mal gebrauchen kann und dass man das annähen kann, wenn was abgetrennt wurde, so wie deine Beine. Ach, das war alles so furchtbar ...!"

Während dieses letzten Teils ihrer Schilderung sprach sie immer schneller. Manchmal abgehackt, manchmal sich überschlagend, formten sich die einzelnen Sätze. Auch Mechthilds Stimme veränderte sich. Höher wurde der Ton und klang am Ende beinahe schrill. Man konnte den Eindruck gewinnen, die Erzählerin flüchte panisch in das Ende ihrer Geschichte hinein, weil nur bis dahin und für kein einziges Wort darüber hinaus ihre Lebenskraft reiche.

Um alle Selbstbeherrschung war es dann auch geschehen. Die Tränen rannen ihr übers Gesicht, während sie von Krämpfen geschüttelt wurde. Sie hatte zu Ende gesprochen, doch seltsam, dem inneren Beben trotzend, wollte sie unbedingt noch diese eine, belanglose, ja beinahe widersinnige Bemerkung gemacht haben, die sie nur mühevoll, mit mehreren Unterbrechungen, zu Ende brachte:

„... und ich hatte so etwas vorher doch überhaupt noch nicht erlebt."

Mechthild verstummte. Wie in Trance griff sie, ohne diesmal zu zögern, nach den Zigaretten und steckte eine in Brand. Sie inhalierte nicht tief, sondern paffte, nervös zitternd, vor sich hin. Es entstand eine lange Pause. Auch Konrad musste sich erst einmal fassen und emotional verdauen, was er soeben vernommen hatte. Diese Details hatte er denn doch nicht in der Dokumentation seiner Schwester aufgefunden. Ein Spruch kam ihm in den Sinn, den sein Großvater bisweilen von sich gegeben hatte, wenn er von früheren Zeiten sprach: *Die Lebenden werden die Toten beneiden.* Oh nein, er war nicht tot; dazu war es nicht gekommen. Aber damals hatte er sich so totgestellt, dass er das Schreckliche, das Mechthild unmittelbar erleben musste, verpassen durfte.

Sie hatten eine Weile stumm, jeder in seinen eigenen Gedanken vertieft, dagesessen, als Mechthild ihren rechten Zeigefinger über eine Handfläche Konrads, die gerade vor ihr auf dem Tisch lag, streichen ließ.

„Ich weiß natürlich, Connie", sagte sie mit einer wieder ganz normal klingenden Stimme, „dass du nichts dafür kannst. Das mit uns stand vielleicht unter keinem guten Stern. Es kommt auch wohl mal vor, dass ich an die schönen Momente denke, die wir beide miteinander hatten. Doch das andere ist übermächtig. Ich komme nicht davon los. Das ist auch der Grund, warum es mir unmöglich war, dich in der Klinik zu besuchen."

Was sie dann noch hinzufügte, fiel ihr nicht leicht, doch es klang für Konrad so ernsthaft und nachdrücklich, dass er keinen Augenblick daran zweifelte, der Aufforderung nachkommen zu müssen.

„Ich denke, du wirst Verständnis dafür haben, wenn ich dich bitte, nicht mehr vorbeizukommen."

Als Mechthild ihre halb abgebrannte Zigarette im Aschenbecher ausdrückte, fasste Konrad das als Signal zum Aufbruch auf. Mechthild erhob sich und trat vor einen kleinen Spiegel. Mit einigen geübten Handgriffen richtete sie sich her. Danach verließen beide den Ruheraum. Konrad wollte sich mit Handschlag verabschieden, doch Mechthild nahm ihn einmal kurz in den Arm und drückte ihn fest an sich. Dann, als Konrad hinaustrat und die Straße hinunterging, blickte sie ihm lange nach. Sie bemerkte, wie er in einer eigenartigen Manier von einem in den nächsten Schritt fiel und dabei ein ganz klein wenig in den Knien einknickte, während die entsprechende Körperseite um dieselbe Distanz ausschwenkte. Seeleute an Land, wenn sie etwas, aber wiederum auch nicht zu viel getrunken hatten, gingen ähnlich. Es war wohl diese Beobachtung, die sie dazu brachte, noch einmal unauffällig in sich hinein zu weinen, bevor sie sich den Angelegenheiten ihres Geschäftes wieder zuwandte.

12

Es war nun aber nicht so, wie das in der Unterhaltung mit Rüdiger Knapp im *Blauen Engel* vielleicht durchscheinen mochte, dass Konrad über die Entwicklung, welche die Anpassung seines autochthonen Organismus an die neu erworbenen Gliedmaßen und umgekehrt die Anpassung derselben an den übrigen Körper betraf, in größerem Maße besorgt war. Dafür hätte er keinen greifbaren Gesichtspunkt ins Feld führen können. Eher wäre es naheliegend gewesen, mit dankbarem Empfinden und zuversichtlicher Erwartung die weitere Entwicklung seiner anatomischen Erneuerung affektiv zu begleiten.

So machte nämlich die mechanische Qualität des Gehens kontinuierliche Fortschritte. Mit den Schmerzen, die turnusmäßig an den Stellen auftraten, wo das eigene und das fremde Gewebe miteinander vernäht worden war und nunmehr zusammenwuchs, und wie sie den Erwartungen des klinischen Modells voll entsprachen, war ohne Strapazen umzugehen. Darüber hinaus blieb er von ernsthafteren Komplikationen doch verschont. Über all das war Konrad eingestandenermaßen erleichtert.

Auch seine Schmerzen in der linken Achillessehne, so unangenehm sie zeitweise empfunden wurden, sollten von ihm besser geduldig in Kauf genommen werden. Sie hatten mit dem Transplantationsprojekt nichts zu tun. Sie waren eine Erblast des *Anderen*; eine Achillodynie, die doch schon deutlich zur Besserung gekommen war, bevor der Tod sich von einer ganz unerwarteten Seite her an den unglücklichen Organspender herangemacht hatte.

Jene unangenehme und hartnäckige Entzündung der stärksten Sehne des menschlichen Körpers war Konrad als unerwünschte Zugabe, aber ohne bösen Willen gestiftet worden, und die regelmäßigen Termine, die dem *Anderen* deswegen zu Lebzeiten bei seinem Orthopäden auferlegt waren, blieben Konrad nun nicht erspart, mit gleicher Regelmäßigkeit bei seinem eigenen Orthopäden wahrgenommen zu werden. Das war sicherlich ärgerlich, aber doch nicht zu ändern. Immerhin, mit der eigentlichen Maläse *erbte* Konrad doch auch den bereits gemachten Therapiefortschritt in der Sache, sodass nach und nach auch diese Misslichkeit sich zurückzog und im Laufe der Zeit Konrad Keller schon gar nicht mehr auf sich aufmerksam zu machen verstand.

Warum also betrachtete Konrad des ungeachtet sein Schicksalslos, so, wie es sich ihm in diesen Herbsttagen darstellte, mit gemischten Gefühlen, aus denen er eine misstrauische Unterströmung einfach nicht zu eliminieren vermochte? Es muss wohl die Summe aller Sonderbarkeiten gewesen sein, die im physischen Körperempfinden, in der optischen Selbstwahrnehmung, im emotionalen Erleben, kurzum im komplexen Identitätsgefühl der in ihrer Physis kunstvoll agglomerierten Persönlichkeit vielfältige Unstimmigkeiten hervorriefen.

Der gewachsenen Souveränität seines Bewegungsvermögens zum Trotz hatte Konrad in unregelmäßigen Abständen die Vorstellung, seine neuen Beine wollten ein Eigenleben beginnen. Es war nicht etwa so, dass sie den Dienst versagten oder der ihr zugemuteten Belastung vielleicht nicht gewachsen gewesen wären, vielmehr verblieb ihm der Eindruck, als hätten sie sich angelegentlich bewusst etwas anderes vorgenommen, was zu den Befehlen, wie sie vom Gehirn ausgingen, um den Persönlichkeitswillen des Trägers der Gliedmaßen in der gewohnten Weise umzusetzen, so recht nicht passen wollte.

Oder nehmen wir die Leistungsfähigkeit von Konrads sinnlicher Apparatur. Es waren beileibe keine großen Veränderungen, die er im Hinblick auf Sehen, Riechen, Schmecken, Hören und Tasten hätte ausmachen können. Sein Sensorium arbeitete ordentlich, vom Gehör einmal abgesehen, das sich in Konrads Selbstwahrnehmung tatsächlich etwas verschlechtert hatte

Und dennoch empfand er die Gesamtkomposition, das Zusammenwirken einzelner Momente der Sinnestätigkeit, auf eine etwas befremdliche Weise anders als früher. Er hätte dieses Phänomen des *Andersseins* nicht zu beschreiben gewusst, bis auf den einzigen, für sich genommen törichten Eindruck, dass in seinen neuen Beinen selbst eine ungekannte Sensibilität gegenüber irgendwelchen nicht zu definierenden Einflüssen aus seinem umfassenden Daseinsbiotop sich eingenistet hatte. So etwas zweifellos war seinen alten, angeborenen Gliedmaßen völlig fremd gewesen.

Selbstverständlich blieb dem Professor die Verunsicherung seines jungen Patienten nicht verborgen, zumal Konrad mit seinen Eindrücken, soweit sie ihm mit den Mitteln der Sprache halbwegs beschreibbar waren, nicht zurückhielt. Der Professor schmunzelte wohl bisweilen, nahm Konrads Befindlichkeit aber ernst und suchte über den Weg der medizinischen Erklärung die diffusen Bedenken zu zerstreuen.

Konrad wurde jedes Mal recht kleinlaut, wenn er mit den überaus komplexen Einzelheiten der durchgeführten Transplantation konfrontiert wurde und sah dann vollkommen ein, dass die neue Funktionsfähigkeit seines erneuerten Bewegungsapparates nicht mit derselben Gewissheit und Zuverlässigkeit prognostizierbar war wie die einer ausgetauschten Herdplatte, wenn sie nach

Behebung des Schadensfalls an die elektrische Energieversorgung angeschlossen wurde.

Und auch von der Rigorosität des seelischen Eingriffs sprach der Professor und davon, wie schwer es für das Selbstwertgefühl sei, ständig mit der Erfahrung konfrontiert zu werden, den Lebensalltag mithilfe fremder Körperteile bewältigen zu müssen, und für das Bewusstsein, welches diese Körperteile sehr wohl von den ihm vertrauten Gliedmaßen zu unterscheiden wusste, sie als ebenbürtig anzuerkennen.

„Informieren Sie sich! Sprechen Sie sich mit Vertrauenspersonen aus! Schließen Sie sich einer Selbsthilfegruppe an, in der Sie die Last des Andersseins im kollektiven Meinungsaustausch mit Schicksalsgenossen verarbeiten können! Die Selbsterfahrung mit derart allgegenwärtig sichtbaren Transplantaten von schierer Größe ist meines Erachtens grenzwertiger als die mit einer fremden Leber."

Das war der Rat, den ihm der Professor gab. Und noch etwas anderes gab er ihm eines Tages mit auf den Weg, worum Konrad gebeten hatte, nämlich Informationen zur Identität jenes Mannes, dessen Schicksal es gewesen war, einem jüngeren Mann namens Konrad Keller seine Beine für den zweckdienlichen Gebrauch jenseits eines Lebens im Rollstuhl zu spenden. Sehr diskret fiel die Bewegung aus, mit der Dr. Knippschild die sensiblen Daten in Konrads Besitz überführte.

„Das ist keineswegs üblich, Herr Keller. Gehen Sie bitte vertraulich damit um."

Solche eben erwähnten, mit einem hohen Maß an Eloquenz, wie sie nicht unbedingt jedem Mediziner zur Verfügung steht, vorgebrachten Einwendungen beruhigten Konrad bei jedem Besuch. Und weil zudem die kolossalen Fortschritte in der physischen Handhabung seiner Beine für sich sprachen, beendete er jeden Besuch gerade mit jenem Maß an neuer Zuversicht, das ihm zwischen dieser und der zurückliegenden Sprechstunde bei dem Professor wieder abhandengekommen war.

Auch an dem Tag, da Margot und Rüdiger auf einer Party ihre Heiratsabsichten bekanntgeben wollten, war eine Menge jener Zuversicht, welche ein Besuch bei Professor Knippschild aufzubauen imstande war, bereits wieder abgeschmolzen. Der letzte Besuch in der Klinik lag drei Tage zurück, und seit vier Tagen konnte er auf die Aussprache mit Mechthild zurückblicken, die ihm zweifellos noch einmal die gleiche Portion an Gemütsbelastung gestiftet hatte, wie das die Zeit zwischen zwei Sprechstunden beim Professor tat.

Die Party würde ihn ablenken und Abwechslung in seine Lebensumstände bringen. Konrad freute sich darauf. Es stand zu erwarten, dass er einige Bekannte traf, die er seit seinem Unfall nicht mehr gesehen hatte. Darauf war er gespannt.

Umso ernüchternder, gemessen an den gehegten Erwartungen, fiel am Ende des Tages die Bilanz von dem Event aus, und der schon mehrfach aufgekommene Verdacht, er selbst habe sich durch die zurückliegenden Ereignisse in seiner Lebenseinstellung zu verändern begonnen, fand neue Nahrung. Jedenfalls sah Konrad sich nicht in der Lage, jene Faktoren, die am emotionalen Misslingen der hoffnungsvoll erwarteten Wochenendzerstreuung beteiligt waren, dahingehend zu unterscheiden, ob sie auf eigenes oder auf fremdes Verhalten, auf eigene oder fremde Enttäuschung zurückzuführen waren.

Es war eine geräumige, stilvoll eingerichtete Wohnung, die Margot und Rüdiger miteinander teilten. Die Zahl der Gäste war geschickt auf diese Dimension abgestimmt worden, sodass jeder Geladene leicht dem Empfinden ausgesetzt war, Teil einer dichten, lebhaften Geselligkeit zu sein, ohne indes sich unangenehm bedrängt fühlen zu müssen. Mehrere Sitzgruppen verteilten sich nämlich über den gesamten ebenerdigen Wohnbereich, wodurch das Entstehen von überschaubaren Konversationsgrüppchen begünstigt wurde, die sich untereinander in ihrem Frohsinn nicht hemmten, und sogar einige Nischen waren auszumachen, in denen weiter gehenden Rückzugsimpulsen, ohne Ärgernis hervorzurufen, nachzugeben war, sei es, dass eine Einzelperson zu kontemplativen Zwecken oder Paare in vertrauter Zweisamkeit sich ungestört aufhalten oder vom kulinarischen Angebot still genießen konnten.

Konrad war an dieser Adresse immer gern zu Gast gewesen, und er hatte bei Zusammenkünften dieser Größenordnung, wie an diesem Samstag, da die Gastgeber ihre Heiratspläne zu feiern zum Anlass nahmen, im Laufe der Zeit schon alle Freiflächen und jede lauschige Zone in Beschlag genommen. Er kannte über die Räumlichkeiten hinaus auch fast jeden der Anwesenden, sei es auch nur flüchtig. Daher hätte er, wie es seine Gewohnheit war, sich im Laufe des Abends durch alle Konversationsparzellen hindurcharbeiten, das heißt zuhören, mitreden, Beachtung erzielen und Verabredungen treffen können. Im zweiten Teil der Gemütlichkeit hätte er sich dann gezielter auf einen schwadronierenden Pulk oder auf verstreute Einzelexemplare der attraktiven Weiblichkeit fokussiert, um für den Ausklang der Party dahingehend versorgt zu sein, dass er nach den Mußestunden eines mal mehr, mal weniger angenehm empfundenen mitmenschlichen Zusammenklangs keine einsame Nacht vor sich haben musste.

Es waren überwiegend junge Leistungsträger im kaufmännischen Bereich, einige wohl auch schon in den mittleren Jahren angelangt, die sich an diesem Samstag bei Margot und Rüdiger einfanden. Mehrere Angestellte seiner Firma waren darunter, denen die vorübergehende Vakanz seiner betrieblichen Position Vorteile gebracht hatte. Zwei von ihnen hatten ihn schon einmal in der Klinik besucht, dann aber, als das Problem der Vakanz geklärt war, den Weg zu ihm nicht mehr gefunden. Konrad stellte heute Abend fest, dass der nicht professionelle Umgang mit diesen Kollegen, die in der Hierarchie einmal unter ihm gestanden hatten, schwieriger war, als er das in Erinnerung hatte. Ach was, er musste sich ja nicht an ihnen festklammern.

In der Anfangszeit, als die Gäste noch nicht in voller Zahl eingetroffen waren, wurde naturgemäß viel Belanglosigkeit im Small-Talk-Stil routinierter Partykonversation vorgetragen, bevor sich nach und nach ernstere Themen herauskristallisierten und in der Folge mit mehr oder weniger großer Hartnäckigkeit am Leben gehalten wurden.

Es wird nicht erstaunen, dass die versammelte Klientel viel darauf hielt, ihre kommerziellen Erfahrungen und professionellen Kenntnisse, geschickt verpackt sodann auch ihre beruflichen Wünsche und Absichten unter die Leute zu bringen. Aber auch sportliche Interessen, die den harten, ergebnisorientierten beruflichen Alltag dynamisch flankierten, standen bei den allermeisten Gästen hoch im Kurs. Von diesen Seiten der schwungvoll beanspruchten Themenpalette empfing Konrad nun einen tieferen Eindruck als bisher, dass er wohl ein wenig den Anschluss in der Szene verloren hatte.

Dabei war die Ähnlichkeit, mit der, von Gesprächskreis zu Gesprächskreis, der Gedankenaustausch von statten ging, war die Grundübereinstimmung, in der, gleichsam einem Muster folgend, die Einzelschritte in einem Konversationsritual aufeinander folgten, durchaus sonderbar. Von jeder Gruppe, der Konrad sich zugesellte, wurde er erst einmal lebhaft begrüßt, und gar nicht anders konnte es wegen des damit einher gehenden Aufmunterungseffektes geschehen, als dass er über seine zurückliegenden Erlebnisse und über seine aktuelle Befindlichkeit eifrig berichtete, bis er meinte, der Wissbegierde der Umstehenden Genüge getan zu haben und rechtzeitig, bevor er in den Verdacht hineingeraten konnte, sich wichtigtuerisch in den Vordergrund zu spielen, die Bahn für einen ungezwungenen weiteren Gesprächsverlauf wieder freigab.

Auf dieser neuen Bahn jedoch, das betraf die eine Seite seines Gespürs, wurde er nicht mehr ernsthaft mitgenommen, beziehungsweise, das betraf die andere Seite seines

Gespürs, fand er sich selbst nicht mehr zurecht. Ging es um berufliche Zusammenhänge, dann hatte er, nüchtern betrachtet, nicht mehr viel zur Unterhaltung beizutragen. Und die sportlichen Ereignisse in der Hansestadt, wohl auch Entwicklungen in anderen Bereichen des öffentlichen Lebens, waren im Hintergrund seiner turbulenten Biografie an ihm vorbeigegangen. Vor allem aber solche einstmals wichtigen Gesprächszwecke, sich mit diesem oder jenem Gefährten zum Tennisspiel oder zum Joggen zu verabreden, waren für ihn auf absehbare Zeit oder gar für immer belanglos geworden.

Der Gesprächsrunde aber, der er sich gerade zugewandt hatte, schien Konrads interner Bedeutungsverlust nichts auszumachen. Sie fand allemal genügend gedankliche Nahrung, um ihre redselige Zweckbestimmung nicht versiegen zu lassen, bis Konrad schließlich aus einem Nichtigkeitsempfinden heraus, wie er das früher nicht gekannt hatte, glaubte, bei einer anderen Runde mit einem geselligkeitsfördernden Neueinstieg besser aufgehoben zu sein, bei der Umsetzung dieses Vorhabens aber die zusätzliche Erfahrung mitnahm, mit keinerlei Ablösungsschwierigkeiten von der Gruppe, der er sich entzog, belastet zu werden. Die Blicke wiederum, die ihm nachgesandt wurden und die er fühlte, auch wenn er sie nicht sah, hatten allesamt nicht den Zweck, sein Weggehen zu behindern, sondern es vielmehr neugierig zu begutachten.

Für diesen Teil seines Partyerlebens drängte sich Konrad später ein Bild auf, wie er es gelegentlich bei seinem Unterwegssein in der Natur antraf, wenn auf dem Weg, den er einschlug, in überschaubaren Abständen Produkte eines tierischen Stoffwechsels fallengelassen worden waren, die in ihrer Haufenform einen solchen Reifezustand erlangt hatten, dass sie für bestimmte Sorten von Fliegen geradezu unwiderstehlich wurden, Fliegen, die sich dann ihrerseits in Haufen zusammenfanden und über das Angebot hermachten, um es für den eigenen Genuss und zum übergeordneten Zweck einer nützlichen Naturbereinigung zu verwerten.

Sich einem solchen Haufen als Spaziergänger zu nähern, hat aber immer den Effekt, dass die Fliegen vorübergehend aufgescheucht werden, um sich, wenn die Störung sich entfernt hat, wieder an demselben Ort niederzulassen, gerade so, als sei nichts geschehen. Dieser Rhythmus stellt sich dann für den Spaziergänger, der von seinem Weg nicht ablassen will, von Haufen zu Haufen mit derselben Verlässlichkeit ein, wie es das klebrige Gefühl tat, wenn er von Konversationszelle zu Konversationszelle gewechselt war.

Nicht dass Konrad sich unterfangen wollte, beide Vorkommnisse, die auf der Party und die in der freien Natur, oder auch nur die jeweiligen sozialen Biotope, an denen sie sich abspielten, miteinander zu vergleichen. Solches lag ihm fern. Doch die übereinstimmende rigorose Zielstrebigkeit, mit der sich die Ausgangssituation in einer Konversationsrunde nach einer aus der Rückschau als belanglos einzustufenden Ablenkung wiederherstellt, ließ ihn unwillkürlich an eine gewisse Selbstähnlichkeit von Erscheinungen in Bereichen des niederen und des höheren sozialen Lebens denken.

13

Vielleicht wäre der Abend noch zu retten gewesen, wenn er nicht mit Betty Schmitt zusammengetroffen wäre. Doch das ist keineswegs gewiss, denn eine leichte Besorgnis, dass er sich bei seinem gesellschaftlichen Umgang mit den Frauen auf veränderte Eindrücke und Erwartungen einzustellen habe, hatte er wohl schon zur Party mitgebracht. Und diese Besorgnis war keineswegs auf eine einzige oder auf eine ganz bestimmte weibliche Person bezogen. In der ganzen vermaledeiten Angelegenheit sah Konrad sich selbst und sah er seine neuen Empfindungen nicht erst seit heute aus einer kritischen Perspektive.

Seit jener aufwühlenden Stunde nämlich, da er in der Sanitärzelle seines Krankenzimmers seine neuen Beine zum ersten Mal in Augenschein genommen hatte, war der tiefe Gemütseindruck während der sinnlichen Begegnung mit den fremden Gliedmaßen nicht getilgt worden. Seinen Vorsätzen zum Trotz und entgegen dem Ratschlag des Professors, eine solidarische, freundschaftliche Beziehung zu ihnen aufzubauen, blieben in Konrads Gefühlen die erworbenen Körperteile doch reichlich fremd.

Er fand zu ihnen nicht den zärtlichen Zugang wie zu ihren natürlichen Vorgängern. Ihr Anblick stattete ihn nicht mit der gewohnten Selbstsicherheit aus, die früher immer von einem harmonisch proportionierten, athletisch geformten männlichen Erscheinungsbild gezehrt hatte. Und seine Bewegungen, die er ihnen verdankte, mochten sie auch das Resultat einer wunderbaren medizinischen Kunstfertigkeit abgeben und im Vergleich zu dem rohen Schicksal, zu dem er sich anfangs verdammt gesehen hatte, ein bemerkenswertes Maß an neu erworbener Lebensqualität sichern, diese Bewegungen dünkten ihn plump und unbeholfen, und jeder Schritt, den er mit den Instrumenten einer fremden Leiblichkeit zur Ausführung brachte, schmerzte ihn tief in seiner Seele.

Es war, nach einer Idee des Architekten, das großzügig bemessene Wohnareal an seiner hinteren, dem Hauseingang abgewandten Seite, offen gelassen worden zur Küchenzeile hin, das heißt, ein dekorativ hervorgehobener Übergangsstreifen mit eigener Bodenbefliesung, überspannt von einem bogenförmig ausmodellierten Deckenelement, trennte und verband zugleich jene beiden Lebensbereiche. Um die wohnästhetische Wirkung dieser Zwischenzone aufzuwerten, hatte man sie verengt durch den Anbau einer tresenförmigen Auflage, die vor die abknickende Wandbegrenzung gesetzt worden war.

Hier konnten zwei Personen, eine diesseits, die andere jenseits der Theke, gemütlich einander gegenübersitzen. Notfalls, wenn man gegen die eingeschränkte Bewegungsfreiheit nichts einzuwenden hatte, sollten wohl auch vier Personen sich zusammenfinden können. Einige Barhocker jedenfalls luden zu einem solchen Arrangement ein, für dessen Attraktivität zudem der Umstand warb, dass von denjenigen, die sich dort platziert hatten, die ganze Reichhaltigkeit des kulinarischen Angebots ohne große Mobilitätsbemühung in Anspruch zu nehmen war.

Konrad hatte sich, in zerstreuter Gedankenführung vertieft, diesen räumlichen Gegebenheiten genähert, als er lebhaft angerufen wurde:

„Hi Connie, wie man sieht, bist du wieder gut auf die Beine gekommen!"

Dem Interesse der jungen Frau, die ihn angesprochen hatte, konnte Konrad sich nicht ohne weiteres entziehen, auch wenn die Vorstellung, nun ausgerechnet bei Betty Schmitt andocken zu müssen, heute noch nicht im Zentrum seiner Phantasiearbeit gestanden hatte. Im Augenblick hatte er sie gar nicht erkannt. Sein Bestreben war es gewesen, in die Küche zu gelangen, um sich ein wenig zu verproviantieren. Dabei hatte er die Frau, die mit dem Rücken ihm zugewandt auf dem Barhocker saß und an der er nun einmal vorbeimusste, gar nicht zur Kenntnis genommen. Nur über ein plötzliches Ziehen in den Beinen hatte er sich zu wundern begonnen, diese körperliche Reaktion, eine von jenen, die ihn seit geraumer Zeit irritierten, aber nicht mit seiner Umwelt in Verbindung gebracht.

Doch Betty war, wie stets, hellwach und, wie immer, mit ihren Blicken neugierig in der Umgebung unterwegs, auch wenn ihre Gesprächspartner annahmen, dass sie ihnen ihre ungeteilte Aufmerksamkeit widme. Flugs drehte sie sich, als sie das interessante Objekt ausgemacht hatte, im Winkel eines halben Kreises auf ihrer Sitzfläche herum und hatte Konrad am Schlafittchen, als er gerade an ihr vorbei wollte. Die beiden Gesprächspartner, einer ihr gegenübersitzend, der andere daneben an den Vorbau gelehnt, überließ Betty düpiert sich selbst.

„Oder hältst du es für geschickter, wenn ich dich wahrheitsgemäß mit *hallo, ihr beiden* begrüße?" Auf ihrem Gesicht zeichnete sich ein süffisantes Lächeln ab.

Konrad gab sich unbeeindruckt. Betty und er, das war noch niemals ein Sympathiegespann gewesen. Früher trafen sie sich selten und sprachen dann meist über das Kaffeegeschäft, wenn sie ihn nicht gerade mit spitzen Bemerkungen provozierte, denn auch Betty hatte bei einer kleinen Firma mit dem Einkauf der grünen Bohnen zu tun, weshalb Konrad an einen gelegentlichen Kontakt zu der Fachkollegin durchaus interessiert war.

Darüber hinaus war sie ihm, für einen intimen Kontakt, jedoch zu extravagant und sagte ihm auch charakterlich nicht sehr zu. Konrad hatte mehrfach vernommen, dass Betty in geschäftlicher Hinsicht eiskalt agierte und alle Vorteile, die ihr ein äußerlich attraktives weibliches Erscheinungsbild bot, beruflich ungehemmt zu nutzen wusste. Dass man ihr deshalb aber nachsagte, von ihrem Job zu wenig zu verstehen, das war wiederum nicht der Fall.

Kurz und gut, Konrad suchte ihre Nähe nicht zielstrebig auf, sah sich aber auch nicht bemüßigt, eine Begegnung mit ihr nachdrücklich zu vermeiden. Diese zwanglose Einstellung lag auch darin begründet, dass er noch niemals einen Mangel an Unterhaltung mit solchen Frauen zu beklagen hatte, die ihm rundherum sympathisch waren. Zu solchen emotional ertragreicheren Beziehungen fühlte er sich ungleich stärker hingezogen als zu Betty Schmitt.

In erotischer Hinsicht bedeutete ihm Betty tatsächlich keine Versuchung. Er hatte sich darüber gelegentlich schon mal gewundert, denn Betty war nach allgemein männlichen Maßstäben eine attraktive Frau, bei der die Männer nicht selten hartnäckig anstanden. Daran änderte auch der kleine Sprachfehler nichts. Betty lispelte ein wenig. Solange sie ihr Sprechtempo mäßigte, war davon kaum etwas zu bemerken. Doch gerade das bereitete ihr als temperamentvoller Frau gehörige Schwierigkeiten.

Auch wenn sie in die englische Sprache wechselte, was nicht selten passierte, trat das Lispeln stärker in Erscheinung. Betty, wie auch ihre ältere Schwester Ann, hatten einen englischen Vater und waren zweisprachig aufgewachsen. Die englische Sprache war den beiden sogar noch ein wenig geläufiger als das Deutsche. Von daher mag verständlich erscheinen, dass Betty häufig ins Englische verfiel, wenn sie wusste, dass auch ihr Gesprächspartner damit zurechtkam. In ihrem Kollegen- und Bekanntenkreis machte indes ein Scherz die Runde, in dem diese Eigenart dahingehend kommentiert wurde, dass man über die Schwestern spottete: *Sie lispeln Englisch, wenn sie lügen.*

Ob für Konrads emotionale Einstellung der kleine Sprachfehler eine Rolle spielte, war schwer zu sagen. Er würde das in Abrede stellen mit dem Hinweis, dass solche Faktoren für seine Wertschätzung einem Menschen gegenüber unerheblich seien. Dass aber Bettys Schroffheit anderen Personen gegenüber mit ihrer phonetischen Schwäche in der verbalen Kommunikation zusammenhing, stand auf einem anderen Blatt. Einen solchen Zusammenhang konnte er sich schon eher vorstellen, auch wenn er deutliche Unterschiede in ihrer Verhaltensweise wahrnahm, je nachdem, mit wem Betty zusammentraf und sich unterhielt.

Wie auch immer die Komponenten seiner inneren Einstellung aussahen, Tatsache war: Er hatte noch niemals mit Betty geschlafen und auch noch niemals irgendwelche Avancen in diese Richtung gemacht oder ein intensives Bedürfnis verspürt, das zu tun. Seiner Meinung nach bestand diese Reserviertheit aber auf beiden Seiten. Vielleicht von einem einzigen Augenblick vor längerer Zeit abgesehen, als er bei Betty, die er damals frisch kennengelernt hatte, den Versuch einer hartnäckigen intimen Annäherung erlebt und mit Nonchalance abgefangen hatte, machte Betty aus ihrer persönlichen Gleichgültigkeit und erotischen Geringschätzung ihm gegenüber keinen Hehl.

Betty, kurzum, war als Frau nun einmal nicht seine Kragenweite. Als ob ihm seine neuen Beine, so kam ihm das vor, in denen das vorsichtige Ziehen in ein beinahe schmerzhaftes Zerren umgeschlagen war, seit er bei Betty stand, genau in diesem Augenblick das sagen wollten. Natürlich war das kompletter Unsinn, das wusste er, auch wenn er sich über das aktuelle Timing seiner Beschwerden einmal mehr wunderte.

Wundern musste er sich allerdings auch über Betty. Nach ihrer pointiert einfallsreichen Begrüßung wollte er sich schon auf einen Schlagabtausch mit kleinen Gehässigkeiten einstellen, war dann aber einigermaßen überrascht, ihr schon im nächsten Moment von einer ganz ungewohnten Seite zu begegnen.

„Du Armer", sagte sie ohne einen vernehmbaren Unterton in der Stimme. „In der gesamten Branche wurde dein Schicksalsschlag mit großer Anteilnahme aufgenommen. Und ich war, als ich davon Kenntnis bekam, so bestürzt, wie ich das schon ewig nicht mehr mit mir erlebt hatte."

Als sie ihn aufmunterte, seine Erlebnisse zu schildern, blieb Konrad kaum etwas anderes übrig, als diesem Wunsch nachzukommen. Er passte auf, dass er sich nicht zu sehr in Einzelheiten verlor oder dazu beitrug, ihre Mitleidsader weiter anschwellen zu lassen. Betty filterte aber seinen Erzählstoff durch geschickt gestreute Zusatzfragen nach ihren Bedürfnissen aus, und bald war es für Konrad klar, dass seine Beine als physische Gegebenheiten an seinem Körper im Zentrum ihres Interesses standen.

„Und das, worauf du rumläufst, sind tatsächlich die Beine von einem Toten, der mal lebendig war und selber auch schon darauf herumlief? Eigentlich unglaublich. Das muss doch ein wahnsinnig komisches Gefühl sein, sich das Tag für Tag zu vergegenwärtigen, oder?"

Konrad verspürte keine sonderliche Lust, auf Bettys Fragen näher einzugehen. Er wich aus, er blieb allgemein, und er suchte seine Gefühle so gut wie möglich hinter unverbindlichen Formulierungen zu verstecken. Doch Betty ließ nicht locker.

„Wenn der, meinetwegen, einen Pickel am dicken Zeh hatte, dann hast du den jetzt auch. Und ebenso seine Beinbehaarung, auch wenn deine Haarfarbe mal eine andere war. Oder wachsen die Haare so nach, wie du sie mal hattest, ich meine, weil du ja immer noch deine eigenen Gene hast?"

Während Konrad geduldig, aber ausweichend, auf jede Frage eine Antwort zustande brachte, fragte er sich im Innern, ob ihm selbst das Thema vielleicht peinlich war. Er stellte fest, dass Betty in ihrer skrupellosen Art ihm auch solche Fragen stellte, denen er bisher gedanklich ausgewichen war.

„Schade", sagte sie auf einmal, „dass man deine Runderneuerung nicht sieht. Aber du hast ja nun mal eine lange Hose an." Ihr Seufzer klang wie ein Bedauern. Dann lachte sie und fragte:

„Kannst du dir vielleicht vorstellen, ich säße hier auf den Schenkeln einer verstorbenen Frau Vergesstmichnicht? Schau her! Meinst du nicht, die sähen dann ganz anders aus als die, die du siehst?"

Betty saß während des Gesprächs auf dem nicht sehr bequemen Barhocker dem vor ihr stehenden Konrad auf gleicher Augenhöhe gegenüber. Schon als sie sich vorhin nach ihm umgedreht hatte und danach noch einmal durch ihre ständige Wibbelei auf dem Hocker war ihr Rock hochgerutscht und gab ihre wohlgeformten Beine bis weit hinauf frei. Als sie jetzt ihre Frage stellte, zog sie mit ihren Händen an beiden Seiten ihren Rock noch ein Stück höher, so dass Konrad ihren roten Slip sehen konnte.

„Ach, Conny, glaube mir, ich würde sie bestimmt vermissen. Aber ich wäre auch neugierig, was die anderen mir zu bieten hätten. Du, ich würde deine neuen Beine wahnsinnig gern einmal kennen lernen. Meinst du nicht, wir beiden, die wirklich viel von einer Kaffeebohne verstehen, sollten uns nicht einmal etwas näherkommen?"

Und zugleich, während sie noch redete, schob sie ihre Unterschenkel vor und rieb ihre Waden ganz und gar nicht diskret an Konrads Hosenbeinen, während sie seine Rechte nahm und mit dem Zeigefinger zärtlich seinen Handrücken massierte.

Konrad blickte die Frau auf dem Barhocker mit großen Augen an. Ihm entstand der Eindruck, vor einer Damenbekanntschaft vielleicht noch niemals in einer so drolligen Weise unschlüssig und hilflos dreingeschaut zu haben wie in diesem Moment seiner Unterhaltung mit Betty Schmitt.

Seine zufällige Gesprächspartnerin dieses Abends hatte den Nerv getroffen, der seit seinem Verlassen der Klinik blank lag. Zielsicher hatte sie einen Punkt im Gespräch angesteuert, an dem die besondere Verwundbarkeit seines augenblicklichen Daseins zu Tage treten musste. Auf einmal wähnte er sich emotional in der Zwickmühle. Ein dermaßen gerissenes Luder wie Betty musste bald bemerken, woran sie war.

Seit seinem Unfall hatte er nicht mehr bei einer Frau gelegen. Undenkbar wäre ihm eine solche Zeitspanne der geschlechtlichen Enthaltsamkeit in seinem früheren Leben erschienen. Selbstverständlich, er konnte froh sein, dass er überhaupt lebte. Während seines Klinikaufenthaltes hatte er wahrlich andere Sorgen gehabt als das. Aber er war seit über einem Monat draußen. Und in diesem Monat hatte er sich so ziemlich versteckt gehalten vor allem, was einen Rock trug oder in Übereinstimmung mit der Etikette einen solchen tragen durfte. Nun, es war nicht so, dass er über seine Beine hinaus noch etwas anderes verloren hätte. Da war wohl alles in Ordnung geblieben. Nein, seine neuen Beine allein waren das Problem.

Ihm war eine unbekannte Scheu entstanden, sich in alter Weise ungehemmt nackt vor fremden Blicken zu zeigen. Sein Begehren nach körperlicher Nähe zu einem Mädchen und zu erotischer Betätigung wurde regelmäßig von einem Peinlichkeitsempfinden zurückgerissen. Die Lust, obwohl sie ihm zuverlässig immer noch entstand, verbrannte augenblicklich in einer inneren Feuerwalze der Scham, die aufloderte, wenn er sich die erotische Begegnung in der Fantasie vergegenwärtigte. Diese Scham war nicht moralischer Natur. Sie hing mit seiner veränderten Selbstwahrnehmung zusammen. Und sie hing zusammen mit den sonderbaren Botschaften, die er aus seinen neuen Gliedmaßen heraus zu empfangen glaubte.

Betty hatte ihm soeben ein unmissverständliches Angebot gemacht. Zugleich hatte sie keinen Zweifel daran gelassen, dass sie nicht an ihm als Persönlichkeit, sondern an seinen Transplantaten aus dem menschlichen Ersatzteillager interessiert war, also gerade an dem, was die neuartige Scham ihm auferlegte, besser doch verbergen zu sollen. Dazu präsentierte sie ihm auf laszive Art ein Paar Beine, die so manche Exemplare femininer Wettbewerberinnen auszustechen in der Lage waren. Es hatte im Folgenden nun ganz den Anschein, als ob Bettys zwiespältiges Bedürfnis eine entsprechende zwiespältige Reaktion bei Konrad hervorrief.

An dieser Reaktion waren drei Glieder seines Körpers beteiligt, von denen leicht die Überzeugung zu gewinnen war, dass sie miteinander in Fehde lebten oder doch zumindest nicht daran dächten, sich als diensthabende Organe einem gemeinsamen Persönlichkeitszweck zu unterwerfen.

Während das eine Glied, zugegebenermaßen das kümmerlichste von den dreien, unbeeindruckt von allen sonstigen Empfindungen, die Betty bei Konrad auszulösen imstande war, sich unmissverständlich empfänglich zeigte für die möglichen weiteren Aussichten des Abends und sich dementsprechend wichtig machte, schienen die beiden anderen Glieder, seine neuen Beine nämlich, die naturgemäßen Funktionen ihres anatomischen Daseins demonstrativ hinter sich lassen zu wollen.

Im bisherigen Verlauf seines Gesprächs mit Betty hatte Konrad die biomechanischen Extratouren seiner Beine noch erfolgreich ignorieren können. Dieses Vibrieren, Ziehen, Zittern und Zerren ging ihm zwar auf die Nerven, ließ ihn aber keinen Augenblick daran zweifeln, dass sein eigener Wille immer noch unangefochten auf der Kommandobrücke seines tätigen Organismus stand.

Als Kind hatte er sich manchmal über seinen Großvater amüsiert, der an einem Tinnitus litt und im Familienkreis häufig darüber klagte, wie sein „Mann im Ohr" ihn mit Geräuschen, die gar nicht da waren, mit aufdringlichem Pfeifen und Pochen, zum Narren halten würde. Das sei unerträglich, beklagte der Opa sich immer wieder und schimpfte über die Mediziner, die nicht einmal eine einhellige und halbwegs plausible Erklärung für diesen Spuk zustande brächten, wobei die einen Quacksalber den Auslöser im Ohr, die anderen ihn im Gehirn mutmaßten und sich wie Schuljungen darüber stritten, anstatt den Patienten wirkungsvoll zu helfen.

Mit einer Art Tinnitus in den Beinen hätte Konrad sich zwar nicht gerade anfreunden mögen, aber doch wohl soweit an seiner Leidensfähigkeit arbeiten können, dass damit zu leben war. Hinter seinem Großvater wollte er da nicht zurückstecken, zumal er ihm Unrecht getan hatte, weil er die Ernsthaftigkeit seiner Beschwerden damals nicht erkannte. Das bedauerte er inzwischen.

Doch als Betty ihm plötzlich die kleinen Streicheleinheiten mit ihren Waden zukommen ließ und seine Beine in die zärtliche Umklammerung ihrer eigenen Extremitäten nahm, war die Vorstellung von einem Tinnitus in den Beinen sogleich erledigt. Der eben noch tragfähige Vergleich erschöpfte sich in einer plötzlichen Attacke seiner Spenderorgane. Um den Vergleich noch weiter in seinem Sinngehalt zu strapazieren, hätte es solcher Symptome bedurft, die darauf hinausliefen, dass die Ohren seines Großvaters es unternommen hätten, mit dem Alten auf und davon zu segeln. Dergleichen war Konrad aber nicht bekannt.

Kurz und gut, seine Beine bliesen zur Attacke. Das bekam Betty schmerzhaft zu spüren, als sie einen Tritt gegen das Schienbein empfing. In ihren Augen spiegelte sich daraufhin erst einmal pure Überraschung, die übrigens auch für den Blick anzumerken ist, den sie aus Konrads Augen empfing. Doch der gleich darauf erfolgende zweite Tritt gegen ihr anderes Bein ließ ein abgewandeltes Reiz-Reaktions-Schema entstehen.

„Bist du eigentlich bescheuert, Konrad?" giftete Betty ihren Gesprächspartner an, der instinktiv vor ihr zurückwich. Sie geriet in eine Rage hinein, und so etwas war gefürchtet bei allen, die mit ihr zusammenarbeiteten. Nur ihr Lispeln, das dann deutlich stärker in Erscheinung trat, entschädigte die Düpierten immer ein wenig für die empfundene Demütigung.

„Ich hab´ ja nicht gewusst, dass bei dir auch noch was anderes da unten beschädigt wurde als deine Beine. Das konntest du aber auch diplomatischer zum Ausdruck bringen. Ich bin schließlich eine erwachsene Frau."

Betty nahm einen kräftigen Schluck aus ihrem Glas, der sie indes nicht besänftigen konnte. Sie kartete noch einmal nach.

„Glaub nur nicht, dass du für mich in irgendeiner Weise interessant bist, Konrad. Ich hatte Mitleid mit dir. Ach ja, falls ich mich über das Ausmaß deiner Beschädigung doch geirrt haben sollte, dann hast du ja noch zwei gesunde Hände zur Verfügung. Damit sollte sich für einen Mann wohl eine gute Nacht verbringen lassen."

Flugs drehte Betty sich auf ihrem Hocker im Winkel eines halben Kreises in die Ausgangslage zurück und nahm das Gespräch mit ihren vormaligen Partnern wieder auf, als sei zwischendurch nichts geschehen.

Konrad stand noch eine Weile da wie ein begossener Pudel. Seine Beine beruhigten sich und waren wieder völlig normal, nachdem er sich von Betty entfernt hatte. Der

Appetit war ihm vergangen. Er verzichtete auf das Büffet, sah sich noch einige Male um und verließ, als er entdeckte, dass auch Margot und Rüdiger durch Unterhaltungen in Beschlag genommen waren, unauffällig die Party.

14

Nach den letzten Begebenheiten war Konrad eine Zeitlang in sich gekehrt. Er mied gesellschaftliche Kontakte und ging stattdessen häufig bei der Familie ein und aus. Seiner Mutter gefiel das sehr, sah sie in ihm doch immer noch gern den kleinen Bub´. Am liebsten wäre es ihr gewesen, ihr Connie wäre wieder zu Hause eingezogen. Aber davon konnte natürlich keine Rede sein.

Der Vater hatte ein paar Anlaufschwierigkeiten, zu einem intensiveren Miteinander zurückzufinden. Er war von Natur aus ein wenig verschlossen und zudem durch die Anforderungen in seiner Anwaltspraxis in Beschlag genommen. Doch nach und nach taute das Verhältnis zwischen Vater und Sohn wieder auf, war es doch auch noch niemals ein wirklich problematisches gewesen.

Wenn der Vater sich an einem Wochenende sachlich und gedanklich von den Geschäften freimachen konnte, dann ließ er sich nicht lumpen, öffnete im Kreis seiner Lieben schon mal eine gute Flasche Wein aus seinem Depot und ging nach dem Genuss des geschätzten Tröpfchens nicht selten stimmungsmäßig aus sich heraus.

Die Gespräche, die dann im Familienkreis aufgenommen wurden, nahmen sich, wie konnte das auch anders sein, immer wieder des einen Themas an, wie erleichtert man doch über den positiven Verlauf von Konrads Rekonvaleszenz sei. Konrad nickte dann wohl eifrig, um seine volle Zustimmung auszudrücken, ließ aber doch niemals etwas verlautbaren, was auf seine seelischen Konflikte und Gemütsbewegungen hindeutete.

Sandra, seine Schwester, ließ sich am wenigsten etwas vormachen. Sie spürte, dass es mit der inneren Stabilität des Bruders nicht so gut stand wie mit der physischen Gesundung. Doch auch sie sah sich nicht in der Lage, mit ihren vorsichtigen Bemühungen die Blockade zu lockern und Konrad zu größerer Mitteilungsbereitschaft zu bewegen.

Einmal glaubte sie einen passenden Zugang gefunden zu haben, über den der Bruder aus der Reserve zu locken war, als sie auf einen Artikel im *Hamburger Abendblatt* gestoßen war.

„Du, Connie, dein Professor muss ja ein Tausendsassa der Medizin sein. Der wird hier mit einer bahnbrechenden Entdeckung in der Genforschung in Verbindung gebracht." Sandra raschelte mit der Zeitung und wies mit der Hand auf eine Seite.

„Das ist nicht mein Professor. Es wird sich wohl um den Bruder handeln. Der befasst sich mit sowas. Meiner ist tatsächlich nur Chirurg. Worum geht es in dem Artikel, ich meine, was treibt der Mann wissenschaftlich?"

„So, wie ich das verstanden habe, untersucht der die Hierarchie der Genabschnitte auf den Chromosomen. Angeblich will er ein exklusives Steuerungsgen identifiziert haben, von dem das Funktionieren aller Gene eines biologischen Organismus abhängt, so eine Art Universalschlüssel, mit dem die Aktivierung und auch die Deaktivierung des Systems gelingt. Und der arbeitet unter anderem mit Drosophila, der Fruchtfliege, wie viele seiner Zunft das tun."

„Ach, diese Tierchen!" rief Konrad aus. „Wir hatten einen Biolehrer in der Oberstufe, der war ganz vernarrt in die kleinen Viecher und hat uns wer weiß wie oft an die Mikroskope geschickt, obwohl das Thema gar nicht im Lehrplan stand. Die riesigen roten Facettenaugen von den kleinen Monstern sind mir noch am besten in Erinnerung geblieben. Der Pauker hat sich aber am liebsten über die

Sexbesessenheit dieser Spezies ausgelassen und dabei immer sehnsüchtig zu den Mädchen hingeschielt."

Konrad lachte auf. Es war seit langem das erste Mal, dass Sandra den Bruder so fröhlich sah.

„Du, den hatten wir auch noch", bemerkte sie eifrig.

„Ich fand den übrigens ganz süß. Aber das hat nicht den Ausschlag gegeben, warum ich Biologie belegt habe. Dir müssen die Fruchtfliegenlektionen aber gut bekommen sein, ich meine, das promiskuitive Verhalten der Drosophila-Männchen hat doch wohl eindeutig auf dich abgefärbt."

„Na, na", beschwichtigte Konrad. „So schlimm ist es nun auch nicht. Ich bin noch auf der Suche, und tief in meiner Seele, so empfinde ich das, bin ich monogam veranlagt, wenn ich nur erst einmal die Richtige gefunden habe."

Er versuchte sich noch einmal an einem Lachen. Doch diesmal klappte es nicht so gut wie beim ersten Mal. Sandra wollte das Thema aber noch nicht abschließen.

„Seit einiger Zeit scheinst du die Suche aufgegeben zu haben, Großer."

Konrad wurde ernst. Er schwieg eine Weile. Dann sagte er:

„Ich muss mir über ein paar Dinge noch klar werden. Zwei neue Beine, Sandra, das ist viel mehr als ein neues Paar Socken. Aber ich denke, das wird schon wieder."

Sandra vertiefte sich wieder in die Zeitung. Auf einmal sagte sie:

„Der scheint recht öffentlichkeitsscheu zu sein, der Professorbruder. Die Entdeckung soll ja geradezu revolutionär sein. Aber von dem Typ ist nicht mal ein Foto dabei. Und ein originales Zitat von ihm finde ich auch nicht. Doch, hier, zumindest ein Wort aus seinem Mund. *Schöpfungsgen* hat er seine Entdeckung genannt. Klingt gewaltig. Der andere, der Mediziner, jetzt erinnere ich mich auch wieder, war dagegen in der letzten Woche in Postkartengröße abgebildet, auf einer Seite mit medizinischen

Ratschlägen. Da ging es zum Beispiel um praktische Hilfen zur Nachsorge bei chirurgischen Eingriffen. Da wusste ich, als ich das las, noch nicht, dass es zwei von diesen Knippschilds gibt. Scheinen ja ziemlich verschieden zu sein. Aber beide haben ihren Arbeitsplatz in deiner Klinik."

„Was sagst du?!" Konrad fuhr elektrisiert in die Höhe. Davon hatte ihm Schwester Tanja nichts erzählt. Aber er beruhigte sich sofort wieder. War das denn wichtig? Zwei feindliche Brüder in einer so riesigen Klinik, die sollten sich doch wohl aus dem Weg gehen können, wenn ihnen danach war. Für einen Augenblick kam ihm noch der Aufkleber auf der Box in den Sinn, den er gesehen hatte, als er aus der Narkose erwacht war. Aber er sah keine Veranlassung, diesem Umstand eine Bedeutung beizumessen.

Um auf andere Gedanken zu kommen und sich nicht in unfruchtbaren Spekulationen zu verirren, erkundigte Konrad sich nach den Plänen seiner Schwester, wenn sie demnächst mit ihrem Studium fertig wäre. Er kannte den Konflikt in ihrer Brust sehr wohl, einerseits mit Hingabe sich dem Fachgebiet der Biologie zu widmen, andererseits eine ausgeprägte musische Neigung zu verspüren. Sandra war eine begabte Violinistin. Wenn Konrad seine Schwester auf der Geige spielen hörte, war er hingerissen. Da er bei sich selbst keine besondere Musikalität ausmachen konnte, setzte er große Hoffnungen in die Schwester. Auch finanziell hatte er in seinem gutbezahlten Job dazu beigetragen, dass für Sandra nebenher der Besuch des Konservatoriums möglich war.

Jetzt hörte er, dass die im Prinzip in zwei Richtungen offene Lebensperspektive Sandras noch keineswegs im Sinne seiner eigenen Wünsche geklärt war.

„Connie, ich bezweifle, dass meine Fähigkeiten für eine Solokarriere reichen. Im Orchester zu spielen, ist wiederum nicht genug Herausforderung für mich. Mit einem wissenschaftlichen Abschluss in Biologie habe ich auf der anderen Seite erstklassige Chancen. Eine interessante Stelle ist mir sicher. Im nächsten Monat spiele ich noch dem Professor Bröckelmann vor. An dem Mann führt kein Weg vorbei, wenn man ein zuverlässiges Feedback für sein Violinspiel bekommen will. Auch zwei Wettbewerbe habe ich noch vor mir. Danach weiß ich mehr. Lass mir noch etwas Zeit, Bruderherz. Du siehst mich gern als Virtuosin, nicht wahr? Aber Künstlerbrot ist hartes Brot. Und einige dieser Eigenschaften, die man braucht, um von Konzertauftritt zu Konzertauftritt als Persönlichkeit zu bestehen, die gehen mir eher ab. Glaube mir, manche Biografie begnadeter Musiker wirkt da eher abschreckend."

Konrad nickte. Er wollte nicht weiter in seine Schwester dringen. Er hing sehr an ihr, wie umgekehrt Sandra eine große Zuneigung zu ihrem Bruder verspürte. Sie hatten sich von Anfang an gut verstanden. Wichtig für ihn war, dass in allererster Linie sie mit ihren Entscheidungen klarkam und damit ihr Leben im Endeffekt erfolgreich einrichtete.

Konrad, so wird man sagen dürfen, tat der Rückhalt im Kreis seiner Familie gut, wie andererseits die familiäre Atmosphäre durch seine neuerliche Teilhabe positiv befördert wurde. Sein Ausschweigen über die Missstimmungen, denen er sich in der letzten Zeit ausgesetzt sah, war denn auch nicht als eine prinzipielle emotionale Distanz zu Mutter, Vater oder Schwester zu deuten, sondern ging aus der Widersprüchlichkeit seiner Empfindungen und der damit zusammenhängenden Unfertigkeit des eigenen Urteils hervor. Zu gegebener Zeit, so sagte er sich, würde er sich öffnen, wenn sich das verworrene Innenleben nicht ohnehin schon bald in Wohlgefallen aufgelöst hatte.

Zunächst hielt er es erst einmal für wichtiger, seine Eindrücke zu systematisieren, um sie mit der Expertise des Professors, die er in der letzten Zeit hartnäckiger als zuvor aus den Gesprächen für sich erfahrbar zu machen suchte, in Einklang zu bringen.

Dabei aber zeigte sich, dass Professor Knippschild den von Konrad etwas wirr vorgetragenen Symptomen im Hinblick auf ihre medizinischen Aspekte nicht sehr viel

Bedeutung beimaß. Er war bereit, allenfalls vorübergehende chaotische Nervenreaktionen als Folgeerscheinung der extremen Stresssituation anzuerkennen. Als jedoch Konrad unter der Erleuchtung einer plötzlichen plastischen Erzählkunst zu der Bemerkung fand: „Wenn Sie mir schon ein neues Sinnesorgan angepflanzt haben, dann müssen Sie doch auch wissen, wie es funktioniert", da lachte der Professor kurz und trocken auf und wurde todernst:

„Wissen Sie eigentlich, Herr Keller, dass, rein menschlich gesehen, die Mehrzahl solcher Transplantationen, bei denen das fremde Gewebe Tag für Tag in den Fokus der eigenen Wahrnehmung rückt, aus psychischen Gründen scheitert? Die Aufspaltung des personalen Identitätskerns wird nicht verkraftet. Depressionen stellen sich ein. Und oftmals verliert ein bedauernswerter Patient an der seelischen Lebensfront das Maß an Lebensqualität, das wir Chirurgen ihm durch die Erweiterung seines physischen Handlungsspielraums gesichert haben. Davor können Sie sich schützen, indem Sie psychologische Hilfe in Anspruch nehmen. Ich hätte erstklassige Adressen für Sie."

Wieder waren sie an einem Punkt des Gesprächs angelangt, an dem Konrad sich unwohl fühlte. Er wollte keinen Psychologen. Er war im Kopf in Ordnung. Der Professor war mit seinem Latein am Ende und konnte ihm nicht sagen, was in der Kommunikation zwischen seinem Gehirn und seinen neuen Beinen schieflief. Deshalb wollte er das Problem an einen Seelenklempner abschieben. Das war nicht fair. Doch was sollte er machen?

Diesmal hatte der Mediziner aber noch eine andere Idee.

„Machen Sie doch einmal von den Informationen Gebrauch, die ich Ihnen kürzlich zukommen ließ, auf Ihren eigenen Wunsch übrigens, mit dessen Erfüllung ich mich nicht wenig angreifbar gemacht habe. Es kann meines Erachtens in einem Fall, wie dem Ihrigen, eine vielversprechende seelische Unterstützung darstellen, den Kontakt zur Familie desjenigen aufzunehmen, dessen Ableben man neue funktionierende Gliedmaßen verdankt. Im Adoptionswesen sind solche Kontaktaufnahmen gang und gäbe. Und in einer gewissen Weise sind doch auch Ihre neuen Beine so etwas wie adoptierte Glieder Ihres Organismus. Es sollte allemal einen Versuch wert sein, meinen Sie nicht?"

Das sah auch Konrad so, obgleich er sich für einen Moment doch darüber wunderte, mit welchem Nachdruck ihn der Professor auf diese Spur bringen wollte. Doch gleich darauf durchströmte ihn ein belebendes Gefühl von Optimismus. Er ärgerte sich sogar ein wenig, nicht schon längst einen praktischen Schritt in diese Richtung unternommen zu haben. Aber nach den niederschmetternden Erfahrungen auf der Party von Margot und Rüdiger hatte er den Zettel in seiner Tasche schlichtweg vergessen. Jetzt sollte er besser keine weitere Zeit ungenutzt verstreichen lassen.

15

Es war keine wohlüberlegte Entscheidung, nicht den Hinterbliebenen des Toten, sondern diesem selbst die erste Aufwartung zu machen. Sie ergab sich aus gegebenen Umständen bei seinem ersten Versuch, sich zu dem Lebenskreis des Mannes Zutritt zu verschaffen. Zwei Gliedmaßen hatte der an ihn abgegeben, ohne Rechenschaft darüber einzufordern, was er damit unternahm und wohin er damit unterwegs war. Eine Frau hatte er zurückgelassen und zwei halbwüchsige Jungen.

Materiell musste es ihnen wohl an nichts mangeln. In eines der gepflegtesten Wohngebiete Hamburgs hatte Konrad die Adresse geführt. Noch ein Stückchen weiter hinauf wohnte das wirklich große Geld.

Das Anwesen der Familie Stromberger war demgegenüber bescheidener. Konrad war bekannt, dass in dieser

Straße nicht nur diejenigen sich niedergelassen hatten, die zu dem ganz großen Geld nicht dazu zählten, aber ihm möglichst nahe sein wollten, sondern auch solche, die aus mancherlei Gründen ihre Mitmenschen lieber im Unklaren darüber ließen, wie es um ihre Vermögen bestellt war. Gediegene Einfachheit. Schlicht wirkender Luxus. Zurückgeschnittene Üppigkeit. Konrad war beeindruckt von der Perfektion an Understatement, die sich mit der Immobilie der Strombergers zum Ausdruck brachte. Doch das war es nicht, warum er an diesem Freitag darauf verzichtete, den Klingelknopf zu betätigen.

Er hatte von einem auf den anderen Augenblick keine Vorstellung mehr davon, was er sagen sollte. *Guten Tag, Frau Stromberber, ich heiße Konrad Keller und laufe auf den Beinen Ihres Mannes herum. Hallo Kinder, ich habe ein Stück von eurem Vater mitgebracht, wollt ihr mal sehen?* Seine Lage erschien ihm so absurd, dass er fürchtete, auf jeden Fall etwas Falsches zu tun oder zu sagen.

Weil er diese missliche Lage in seinem Kopf nicht bereinigen konnte, machte er kehrt und sondierte noch einmal die Umgebung. Er vergewisserte sich, dass der Verstorbene auf dem nahe gelegenen Stadtteilfriedhof ruhte und beschloss, am kommenden Sonntag am Grabe mit den unvollständigen sterblichen Überresten seines Schicksalspartners eine spirituelle Begegnung herbeizuführen, bevor er in Kontakt mit den Hinterbliebenen trat.

Dieser kommende Sonntag verblieb relativ kühl. Von der See her war es diesig heraufgezogen. Doch windig wurde es nicht. Dem zur Neige gegangenen freundlichen Herbstabschnitt, so musste man den Eindruck gewinnen, brachen nun die Lebenskräfte. So, wie die Meteorologen zählten, war der Herbst ohnehin schon vorbei. Im Allgemeinen wurde Konrad von Witterungsverhältnissen nicht stimmungsgeleitet, doch für einen Friedhofsbesuch erschien ihm eine solche Atmosphäre wie die an diesem Tage vorherrschende allemal passender, als sich mit den Toten ein Stelldichein im Sonnenschein zu geben. Wäre seine

Familie katholisch, würde er vielleicht an Allerheiligen denken. Zweifellos begünstigte der Tag sein Vorhaben, eine spirituelle Begegnung oder so etwas in der Art mit seinem Organspender herbeizuführen.

Der Friedhof war so gepflegt und nobel wie der Stadtteil, von dem die hauptsächliche Klientel stammte, die hier ihre ewige Ruhe gefunden hatte. Von einer hohen, die zwei-Meter-Marke sicherlich toppenden Backsteinmauer mit Efeubewuchs vollständig eingefasst, war der Gottesacker aus allen vier Himmelsrichtungen, von denen die Hauptwege ihren Ausgang nahmen, jeweils durch ein wuchtiges schmiedeeisernes Tor zugänglich gemacht worden, doch nur an Sonn- und Feiertagen wurde jedes dieser Tore auch geöffnet.

Da sich Konrad bereits am zurückliegenden Freitag orientiert hatte, konnte er heute zielstrebig die ausgewählte Grabstätte ansteuern. Von Süden kommend, wo der Haupteingang lag, hatte er ein paar Minuten dem übergeordneten Weg zu folgen, der von dichten Leyland-Zypressen-Hecken gesäumt war und in der Mitte des Friedhofsareals rechtwinklig von einem Weg derselben Ordnung gekreuzt wurde. Es gab darüber hinaus eine stattliche Anzahl schmaler Pfade von untergeordneter Kategorie; sie schnitten aus den vier großen Planquadraten kleinere Stücke, die mosaikförmig von vier bis sechs Grabstätten zusammengesetzt wurden.

Er hatte sich die Wegführung gut gemerkt, sodass er sich bald seinem Ziel näherte. Schon von weitem erkannte er die weiß-rote Farbkomposition in Bodennähe, die von Strauchmargeriten und Begonien hervorgerufen wurde und sich von dem dunklen Grün des als Bodendecker verwendeten Efeus wohltuend abhob. Während links und rechts bei den Nachbargräbern protzige steinerne Monumente aufwuchsen, fand sich auf dem Grab von Richard Stromberger, gleichsam als Abbild des häuslich ausgewiesenen Understatements, nur eine leicht geneigte Kupferplatte, welche über die üblichen Lebensdaten des hier

Ruhenden Auskunft gab. *Er möge ruhen in Frieden,* mit nichts sonst an Text war die schlichte Platte befrachtet. Nur noch eine geballte Faust, beidseitig von einem Lorbeerblatt flankiert, war eingraviert.

Konrad atmete tief durch, als er sich an das Grab stellte und auf Gedanken hoffte, die Menschen vielleicht erwarteten, wenn sie hierher zu Besuch kamen. Noch einen Blick, eine Gepflogenheit seiner Neugierde, warf er in die Runde. Er hatte einen besucherarmen Tag angetroffen. Wie ausgestorben lag die überschaubare Gräberfläche unter verhangenem Himmel. Nur in der Ferne, am Ende des Seitenweges, der weit hinten in den Hauptweg einmündete, erblickte er eine einsame Gestalt, die sich schemenhaft aus dem Nebel heraushob und die Frage noch unbeantwortet ließ, ob oder ob nicht und wenn ja in welche Richtung sie sich fortbewege.

Friedhofsbesuche hatten zu den bevorzugten Beschäftigungen von Konrad bis dato nicht gehört. Von seinen Großeltern abgesehen hatte der Tod bei seiner Familie noch nicht angeklopft. Auch sein Freundes- und Bekanntenkreis erwies sich als erfreulich robust gegen überraschendes oder vorzeitiges Ableben. Er selbst war durch die Ungunst der Umstände tatsächlich der Grenzüberschreitung am nächsten gewesen. Vielleicht verdankte er dieser einschneidenden Lebenserfahrung überhaupt das nötige Maß an Zielstrebigkeit, um sich hierher auf den Weg machen zu können.

Trotzdem war er noch zu jung, um beim Gedanken an den Tod den Frieden im Sinn zu haben. Alles vorbei und nichts Kommendes in Erwartung, das war unvorstellbar. Nicht einmal in der Klinik hatte er mehr als reflexartig zu solchen kurzen Überlegungen gefunden.

Der dort im Grab lag, konnte unmöglich vollkommen tot sein, solange seine Beine in Gebrauch waren. Sie doch zumindest waren untot. Freund und Feind von dem Beerdigten würden sie vielleicht sogar an ihm erkennen können. War das der tiefere Grund, warum er noch kein einziges Mal seit seinem Unfall ein öffentliches Bad aufgesucht hatte? Wenn er demnächst zu der Frau des Verstorbenen ginge und sie würde ihn auffordern die Hose runterzulassen, damit sie die Beine ihres Mannes sah, was würde er dann tun? Was sollte er ihr sagen?

Und was würden die Beine tun? Wie würden sie reagieren? Sollte es wirklich nichts weiter als eine Einbildung von ihm gewesen sein, dass sie Vorlieben und Abneigungen gegenüber anderen Personen zum Ausdruck brachten? Betty hatten sie zweifellos nicht gemocht. Doch über den Friedhof hatten sie ihn geführt, so frei und leichtfüßig, als wären es noch seine eigenen. Spürten sie womöglich, dass hier ihr vormaliger Besitzer ruhte? Dann würden sie auch anschlagen, wenn die Witwe auf einen Sichtkontakt bestand. Mit den Beinen jener Frau schließlich waren sie zu besseren Zeiten einmal intim gewesen.

Beinahe vollkommen still war es um Konrad herum. Selbst die Vogelwelt war verstummt. Nur von den Bäumen oder in den Bäumen schien es zu rieseln. Und in nicht ganz unregelmäßigen Abständen machte ein zartes Plätschern hie und da und dort auf sich und seinen noch viel zarteren Nachhall aufmerksam. Die üppige Feuchtigkeit in der Luft, das aber war die Erklärung für den phonetischen Eindruck, fing sich in den Blättern der Laubbäume, sammelte sich dort, bis irgendwann die kristallklare Last in Gestalt eines Wassertropfens den Weg nach unten auf die Kiesbedeckung fand.

Wenn es eine Steigerung für Wohlbefinden in den Beinen gab, dann stellte sie sich in diesen Minuten am Grabe von Richard Stromberger wohl bei Konrad Keller ein, und das Wort, wenn es sich denn fand, um den Gefühlsschauer, der aus dem verrottenden Holzkasten unter der Bodendecke heraufzog, auszudrücken, mochte Sehnsucht oder gar Verzückung heißen und sich ausgerechnet in den Gliedmaßen festsetzen, die im Allgemeinen doch nur der Fortbewegung dienten.

Es hätten auch Flügel sein können, die an Stelle der Beine seine Art des Vorankommens zu regeln beanspruchten; im inneren Erleben von Konrad wäre der Vergleich plausibel erschienen. Ein Strom des seelischen Einklangs mit sich und der Welt, ein Empfinden der vollkommenen Symmetrie von Oberkörper und Unterleib breitete sich aus über das Gemüt des Leidgeprüften, der bis dahin zu dem Geschenk an seinem Körper noch nicht den gewünschten harmonischen Zugang gefunden hatte.

Doch nein, die süße Kraft des lebendigen Verlangens kam nicht aus dem Grab vom Spender her, noch drängte sie zu ihm hinab. Sie war vielmehr mit einem Drall versehen, der eher wegdrängte von dem Ruheraum des Toten in eine noch ungewisse Richtung. Etwas noch völlig Fremdes rief den emotionalen Spin-Effekt hervor und hatte doch beinahe einen vertrauten Zug in seinem leichten Gepäck.

Konrad, leicht verwirrt, spürte einen Zwang, in die Richtung zu blicken, aus der seine Beine den eigentümlichen Impuls empfingen. Noch bevor es dazu kam, war es ein mehrmaliges Knirschen, wie es menschliches Schuhwerk auf dem Ziersplitt hervorrufen kann, das ihn aufschreckte und gemahnte, dass er nicht mehr allein war im überschaubaren Rund der verschwiegenen Gräber. Zögerlich, von einer Scheu befangen, wendete er seinen Kopf.

Sie machte gerade die letzten anmutigen Schritte, jene Gestalt, die von jenseits des schmalen Weges doch noch die Richtung gefunden hatte und sich nunmehr anschickte, mit ihrer eigenen Trauerarbeit gegen Konrad in einen Wettbewerb des stillen Gedenkens einzutreten. Doch für welchen der hier Ruhenden hatte sie ihre spirituelle Aufmerksamkeit vorgemerkt? Noch war es nicht erkennbar, ob das Grab von Richard Stromberger oder das seines Nachbarn zur Linken das Ziel ihres geheimnisvollen Ausflugs war.

Genau vor jener niedrigen Zypressenhecke, welche die beiden Grabstätten trennte, kam sie zum Stehen und senkte andächtig ihren Kopf. Unwillkürlich wich Konrad zurück, so dass er seinerseits genau vor jener Hecke derselben Art verharrte, die Richard Stromberger von seinem ewigen Nachbarn zur Rechten schied.

Kaum kleiner als Konrad war die Gestalt und doch von zierlicher Beschaffenheit. Eine Frau, wie die Kleidung den Verdacht nahelegte. Sie trug Trauer. Die Gürtelenden ihres leichten Trenchcoats, den sie über dem Kostüm trug, waren nicht miteinander verknüpft, sondern hingen unschlüssig von den Seiten herab. Ihr langer Rock ließ unterhalb der Knie ein paar schlanke Beine von ausdrucksstarker harmonischer Proportionierung ansichtig werden. Das Gesicht war verhüllt von einem feinen Schleier; schräg fiel er herab von einem tiefsitzenden Hut mit breiter Krempe.

Konrad war ein wenig unschlüssig, wie er sich verhalten sollte, derweil seine Beine kaum Missverständnisse darüber aufkommen ließen, wie sehr sie diesen Ort, an dem sie gerade standen, schätzten, und wie gern sie die Dauer des Verweilens bei dem Toten und bei der Lebenden vor seinem Grabhügel zeitlich ausdehnen würden.

Die Trauernde hatte sich, von der linken Begrenzung her, nun doch mit ihrem Gesicht zu dem Grab hingewandt, auf das auch Konrad von der rechten Begrenzung aus unbeirrt zu starren den Eindruck erweckte. Mit einem fahrigen Griff in ihre schmale silberbestickte Handtasche beförderte sie ein weißes Spitzentuch ans Tageslicht, das sie sogleich mit derselben Hand, von der sie zuvor den leichten Handschuh abgestreift hatte, unter dem Schleier her dem Gesicht zuführte.

Da Konrad kein Geräusch vernahm, das ihn zu anderweitigen Schlüssen verleiten müsste, entstand ihm das Bild der schmerzensreichen Madonna, in deren Gesicht ein hilfreiches Tüchlein still die heißen Tränen trocknete. Er konnte nichts dafür, dass es trotz der sichtbaren Spuren der Trauer ein hübsches, anziehendes Gesicht war, das die Fantasie ihm plastisch ausmodellierte.

Wer mochte sie sein, die das Andenken des Toten mit solcher Inbrunst wahrte? War sie seine Frau gewesen? Dann hätte er, der mit 48 Jahren verstorben war, eine recht junge Frau gehabt. Konrad konnte zwar nicht das Gesicht jener vollkommen in schwarz gekleideten Person erkennen, doch soweit waren ihm durch seinen Umgang die Frauen doch vertraut, dass er auch aus anderweitigen Hinweisen, die Vertreterinnen des weiblichen Geschlechts unbewusst dem interessierten Beobachter geben, das Alter seiner unbekannten Friedhofsbegegnung auf kaum über dreißig Jahren veranschlagte. Sollte sie es tatsächlich sein, die dem Toten zu seinen Lebzeiten zwei Kinder gebar? Oder hatte er, wie so viele andere Männer, außerhalb des Ehestandes gewildert und wurde noch jetzt dafür durch eine treue Anteilnahme belohnt?

Ereignislos verstrichen einige Minuten des synchronen Gedenkens für einen Mann, der auf je verschiedene Weise die beiden an seiner Grabstätte in sich versunkenen Seelen glücklich gemacht hatte.

Endlich regte sich die Gestalt, die schräg im stumpfen Winkel der Körper wenige Meter von Konrad entfernt verharrte, wieder zu neuem Leben hin. Konrad entdeckte auf einmal eine Chrysantheme in ihrer zierlichen Rechten. Mit einem schnellen, geschmeidigen Knicks erniedrigte sich die Besucherin, wie mit einer Geste der rituellen Zuwendung, vor dem Toten und warf die Blume mit leichtem Schwung auf das Grab unter die Margeriten und das Erikagewächs. Dann machte sie auf den erhöhten Absätzen kehrt, um die Stätte ihrer stillen Trauer wieder zu verlassen.

Doch just in diesem Augenblick entglitt ihr das Spitzentuch. Es war noch immer von den Fingern der anderen Hand festgehalten worden, die an dem Wurf der Blume unbeteiligt war. Nun fiel es neben der Dame in Schwarz zu Boden.

Die Erscheinung, als sie ihres Missgeschickes gewahr wurde, zögerte auf einmal in ihrem Begehren, den Ort der intimen Andacht zu verlassen. Die bereits eingeleitete Bewegung ihrer Gliedmaßen geriet ins Stocken, und für einen Moment gingen ihre Beine in den Kniegelenken, die indes unter dem Rock verborgen blieben, leicht in die Beuge, was den Eindruck hervorrief, als wollte die Frau erneut, wie beim Wurf der Chrysantheme, einen anmutigen Knicks vollführen, diesmal, um wieder in den Besitz des verloren gegangenen Tuches zu gelangen. Eine extreme Bewegung dieser Art in ihrer beengenden Bekleidung, so tief hinab, wäre ihr gewiss umständlich gewesen, wenn sie es tatsächlich auf den Erfolg ihrer Bemühungen abgesehen hatte.

Da aber war Konrad bereits zur Stelle und erlöste sie zuvorkommend aus ihrer misslichen Lage. Gerade noch vernahm er ihren verhaltenen Seufzer, als er auch schon zu Boden ging und nach dem feinen Leinen griff, das er mit diskreter Zurückhaltung zwischen Daumen und Zeigefinger presste und zur geflissentlichen Weitergabe barg. In seine aufrechte Position zurückgekehrt, stand er sogleich der verschleierten Dame gegenüber. Sie hatte in dem kurzen Augenblick seines Körpereinsatzes ihre stolze Haltung beibehalten. Mit einer leichten Neigung des Kopfes überreichte Konrad ihr das entglittene Eigentum.

Was aber war das für ein Satz zu der Bedürftigen hin gewesen! - wie er ihn noch niemals seit dem Verlassen der Klinik hatte vollführen können! Und was war das für eine Rumpfbeuge gewesen, die ihn in den Besitz des fremden Gutes brachte! - wie sie in seiner gehandicapten Lage doch eigentlich unmöglich, zumindest aber dem Genesungsprozess um eine lange, lange Etappe voraus war!

„Danke! Danke für Ihre Bemühungen", sagte die Dame mit einer festen, wohlklingenden Stimme. Sie schien Konrad, soweit das angesichts von Kopfbedeckung und Gesichtsverhüllung zuverlässig zu bestimmen war, zuzunicken. Und da, für einen kurzen Moment, aus der nur leicht geneigten Frontalansicht heraus, war ihr Schleier ein wenig lichtdurchlässig geworden.

Aus einem Paar dunkler Augen blitzte es Konrad entgegen und gab zugleich die Konturen eines fein geschnittenen Gesichtes frei. Doch nur diesen einen kurzen Augenblick einer unvollkommenen Ansicht gönnte sie ihm. Dann wandte sie sich auch schon um und verließ die Grabstätte in die Richtung, aus der sie gekommen war.

Konrad sah ihr nach und beobachtete, wie sie, die beide Enden ihres Gürtels während des Gehens zusammenbindend, mit der vollkommenen Harmonie eines noch nie gesehenen Bewegungsflusses davonschwebte. Die Art und Weise, wie dieses bemerkenswerte weibliche Wesen einherschritt, dünkte Konrad das Aufregendste, seit die Evolution den Menschen zum aufrechten Gang ermuntert hatte.

Hätte er es jetzt unternommen, in die entgegengesetzte Richtung, aus der er selbst gekommen war, sich in Bewegung zu setzen, so hätten seine Beine ihm vielleicht kraftvoll die Gefolgschaft verweigert oder in der Manier, wie sie es sich angewöhnt hatten, ihm zumindest ihre Missbilligung ausgedrückt. Konrad hatte es, so unbestimmt es sich noch gab und so widersprüchlich es auch in Erscheinung trat, mit einem Phänomen von unbekannter Dimension zu tun bekommen. Das ließ ihm den Eindruck entstehen, in seinen Spenderbeinen habe das Instrumentarium für den Empfang einer zusätzlichen Sinneswahrnehmung Aufnahme gefunden. Hatten ihm seine alten Gliedmaßen dieses Vermögen etwa vorenthalten?

Die neuartige Empfindung vermochte ihn zwar nicht in eine bestimmte Richtung zu zwingen, doch war sie zweifellos an der neuronalen Entscheidung über den einzuschlagenden Weg beteiligt.

Auch jetzt war es beinahe selbstverständlich, dass Konrad den attraktiven Impulsen dieser neuen Wahrnehmungsdimension in den angepflanzten Gliedmaßen nachspürte und um ihretwillen letztendlich der aufregenden Gestalt willig folgte.

Wie ein betörendes Aroma eine sensible Nase in eine bestimmte Richtung *zieht*, ohne dass man gegenüber diesem Phänomen deshalb berechtigt wäre, von einer zwingenden mechanischen Kraftausübung zu sprechen, so wurde in Konrads Beinen die emotionale Neigung ausgelöst, einer sinnlichen Inspiration zu folgen, die weder olfaktorische noch visuelle, weder haptische noch akustische Signale an das Gehirn sandte und an der auch kein Geschmacksnerv beteiligt war. Dass ihrerseits die optische Wahrnehmung für Konrad den positiven Reiz zusätzlich verstärkte, soll dabei keineswegs verschwiegen werden.

Immerzu bemüht, einen diskreten Abstand nicht zu unterschreiten, ließ Konrad sich von der eleganten Dame in Schwarz, die während der ganzen Zeit ihres gemeinsamen Weges niemals zurückblickte, durch einige verwinkelte Abschnitte des Friedhofs leiten, den sie schließlich durch den Westausgang verließen.

Schon bald erreichten sie einen kleinen, unscheinbaren Wohnblock. Ohne weitere Umstände schloss sie die Tür auf und verschwand im Hauseingang. Konrad hatte das Nachsehen. Er erreichte die Tür, als sie schon längst ins Schloss gefallen war. Er überflog die Klingelknöpfe und die verschiedenen Firmenschilder, die über der Klingelleiste angebracht waren.

Augenscheinlich waren in dem Haus auch einige firmeneigene Büros eingemietet. Und siehe, da stand ja auch der Name *Stromberger und Meyer* auf einem der Schildchen. Die Spur hatte sich also nicht ins Unbestimmte verlaufen. Geschäftszeiten gab es, na klar, nur unter der Woche.

Beinahe hätte Konrad übersehen, dass ein kleines provisorisches Plakat, auf die Firma *Stromberger und Meyer* verweisend, für eine eigene Sache warb: *Wir stellen ein. Personal für verantwortungsvolle Aufgaben, Einkäufer und Finanzierungsfachmann dringend gesucht.*

Jetzt, wo der erhabene Auslöser seiner unvergleichlichen Inspiration verschwunden war, spürte Konrad eine nachhaltige Erschöpfung. Und von den Beinen nahm sie ihren Ausgang. Viel hatte er ihnen zugemutet und war jetzt davon beeindruckt, dass er solche Wegstrecken, wie sie ihm der Friedhofsbesuch heute Vormittag abverlangt hatte, überhaupt ohne Hilfen zurücklegen konnte. Innerlich zufrieden mit dem Resultat seines Ausflugs, notierte er sich die Adresse, bestellte ein Taxi und ließ sich nach Hause fahren.

16

Es geschah nicht oft, dass Konrad ein Vollbad nahm. Lieber sprang er schnell unter die Dusche und erledigte ohne Umschweife die Prozedur der Körperreinigung. Sie konnte, wie er meinte, auch nicht gründlicher ausfallen, wenn ihm das Wasser bis zum Halse stand.

Nach dem Friedhofsbesuch, der Körper und Geist gleichermaßen beansprucht hatte, war ihm allerdings nach einer weitergehenden Reinigung zumute, sie mochte vielleicht so etwas wie einem rituellen Bedürfnis genügen wollen. Jedenfalls fühlte Konrad sich so, dass er entspannende Empfindungen im Zustand einer warmen Schwerelosigkeit für sich erwartete. Dafür war ihm seine Badewanne an diesem Abend allemal gut genug, in die er bereits das Wasser eingelassen hatte, in das er sich nun behaglich hineingleiten ließ.

Die neuen Beine hatten ihn in den zurückliegenden Stunden mit ihrer physischen Leistungsfähigkeit gehörig beeindruckt. Wie eine Aufmunterung zu einem Neustart, mit dem jetzt endgültig jenes Zutrauen zu gewinnen sein müsste, was sich leider noch nicht hatte einstellen wollen, begann Konrad die Signale zu verstehen. Der andere, dem die Beine gehört hatten, war aus seiner Anonymität zudem ein Stück weit herausgetreten und hatte ihm, vermittelt durch die für ihn selbst ausgedienten Gliedmaßen, stummes Zeugnis abgelegt, dass er zu seinen Lebzeiten einmal ein ganzer Kerl gewesen war.

Konrad war keineswegs abergläubisch und auch nicht geneigt, den Energieschub in seinen anmontierten Gliedern als ein spirituelles Vermächtnis des toten Spenders zu deuten. Von der Kraft der Einbildung war er hingegen schon eher überzeugt. Sie sollte doch wohl herausgefordert worden sein durch seine Gedenkstunde auf dem Friedhof, als er mit einem Toten *sprach*, von dem er, jedenfalls der Länge nach, mehr als die Hälfte seines Körpers am eigenen Leibe trug.

Vielleicht würde er in seinem Leben sogar noch einmal joggen können. Denn auch von der Entzündung der Achillessehne, die ihm Richard Stromberger vermacht hatte, spürte er kaum noch etwas. Ein ordentlicher Dauerlauf des Weltraumschrottopfers wäre sicher eine Schlagzeile wert für alle diejenigen, die ihm unmittelbar nach seinem Unfall schon einmal dicke Schlagzeilen gewidmet hatten. Sicher nicht wegen des vorgelegten Tempos würde man ihm Anerkennung zu zollen haben, aber doch im Hinblick auf die außergewöhnliche anatomische Konstellation. Konrad stellte sich, im warmen Badewasser dösend, einen Aufmacher in der folgenden Art vor: *Konrad Keller auf Richard Stromberger erreicht die Zielgerade.* Die Vorstellung amüsierte ihn, wenngleich er sie nicht für wirklich realistisch hielt.

Er sollte besser auf dem Teppich bleiben. Übrigens ließ sich nicht von der Hand weisen, dass die verschleierte Schönheit am Grab ihren eigenen Anteil an dem hatte, was mit ihm geschah. Was das war, das mit ihm geschah, darüber hatte er aber noch keine vollständige Klarheit erlangt, ungeachtet des positiven Gesamteindrucks, den er mit nach Hause gebracht hatte.

Vielleicht war der Zusammenhang nur banal: Drüben stand eine Frau, und hüben, nur wenige Meter von ihr entfernt auf einem Friedhof, wo niemand sonst weit und breit sich aufhielt, stand er, der schon seit einer Ewigkeit nicht mehr mit einer Frau geschlafen hatte. Daran war nichts Geheimnisvolles zu entdecken, nichts, was nicht vollständig im Sinne der Natur lag, wenn die geschlechtlich angeregte Inspiration dem Manne dabei durch alle Glieder strömte.

Ob sie tatsächlich schön und für ihn attraktiv war, dafür hatte er nicht mehr als vage Indizien und sein in der Geschlechterbeziehung untrügliches Gespür, wenn er nicht doch noch zum Aberglauben Zuflucht nahm und seine Beine als so etwas wie erotisch inspirierte Wünschelruten auffassen wollte. Auf alle Fälle war sie nicht schön genug, dass sie den anderen erfolgreich hatte am Sterben hindern können. Das sollte ihn als Lebenden aber nicht davon abhalten, ihre Bekanntschaft zu machen, wenn sich die Gelegenheit bot.

Beine waren ein elend langes Gedönse. In einer kleinen Badewanne fiel das ganz besonders auf. Konrad schlug bei seinem Versuch, in eine komfortablere Lage zu gelangen, ein paar Wellen, die über den Rand der Wanne hinwegschwappten. Dabei waren die Gliedmaßen, die er gestiftet bekommen hatte, sogar etwas kürzer als die ihm angeborenen. Die Betroffenheit darüber hatte sich tief festgesetzt. Warum denn hatte der Mensch, aufs Ganze gesehen, überhaupt eine ansehnliche Gestalt? Wegen seiner Beine. Vorausgesetzt, die Proportionen stimmten. Trotzdem sollte er es bleiben lassen, das fehlende Stück immer wieder zu beklagen. Ästhetik und Funktionalität waren nun einmal nicht immer unter einen Hut zu bekommen. Und auf längere Sicht war jede Schönheit zum Scheitern verurteilt, selbst wenn die Funktionsfähigkeit vielleicht noch längst nicht gelitten hatte.

Einige der fremden Merkmale an seinen Beinen waren überhaupt nur Geschmacksache. Goldblonde Behaarung – warum denn nicht? Eher spitze Knie anstatt runde – hatte das irgendeine Bedeutung? Der gelb umrandete Hühnerhautfleck auf dem Fuß – sein neues Markenzeichen eben! Wenn der andere damit klargekommen war, dann konnte er auch damit klarkommen. An attraktiven Paarungsmöglichkeiten hatte es jenem allem Anschein nach deshalb doch nicht gemangelt.

Seine Haut, dachte Konrad schmerzlich. Die Haut an seinen Originalbeinen war weicher gewesen; weicher und zarter. Aber keine Panik. Das war bestimmt der Altersunterschied von zwei Jahrzehnten. Wenn keine neuen Überraschungen sich einstellten, dann musste mit dem Status quo ohne Aufregung zu leben sein. Lass dich nicht gehen, Alter. Du hast vor dem Unfall doch auch immer positiv gedacht. Warum war das bloß so schwer geworden?

Da! Hatte er nicht soeben schon wieder etwas Auffälliges entdeckt? Als am Anfang die Füllung der Badewanne noch rein und klar war und der Vergrößerungseffekt des Wasserspiegels im schrägen Lichteinfall sich zur Wirkung brachte, da war er doch auf etwas Merkwürdiges aufmerksam geworden. Nur die Grübelei hatte ihn davon wieder abgelenkt.

Konrad stieg aus der Wanne, trocknete sich ab und nahm in Sitzhaltung die Sonderbarkeit in näheren Augenschein. Der erste Eindruck war eher unverfänglich; vielleicht ein belangloser Farbeffekt, dachte er. Doch ein plötzliches Misstrauen legte ihm nahe, sich ausgiebiger damit zu befassen. Mehr und mehr vertiefte er sich in den Anblick seiner Beinlandschaft, ohne damit zu einer Beruhigung seiner Nerven beitragen zu können.

Wann hatte er eine derartige Struktur schon einmal beobachtet? Richtig, nach dem Jahrhundertsturm von 2007, der große Waldflächen plattgelegt hatte. Umgerissen, abgeknickt, zur Erde gebogen; so präsentierten sich damals die gedemütigten Hölzer eines Waldstücks, über das Kyrill hinweggetobt war.

Bei Freunden im Siegerland während eines Kurzurlaubs hatte er die Folgen der Katastrophe vor Augen gehabt, sogar aus der Vogelperspektive während eines Rundflugs mit dem Hubschrauber war er damit konfrontiert worden. Vollständiger Kahlschlag über weite Flächen hatte sich dem Blick dargeboten, bis auf einzelne, bizarr zur Geltung kommende Baumgestalten, die hier und dort einsam in die Höhe ragten, als würde sie das, was passiert war, gar nichts angehen, oder als hätten sie erst nach der Attacke des Sturms angefangen zu sprießen und wären sogleich im Eiltempo erwachsen geworden.

Wie erratische Fremdkörper ragten solche Überlebenskünstler eines extrem gestressten Biotops in eine fremde Dimension der Natur- und Kulturlandschaft hinein; oder aus ihr heraus, wie war das schon zu unterscheiden. Erst die Gemengelage aus vereinzelten erhabenen Hölzern über und inmitten einer nach verlorener Schlacht gegen einen übermächtigen Sturm chaotisch am Boden liegenden, weit verstreuten Baum-Armee hatte den vollen Gemütseindruck von Trostlosigkeit hervorgebracht. Sein damaliges Empfinden war noch nicht aus dem Gedächtnis getilgt.

An seinen Beinen glaubte er im Miniaturformat jetzt vom Erscheinungsbild her etwas Ähnliches wie die Wüste von Mikado-Stäbchen in den vernichteten Waldflächen wahrzunehmen. Seine Behaarung, das heißt, die Behaarung des *Anderen*, lag flach, verbogen oder gekräuselt träge am Körpergrund, schmiegte sich mit ihrem goldblonden Teint, für sich allein genommen unauffällig, an die Oberfläche der Haut oder hob sich verkrümmt davon ab, wobei sich die vielen einzelnen Härchen, aus einer größeren Distanz betrachtet, wie zu einem spärlichen Pelzbesatz zusammenfanden. Ein gewohntes Bild eigentlich, wie es eine normale, nicht übermäßig starke männliche Beinbehaarung auch dann bietet, wenn sie nicht dem Wind ausgesetzt war.

Dazwischen aber standen auffällig die anderen, hier und dort, wie zufällig angesiedelte Versuchsexemplare einer mutierten Art von beklemmender Arroganz, über die volle Länge der Unterschenkel verteilt, an wenigen Stellen oberhalb der Knöchel auch gesellig wie Grüppchen von Kokospalmen auf kleinen Südseeinseln hochwachsend. Stolz und aufrecht hielten sich diese Sonderexemplare gegenüber ihren geduckten und niedergestreckten, arglos wirkenden blonden Artgenossen. Und sie waren auffallend dunkel gefärbt. Die Oberschenkel, merkwürdigerweise, waren frei von ihnen.

Konrad staunte. Das gab es doch nicht, dass er diese wunderliche Erscheinung bisher übersehen hatte. Ihm fiel die Bemerkung von Betty ein, in die Frage gekleidet, welche Beinbehaarung bei ihm denn überhaupt entwickelt sei, die eigene oder die fremde. Konnte es sein, dass sich im Laufe der Zeit tatsächlich sein eigenes dunkles, genetisch bestimmtes Haarkleid an den Beinen des *Anderen* durchsetzen und Richie Strombergers Urausstattung nach und nach verdrängen würde? Was hatte der Genetiker Knippschild über das Steuerungsgen herausgefunden? Er musste noch einmal Sandra dazu befragen. Und den Professor – auch den musste er zur Klärung des Problems demnächst unbedingt zu Rate ziehen. Bis dahin konnte er nur gucken und sich wundern. Wundern zum Beispiel darüber, dass er selbst zwar eine schwarze, aber doch nicht so obszön lange Beinbehaarung gehabt hatte.

Konrad prüfte die sonderbaren Fremdlinge mit den Fingern, strich daran herum, drückte sie und zwirbelte einzelne Exemplare, die er zu fassen bekam, zwischen Daumen und Zeigefinger, um mehr über ihre Konsistenz in Erfahrung zu bringen.

Sie waren auffallend steif und ließen sich nicht aus der aufrechten Haltung drängen. Jedem vorübergehenden Druck in eine Richtung trotzten sie, indem sie später in ihre Ausgangslage zurückschnellten.

Deutlich kürzer auch als die anderen waren sie, brachten sich aber wegen ihrer kerzengeraden Statur und der kontrastreichen Farbe imperial zur Geltung. Sie erinnerten ihn stärker an Borsten als an sein eigenes natürliches Beinkleid von ehedem. Und kaum war dieser Begriff der Borsten als Vorstellung in Konrads Bewusstsein gerückt, da machten sich auch schon wieder unbestimmte Sorgen breit, dass noch etwas anderes im Spiel sein könnte als das siegreiche Comeback seiner Urbehaarung.

Ihr Aussehen war denn auch nicht das einzige, was Konrad beunruhigte. Er spürte sie nicht. Zwar auf der Fingerkuppe erzeugten sie einen feinen Druck, wenn er sie damit in Kontakt brachte. Doch an den Beinen selbst, auf der Haut, an den Stellen, wo sie aus ihrem Wurzelbett heraussprossen, stellte sich keinerlei Empfindung ein, gleichgültig, was er mit ihnen anstellte.

Minutenlang hatte Konrad sich in den befremdlichen Anblick vertieft, als er plötzlich einen starken Widerwillen in sich aufsteigen spürte. Er war dem Tod von der Schüppe gesprungen. Er war von modernster Medizintechnik zu einem einzigartigen Menschenskind gemacht worden. Die Heilung verlief vorbildlich. Er brachte außergewöhnliche Gehleistungen zustande. Und so, als sei alles das nichts, verwirrte ihn und bemäkelte er diese und jene Eigenschaft des äußerlichen Designs an den Objekten, die einmal einen Teil der Identität eines *Anderen* ausgemacht hatten. Und er fabulierte von Steuerungsgenen im Forschungsergebnis eines Spezialisten. Dabei war er als Schüler im Fach Biologie nie über eine Drei hinausgekommen.

Das war doch schlicht und ergreifend dämlich und anmaßend, mit solchen Nichtigkeiten sich das geschenkte Leben zu vermiesen. Vielleicht sollte er, um nicht immer wieder aufs Neue von dem Anblick irritiert zu werden, an seinen Beinen dasselbe machen, was Mechthild ihrer Muschi verordnet hatte, nämlich die ganze Landschaft rigoros blankputzen und stoppelfrei halten. Mit einer heftigen Bewegung machte Konrad den Auslauf der Badewanne frei und ließ das Wasser entweichen. Er kleidete sich an, lüftete das Badezimmer und machte sich fertig zum Ausgehen. Er hatte sich für heute Abend in seinem Elternhaus angesagt.

17

Ein reizender Abend sei das, befand die Mutter, als unter munterer Plauderei die Teller geleert waren. Glücklich war sie, die ganze Familie einmal wieder beisammen zu haben. Und sie freute sich, dass ihr Konrad sich heute unbelastet gab und merklich zu seinem natürlichen Frohsinn, den man an ihm kannte, zurückgefunden hatte. Daran mochten wohl auch die Speisen, - mit wie viel Liebe auch hatte sie sie zubereitet - ihren Anteil haben. Aber freilich, die gute Mahlzeit allein würde das nicht bewirkt haben.

Hatte sie das übrigens ernst zu nehmen, der Junge wollte wieder eine Stelle annehmen? Solche Anstrengung - in seinem Zustand tat sie ihm bestimmt nicht einmal gut. Und er hatte das doch überhaupt nicht nötig, wo die lebenslange Rente der Weltraumbehörde sehr großzügig bemessen war. Zuhause war er zudem jederzeit willkommen. Der Junge könnte es jeden Tag so gut haben wie heute Abend, wenn er sich nur ihrer Fürsorge wieder anvertrauen wollte. Nun, das war seine Sache, und in die sollte sie sich besser nicht einmischen. Nein, das wollte sie auf keinen Fall. Aber sich darüber Gedanken machen, das durfte doch wohl sein für eine Mutter.

Weil die Mutter aber gerade ein aus dem Herzen kommendes Bedürfnis verspürte, in der netten familiären Atmosphäre ihrem Sohne sich mitzuteilen, deshalb sprach sie stattdessen über etwas anderes, was ihr soeben aufgefallen war.

„Das ist ein ganz neuer Zug an dir, Konrad, dass du dich so gierig auf das Obst stürzt. Früher hättest du lieber zwei Fleischportionen hintereinander verdrückt und dich anschließend an dem Pfirsich vorbeigemogelt. Heute Abend scheint das eher umgekehrt zu sein."

Konrad lachte. „Aber Mutter, im Sommer habe ich doch auch früher gerne mal ein Stück Obst gegessen, das hast du nur vergessen. Aber ganz falsch liegst du nicht. Im

Moment schmecken mir die Früchte ausgesprochen gut, auch wenn der Sommer schon vorbei ist."

„Siehst du, Junge, sag ich doch. Deine Mutter kennt dich nur zu gut. Einen kleinen festen Apfel, gewiss, den hast du auch früher nicht verschmäht. Doch dass du mit Begeisterung gerade solche überreifen Früchte in dich hineingeschlungen hättest, daran kann ich mich beim besten Willen nicht erinnern. Doch iss nur, mein Junge. Dabei tust du auch noch etwas für deine Gesundheit. Habe nur keine Scheu, das weniger Gute mutig wegzuschneiden."

Konrad hatte, derweil sich die anderen am Tisch jeweils mit einem Pfirsich begnügten, bereits die zweite saftige Frucht zerteilt und führte mit sichtlichem Behagen Stück für Stück davon zum Mund. Dabei gab er nicht einmal Obacht, dass er ein paar weiche und verfärbte, von der Reifung bereits bedrängte Stellen des Fruchtfleisches absonderte und dem Verzehr vorenthielt. Eine dem Menschen im Allgemeinen innewohnende Abneigung gegenüber solchen von der Fäulnis bereits vereinnahmten Kostbestandteilen schien in ihm momentan nicht aufzufinden zu sein. Die Verwunderung darüber müssen wir wohl der Bemerkung der Mutter zurechnen, die vielleicht auch ein wenig mit sich selbst darüber verstimmt war, hinsichtlich der Auswahl des Nahrungsgutes gerade einer gewissen Nachlässigkeit überführt worden zu sein.

Der Vater hatte, so schien es, mit unaufdringlichem Vergnügen die Unterhaltung zwischen Mutter und Sohn verfolgt. Nun äußerte er sich dahingehend, dass er für seine Person die Bedeutung einer Zufuhr von fruchtzuckerhaltiger Rohkost eigentlich gering schätze; gar in Abrede stellte er herausfordernd jedwede Nützlichkeit ihres Verzehrs und verwies darauf, dass mit der Verkostung derartiger Festnahrung ein törichter Umweg beschritten werde, der in dem umständlichen Verdauungsgeschäft letztendlich doch auch nur bei einer energiehaltigen Grundsuppe ende, die dem Körper die notwendigen Kraftstoffe spende.

Dabei aber unterbreche man, so fuhr der Vater fort, in frevelhafter Weise einen wunderbaren Reifungsprozess und enthalte dem Genussmenschen dessen himmlische Ergebnisse vor, wie sie, so schloss er augenzwinkernd seinen Gedankengang ab, „in diesem köstlichen Chablis enthalten sind, der zweifellos eine höhere, eine veredelte Form der Verstoffwechselung der Traube gewährleistet als in ihrer schnöden Obstgestalt. Ihr gestattet doch, meine Lieben, dass im Anschluss an Mutters Nachtisch nun auch der meinige eine Chance bekommt." Mit diesen Worten langte der Vater zu dem Korkenzieher hin, den er zuvor schon bereitgelegt hatte und befreite eine schlanke Flasche aus der Kühlbox.

Sandra, die zu dem letzten Thema bisher noch kein Wort beigesteuert hatte, amüsierte sich. Sie kannte zwar ihren Vater und wusste, welche Schwierigkeiten man dabei haben konnte, in seinen gelegentlichen Verlautbarungen zwischen ernsthaften und spaßigen Intentionen treffsicher zu unterscheiden und wie meisterlich er sich darauf verstand, in einem Redebeitrag eine falsche Fährte der Ernsthaftigkeit zu legen, die erst ganz am Schluss für den gläubig vereinnahmten und am Ende verblüfften Zuhörer durch einen drastischen Spurwechsel zur spaßigen Pointe herüberleitete.

Sie wusste im Übrigen auch, dass der Vater das meiste von dem Wein allein trinken würde. Sie und die Mutter würden sich mit einem Gläschen zufriedengeben, und für den armen Connie stand wegen des Medikamentencocktails, den er seit der Operation einzunehmen hatte und der ihm wohl ein hartnäckiger Begleiter auf seinem Lebensweg bleiben würde, ständige Mäßigung auf dem Programm. Doch ganz wollte sie dem Vater diesmal seine Ernährungsphilosophie nicht durchgehen lassen.

„Na, Vater, die Fruchtfliegen, von denen du Unhold gerade mal wieder eine mit dem Löffel zerquetscht hast, sehen das Problem viel weniger streng, obwohl sie viel näher dran sind. Sie stehen voll zu ihrer Festnahrung, ohne deshalb deinen Wein zu verschmähen, Da, da hast du es. Jetzt sieh nur zu, wie du ohne Substanzverlust an Edelflüssigkeit das kleine Vieh aus deinem Glase bekommst."

Alle lachten sie am Tisch. Denn in der Tat hatte der Vater auf einmal einen kleinen, ungebetenen Gast in seinem Glas, der wie wild in dem Wein herumruderte, wenn man die winzigen Ausmaße seiner Bewegung richtig deutete. Trotz aller Vorsichtsmaßnahmen insbesondere der Mutter konnten sie es niemals vermeiden, dass gerade im Spätsommer, oftmals sogar bis in den Winter hinein, die kleinen harmlosen Quälgeister ihnen lästig wurden.

Der Vater ließ sich indes nicht aus der Ruhe bringen. Mit einem Zipfel seiner Papierserviette langte er in das Glas und förderte geschickt das verwirrte Tier zurück ins Leben. Denn tatsächlich verzichtete er darauf, sich für die Attacke zu rächen und gewährleistete dem kleinen schiffbrüchigen Insekt eine ungeschmälerte Erholungszeit. Sein Glas jedoch bedeckte er nunmehr mit einem Papiertuch.

Aber er wandte sich an seine Tochter, weil er nicht gern, nicht einmal im vertrautesten Kreis und bei den belanglosesten Angelegenheiten, in einem Schlagabtausch der Worte am Ende den Kürzeren ziehen wollte. Einem Anwalt stehe so etwas nicht an, war seine Rechtfertigung.

„Wenn du dich da mal nicht irrst, mein Töchterlein. Gerade weil sie den Weinbau nicht erfunden haben, wissen diese kleinen Lebenskünstler den Grundsatz zu schätzen: Je reifer, desto besser. Wenn ich das Prinzip der alkoholischen Gärung nicht falsch verstanden habe, dann sollten die Burschen bei dem, was sie an Nahrung aufnehmen, wohl jeden Tag ihres kurzen Lebens im Rausch verbringen. Anders, mit Verlaub, vermag ich mir ihr ungebührliches Verhalten auch gar nicht zu erklären."

Sandra warf dem Vater liebevoll ein Kusshändchen zu. Nun, da sich die kurzweilige Einlage thematisch aufgezehrt hatte, kam Konrad auf sein Anliegen zurück, wieder eine Stelle annehmen zu wollen. Ihm war aufgefallen, mit einer Bemerkung darüber zuvor eine leichte Verwirrung ausgelöst zu haben. Nun stellte er den Zusammenhang her, indem er das Nötigste über seinen Friedhofsbesuch berichtete.

„Wie, du warst tatsächlich am Grab von deinem Beinspender und hattest die Absicht, seine Familie zu besuchen? Ist das überhaupt erlaubt?" staunte Sandra. Dann besann sie sich und fügte nach einigem Zögern hinzu: „Finde ich eigentlich gut. Hätte ich wohl auch gemacht. Jedenfalls wenn ich Beine oder Arme bekommen hätte. Bei einem Herzen weiß ich nicht."

Die Mutter hatte größere Schwierigkeiten, sich der Vorstellung zu öffnen.

„Da sollte man aber doch leicht im Kopf durcheinander geraten, mein Junge. Ich meine, solltest du nicht besser alles tun, um wieder ein normales Verhältnis zu deinem ganzen Körper zu bekommen?"

„Ich fühlte mich wunderbar danach", sagte Konrad lebhaft. „Ich habe mich, als ich intensiv an den im Grabe Ruhenden dachte, beschenkt gefühlt. Ich habe keinen normalen Körper, Mutter. Ich werde niemals mehr einen normalen Körper haben, Vater. Nur wenn ich alle daran beteiligten Umstände unvoreingenommen an mich heranlasse, werde ich meine Situation auf längere Sicht akzeptieren lernen. Der Zufall führte mich später in eine Straße, wo der Verstobene eine Firma hatte, die immer noch existiert und von dem Teilhaber weitergeführt wird. Sie suchen da jemanden genau mit der Qualifikation, die ich habe. Warum sollte ich nicht nachfragen, ob man meine Dienste benötigen kann? Versteht ihr, ich hätte sowohl etwas für mich getan, weil ich endlich wieder einer sinnvollen Beschäftigung nachgehen könnte. Und ich gewänne das Gefühl, mich erkenntlich zeigen zu dürfen für das, was jener mir gegeben hat."

Niemand wollte am Ende Konrads Gedankengang zurückweisen. Der Vater konnte aus seiner Situation heraus vielleicht noch am besten verstehen, wie sehr es dem Sohn danach war, sich durch die Verrichtung einer nützlichen

Beschäftigung gebraucht zu fühlen. Auch Sandra, die noch in keinem Beschäftigungsverhältnis stand, unterstützte ihren Bruder. Und schließlich machte sogar die Mutter gute Miene zum bösen Spiel.

„Sag mal, Connie, woran ist dein Spender eigentlich gestorben?" erkundigte sich Sandra irgendwann.

„Das ist wirklich komisch", erwiderte Konrad. „Ich habe dazu keine erschöpfende Information. Da, wo ich nachgefragt oder im Netz recherchiert habe, hieß es nur vage, er sei einem Unglück zum Opfer gefallen. Doch was soll es! Ich denke nicht, dass die Öffentlichkeit immer das Recht haben sollte, alle möglichen Details aus dem Leben eines jeden zu kennen. Ich spiele mit dem Gedanken, die Witwe aufzusuchen. Vielleicht erfahre ich von ihr doch noch Einzelheiten."

Inzwischen hatte sich die Mutter in die Küche zurückgezogen. Der Vater warb um Nachsicht dafür, dass er sich für eine halbe Stunde noch seinen E-Mails widmen müsse. Konrad und Sandra begaben sich in eine Sitzecke des Wohnzimmers. Sogleich kam die Schwester noch einmal auf ein anderes Thema zu sprechen.

„Du kennst mich ja, Connie, recherchieren ist meine Leidenschaft. Der Bruder von deinem Professor hat mir einfach keine Ruhe gelassen. Du wirst es nicht glauben, aber von dem ist tatsächlich nirgendwo ein Foto aufzutreiben, bis auf ein einziges, das ihn als Kind zeigt. Er schottet sich ab wie ein Klosterbruder, was ihm von seiner ganzen Zunft übelgenommen wird. Dabei haben es seine Forschungsergebnisse in sich. So ganz nebenbei hat er im letzten Jahr an den Drosophila-Männchen entdeckt, dass sie gewissermaßen mit ihren Beinen riechen, dass sie jedenfalls über spezielle Sensoren an den Beinen die Lockstoffe der Weibchen wahrnehmen. Diese Arbeitsergebnisse wurden bereits von anderen Forschern bestätigt."

Konrad lachte.

„Das scheint mir nicht furchtbar praktisch zu sein. Aber wenn es funktioniert …"

Sandra hatte aber noch gar nicht ausgeredet. Lebhaft fuhr sie fort:

„Die Sache mit dem Steuerungsgen, von dem sich das ganze System schaltet und reguliert, ist in der Fachwelt höchst umstritten. Eine empirische Beweislage liegt überhaupt nicht vor. Die letzte Meldung ist nun, der Mann habe eine Art Bio-Chip erfunden, mit dem er in der Lage sein will, über eine spezielle Funkfrequenz als Schnittstelle mit echten Zellen zu kommunizieren. Klingt völlig verrückt, dazu für jemand, von dem man nicht einmal weiß, wie er aussieht. Völlig ungewöhnlich auch für einen Biologen: Der ist nicht einmal Team-Player, sondern Einzelkämpfer. Nicht mehr als ein bis zwei Mitarbeiter soll er haben, die genauso verschwiegen und zurückgezogen wie der Meister agieren."

Konrad hörte seiner Schwester interessiert zu. Doch was sollte er dazu sagen? Mit seinen Problemen hatte der Sonderling nichts zu tun. Mit dem Bruder kam er inzwischen recht gut klar, auch wenn der auch nicht gerade ein Kommunikationsbolzen war.

Der Abend war bereits fortgeschritten. Konrad wollte nicht zu spät zu Hause sein. Als die Familie wieder vollzählig beisammen war, erfüllte Sandra einen ausdrücklichen Wunsch ihres Bruders und spielte einige Stücke auf der Geige. Alle hörten ergriffen zu und waren begeistert. Konrad hatte jedes Mal ein wunderbares Gefühl, wenn er seine Schwester musizieren hörte. Sehnlich wünschte er sich, sie möge doch auch dann, wenn sie sich für die Biologie und die naturwissenschaftliche Laufbahn entscheiden sollte, ihr einzigartiges musikalisches Talent weiterhin pflegen. Mit einem Nachklang jenes schönen Gefühls begab er sich auf den Heimweg.

18

Am nächsten Tag ließ Konrad sich mit dem Taxi zum Westausgang des Friedhofs fahren. Von dort machte er sich zu Fuß auf den Weg zum Büro der Firma *Stromberger und Meyer*. Erneut wurde er, wenngleich abgeschwächt, von einem ähnlichen atmosphärischen Fluidum durchströmt wie während des gestrigen Erlebnisses, und mit dem einhergehenden Vitalitätsschub in den Beinen, den er als wohltuende Wärme verspürte, erreichte er bald das Ziel seiner kleinen Stadtteilwanderung.

Die Eingangstür des Hauses stand nunmehr offen, durch sie betrat er das breite Treppenhaus. Um in den dritten Stock zu gelangen, bediente er sich des Fahrstuhls. Überrascht stand Konrad wenig später vor einer kunstvoll gearbeiteten Flügeltür aus massivem Eichenholz, da musste er hindurch, wenn er die firmeneigenen Büroräume betreten wollte.

Die Etage, auf der er sich befand, machte einen deutlich gepflegteren Eindruck als der Eingangsbereich im Parterre. Kaum hatte er geklingelt, da summte es schon und der rechte Seitenflügel des Portals sprang auf.

An der kleinen Rezeption saß ein noch recht junger rothaariger Bursche mit Sommersprossen, der ihn aus einem mürrischen Gesicht heraus fragend ansah.

„Guten Tag, ich heiße Konrad Keller. Ich komme wegen der ausgeschriebenen Stelle.“

Augenblicklich hellte sich die Miene des Bediensteten auf.

„Ach Sie! Die Chefin erwartet Sie schon. Gehen Sie nur hinein.“

Dabei deutete er auf eine weitere, kleinere Flügeltür linkerhand, die sich dekorativ geschickt in das Raumambiente einfügte. Konrad, überrascht durch den sonderbaren Empfang, trat zögernd darauf zu, hielt dann aber inne und sah sich unschlüssig nach dem Burschen an der Rezeption um.

„Gehen Sie ohne Scheu hinein", ermunterte ihn dieser. „Sie müssen nur die Klinke herunterdrücken."

Als Konrad sich anschickte der Aufforderung Folge zu leisten, wurde auch schon von innen einer der Türflügel aufgezogen, und er sah sich plötzlich einer Frau gegenüber. Freundlich reichte sie ihm die Hand zur Begrüßung.

„Guten Tag, Herr Keller. Ich bin Gloria Meyer, Gesellschafterin der Firma *Stromberger und Meyer*. Treten Sie doch näher."

Die Geschäftsdame, kaum kleiner und augenscheinlich ein paar Jahre älter als er, schloss, nachdem Konrad ihrer Aufforderung gefolgt war, hinter ihm die Tür. Dann eilte sie auf den hohen Absätzen ihrer eleganten Schuhe erstaunlich flink an ihm vorbei auf die unmöblierte Mitte des geräumigen Büros zu, an dessen Fensterseite ein wuchtiger, tadellos aufgeräumter Schreibtisch stand. Konrad blieb nichts anderes übrig, als der Wegweisenden in der eingeschlagenen Richtung zu folgen.

Geschmeidig drehte sie sich, da angelangt, wo sie wohl hinwollte, halb um die eigene Achse, sodass sie und ihr Besucher im Abstand von vielleicht zwei Metern sich gegenüberstanden. Ihre Hände hielt sie leicht miteinander verschränkt an gestreckten Armen vor ihrem Schoß, die beiden Daumen dabei zwanglos gegeneinandergedrückt. Mit einem feinen, ein wenig ironisch anmutenden Lächeln sah sie Konrad erwartungsvoll ins Gesicht.

Es ist aber in doppelter Weise so aufzufassen, dass dieser der Chefin auf ihrem zielstrebigen Weg durch die Räumlichkeit folgen musste. Einesteils ergab sich die Notwendigkeit schlichtweg aus den Erfordernissen der Etikette, da diese ihm eine solche Anhänglichkeit gegenüber den Ansprüchen der Inhaberin des Hausrechtes auferlegte. Andernteils jedoch war Konrad sogleich, als er mit seiner Gesprächspartnerin zusammentraf, wieder in den Bann seiner eigenwilligen Beinarbeit geraten, die sich in den vergangenen Tagen als motorisches Vehikel einer noch unergründlichen Inspiration schon mehrfach ins

Bewusstsein gerückt hatte und nun einmal mehr Ansprüche anmeldete. Und seltsam, wiederum synchron zu seiner übrigen Sinneswahrnehmung, verknüpfte diese Motorik die Chiffren ihres Verlangens mit den anderen zielstrebigen Komponenten einer lebendigen Willensäußerung.

Der Schritt. Der Gang. Diese Beine. Eine solche Aura! Waren alle diese höchst bemerkenswerten Attribute der Weiblichkeit nicht gestern schon einmal als Schicksalsmacht seines Lebens an düsterem Ort in helle Erscheinung getreten? Sie musste es gewesen sein! Die Geschäftspartnerin an Seiner Seite. Jetzt bei dieser Begegnung hatte er dafür ein untrügliches Gespür.

Aber nicht in erster Linie deshalb war er hergekommen, um ihrer Identität nachzustellen. Konrad besann sich auf den Zweck seines Besuches; er schüttelte einen Anflug von romantischer Sentimentalität ab und begann sein Anliegen vorzutragen.

„Ich interessiere mich für die Stelle, die von Ihrer Firma ausgeschrieben wurde. Mir ist zwar nicht klar geworden, ob Sie eine oder zwei Positionen zu besetzen haben. Doch ich bin sowohl für die eine wie für die andere Tätigkeit, die Sie nachfragen, als Führungskraft qualifiziert. Eine mehrjährige Berufserfahrung bringe ich selbstverständlich mit." Diesem Kern seiner Botschaft fügte er sodann noch einige Details bei, die sich auf seine Arbeit in der Kaffeerösterei bezogen.

Aber hatte sie ihm denn zugehört? Die ganze Zeit, während er sprach, in derselben Haltung, stand sie reglos da. Vergebens auch wartete Konrad auf ein Zeichen sich zu setzen, um die Unterredung vielleicht in bequemerer Position fortzusetzen. Sie stand nur da und sah ihn an.

„Sind Sie überhaupt an meiner Bewerbung interessiert?"

Etwas Besseres als diese Frage fiel Konrad im Augenblick nicht ein, um die Unterhaltung in Gang zu bringen. Immerhin kam nun ein wenig Bewegung in die Statur seiner Gesprächspartnerin. Sie entflocht die Finger ihrer

Hände und strich auf beiden Seiten an Becken und Oberschenkeln entlang, als wollte sie dort den Stoff ihres lilafarbenen Taftkleides, das wenig oberhalb der Knie mit einem silberfarbenen Saum abschloss, glätten.

Dieses Kleid war von ungewöhnlichem Zuschnitt. Es erinnerte Konrad an eine kurz gehaltene römische Toga, bedeckte aber ihre beiden Arme. Der Zipfel eines Endes war von rechts her über die linke Schulter geworfen worden, wo er mit einer großen, ebenfalls silberfarbenen Spange festgemacht war. Das Kleidungsstück, wie es recht formlos herabfiel und die Raffinesse seiner Machart nicht sogleich für den oberflächlichen und unkundigen Blick preisgab, war keineswegs körperbetont; es verdeckte, von den Beinen unterhalb der Knie abgesehen, durch und durch die weiblichen Proportionen.

Konrad hatte inzwischen erraten, dass die bemerkenswerte Ausstrahlung der Dame wesentlich durch die fein geschnittene, markante Physiognomie des Gesichtes, vor allem aber durch die Anmut der Körperbewegung und die differenzierte Körpersprache zur Geltung gebracht wurde. Es konnte nicht übermäßig viele Personen ihres Geschlechtes geben, die in einem solchen unkonventionellen Kleidungsstück eine ähnlich attraktive Figur machten, auch wenn zu unterstellen war, dass seine Gesprächspartnerin sicherlich kein Muster von der Stange trug. Jetzt endlich öffnete sie ihren Mund.

„Sie sind also der junge Mann, den Richies Beine tragen?"

Diese Frage brachte Konrad noch ein Stück weiter aus dem Konzept. Während er erst einmal schwieg, um sich wieder zu sammeln, belebte sich das Gesicht seines Gegenübers. Gloria Meyer, nur dezent geschminkt, gestattete ihrer Unterlippe vorübergehend ein sinnliches Eigenleben, indem sie dieselbe über die Oberlippe schob und zugleich die Mundwinkel vorsichtig, wie zum Aufbau eines kontrollierten Lächelns, auseinanderzog. Als sie wenig später noch den Mund einen Spalt weit öffnete und mehrmals die

Zunge dezent über die Oberlippe gleiten ließ, offenbarte ihre kurze und zweifellos beabsichtigte mimische Vorstellung den Gemütszustand einer spastischen Vergnüglichkeit. Sekunden später hatte sie schon wieder einen zurückhaltenden Gesichtsausdruck aufgesetzt, mit dem sie ihren Besucher aufmerksam fixierte.

„Zieh dich aus", sprach sie zu ihm in einem gleichgültig klingenden Tonfall.

Konrad glaubte sich verhört zu haben. Eine momentane Ratlosigkeit breitete sich in ihm aus. Auf ein Vorstellungsgespräch war er eingestellt, natürlich. Doch was sollte das hier werden?

Zugunsten eines besseren Verständnisses der Lage bekam er sogleich eine Hilfestellung zugeteilt. Mit einem raschen Griff nämlich über ihre linke Schulter löste die Frau die silberfarbene Spange, und lautlos floss das geschmeidige Tuch des lilafarbenen Kleides an ihrem Körper herab und fiel zu Boden. Von einem auf den anderen Augenblick stand Gloria Meyer, Gesellschafterin der Firma *Stromberger und Meyer*, nackt vor Konrad Keller.

Mit einem zweiten raschen Griff zog sie eine lange Nadel, die zuvor nicht sichtbar gewesen war, aus ihrem hochgesteckten braunen Haar mit der feinen Nuance ins Rötliche hinein, das nun mit derselben Lautlosigkeit wie zuvor der feine Taft bis auf ihre Schultern fiel. Die Schuhe endlich wurden nacheinander mit elegantem Schwung aus den Beinen einige Meter weit ins Abseits befördert.

Die emotionale Kraft, einem überraschend herbeigeführten Augenblick der fleischlichen Offenbarung entsprungen, das Erschauen eines so makellos gebauten und harmonisch proportionierten weiblichen Körpers, machte Konrad fassungslos. Mit einem schnellen und sicher nicht zu vermeidenden Blick entdeckte er in intimster Obhut die nämliche *Frisur* wie bei Mechthild, bevor dieser Blick, von der Szenerie überwältigt, scheu sich niederduckte.

Doch ohne weitere Umschweife trat seine Verführerin nahe an ihn heran.

„Zieh dich aus!" wiederholte sie mit Nachdruck ihre Aufforderung.

Keinen Widerspruch schien ihr Tonfall zu erwarten, noch zu dulden. Und langsam, umständlich, wie im Zustand einer Trance, entledigte sich auch Konrad Stück für Stück seiner Bekleidung.

Kaum hatte er dieselbe vollständige Nacktheit erlangt, in der Gloria Meyer geduldig bei ihm ausharrte, als sie auch schon von beiden Seiten an seine Oberarme fasste und langsam vor ihm niedersank, während sie ihre Hände nachzog. Stetig näher schwebte ihr Kopf heran, bis ihr Mund die weiche jugendliche Haut seiner Brust fand. Von da an ließ sie nicht mehr ab von der Koseform einer intimen Nähe während der ganzen folgenden Wegstrecke, die sie bis zum Erdboden zurücklegte.

Geschmeidig ließ sich ihre biegsame Gestalt immer tiefer gleiten. Aus der Hocke ging sie auf die Knie. Da konnte es nach einer Weile nicht ausbleiben, dass Konrad, der ihr aus seiner erstarrten aufrechten Position gebannt nachblickte, auf einer ganz bestimmten Höhe ihrer stummen Aktivität in helle Aufregung geriet und auf einmal alles Kommende für möglich und für wünschenswert hielt. Aber nein, sie hatte es auf etwas anderes abgesehen.

Als sie nämlich bei seinen Beinen, das heißt bei den Beinen des *Anderen*, angekommen war, wurden ihre Liebkosungen leidenschaftlicher. Zärtlich streichelte sie die langen Gliedmaßen wie intime alte Bekannte und leckte mit der Zunge an der Behaarung herum. Und noch einmal eine Etage tiefer brachte sie, ganz in der Art eines muslimischen Gläubigen, der sich vorschriftsmäßig zum Gebet beugt, ihr Gesicht bis an seine Füße heran, während ihr wohlgeformtes Hinterteil aus der Draufsicht herausfordernd zur Geltung kam.

Konrad spürte, dass er sich umso stärker genierte, je näher die umtriebige Dame der auffälligen Hautveränderung am rechten Fuß kam. Seine Gemütsreaktion erschien ihm zwar dumm, doch er konnte nicht erfolgreich dagegen angehen.

Gerade auf diese Körperstelle aber hatte sie es abgesehen. Mehrfach streichelte sie darüber hinweg. Auch fuhr sie mit dem Zeigefinger an den Rändern des gelben Flecks entlang und zeichnete seinen Umriss nach. Schließlich drückte sie mit Inbrunst ihre Lippen auf den für Konrads Selbstverständnis hässlichsten Teil des Fußes.

Mit diesem Kuss, so hatte es den Anschein, war dann wohl ihre Entdeckungsreise beendet. Sie murmelte noch einige Worte, aus denen Konrad mit Sicherheit nur das Wort *Richie* heraushörte; dann machte sie sich aus ihrer tiefen Beugehaltung heraus langsam wieder auf den Weg in die Höhe.

Zärtlicher als zuvor dünkte ihn nunmehr ihre Berührung. So stimulierte sie ihn endlich dazu, sich emotional auf das unerwartete Spiel einzulassen, wo er bisher doch eher verklemmt und in einer unangenehmen Gliederstarre befangen ihre Prozedur über sich hatte ergehen lassen. Fingerkuppen, Fingernägel, Mund und Zunge; vielfältiger Einsatzmöglichkeiten und raffinierter Techniken bediente sich die gereifte Frau, um ihren Gast, aus welchem Grunde auch immer, zufriedenzustellen.

Diesmal auch, während ihrer Rückkehr in den aufrechten Stand, harrte sie dort aus, wo Konrad vor einigen Augenblicken, als sie in der Gegenrichtung unterwegs gewesen war, in Verwirrung geriet. Mit der kleinen Zeitverzögerung indes agierte sie ausgesprochen unternehmungsfreudig, und voller Hingabe stiftete sie Konrad einen so tiefen Eindruck an der Kathedrale seiner Männlichkeit, als würde ihm an geweihtem Ort eine persönliche Messe gelesen. Unwiderstehlich wurde sein Empfinden vereinnahmt und sein verklärter Sinn in der Überzeugung gestärkt, dass jene aufregende Frau mehr an ihm zu schätzen wüsste als das vergleichsweise unattraktive Fleckchen von erworbener Hühnerhaut. „Oh Gott!" Mehr sagte Konrad nicht, um den wunderbaren Augenblick nicht zu Fall zu bringen.

Doch dann folgte ein abrupter Stilwechsel. Während sie auf einmal unsanft von ihm abließ und in die Höhe schnellte, krallte sie heftig ihre Fingernägel in seine Oberarme, die immer noch ein wenig verkrampft herabhingen, und zog an beiden Seiten eine blutige Spur bis unterhalb der Ellenbogen. Konrad war soeben im Begriff gewesen, sich vollkommen auf das Liebesspiel einzulassen. Überfallartig folgte der portionierten Lust ein peinigender Schmerz. Beide Empfindungen mischten sich zu einem heftigen Gefühl von Zorn und Verlangen. Er musste alle seine Willenskraft aufbringen, um nicht aufzuschreien.

Endlich standen sie sich, gleichermaßen erregt, wieder auf gleicher Augenhöhe gegenüber. Da sagte sie schlicht:

„Hi, Richie, willkommen im Klub. Ich gebe dir hinterher etwas Verbandszeug."

Nach diesen Worten küsste sie Konrad leidenschaftlich auf den Mund. Sie presste ihn fest an sich und ließ keinen Zweifel darüber aufkommen, dass sie es bei der Ouvertüre des begonnenen Spiels nicht bewenden lassen wollte.

In den nächsten abwechslungsreichen Minuten, die ihn seinen Schmerz vollständig vergessen machten, brachte Konrad nachträglich sogar Verständnis dafür auf, dass die Firmenchefin am Anfang seines Besuches nicht auf konventionelle Art darauf bestanden hatte, in den Sesseln Platz zu nehmen. Denn jene unmöblierte Mitte des geräumigen Büros, die mit einem weichen Velourteppich ausgelegt war, warb mit verblüffender Überzeugungskraft für eine Zweckdienlichkeit, die dem Bürowesen für sich genommen eher wesensfremd ist und die ihr beim Eintreten auch keineswegs anzusehen war.

Mit dem Abschluss dieser ungewöhnlichen Vormittagsbesprechung zwischen Konrad Keller, der beruflich erneut für sich etwas hatte in Gang bringen wollen, und Gloria Meyer, Gesellschafterin der Firma *Stromberger und Meyer*, bei der die beiden Teilnehmer ein wenig außer Atem gerieten, durfte Konrad sich in die Position, für die er sich soeben beworben hatte, als eingestellt betrachten. Als die Akteure sich nämlich soweit hergerichtet hatten, dass in dem Büro der übliche Geschäftsgang wieder aufgenommen werden konnte und auch Konrads frische Wunden versorgt waren, bemerkte Gloria Meyer:

„Komm, ich zeig dir dein Büro. Du kannst, wenn du willst, sofort anfangen zu arbeiten."

19

Später würde die amouröse Begebenheit bei Konrad in den Verdacht geraten, dass er mit Absicht herbeigelockt und durch eine Art von Initiationsritual der schönen Gloria in die Firma *Stromberger und Meyer* eingeführt worden war. Am Anfang hatte der noch unfertige Eindruck zwar das mulmige Gefühl auf seiner Seite, aber der Verstand wollte sich von dieser Lagebeurteilung nicht so leicht überzeugen lassen.

Welcher Zweck hätte denn auch dahinterstehen sollen, dass Gloria oder sonst jemand von der Geschäftsleitung Einfluss auf seine Lebensführung nahm? Der einzige Anhaltspunkt, der überhaupt dafürsprach, dass man die Stellenausschreibung mit Vorbedacht auf seine Person zugeschnitten hatte, war der schwerlich zu ignorierende Umstand, dass sein Kommen erwartet worden war. Ganz offensichtlich hatte Gloria sich auf seinen Besuch eingestellt und geschickte Vorbereitungen getroffen. Das zielgerichtete, als erotische Camouflage gestaltete Verlangen der Firmenchefin nach Begutachtung seiner Beine mündete in die Wiedererkennung der vertrauten Gliedmaßen ihres verstorbenen Compagnons. Soweit waren die Umstände einigermaßen durchsichtig.

Damit ging einher, so konnte man die Vorkommnisse vielleicht noch ein Stück weit präziser auffassen, ein Akt der wollüstigen Inbesitznahme desjenigen, den das

Schicksal dazu bestimmt hatte, die vertrauten Körperteile eines geliebten Mannes weiterhin zu gebrauchen und der zudem beruflich die Chance bot, sie wieder in den Dienst der Firma zu stellen. Gloria Meyer, die Mitgesellschafterin, hatte diesen Akt voller Engagement und mit priesterlichem Sendungsbewusstsein inszeniert, und er mochte es ihr emotional erleichtert haben, das Vertrauen, das sie jenem zu seinen Lebzeiten entgegengebracht hatte, auf den Empfänger der Spendergabe zu übertragen und für das Wohl der Firma fruchtbar zu machen.

„Wieso hattest du Kenntnis von meiner Identität? Und wieso warst du sicher, dass ich herkommen würde?" fragte Konrad seine neue Chefin, als er sich nach wenigen Tagen einen ersten groben Überblick über sein neues Geschäftsfeld verschafft hatte.

„So viele Fragen auf einmal", entgegnete Gloria mit jener Spur von Sarkasmus, der ihrer Rhetorik, wie Konrad bald herausfand, so eigentümlich anhaftete wie ihrer sinnlichen Leiblichkeit das köstliche, in seiner vollen Dimension nahezu unaufschließbare Aroma, dem sich keiner seiner Sinne und schon gar nicht seine neuen Beine entziehen konnten.

„Du solltest einfach an das Naheliegende denken", fuhr sie fort. „Das gleiche Interesse, das für dich an der Aufklärung der Identität des Spenders deiner neuen Beine gegeben war, bestand auf Seiten der Firma, die Richie alles Wesentliche ihrer Existenz verdankt, an der Aufklärung der Identität des Empfängers. Würde der Empfänger sein Interesse zielstrebig verfolgen, so war unsere Ausgangsüberlegung, dann musste er zwangsläufig irgendwann einmal hier vorbeikommen. Siehst du das nicht ein, Richie? Bis es so weit war, das war unsere zweite Überlegung, wüssten wir mehr über ihn und konnten ihn im Hinblick auf unsere Erwartungen zuverlässiger einschätzen. Nenne das meinetwegen Hintergedanken. Ich frage dich aber allen Ernstes, Richie: Warum solltest du den tadellosen Job, den du in deiner alten Kaffeefirma gemacht hast, nicht auch für uns erledigen? Der Vorteil läge auf beiden Seiten. Unsere Firma hätte sich ein passables Stück von unserem guten alten Richie erhalten, und du hättest einen spannenden Job, an dem dir doch sehr gelegen ist. Und das", so schloss sie ihren Gedankengang mit einem herausfordernden Lächeln, das dem Spiel ihrer Lippen viel Freiheit gönnte, ab, „das wäre nicht einmal alles."

Gegen Glorias Logik war nicht leicht anzukommen, das musste Konrad zugeben, zumal sie ihm auch das Argument, er hätte statt der Firma doch die Frau des Verstorbenen aufsuchen und damit die Kalkulation hinfällig machen können, schnell wertlos machte.

„Ach, das idyllische Familienbild, auf das du gestoßen bist. Richie war niemals verheiratet. Er hat auch keine Kinder hinterlassen. Gegenüber einer misstrauischen Öffentlichkeit machen sich derartige Informationen aber gut. Hättest du seine Villa anstatt dieses Büro betreten, wärst du dennoch mit mir zusammengetroffen. Richie und ich, wir waren geschäftlich und auch privat liiert. Was willst du denn nun eigentlich, deine Neugierde befriedigen oder einen attraktiven Job bedienen?"

Konrad sah bald ein, dass seine Fragerei erst einmal nicht weiterführte. Und auch etwaige Antworten, so glaubte er, konnten für ihn keine große Bedeutung haben. Der Tote war tot. Er selbst war nun einmal hier aufgelaufen. Aber er hatte einen Job angetreten, der interessant wirkte und ihm verloren gegangene Selbstbestätigung zurückerobern konnte. Das zählte. Wenn er überdies seine bisherigen Erfahrungen richtig deutete, hatte er die Chance bekommen, geschäftlich wie privat in die Fußstapfen seines Vorgängers zu treten, Fußstapfen, die für ihn offenbar herausfordernder und verlockender waren als die Länge und das Aussehen seiner Beine. Nur, dass sie ihn Richie nannte, damit wollte er sich nicht abfinden.

Er sprach sie darauf an. Der wunderschöne Schmollmund, der für einen Augenblick in ihrem Gesicht in Erscheinung trat, machte schnell einem nicht minder wunderschönen Lächeln Platz, das aber gar nicht zu den vorgebrachten Gedanken passen wollte.

„Den Namen hat dir die Firma gegeben", sagte sie. „Damit wirst du dich abfinden müssen. Wenn wir unter uns sind, nenne ich dich einfach Rick. Versöhnt?"

Das war er natürlich nicht. Dennoch machte Konrad gute Miene zum bösen Spiel und ließ davon ab, auf seinem Standpunkt zu beharren. Für seine Festanstellung war eine Probezeit vorgesehen. Das fand auch er vernünftig. Die Verpflichtungen und Ansprüche blieben also erst einmal vorläufig, und damit war auch die Namensfrage weiter in der Schwebe. Für die Zeit danach, wenn er fest übernommen würde, stellte Gloria ihm dennoch schon einmal allerlei Möglichkeiten in Aussicht bis hin zu einer Teilhabe an der Firma, die mit einem einzubringenden Kapitalanteil zu unterlegen wäre. Insgesamt keine üblen Aussichten, fand Konrad.

Die Perspektive, in der Firma eine Position zu erlangen, die der des verstorbenen Richard Stromberger weitgehend entsprach, machte Gloria Meyer ihm auch von einer anderen Seite her glaubwürdig, und zwar so sehr, dass ihm bei solchen Demonstrationen ihrer Kunstfertigkeit und noch lange danach völlig gleichgültig war, ob er Connie, Richie, Rick oder Methusalem hieß. Der Treffpunkt dafür war immer derselbe, nämlich der Velourteppich in Glorias weiträumigem Büro.

Ihre lasziven Attacken folgten keinem erkennbaren zeitlichen Rhythmus. Sie kamen meistens unverhofft. Doch stets waren sie so in den Betriebsablauf integriert, dass im Hinblick auf die Effektivität der internen Regularien und der allgemeinen Wirtschaftlichkeit der Firma nicht einmal eine Wirtschaftsprüfungsgesellschaft Anstoß daran genommen hätte.

Was Konrad jedoch am meisten verblüffte, das war die plötzliche instinktsichere Ahnung auf seiner Seite, dass bald ein Augenblick im allgemeinen Geschäftsleben von *Stromberger und Meyer* sich anbahnte, in dem Gloria

Meyer empfänglich dafür war, ihn mit ihrem neuen Mitarbeiter auf dem Velourteppich zu verbringen. Diese Ahnung reifte ihm nicht im Kopf, und sie war auch mit keinem Gefühl verbunden, das ihm in irgendeiner Weise in seinem Leben schon einmal vertraut gewesen wäre. Die verlockende Ahnung stellte sich unkompliziert und unverkennbar als motorische Disposition in den Beinen her. Und so treffgenau vom Timing her erwies sich, wenn er der Verheißung folgte, jede zielführende Inspiration aus den Muskeln seiner Gliedmaßen heraus, dass es niemals zu einem Fehlsignal kam.

Am Anfang war er nur scheu und voller Selbstzweifel der hüftabwärts entspringenden Neugierde gefolgt, jederzeit bereit, wieder kehrt zu machen; war ihm doch aus eigener früher Erfahrung bereits bekannt, wie unangenehm die Chefin reagieren konnte, wenn man sie unzeitgemäß in einem Arbeitsgang störte. Später dann hätte Konrad sich keinen sichereren Nachweis für die spontane Paarungsbereitschaft von Gloria Meyer vorstellen können als jene verrückte körpereigene Reaktion in seinen Beinen.

Dass er wieder einmal richtig gelegen hatte mit seinem Urteilsvermögen, erkannte Konrad, wenn er ihr Büro betreten hatte, mit seinem sinnlichen Standardinstrumentarium zuerst daran, dass sie mit ihrer himmlischen Bewegungsanmut auf ihn zukam und seine Hände ergriff. Erst dann, vielleicht auch schon im Laufe ihres Herannahens, unzweifelhaft aber, wenn sie beide sich gegenüberstanden, nahm er mit der Nase wahr, dass sie ihr spezielles Parfüm, dessen sie sich während der Beschäftigungszeit gewöhnlich entsagte, aufgetragen hatte. Die olfaktorisch stimulierende Essenz verströmte ein verlockendes, ein geradezu unwiderstehliches Aroma, das Gloria mit der Dosierung niemals überfrachtete.

Konrad war aus einer im vergangenen Jahr veröffentlichten Studie beiläufig bekannt geworden, dass Frauen bei der Auswahl ihrer Parfümerie unwillkürlich eine Duftnote wählen, die zu der ihrer körpereigenen Pheromone komplementär ist. Frauen, so hatte er den Artikel verstanden, nuancierten durch kosmetische Prozeduren, die auf die Nase der Männer zielten, gewissermaßen ihre genetisch festgelegte körpereigene Duftmarke, um die sexuelle Werbekraft zu verstärken.

Er hatte derartigen wissenschaftlichen Erkenntnissen für sich selbst bisher noch keine besondere Bedeutung zugemessen. Für Duft- und Aromastoffe interessierte er sich in erster Linie im beruflichen Zusammenhang, weil sie für die Beurteilung von Kaffeesorten und deren Vermarktung eine Rolle spielten, was ein Einkäufer besser nicht ignorieren sollte. Seine persönliche Attraktivität als Mann gegenüber Frauen war vor seinem Unfall nicht auf künstliche Raffinessen angewiesen. Als ihm jedoch, nach mehreren Erlebnissen der besonderen Art mit Gloria, die Studie in den Sinn kam, fühlte er sich genötigt anzuerkennen, dass seine neuen Beine bereits viel früher und aus größerer Entfernung olfaktorische Signale auffingen, die ihm seine stümperhafte Nase erst dann in ein erotisches Begehren übersetzte, wenn er mit der Frau schon fast auf Tuchfühlung war. Wenn dieser Gedanke nicht verrückt war, welcher Gedanke war dann überhaupt noch verrückt?

Immerhin war dieser verrückte Gedanke geeignet, sein altes Misstrauen wieder zu befördern. Mehr als einmal nahm er nach Feierabend seine Beine in Augenschein, ohne die Spur einer neuerlichen Veränderung feststellen zu können. Es fiel ihm auch nicht mehr so leicht, sich seine negative Grundstimmung nach dem Friedhofsbesuch ins Bewusstsein zurückzurufen. Denn seine erotische Beziehung zu Gloria hatte schon nach kurzer Zeit die kräftigsten Wurzeln geschlagen.

Gloria nahm ihm binnen kurzer Zeit ein gutes Stück von der körperbezogenen Scheu, die sich nach der Operation in ihm eingenistet hatte und mit dem Erscheinungsbild seiner erworbenen Gliedmaßen zusammenhing. Gloria schien diese Gliedmaßen, die ihr noch aus einer früheren Zeit des liebevollen Umgangs mit jenem *Anderen* vertraut waren, geradezu zu vergöttern, jedenfalls widmete sie ihnen immer wieder eine besondere Aufmerksamkeit und Fürsorglichkeit, wie das auch in einem Liebesspiel nicht unbedingt selbstverständlich ist.

Konrad spürte bisweilen, wenn er vom Maß der Zärtlichkeit für seine autochthonen Körperteile von Glorias Seite enttäuscht war, ein Gefühl von Eifersucht. Eifersucht sowohl gegenüber dem Toten als auch gegenüber den begünstigten allochthonen Körperteilen, die seine transplantierten Beine nun einmal waren und immer sein würden, mochten sie auch unter dem Eindruck von Glorias tatkräftiger Wertschätzung zwangsläufig für ihn an Fremdheit einbüßen.

Doch das war nur eine Facette des Gesamtempfindens. Auf der anderen Seite gab ihm Gloria mit ihrer Zuneigung zu seiner Ganzkörperlichkeit gewissermaßen Entwarnung, dass den vermeintlichen Urhebern seiner Scham und Scheu etwas Besonderes anhaften könnte. Der hässliche Fleck, die Behaarung, insbesondere auch die schauderhafte atavistische Form derselben, die er verspätet in der Badewanne entdeckt hatte, als sie ihm gruppiert wie hart sprießende Palmenbündel vor die angeregte Phantasie getreten waren; alle diese körperlichen Attribute waren letztendlich doch nicht mehr als harmlose Charakteristika des *Anderen*, vor denen während der intimen Nähe zu erstaunen oder zu erschrecken Gloria gewiss nicht unterlassen hätte, wenn etwas daran ungewöhnlich sich für sie dargestellt haben sollte.

Alles in allem geriet nach den ersten Wochen seiner geschäftlichen Tätigkeit bei *Stromberger und Meyer* Konrads Gemüt in einen stabileren Zustand als zuvor. Eine verrückte, unbedeutende Wahrnehmung an sich selbst, die im Liebesspiel tatsächlich eher den Genuss anregte, eingebettet in eine spürbar gewachsene Akzeptanz gegenüber seiner körperlichen Ausstattung, das war nun nichts mehr, was ihn nervös machen sollte. Mit Strebsamkeit und Eifer daher war er bei der Sache. Er nahm seinen Job ernst und gab sich alle erdenkliche Mühe, seine Chefin in jeder Hinsicht zufriedenzustellen. Doch die Wundstreifen an den Armen, die sie ihm anlässlich der Initiationsbegegnung beigebracht hatte, die wollten angesichts ihrer Vorlieben, die sie auf dem Velourteppich nun regelmäßig auslebte, nicht mehr so recht abheilen.

20

Konrads Vorstellung von einem interessanten und spannenden Job war durchaus nicht oberflächlich, auch wenn die amouröse Liaison mit seiner schönen Chefin ein Lebensgefühl von angenehmer Leichtigkeit zusätzlich beförderte. Falsche Schlussfolgerungen jedoch sollten daraus besser nicht hergeleitet werden. Gloria Meyer war nämlich nicht die Frau, die irgendeine Nachlässigkeit in der Trennung von Pflicht und Vergnügen durchgehen ließ. Vom ersten Tag an bekam es Konrad unter ihrer Regie mit effektiven und anpassungsfähigen Strukturen einer souveränen Unternehmensführung zu tun. Auch das gefiel ihm gut, weil es seiner eigenen Berufssauffassung entsprach.

Dienst ist Dienst, und Schnaps ist Schnaps – diese griffige Formel des Volksmundes, welche in der knappen Diktion ein hohes arbeitsethisches Prinzip zum Ausdruck brachte, wurde von ihr strikt gehandhabt. Allerdings, im alltäglichen Betriebsfluss erlaubte sie sich bisweilen eine flexible und kreative Deutung des Verfügbarkeitsprinzips, wie man das von der gleitenden Arbeitszeit her kennt, der man in aufgeschlossenen Firmen im Allgemeinen auch nicht nachsagt, dass die mit ihr verbundenen Vorteile eines Freiheitsgewinns auf der Beschäftigtenseite den produktiven Zweck respektive den gewinnzielorientierten Ansatz eines modernen Unternehmens schmälere.

Konrad lernte das in mehrfacher Hinsicht anregende Betriebsklima zuerst einmal schätzen. Er hatte, sei es im

Hinblick auf die Ausgestaltung der Arbeitszeit, sei es gegenüber dem Anforderungsprofil seiner Tätigkeit oder
auch im Umgang mit der betrieblichen Hierarchie und ihrem sehr speziellen Verhältnis von Subordination und Ko-
pulation, keine Schwierigkeiten, mit seiner neuen Lage
umzugehen und den Ansprüchen seiner Chefin in jeder
Weise Stand zu halten. Zunächst jedenfalls war das so.

Gloria war in geschäftlicher Hinsicht unbedingt firm.
Ihre Kenntnisse von den betrieblichen Vorgängen gingen
zumeist bis ins Detail. Entscheidungen traf sie nicht ohne
gründliche Überlegung, dann aber mit unbestechlichem
Nachdruck. Und die Umsetzung ihrer Entschlüsse kontrollierte sie stets gewissenhaft. Konrad gewann nach und
nach die Überzeugung, dass sein Geld, würde es tatsächlich einmal in der Firma drinstecken, doch eigentlich ganz
gut aufgehoben wäre. Aus der Bilanz, die er demnächst zu
erstellen hatte, ergab sich jedenfalls eine ordentliche Ren-
dite.

Neben der finanzbuchhalterischen Tätigkeit noch den
Einkauf zu organisieren, bereitete ihm ebenfalls keine besonderen Schwierigkeiten. Wohl war die Palette der Be-
schaffungen breiter als in seiner alten Firma, in der sich
alles um den Kaffee, allerdings um den ganzen wunderbaren Facettenreichtum des Genussuniversums Kaffeebohne drehte. Bei *Stromberger und Meyer* demgegenüber
bekam er es mit einem Standardsortiment von heteroge-
nen Gütern zu tun, für dessen Auffüllung er mit einfachen
Kriterien zurechtkam.

Produktkenntnisse musste er sich dafür kaum aneig-
nen. Qualitätskontrolle war kein großes Thema. Einfach.
Preiswert. Funktional. Darum ging es bei der Sachmittel-
ausstattung in dem Geschäft, an dessen Gelingen er nunmehr beteiligt war. Bei Getränken zum Beispiel um alles,
was gängig und beliebt war. Bei der Damenunterwäsche
um den aktuellen modischen Schnick-Schnack mit raffi-
nierten erotisierenden Komponenten für den Fokus männ-
licher Wahrnehmung. Bei dem Mobiliar um aufgemotztes

Blendwerk. Er war im Dienstleistungsbereich angekommen. Das war nicht zu übersehen und erschloss sich ihm auf den allerersten Blick in die Geschäftsunterlagen.

Er musste zudem das Sortiment nicht akribisch studieren, um neben dem gastronomischen Zweig auch ein sündhaftes Angebot zu identifizieren. Etwa ein halbes Dutzend Betriebseinheiten hatte er in seiner Funktion zu betreuen. Deren Lage war allesamt auf St. Pauli. Betriebskosten niedrig. Umsätze hoch. Gewinne ordentlich. Zugang und Abgang des weiblichen Personals schwindelerregend. *Stromberger und Meyer* war nicht zuletzt im Sex- und Erotikgewerbe investiert. Das erschloss sich ihm auf den zweiten Blick.

Damit allein hatte Konrad noch keine Probleme. Hamburg war Weltstadt. Er selbst war kein Moralapostel. Unter betriebswirtschaftlicher Perspektive war Erotik eine Dienstleistung wie jede andere. In seiner Buchhaltung hatten die Geschäftszahlen des anrüchigen Metiers jedenfalls keinen kümmerlicheren Stellenwert als im Kaffeegeschäft. Und zu sehen, was hinter den Zahlen, was hinter den Umsätzen, was hinter dem betrieblichen Equipment stand, bekam er nichts.

Das wiederum hing mit Gloria zusammen, die ihm eine strenge Arbeitsteilung aufnötigte. Diese beließ ihm den Innendienst mit Einkauf und Buchhaltung, während sie die operative Leitung, in der sie den ständigen Kontakt zu den betrieblichen Einheiten und deren jeweiliger Geschäftsführung unterhielt, für sich beanspruchte.

„Es ist", meinte sie, „besser so, allein schon wegen deiner Beine, wenn du nicht dauernd unterwegs sein musst."

Doch er spürte, dass es auch noch andere Gründe gab, seinen Handlungsspielraum zu begrenzen. Konrad zuckte mit den Achseln. Einen Kummer wollte er sich zu dem frühen Zeitpunkt seines Beschäftigungsverhältnisses aus der schwer durchschaubaren Lage noch nicht machen.

So blieb er denn im Büro zurück, wenn Gloria sich *vor Ort* begab, um diese oder jene Betriebsstätte zu inspizieren. Das passierte gewöhnlich am Dienstag und am Freitag in jeder Woche. Um Punkt vier Uhr am Nachmittag, also eine Stunde vor seinem regulären Dienstschluss, während es für die Chefin wohl noch ein langer Abend werden würde, fuhr eine schwere schwarze Limousine vor, der zwei kräftige, massig gebaute Gestalten entstiegen, die sich stramm und stumm bei den beiden hinteren Wagentüren aufstellten, während der Fahrer bei laufendem Motor am Steuer sitzen blieb. Ihn sah Konrad hinter den getönten Scheiben des Automobils nur schemenhaft. Von den beiden aber, die ausgestiegen waren, sah einer ganz so aus wie der andere. Glatzköpfig, mit breiter Knollennase in einem bulligen Gesicht, von dem man sich nur schwer vorstellen konnte, wie dort eine Gemütsregung eine sichtbare Veränderung bewirken könnte, machten sie den Eindruck, nur die eine einzige Sprache zu verstehen, die gewöhnlich aus den Fäusten kam oder aus dem, was eine Faust umklammert hielt.

Konrad konnte sich nicht helfen, aber wenn er hinter den Jalousien seines Büros, das zur Straße hin gelegen war, verstohlen hervorlugte und die sonderbare Szenerie beobachtete, die sich vor dem Bürogebäude der Firma *Stromberger und Meyer* abspielte, mischte sich ein Gefühl der Einschüchterung seiner Seele in sein Augenblicksempfinden ein. Mit einem derartigen Menschenschlag, wie die beiden selbstähnlichen Figuren ihn verkörperten, die Gloria auf ihrem Inspektionsgang geleiteten, hatte er noch niemals zu tun gehabt.

Gleichzeitig konnte er eine Bewunderung darüber nicht unterdrücken, wie ungezwungen die vergleichsweise zierliche Frau mit ihrem Begleitservice umging. Jedem der beiden grobschlächtigen Mitarbeiter spendete sie einen aufmunternden Handschlag und einen jovialen Klaps gegen den furchterregenden Bizeps. Dabei nahm Konrad wahr, dass es doch tatsächlich ein bescheidenes genetisches Programm für das Mienenspiel in den schlaffen Gesichtern geben musste; die beiden Typen erlaubten sich nämlich in einer Weise zu grinsen, dass Konrad hinter seinen Jalousien noch ein weiteres Mal Hören und Sehen verging.

Gloria bemerkte natürlich Konrads reservierte Haltung gegenüber ihrem Personal. Und sie amüsierte sich darüber.

„Die beiden, das sind die Kowalski-Zwillinge, Willi und Alfred, musst du wissen. Sie gehören zu den langjährigen treuen Mitarbeitern unseres Hauses. Meine zuverlässigen kleinen Terrier, ich wüsste gar nicht, wie ich ohne sie in einem bisweilen schwierigen Umfeld auskommen sollte."

Aus der Sicht dieser treuen Terrier, so sagte sich Konrad, musste denn wohl jedes Mal ein Glücksmoment geboren werden, wenn ihre Geschäftsführerin Gloria Meyer sich in ihre Obhut begab. Jene graziöse Frau in ihrem eng anliegenden, schwarzen Lederkostüm, die sich, nachdem sie das Haus verlassen hatte, hurtig und auf jede der beiden Gestalten zu und an ihr vorbei bewegte wie die Gazelle vor dem Stamm des Affenbrotbaums, zu Willi hin, zu Alfred hin, und dann noch einmal in die entgegengesetzte Richtung, erst an Alfred, sodann an Willi vorbei, bevor sie auf dem Beifahrersitz diskret im Wageninneren entschwand, sie mochte mit ihrem Erscheinen für die beiden getreuen Gorillas eine Sternstunde heraufziehen lassen. Wie vieler solcher Sternstunden im Leben dieser treuen Terrier hatte es nur bedurft, um ein solches entfesseltes Grinsen auf den amorphen Visagen zu erschaffen und zur vollen Reife ausschlagen zu lassen?

Freilich, die extraordinäre sinnliche Erscheinung einer Gloria Meyer würde vermutlich jeden Mann in ihren Bann ziehen. Konrad glaubte das gut beurteilen zu können. Das Lederkostüm mit der aufreizenden optischen Wirkung, das wäre noch hinzuzufügen, trug sie nur im Außendienst. Es saß wie angegossen an ihrem Leib und übertrug die Geschmeidigkeit des hochwertigen naturhaften Materials eins zu eins auf den Bewegungsfluss der körperbewussten Trägerin.

Freitags allerdings, im 14-tägigen Rhythmus, da legte sie zu ihrer Ausfahrt nicht das stumpf glänzende Lederkostüm an, sondern sie warf sich einen leichten unauffälligen Trenchcoat über, unter dem sie jenes lilafarbene Taftkleid trug, in dem sie ihn in ihrem geräumigen Büro zum ersten Mal empfangen hatte. Darüber verwunderte Konrad sich sehr. Und versonnen blickte er an diesen besonderen Tagen der schwarzen Limousine nach, bis sie hinter den schmucken Platanen der ruhig gelegenen Anliegerstraße mit ihren verschwiegenen Fassaden verschwunden war.

In der letzten Stunde seines zur Neige gehenden Arbeitstages, wenn Gloria zur geschäftlichen Visite unterwegs war, durchleuchtete Konrad, soweit ihm das von seinen Kenntnissen her möglich war, besonders intensiv die Software auf seinem Betriebsrechner, und er prüfte kritisch die Dateien, mit deren Hilfe er zum Management des kleinen Firmenimperiums von *Stromberger und Meyer* beitrug.

Mit gewohnter Gewissenhaftigkeit suchte er zur Mehrung des Geschäftes beizutragen. Doch irgendetwas, so kam es ihm vor, stimmte nicht. Mit der aufgespielten Software? Mit dem Geschäftsmodell? Das konnte er beim besten Willen nicht sagen. Auf alle Fälle fühlte er sich wohler mit seinen Recherchen, wenn er Gloria bei der Arbeit nicht im Netzwerk wusste.

21

Endlich holte Konrad sich Rat bei Rüdiger Knapp ein. Man traf sich, nach alter Gepflogenheit, im *Blauen Engel*. Konrad genoss dort an den Wochenenden wieder vermehrt Stunden der Entspannung, seit er den ersten Monat seiner Probezeit in der neuen beruflichen Stellung erfolgreich hinter sich gebracht hatte.

Seine reservierte Haltung gegenüber dem alten Bekanntenkreis, die sich nach seinen Erlebnissen auf der Party von Rüdiger und Margot eingestellt hatte, war inzwischen längst aufgeweicht. Nachtragend war er schon von seinem Charaktertyp her nicht. Und mit dem stabilisierenden Selbstvertrauen aus seiner neuerlichen Geschäftstätigkeit wusste er sich wieder jeder Unterhaltung gewachsen, auch wenn eine Verabredung zu sportlichen Zwecken nach wie vor nicht in Frage kam und die gemeinsame Schnittmenge mit den Interessen der anderen deutlich kleiner blieb als in früheren Tagen.

Dass man mit dem Namen seiner Firma nichts anzufangen wusste, nahm er äußerlich gelassen. *Stromberger und Meyer? Nie gehört.* Das war die geläufige Reaktion. Gelegentlich erwähnte Konrad, um von seiner Seite eine zusätzliche Gewichtigkeit in den Gesprächsstoff einzuschleusen, diese oder jene Betriebsstätte, mit deren geschäftlichen Obliegenheiten er von seinem Büro aus zu tun hatte.

Dann lief wohl schon mal ein frivoles Grinsen über das Gesicht seines Gesprächspartners, wenn er denn männlichen Geschlechts war, oder er pfiff in Bubenmanier durch die Zähne. Was Konrad denn mit dem Etablissement zu tun habe, wollte der Gesprächspartner dann meistens wissen. Doch der Befragte zog es vor, einer Antwort besser auszuweichen und ein unverfänglicheres Thema anzusteuern. Tatsächlich hätte Konrad auch nichts Interessantes aus eigener Anschauung zu berichten gewusst.

Es hatte der *Blaue Engel* also einen Stammgast zurückgewonnen. Nach und nach frischte Konrad dort die meisten seiner alten Bekanntschaften wieder auf. Mit erotischen Absichten gegenüber den weiblichen Vertreterinnen seines Freundeskreises hielt er sich aber nach wie vor zurück.

Mechthild, an die er gelegentlich dachte, weil ihm das dramatische Ende ihrer Beziehung immer noch nahe ging, hatte niemals im Blauen Engel verkehrt. Das erleichterte es ihm, ihrem Wunsch, den Kontakt zu meiden, nachzukommen. Zu all den anderen Frauen, die er antraf und mit denen er sprach, hielt er auf charmante Weise emotionalen

Abstand. Er nickte sogar zu Betty hinüber, wenn sie ihrer Gewohnheit nach lässig an der Bar saß. Dabei nahm er mit Genugtuung zur Kenntnis, dass sie seinen Gruß regelmäßig erwiderte und dabei sogar ein wenig lächelte. Die Geschichte, wegen der sie auf der Party aneinandergeraten waren, war inzwischen wohl verdaut. Von Maria aber sprach Konrad immer wieder mal, und er erkundigte sich hartnäckig nach ihrem Verbleib, wenn er Annahme zu der Hoffnung hatte, dass sein Gesprächspartner ihn in der Angelegenheit schlauer machen könnte. Leider gab es von ihr weiterhin keine Neuigkeiten. Amerika schien ihr gut zu gefallen.

Wie um das Ausmaß der Normalisierung noch zu steigern, hatten seine Beine zu einer Mäßigung zurückgefunden, die Konrad mit einer gewissen Erleichterung quittierte. Nicht dass sich die an Richies Gliedmaßen zu Tage tretenden Symptome, auf eine mitmenschliche Ausstrahlung mit mechanischen Impulsen zu reagieren, in Wohlgefallen aufgelöst hätten; so weit war es wohl nicht gekommen. Doch seine erworbenen Organe vermieden mittlerweile jede aufgeregte Überreaktion des Muskelapparates und unterwarfen sich nunmehr bedingungslos der Willenskontrolle ihres Trägers.

So durfte Konrad das positive Flair einer weiblichen Bekanntschaft weiterhin still genießen, wenn es als Wohlgefühl eines subtilen Verlangens von hüftabwärts lustvoll empfangen wurde, doch konnte er ergänzend darauf bauen, falls die Signatur der überbrachten Botschaft auf Ablehnung stieß, in seinem Bewegungsprofil nicht fremdgesteuert zu werden, wie er das seinerzeit leidvoll bei Betty Schmitt erfahren musste.

Er machte die Probe aufs Exempel und wagte sich eines Abends an sie heran, um ein paar belanglose Worte mit ihr zu wechseln. An der nach wie vor bestehenden Antipathie ließen seine Beine keinen Zweifel aufkommen. Das unangenehme Ziehen, das hätte Konrad nicht den ganzen Abend aushalten wollen. Doch dass sie in einer halb steif geratenen, halb ungezwungen geführten Konversation von Konrad noch einmal wie von einem Pferd getreten würde, das musste Betty nun nicht mehr befürchten.

Konrad reagierte alles in allem mit einem inneren Kopfschütteln auf die Wechselhaftigkeit im Eigenleben seines Spendergewebes. Der Verdacht allerdings, dass er jenen keineswegs seltenen Begegnungen mit Gloria Meyer auf dem Velourteppich die wohltuende biomechanische Mäßigung verdankte, dieser Verdacht war von ihm einfach nicht zu verdrängen.

Doch darüber mit Rüdiger zu sprechen, dazu war er heute Abend nicht hergekommen. Ihn plagte die Neugierde von einer anderen Seite.

„Wenn ich dich richtig verstanden habe", so fasste Rüdiger gerade zusammen, was er von Konrad zu hören bekommen hatte, „dann fühlst du dich von einem Teil des Systems auf den Firmenrechnern ausgeschlossen. Um dem Mangel abzuhelfen, willst du von mir wissen, wie du in eine ganz bestimmte verschlüsselte Datei hineinkommst."

„Genau. Das ist der Punkt. Konkret geht es um eine Datei mit dem Namen KINLIK. In ihr muss der Schlüssel für das Geschäftsmodell der Firma versteckt sein. Ich bin mit meinem Latein am Ende, wie ich das Ding knacken kann."

Rüdiger überlegte eine Weile.

„Sollten dir meine Informationen auch hilfreich sein, glaube nur nicht, dass du den Zugriff, vor dem man sich schützen will, unauffällig und geräuschlos über die Bühne bekommst. Du bist noch in der Probezeit. Ich hatte bisher den Eindruck, dass dir dein neuer Job gefällt."

„Tut er auch", erwiderte Konrad ein wenig gereizt. Nach dem Einwand des Freundes musste er ein Gefühl von Unschlüssigkeit in der Angelegenheit niederkämpfen. „Versteh doch, ich fühle mich in meiner Arbeit eingeschränkt. Ich operiere mit Bilanzen, die unvollständig sind. Ich moderiere finanztechnisch einen Geldfluss, dessen

Investitionsziele zwar klar sind, nicht aber, wo die investierten Mittel überhaupt herkommen. Du kennst doch meinen Hang zur Solidität. Mit solchen Ungereimtheiten kann ich nicht gut umgehen."

„Unterstellst du deiner Firma betrügerische Machenschaften, Connie?" wollte Rüdiger wissen.

Konrad machte eine abwehrende Geste.

„Nein. Ich weiß nicht. Ich will auch gar nicht spekulieren. Ich will erst einmal nur alle Informationen haben, um zuverlässig meinen Job auszufüllen. Das ist alles. Aber klar, hast du Recht damit, dass ich ein gewisses Risiko mit meinem Vorhaben eingehe. Im schlimmsten Fall bin ich wieder arbeitslos."

„Ich mach dir einen Vorschlag, Connie. Ich versuche das System zu hacken. Ein externer Zugriff belastet dich nicht. Du bekommst von mir die Datei aufgespielt und kannst sie dann in Ruhe analysieren, wenn die Öffnung gelungen ist."

„Das wäre elegant." Konrads Miene hellte sich auf. „Könntest du das tun, ohne Spuren im System zu hinterlassen?"

„Ich denke schon. Völlig spurlos, das geht natürlich nicht. Einem Nerd aus unserem Klub könnte man selbstverständlich nichts vormachen. Ich bezweifle aber, dass ihr solche Kapazitäten beschäftigt."

„Und du kommst auch ganz bestimmt rein in das System?"

Rüdiger spürte einen Zweifel in Konrads Stimme. Er zog seine rechte Augenbraue hoch und antwortete schnippisch:

„Für den Fall, mein Lieber, dass mir das nicht gelingt, verschaff ich dir einen Kontakt zu einem Klubmitglied. Der Junge knackt dir alles, was prinzipiell zu knacken ist. Zufrieden?" Rüdiger nahm einen Schluck aus seinem Glas.

„Ich zweifle doch nicht an deinen Fähigkeiten", sagte Konrad versöhnlich. „Sonst wäre ich doch gar nicht erst zu dir gekommen." Dann lachte er ein wenig verschmitzt und fügte hinzu:

„Sei doch wieder lieb zu mir, heh?"

„Schon gut. Ich bin nicht sauer. Aber um einen Gefallen kommst du mir nicht herum"

„Und das wäre?"

„Naja, du weißt ja, dass bald die Trauung stattfindet. Danach werde ich nicht mehr den Junggesellenstatus haben. Du verstehst?"

Konrad blickte den Freund verständnislos an. Nein, er hatte nicht verstanden. Nur eine vage Ahnung beschlich ihn.

„Kannst du Klartext reden, Rüdiger?"

„Ach, stell dich nicht so dösig an. Bevor ich aufhöre ledig zu sein, möchte ich bei gewissen Freuden noch einmal eine Abwechslung haben, die ich als Ehemann nicht werde haben können, ohne Ehebruch zu begehen. Dass ich mit dieser Absicht nicht in dem Damenkreis herumvögeln kann, in dem auch Margot verkehrt, dürfte wohl klar sein."

Konrad spitzte den Mund und pfiff eine kleine Melodie.

„Ah, so ist das. Du willst dich also zu diesem Zweck in einem diskreteren Milieu umtun. Was habe ich damit zu tun?"

Rüdiger wurde energisch.

„Du wirst mich begleiten! Wir beiden machen gemeinsam einen fröhlichen Herrenabend auf dem Kiez. Ich lade dich ein. Zuvor mache ich mich noch etwas schlauer über erstklassige Adressen. Und dann lassen wir beiden mal eine Fünfe grade sein."

Konrad seufzte. Auf kommerzieller Erotik stand er nun überhaupt nicht, was seine persönlichen Bedürfnisse betraf. Doch das konnte er Rüdiger jetzt nicht auf den Kopf zusagen.

„Also, wenn es dich beruhigt, begleite ich dich mal einen Abend auf die Reeperbahn oder wo du sonst hinwillst. Aber ich geh gewiss nicht mit rein, um dir Händchen zu halten."

„Idiot! Ich sagte, ich lade dich ein. So, und jetzt Themenwechsel. Ich gebe dir den Termin bekannt, wenn du die Datei von mir bekommst. Basta!"

Konrad betrachtete seinen Gesprächspartner leicht amüsiert. Dieser war etwas ins Schwitzen geraten. Meine Güte, dachte Konrad. Wie viele Jahre ist Rüdiger nun schon mit Margot zusammen. Und in der Zeit sollte er keinen Seitensprung gewagt haben? Er wusste natürlich, dass der Freund nicht sonderlich locker mit Frauen umgehen konnte. Darin war kein Problem zu sehen. Rüdiger hatte doch eine begnadete Chance bekommen. Eine Frau wie Margot konnte bequem fürs ganze Leben reichen. Etwas melancholisch erinnerte sich Konrad, dass er vor dem Unfall, zwischen Mechthild und Maria hin und her gerissen, auch für sich etwas Festes ersehnt hatte. Jetzt konnte er froh darüber sein, überhaupt noch zu leben. Auch das war eine Chance. Zugegeben, eine von etwas anderer Art.

Sie schwiegen eine Weile, in der jeder von ihnen versonnen an seinem Glas nippte. Plötzlich starrte Rüdiger Konrad entgeistert an und bemerkte:

„Jetzt hast du bald schon den zweiten Obstteller bewältigt! Fällt dir der Verzicht auf Alkohol so schwer?"

Konrad gab sich erstaunt.

„Nicht einmal. Ich komme gut ohne das Zeug klar. Ich habe doch früher auch wenig getrunken."

„Ja, schon. Aber du hast damals kein Steak ausgelassen, ob blutig oder durchgebraten. Und jetzt lässt du dir fanatisch die mehr oder weniger exotischen Früchte einfliegen und drohst diesen Laden nicht mehr zu betreten, wenn man sich nicht auf deine Bedürfnisse einstellt. Ich schätze mal, du hast inzwischen fünf Kilo abgespeckt."

„Na, du übertreibst gehörig. In diesem Bistro war Obst immer schon im Angebot. Meine Güte! Kulinarische Vorlieben ändern sich im Laufe eines Lebens. Was glaubst du, wie ich aussehen würde in meinem bewegungsarmen Dasein seit der Operation, wenn ich mir immer noch täglich die Fleischportionen reinziehen würde. Mit diesem vegetarischen Lebensstil habe ich mein Körpergewicht gut unter Kontrolle. Und das Zeug schmeckt ausgezeichnet selbst zu dieser Jahreszeit."

Rüdiger zog seine Schultern zu den Ohren hoch.

„Klar, so kann man das auch sehen. Hauptsache, du fühlst dich wohl dabei. Ansonsten, denke ich, haben wir alles beredet. Ich habe Margot versprochen, sie zum Kino abzuholen. Ein Kompliment will ich dir aber noch machen. Ich habe dich beobachtet. Du läufst inzwischen so gut auf deinen neuen Stelzen, dass man keinen großen Unterschied mehr zu früher bemerkt. Das mit dem Joggen dürfte doch nur eine Frage der Zeit sein."

„Danke für die Blumen." Konrad freute sich über die Anerkennung. „Ich fühle mich auch wirklich gut in meinen Bewegungen. So gut, dass ich einige Nachsorgetermine beim Professor schon habe sausen lassen. Aber diese Unart sollte ich vielleicht abstellen."

„Das solltest du wirklich", sagte Rüdiger, der sich von seinem Platz erhob. „Also, pass auf dich auf! Wir hören voneinander." Er verließ das Bistro, während Konrad noch eine Weile grübelnd an der Theke verbrachte. Schließlich zahlte auch er und ging.

22

Eine Woche später überreichte ihm Rüdiger einen Stick.

„Es ist seltsam. Das Netzwerk deiner Firma scheint Teil eines größeren Datenverbundes zu sein, dessen Zugang ziemlich gut geschützt ist. Ich habe mich auf die Ausführung deines Auftrags beschränkt und nur die Datei KINLIK besorgt. Sieht für mich nicht sonderlich aufregend aus. Aber sag, wenn du mehr haben willst."

Konrad wirkte unschlüssig.

„Danke", sagte er. „Ich schau mir das mal an. Ich hätte aber nichts dagegen, wenn du noch ein bisschen an dem Netzwerkverbund herumprobierst. Vorausgesetzt, das geschieht unauffällig. Neugierig bin ich schon, warum man mich unbedingt außen vorhalten will."

„Wie du willst", entgegnete Rüdiger. „Aber jetzt bist du erst mal dran. Übermorgen zwanzig Uhr am Millerntor. Bring gute Stimmung mit."

Konrad machte eine resignierte Handbewegung.

„Na, dann in Gottes Namen. Ich werde an dem Freitag etwas früher Feierabend machen. Meine Chefin ist den ganzen Tag nicht im Büro. Eine umfangreiche Betriebskontrolle, so sagt sie. Das ist auch schon alles, was ich dazu weiß."

Bei nächstbester Gelegenheit und noch bevor er sich mit Rüdiger traf, öffnete Konrad die Datei, die der Freund ihm besorgt hatte. Auf den ersten Blick war sie tatsächlich nicht ungewöhnlich. Sie enthielt eine Liste mit Mittelzuflüssen in jeweils mittlerer fünfstelliger Größenordnung für das laufende Geschäftsjahr. Ein Teil des Geldes floss in die Betriebsstätten, die ihm von seiner Buchführung her bekannt waren. Der größere Teil wurde in eine ihm unbekannte Einrichtung verschoben. Konrad vermutete eine Neugründung der Firma, denn davon war zwischen ihm und Gloria schon ein paarmal die Rede gewesen.

Dubios blieb die Herkunft der einzelnen Geldbeträge. Für jeden Zufluss in die Firmenwelt von *Stromberger und Meyer* stand nichts weiter als ein lateinischer Name, mit dem er nichts anfangen konnte. Alles in allem befand Konrad, gab es wenig Erhellendes, aber auch nichts, was sein latentes Misstrauen besänftigt hätte. Was immer hinter den lateinischen Namen steckte, die Liste, in die er Einblick genommen hatte und die der offiziellen, von ihm betreuten Buchführung entzogen war, musste den Verdacht nahelegen, dass bei *Stromberger und Meyer* Schwarzgeld gewaschen wurde. Mit diesem Verdacht war sein Job nicht mehr unvoreingenommen zu bedienen. Dieser Gedanke setzte sich fest in seinem Kopf.

Am Freitagabend war er pünktlich zur Stelle. Vom Millerntor schlenderten sie westlich durch die Reeperbahn.

Konrad verließ sich ganz auf Rüdigers Richtungsentscheidung.

„Du bist der Reiseleiter", sagte er süffisant. Tatsächlich war er gespannt, was Rüdiger anpeilte, auch wenn er sich auferlegt hatte, keine eigenen Bedürfnisse auszuleben.

Der Freund ließ sich Zeit mit irgendwelchen Festlegungen.

„Es kann nicht schaden, sich beim Spaziergang ein wenig einzustimmen. Ich denke, die Zeit passt auch noch nicht ganz." Sehr unternehmungslustig klang das nicht für Konrads Ohren.

Noch herrschte nicht viel Betrieb auf dem Straßenpflaster. Wegen der nasskalten Witterung war jedoch nur schwer einzuschätzen, was sich innerhalb der Lokale abspielte.

„Was hast du Margot eigentlich erzählt, was du heute Abend treibst", wollte Konrad wissen.

„Ach, das hat sich wunderbar ergeben, dass sie mit der Regelung von Erbschaftsangelegenheiten in ihrer Familie beschäftigt ist. Ich sagte wahrheitsgemäß, dass ich mit dir ausgehe. Connie! Ich verlass mich auf dich. Da drüben in dem Schuppen, da lassen wir uns animieren. Der gilt als erstklassiger Tipp."

Misstrauisch folgte Konrad dem Gefährten weiter auf seinem eingeschlagenen Weg. Als dieser vor dem *Casanovo* anhielt und Anstalten machte, die äußerlich vergleichsweise dezent beworbene Erotikbar zu betreten, war sich Konrad sicher, einen Betrieb seiner Firma vor sich zu haben. Das Zahlenwerk aus der Buchführung konnte er sich rasch in Erinnerung rufen, danach war der *Casanovo* sogar der erfolgreichste Laden. Die Lage, in die er nun geraten war, erschien Konrad unangenehm. Er zögerte, Rüdiger zu folgen.

„Was ist denn nun!" Ungeduldig blickte der Kamerad sich um.

Nur wenige Sekunden dauerte Konrads Unschlüssigkeit. Dann hatte er sich entschieden.

„Go on!" Mit einer resoluten Handbewegung dirigierte er Rüdiger in das Innere des Männertempels. Wer sollte ihn hier schon identifizieren. Noch kannte ihn, von Gloria und Robert abgesehen, niemand in der Firma von Angesicht zu Angesicht. Wenn seine Probezeit beendet war, so der Plan von Gloria, sollte ein großes Betriebsfest stattfinden, auf dem sie ihn mit allen wichtigen Mitarbeitern bekanntmachen wollte. Was hatte er jetzt zu befürchten? Glorias interne Anweisung, sich in seiner Arbeit auf den Innendienst zu beschränken, musste er nicht als Besuchsverbot für sein privates Vergnügen auffassen.

Sie nahmen einen der noch freien Rundtische in Beschlag, an denen bis zu drei oder auch vier Personen bequem zu stehen vermochten, wollten sie nach Neigung und Geschmack den Darbietungen auf dem mechanisch erhöhten Laufsteg mit ihren Blicken folgen; dorthin, wo nacheinander im non-Stopp-Betrieb junge Frauen, unter rhythmischer Fortbewegung den knapp bemessenen Raum zwischen zwei Messingstangen ausnutzend, ihre natürlichen Reize zur Schau stellten.

Rüdiger starrte, kaum dass er in Ruheposition gegangen war, sogleich auf das schlanke, langbeinige Mädchen, das mit routinierten Handgriffen, ohne dabei in seinen tänzelnden Bewegungen innegehalten zu haben, sich bereits so weit von den Textilien befreit hatte, dass es nur noch einen unauffälligen Tangaslip am Leibe trug.

Gerade wand sich die attraktive Stripperin, geschmeidig wie eine Katze, um eine der beiden Stangen, reckte die Arme in die Höhe und kletterte ungefähr einen halben Meter an dem Metallpfosten hinauf. Hernach, wieder freizügig auf dem Teppich wippend und ihren gar nicht überaus üppigen Busen in leichter Schwingung haltend, löste sie auch noch die Schleifen ihres Höschens, das daraufhin an ihren Beinen entlang langsam zu Boden glitt und sich in den High Heels an den zierlichen Füßen für wenige Sekunden verhedderte, bevor es von einer Schuhspitze beiseitegeschoben wurde.

Durch die Menge der anwesenden Männer ging ein anerkennendes Raunen. Einige Bravorufe ertönten. Ein letztes Mal, nunmehr vollkommen nackt, tänzelte die inspirierende Botschafterin des ewig peitschenden Eros auf dem schmalen Pfad zwischen den Stangen einher. Eine schnelle abschließende Rumpfbeuge mit leicht gespreizten Beinen, die den wohlgeformten Po demjenigen Teil des Publikums entgegenstreckte, das sich weiter vorn linkerhand von Rüdiger und Konrad aufhielt, und die Darbietung hatte ihr Ende gefunden.

Mit flinken Gesten sammelte das Mädchen seine wenigen Kleidungsstücke wieder ein, warf lässig einen Handkuss zur Seite und verschwand von der kleinen Bühne, auf der schon bald eine weitere junge Frau ihre Vorstellung unter den musikalischen Klängen einer individuell ausgesuchten Musik beginnen würde.

Rüdiger wandte sein Gesicht, auf dem sich vereinzelte rote Flecken gebildet hatten, wieder dem von Konrad zu.

„Eine aufregende Figur, findest du nicht?"

Konrad hob die Schultern an. Bevor sie aber ihre Unterhaltung fortsetzen konnten, hatten sich zwei Bardamen, ebenfalls nur notdürftig bekleidet, bei ihnen eingefunden, und eine jede von ihnen nahm einen der beiden Freunde in Beschlag. Zunächst ging es um die Getränkebestellung und dann um die Frage, ob man allein oder nicht besser in weiblicher Begleitung eine entspannte Zeit haben wolle; drüben an der Bar mit einem Piccolo zum Beispiel. Für weitergehendes Kennenlernen käme auch das Separee in Frage, mit oder ohne Piccolo.

Die Damen hatten ein gewinnendes Lächeln und legten überhaupt keinen Wert auf übergroßen Körperabstand. Aber vielleicht, so meinten sie, wollten die beiden Süßen auch erst einmal in aller Ruhe das Angebot sondieren. Man sei nicht aufdringlich in diesem Lokal. Die wahren Bedürfnisse stellten sich irgendwann ganz von selbst ein. *Wie war das nun, ein Bier und ein Mineralwasser? Wird gleich vorbeigebracht.*

Es zeigte sich schon bald, dass auf Rüdiger eine Stimmung einwirkte, die einen Handlungsdruck erzeugte. Mal folgte er mit innerer Erregung den lasziven Eine-Frau-Darbietungen zwischen den Messingstangen. Dann wieder ließ er sich auf ein Gespräch mit einer der Animierdamen ein, die in solchen überschaubaren Abständen, zwischen denen im Allgemeinen noch keine Langeweile aufkommen kann, an ihren Tisch trat. Immer anschaulicher von Mal zu Mal, während Konrad den Angeboten freundliche Absage erteilte, ließ er sich in Aussicht stellen, welche Freuden man gemeinsam haben könne, und schließlich war es so weit, dass die nervöse Inspiration für praktische erotische Dienstleistung keinen weiteren Aufschub duldete. Bei der nächsten verlockenden femininen Versuchung geschah es, dass Rüdiger mit dem lapidaren Ausspruch *Hey Connie, ich bin dann mal für eine Weile im Separee* an der Seite einer liebreizenden blonden Schönheit verschwand. Konrad blieb allein am Tisch zurück.

Sein Blick war ausdruckslos geworden. Er stierte in sein Glas und sann über irgendetwas nach. Wieder einmal trat eine attraktive junge Frau in spärlicher Bekleidung werbend an seinen Tisch. Als sich ihre Blicke begegneten, trat sie überrascht einen Schritt zurück.

„Connie! Uns haben wir ja eine Ewigkeit nicht mehr gesehen. Ich wusste gar nicht, dass du auf diesen Betrieb hier stehst."

Konrad reagierte irritiert. Er sah die Frau fragend an. Dann endlich kam ihm eine Erleuchtung.

„Die Zeit an der Uni? Doch, jetzt erkenne ich dich wieder. Du bist die Uschi."

„Erraten!"

Konrad lachte auf einmal entspannt.

„Du hast dich aber ganz schön herausgemacht. Das wäre auch mir nicht in den Sinn gekommen, dass du auf sowas stehst. Musst du auch auf den Laufsteg?"

„Ja, ich habe in einer halben Stunde wieder eine Schicht. Übrigens vertrete ich heute nur eine Freundin.

Für mich lohnt sich das. Die zahlen hier in dem Laden wirklich gutes Geld. Die Frauen hier haben aber nicht alle dieselbe Aufgabe. Nicht alle sind für alles zuständig, wenn du verstehst, was ich meine."

Sie plauderten eine Weile über das Gewerbe. Konrad wollte wissen, ob sie des Geldes wegen hier tätig sei. Vom Studium her könne sie doch einen interessanteren Job erwarten.

„Ich war doof, Connie. Ich habe die Uni vor dem Abschluss geschmissen. Das Geld ist schon sehr wichtig. Aber es ist auch so, dass es mich angenehm erregt, wenn die Männer mich so verlangend anglotzen. Ihr seid manchmal richtige Hammel."

„Das ist schade mit dem verpatzten Abschluss", stellte Konrad fest. Sie tauschten noch ein paar Informationen über ihre Lebensläufe aus, ohne dabei sehr ins Detail zu gehen. Schließlich bemerkte Uschi:

„Vielleicht steige ich demnächst in einem Begleitservice für betuchte Kunden ein. Da springt ordentlich was bei raus. Doch jetzt muss ich mal weiter. Rein vertraglich sollte ich dich überzeugt haben, mir was zu spendieren. Aber ehrlich, ich habe meine Skrupel, für ein paar Streicheleinheiten ausgerechnet dir das schöne Geld abzuknöpfen. Wir könnten uns bei Gelegenheit aber mal treffen."

Konrad machte eine Kopfbewegung, die manches bedeuten mochte, sagte aber nichts dazu.

„Ich komme später noch mal vorbei und gebe dir meine Adresse", bemerkte Uschi, bevor sie den Tisch verließ.

Als sie sich entfernt hatte, bekam Konrad einen gequälten Gesichtsausdruck. Er hatte Hunger. Sein Appetit verlangte nach einem Pfirsich. Doch auf dem Tisch lag als Angebot für die Gäste nur eine Tüte Kartoffelchips und ein Vakuumbeutel mit Erdnüssen. Der Anblick dieser Nahrungsgüter erzeugte in ihm einen leichten Ekel.

Was war los mit ihm? Sein Rachenraum fühlte sich ausgetrocknet an. Doch das war nur die physische Seite des Problems. Konrad gestand sich ein, dass ihn das Gespräch mit der ehemaligen Kommilitonin in einer noch niemals erlebten Weise erregt hatte. Nur mühsam war es ihm gelungen, den zwanglosen Plauderstil, auf den er sich doch im Allgemeinen gut verstand, überhaupt durchzuhalten. Und seine unkontrolliert gierigen, anzüglichen Blicke, mit denen er verstohlen wieder und wieder den Körper seiner Gesprächspartnerin abtastete, hatte er nur unter großen Mühen verbergen können. Was passierte im Augenblick mit ihm?

Kaum war sie gegangen, da war er auch schon wieder da, der starr fokussierte Blick in das Wasserglas, der außer Stande war, differenziert die Bestandteile des Gegenständlichen zu erfassen; der stattdessen auf die Fixierung eines noch unbewussten, amorphen Wesenskerns aus war. Ihn suchte Konrad jetzt nicht mehr im Wasserglas, sondern, wie von einer magnetischen Kraft gelenkt, auf dem mechanisch und kulturell erhöhten Präsentierteller zwischen zwei Messingstangen in der mäßigen Tiefe des überschaubaren Barraumes.

Dort war die tänzerische Darbietung eines ansehnlichen Mädchens beinahe zum Abschluss gekommen. Gesicht, Schultern, Busen, Po und Oberschenkel von ihr wurden in individuellen, unkoordinierten Lichtblitzen Konrads Wahrnehmung zugeleitet, ohne dass sich doch die einzelnen Reizmosaike zu einem ästhetischen Gesamtbild zusammenfügen wollten. Durch seine Beine wiederum ergoss sich ein Strom von warmer Empfindung. Sie versetzte die Muskulatur in feine Schwingungen, die wie Einzelschübe einer penetranten Anregung, auf das Zielobjekt der Wahrnehmung zuzugehen, hinwirkten. Krampfhaft hielt Konrad sich am Tisch fest, um in einem Anfall einer teuflischen Versuchung seine Standhaftigkeit zu behaupten.

Er verfiel der Angst, die zivilisatorische Kontrolle über seine dumpfe triebhafte Attacke zu verlieren. Gesicht, Schultern, Busen, Po und Oberschenkel der Tänzerin hatten sich bereits in den Wellenlängen seines träge pulsierenden Bewusstseinsschlundes verloren. Sie fielen als Teilmomente eines ästhetisch unvollkommen gebliebenen Gesamteindrucks endgültig jenem kurzen Augenblick zum Opfer, in dem die weibliche Gestalt zwischen den Stangen mit einer ultimativen Bewegung jenes zarte anatomische Dreieck freilegte, das für fast alle Träger des Y-Chromosoms wie sonst nichts im ganzen Universum dem Schnittpunkt zweier Geraden einen unwiderstehlichen, ja, einen ungeheuerlichen Sinn verleiht.

Schattenhaft, in zweidimensional verzerrter Bildgebung, schien es auf, um in einem Moment der atavistischen Rückführung, welche die großartige Kulturtat einer sinnlich-erotischen Wahrnehmungsverfeinerung neuronal zunichte machte, als vergrößerte und provozierend geweitete Vulva Konrads Sinne zu zerreißen und in pures, zügelloses Verlangen aufzulösen.

Während seine Beine die Signale verstärkten und in seiner Hose das bis zur Schmerzgrenze versteifte Glied unerträglich spannte, verfiel Konrad in eine hechelnde Kurzatmung, die ihm links und rechts einen zähflüssigen Speichelfaden aus den Mundwinkeln trieb. Beinahe aussichtslos erschien es ihm mittlerweile, mit den lächerlichen Restbeständen einer übergeordneten mentalen Kontrolle, den Drang, auf die Bühne zu eilen und über die ahnungslose Impulsgeberin herzufallen, erfolgreich abzuwehren – da brachte ihn ein unerwarteter Szenenwechsel im Zentrum der Begebenheiten zur Besinnung.

Zunächst war es nur ein bläulicher Farbton, welcher in der zweidimensionalen Schattenwelt seiner primitiven Sinnesverarbeitung waberte. Von dieser punktuellen Lumineszenz ging eine Irritation aus, die sein reduziertes Bewusstsein empfänglich dafür machte, entgegen den Absichten der atavistischen Urkraft weitere Sinneseindrücke wieder zuzulassen. Farbtöne addierten sich vorsichtig zu komplementären Mustern, die sich nach und nach wieder in eine räumliche Struktur einbrachten. Da, eine

Bewegung! Die Bewegung eines Kleides. Nur war es nicht blau. Allein der unerträglich herausfordernde Zustand vollkommener weiblicher Nacktheit, der von der Stripperin in einem Finale ihrer lasziv zelebrierten Entblätterung gerade eben noch sein Gefühlserleben zerrissen hatte, war erst einmal vorbei und ausgestanden.

Unmittelbar nach dem Abgang des Mädchens war eine andere Frau auf die Bühne getreten. Sie trat in einem lila Taftkleid an und bemächtigte sich mit einem kühnen Schwung ihrer wendigen Gliedmaßen der vorderen Stange.

Noch ganz benommen von den Vorgängen in seinem irregeleiteten Gemüt erfasste Konrad erst allmählich die neue Situation. Die Beine, aber nur sie allein, taten so, als habe sich nichts verändert. Doch sein Alltagsbewusstsein, als es schon fast wiederhergestellt war, wurde in seiner neuerlichen Geburtsstunde gleich vom Schrecken empfangen.

Das war doch wohl Gloria Meyer, die sich raumgreifend das Areal zwischen den Messingstangen untergeordnet hatte. Nur schwer war sie wiederzuerkennen, denn sie trug eine schwarze Maske vor dem Gesicht. Ach was, das blaue Taftkleid konnte ihm nichts vormachen. Und erst recht nicht das, was gleich darauf darunter zum Vorschein kommen sollte.

Unwillkürlich duckte Konrad sich an seinem Tisch. Jetzt musste er sich erst einmal sammeln. Doch aus seiner gebeugten Haltung heraus beobachtete er aufmerksam, was auf der Bühne passierte. Gloria als Stripperin in ihrem eigenen Puff. Das hatte er nicht erwartet.

Hatten etwa die Besucher dieses Ereignis erwartet? Eine Stimmungsveränderung im Raum wurde spürbar. Knisternde Spannung erfüllte auf einmal die Luft, als Gloria nach dem Rhythmus einer Konrad unbekannten Musik zu tanzen begann.

Wieder diese Bewegungen, die ihn nun schon zum wiederholten Mal in die Sphären einer weltfremden Mechanik entführten. Dort auf der Bühne schien dem Wirken der

Schwerkraft auf einmal ein tieferer Sinn verliehen worden zu sein. Wie schon zuvor bei seinen Begegnungen mit Gloria musste Konrad von der Vorstellung ablassen, als habe Bewegung etwas mit Kraftausübung, mit dem Aufwenden von Mühen zu tun. Jene Frau auf dem erhöhten Tablett zwischen zwei Messingstangen stand im Begriff, eine eigene Raumzeit zu erschaffen, und mit nichts anderem erreichte sie dies als kraft ihrer Eigenschaften als Magierin der Fortbewegung.

Zwischen den imaginären Feldlinien einer unvergleichlichen ästhetischen Dynamik aber verfingen sich die beiwohnenden männlichen Seelen und kamen nicht mehr frei, bis sie nach dem Willen der Hohepriesterin abrupt und herrisch aus der illusionsbildenden Subordination verjagt wurden und reihenweise von der rosaroten Wolke stürzten.

Noch aber war es nicht soweit. Erst einmal wurden sie eingesammelt, die süchtigen männlichen Seelen. Gespräche kamen zum Erliegen. Wo jede Bewegungseinheit auf der Bühne zu sublimierter erotischer Leidenschaft veredelt wurde, erstarb sie im übrigen Raum in den Sesseln und an den Tischen. Nichts mehr war zu hören als die Begleitmusik eines zur Apotheose gedeihenden obszönen Rituals. Einige klammerten sich an ihren Gläsern fest. Keiner wagte es mehr, daraus zu trinken, aus Angst, er könnte eine Sekunde lang etwas von dem verpassen, was ihm sein Leben zu dieser Stunde, in dieser Runde, zu schenken sich entschlossen hatte. Alles starrte hinauf zu dem Faszinosum im lila Taftkleid.

Als sie es endlich herabfallen ließ, geschah das ganz in der Art, wie Konrad es auf dem Veloursteppich schon mehrfach erlebt hatte. Dort war er immer mit ihr allein gewesen. Hier aber wohnten Dutzende von Männern einem vergleichbaren Moment säkularisierter Epiphanie bei. Es herrschte eine ins Ekstatische verzerrte stumme Fassungslosigkeit. Kein Raunen ging durch den Saal. Kein Bravoruf ertönte. Die feierliche Stille rundherum war so vollkommen wie diejenige bei seinem Aufwachen aus der Narkose in der Klinik, bevor er auf das P h h h t der Belüftungsanlage aufmerksam geworden war.

Oh ja, Gloria Meyer war eine bemerkenswerte Frau, welches Kleid auch immer sie trug. Konrad starrte gleichermaßen gebannt wie alle seine Geschlechtsgenossen auf die nackte maskierte Frau auf der Bühne, die das kleine Universum einer Striptease-Bar verzauberte und von der er fälschlicherweise angenommen hatte, dass ihr Körper ihm in den zurückliegenden Wochen ein wenig vertraut geworden wäre.

Vertraut geworden war dieser makellose Leib wohl nur seinen Beinen, den Beinen des *Anderen*, des Fremden, mit denen man ihn vernäht hatte, und die auch jetzt, wo unter der ansteigenden Körperwärme der Tänzerin die Signatur ihrer endogenen Lockstoffe sich geheimnisvoll im Raum verflüchtigte, in demselben eigenwilligen Rhythmus vibrierten wie bei der turnusmäßigen Paarung in Glorias Büro auf dem Veloursteppich.

Vorhin, als er seiner Chefin gewahr geworden war, hatte Konrad sich weggeduckt, um später in der sinnlichen Verzauberung, von erotischer Verzückung getragen, den Kopf hochzurecken, bis die Furcht, von ihr entdeckt zu werden, wieder den Rückzug anordnete. So ging es mit seiner Körperhaltung einige Male auf und ab, hin und her.

Hin und her ging es auch mit seinem triebhaften Empfinden. Mal nahm es jene differenzierte emotionale Gestalt eines köstlichen, doch kontrollierten Verlangens an, wie es Konrad aus früherer Zeit vom Umgang mit seinen Freundinnen vertraut war. Dann wiederum, was aber nur geschah, wenn Gloria ihren Kopf abgewandt hatte, brodelte in seinem tiefen Inneren die vorhin überstandene dumpfe Gier auf, die sofort gebändigt wurde, wenn er Glorias verfremdetes Gesicht erblickte. Zugleich flößte ihm jeder neue unberechenbare Schwenk der obskuren Triebsteuerung einen gehörigen Schrecken ein. Ihm war zumute, als würde er zwischen zwei konkurrierenden, eigentlich sich

gegenseitig ausschließenden Gefühlswelten hin- und her-
gerissen.

Warum bloß hatte sie sich maskiert? Um inkognito zu
bleiben? Oder deshalb, um einer besonderen Lust zu frönen? Ihm fiel der Schleier ein, den sie bei ihrer ersten Begegnung auf dem Friedhof getragen hatte. Auch die Maske,
die ihr halbes Gesicht verdeckte, war unvollkommen, am
Zweck einer zuverlässigen Anonymitätswahrung gemessen. Gerade einmal von der Nasenwurzel aufwärts bis zum
Haaransatz reichte die Camouflage. Nach unten zu waren
die Konturen bloß tuschiert, und sie gaben Glorias schma-
les Charaktergesicht in der Gesamtverbrämung das Aussehen einer Katze.

Die Gefahr ging von Glorias Sehorgan aus. Die beiden
Öffnungen ihrer Gesichtsmaske, auch sie dekorativ den
Augen eines Kätzchens nachempfunden, ließen der Akteu-
rin auf der Bühne gewiss viel Wahrnehmungsfreiheit. Konrad war auf der Hut, sich nicht zu sehr zu exponieren, obgleich unter dem hektischen Management seiner krank-
haft aufgequollenen Sinnlichkeit ein vorausschauendes
Handeln sehr erschwert war.

Wieder einmal war er wie elektrisiert in die Höhe gefahren, als ihm nach einer atemberaubenden Pirouette Glorias Rückenansicht präsentiert wurde und der Anblick ihres perfekt proportionierten Hinterteils die neu in ihm wirkende Komponente eines primitiv strukturierten Paa-
rungsbegehrens zu entfesseln drohte, da wandte sie, allen
Gesetzmäßigkeiten von Schwerkraft und Bewegung spot-
tend, von einem auf den anderen Augenblick ihr Gesicht.

Konrad konnte nicht mehr verhindern, dass sie sich an-
blickten. Aber was heißt schon anblicken. Sie fixierte ihn
so plötzlich und gnadenlos aus der meisterlich beherrsch-
ten Bewegung heraus, als hätte sie es während der ganzen
Zeit ihrer Darbietung nur darauf abgesehen.

Augenblicklich brach in Konrad die bisherige Stimmung zusammen. Der Blickkontakt mit seiner Chefin do-
mestizierte wirkungsvoll die eingeleitete atavistische

Brunft und reanimierte die Kräfte seiner kulturellen Vernunft. Mit diesem Resultat allein wäre er sogar zufrieden gewesen.

Nur hätte er sich gern ersparen wollen, derartig unartig ertappt zu werden. Kleinlaut erinnerte er sich ihrer Abmachung. Es wäre nicht aussichtslos gewesen, Rüdiger für ein anderes Lokal, das sich nicht im Besitz von *Stromberger und Meyer* befand, zu gewinnen. Er hatte geglaubt, sich über die Grenzen der vereinbarten Arbeitsteilung hinwegsetzen zu dürfen, weil er doch nicht zu Berufszwecken hergekommen war. Dass er in eine außerordentliche Intimlandschaft Glorias eindringen würde, hatte er doch nicht ahnen können.

Konrad duckte sich, diesmal eindeutig zu spät, wieder weg; er verkroch sich geradezu in die Tischplatte und starrte auf die kleine Welt von Wasserglas und Bier, von Erdnusskernen und Kartoffelchips. Im Prinzip bestand er immer noch auf seinem Standpunkt, dass die kleine private Ausschweifung auf das Terrain seiner Firma nicht Grund genug sein konnte, um einen Anstoß der Arbeitgeberin zu erregen. Wäre nicht Glorias Blick gewesen! Wie er ihn traf, sich in seinem Gemüt verkrallte; wie er ihn beinahe verbrannte in einer Glut von Hass und zügelloser Boshaftigkeit, genau das glaubte er trotz ihrer Gesichtsmaske darin entdecken zu können, wäre das also nicht gewesen, dann hätte er sich am Ende der Junggesellenabschiedsfeier des Freundes sogar ein wenig erfreut.

Gerade als Gloria ihre Darbietung beendet hatte, kam Rüdiger aus dem Separee zurück. Er trat an den Tisch und nahm sogleich einen Schluck. Keiner der beiden Freunde sprach ein Wort. Es schien das Ergebnis einer stillen Übereinkunft zu sein, dass sie bald das Lokal verließen. Draußen machte Rüdiger keinerlei Anstalten, so wie Konrad es erwartet hatte und wie es auch ursprünglich einmal angeklungen hatte, ein weiteres Etablissement aufzusuchen. Weiterhin schweigsam, schlenderten sie Richtung Millerntor zurück. Als sie sich voneinander verabschiedeten, sagte Rüdiger auf einmal: „Weißt du Connie, dass ich mich tierisch auf Margot freue. Dennoch bin ich froh, dass sie erst morgen zurückkommt. Mach's gut, altes Haus! Wir sehen uns."

23

Zu Beginn der neuen Arbeitswoche suchte Konrad nach Anhaltspunkten dafür, dass Gloria ihn in dem Lokal zweifelsfrei erkannt hatte und er nicht etwa mit seinem Eindruck von einer boshaften Fixierung aus ihrer Maskerade heraus bloßer Einbildung zum Opfer gefallen war, und natürlich auch dafür, falls seine Anwesenheit von ihr nun doch nicht unentdeckt geblieben war, ob sie ihm sein eigenmächtiges Verhalten in irgendeiner Weise nachtrug.

Er verwendete viel Energie darauf, einen möglichst unbefangenen Eindruck zu machen. Aber das tat, wenn eine derartige Verstellung einmal angenommen wurde, auch Gloria mit unübertrefflicher Nonchalance. Gewinnend lächelnd, unverbindlich freundlich und mit vergleichsweise bescheidener Ausdruckskraft an mimisch gebändigtem Spott, wenn er zurückliegende Erfahrung als Maßstab heranzog, besprach sie sich mit ihm über die anstehenden Aufgaben. Unmöglich war aus ihrem kollegialen Verhalten eine brauchbare Schlussfolgerung zu ziehen. Dass aber bereits zum Wochenauftakt über den formellen Umgang hinaus man intim miteinander würde, was Konrad vielleicht neue Anhaltspunkte hätte liefern können, entsprach nicht der Gepflogenheit.

Konrad gelangte zu der Überzeugung, seinem Misstrauen erst einmal Entwarnung geben zu dürfen. An gewichtigeren Problemen, denen Energie und Aufmerksamkeit zu widmen waren, herrschte ihm kein Mangel. Auch Gloria bekam bald ein Gespür dafür, dass ihrem Mitarbeiter an diesem Montag irgendetwas fehlte.

„Es geht dir wohl nicht gut, Rick?" bemerkte sie ohne übergroße Anteilnahme in der Stimme.

„Die Narben sehen nicht gut aus", räumte Konrad ein. „Ich habe seit gestern wieder Schmerzen in den Beinen. Und dass an den Gewebeübergängen zeitweise etwas Blut austritt, gefällt mir ganz und gar nicht."

„Hmmm." Gloria überlegte einen Moment. Dann machte sie einen Vorschlag.

„Es ist zwar nicht üblich, während der Probezeit Urlaub zu nehmen. Aber es könnte vielleicht nicht schaden, wenn du dich demnächst für ein paar Tage ausruhst und in der Klinik durchchecken lässt."

Konrad nickte vorsichtig.

„Ich habe heute Nachmittag Termin beim Professor. Danach weiß ich vielleicht schon mehr. Bis dahin sollte besser nichts überstürzt werden."

Der Standpunkt überzeugte zwar auch Gloria, sie meinte aber noch eine Bemerkung anfügen zu müssen:

„Mit diesen komplizierten medizinischen Wundertaten heutzutage ist nicht zu spaßen. Vergiss nicht, dass mir am Wohlbefinden von Richies Beinen sehr gelegen ist."

Diese Bemerkung empfand Konrad nun nicht gerade als aufbauend. Doch er schwieg dazu und konzentrierte sich für den Rest des Arbeitstages auf seine Verpflichtungen. Auch Gloria sah, nachdem die Aufgaben besprochen waren, keine Veranlassung mehr, ihr Büro zu verlassen. Sie schickte Konrad eine halbe Stunde früher weg, damit er seinen Termin im Krankenhaus nicht verpasste.

Der Professor zog, als die Untersuchung beendet war, seine Stirn in Falten.

„Und?" fragte Konrad. Müssen die Beine wieder abgenommen werden?"

„Sehen Sie jetzt nicht schwarz", sagte Professor Knippschild. „Derartige Zwischenreaktionen sind nicht ungewöhnlich. Wir müssen die Entwicklung selbstverständlich genau beobachten. In dieser Woche sollte ich Sie täglich sehen."

Konrad war nicht beruhigt.

„Das sieht aber doch ganz wie eine Abstoßungsreaktion aus. Sie haben das doch selbst einmal erklärt, dass man, wenn es lebensbedrohlich wird, die Gliedmaßen wieder entfernen müsste."

„An diesem Punkt sind wir bestimmt noch nicht, Herr Keller." Der Professor wurde energisch und verbarg damit seine eigene Unruhe. „Wenn Sie jetzt in Panik verfallen, ist niemandem damit gedient. Die Blutungen können noch andere Ursachen haben und auch von selbst wieder abklingen. Ich werde aber vorsichtshalber die Medikation verändern. Es wird Ihnen auch nicht erspart bleiben, für zwei oder drei Tage noch einmal in der Klinik zu bleiben. Dann werden wir eine Gewebeprobe entnehmen und können eine gezielte Beobachtung mit modernsten Instrumenten gewährleisten. Ich sage Ihnen ganz offen und beschönige dabei nichts, dass ich nach dem augenblicklichen Stand meiner Beobachtungen nicht an wirklich ernsthafte Komplikationen glaube, sie aber ..." Er zögerte, bevor er fortfuhr: „... sie aber auch nicht ausschließen will."

Der Professor schien erst einmal Recht zu behalten mit seiner Beurteilung der medizinischen Sachlage. Tabletten, die eine neue Generation von Wirkstoffen enthielten, trugen womöglich das Ihrige dazu bei, dass Konrad schon am nächsten Tag weitgehend schmerzfrei war und nicht mehr über Gewebeblutung berichten musste.

Der Professor zeigte sich befriedigt. Er sah zwar keine Veranlassung, den besprochenen Fahrplan zu ändern und schlug vor, für die übernächste Woche den Klinikaufenthalt terminlich festzuklopfen. Bis dahin aber, so befand er, müsse keine übertriebene Fürsorge geleistet werden. Er selbst sei für die nächsten drei Tage auf einem Medizinkongress verpflichtet. Sollte bis zu seiner Rückkehr etwas Besonderes vorfallen oder ein Rückfall der Beschwerden auftreten, dann sollte Konrad bei seinem Assistenzarzt vorsprechen, den er noch mit allen nötigen Instruktionen versorgen werde.

Dazu verspürte Konrad aber überhaupt keine Lust. Er hatte kein Zutrauen zu jener subalternen Gipsfigur, als die ihm der Assistenzarzt bislang bei jeder Begegnung erschienen war. Es müsste aus seiner Sicht schon dicke kommen, bevor er zu dieser Adresse seine Zuflucht nähme.

Zweifellos war er erst einmal ein wenig erleichtert. Er ärgerte sich sogar darüber, in der letzten Besprechung, so empfand er das im Nachhinein, hysterisch geworden zu sein. Mit dem Abklingen der Beschwerden, die ihm Angst eingeflößt hatten, ließ auch der emotionale Druck nach, sein Handicap wieder vollständig in den Mittelpunkt seines Lebens zu stellen.

Das würde schon laufen bis zur Rückkehr des Professors. Danach ein paar Tage in der Klinik konnten der medizinischen Gewissheit auch nicht schaden. Konrad hoffte zudem, dann endlich wieder eine Begegnung mit Schwester Tanja zu haben oder doch zumindest Aufschluss über ihren Verbleib zu erlangen.

Unter einem anderen Blickwinkel galt es auch ein weiteres Problem nicht aus den Augen zu verlieren. Würde sein Handicap ihn wieder voll in Beschlag nehmen, wäre es vorbei mit seiner Selbständigkeit, zu der nicht zuletzt der neue Job beigetragen hatte. Dieser Job war ein Glücksfall und in seiner Lage ohne Alternative. So etwas setzte man nicht wegen einer übertriebenen Correctness aufs Spiel. Wenn nicht schon alles verdorben war, würde er unbedingt mit seinem hartnäckigen Verdacht zurückrudern.

Was ging es ihn eigentlich an, ob bei *Stromberger und Meyer* Geld gewaschen wurde, was noch keineswegs sicher war? Er war Angestellter und hatte Verantwortung für korrekte Buchführung und günstigen Einkauf übernommen. Mehr nicht. Sollte tatsächlich irgendwann einmal für ihn zur Debatte stehen, eigene Vermögensanteile in die Firma einzubringen, dann wäre es früh genug, über alle Seiten des Geschäftes aufgeklärt zu werden.

Mit dieser inneren Einstellung, nachdem sie ihm aus widersprüchlichen klinischen Symptomen entstanden war, während er dabei durch ein Wechselbad der Gefühle gegangen war, widmete er sich in der angelaufenen Arbeitswoche seinen geschäftlichen Obliegenheiten. Dabei kam ihm ganz aus dem Sinn, dass er Rüdiger Knapp doch grünes Licht für weitere Nachforschungen gegeben hatte. So wichtig schien dem Freund seine neuerliche Entdeckung zu sein, dass er am Mittwoch bald nach Feierabend Konrad in seiner Wohnung aufsuchte und darauf bestand, ihn auf den Stand der Ermittlungen zu bringen.

„Ich komme ganz klassisch mit einer guten und einer schlechten Botschaft", eröffnete Rüdiger das Gespräch. „Mit der guten fange ich an."

„Nur zu", ermunterte ihn Konrad.

„Ich war in dem Netzwerk, mit dem *Stromberger und Meyer* verknüpft sind. Jetzt rate mal, wer dahintersteckt!"

„Mach es nicht so spannend", drängte Konrad.

„Dahinter steckt die Agnes-Klinik. Zwischen ihr und *Stromberger und Meyer* läuft geschäftlich etwas ab."

Konrad war für einen Moment sprachlos. Er spielte mit seinen Fingern, während Rüdiger, der genüsslich eine Pause eingelegt hatte, seine Botschaft vervollständigte.

„Dabei taucht immer wieder ein Name auf, und das ist der Name Knippschild.

„Günter oder Horst?" fragte Konrad mit brüchiger Stimme.

„Weder, noch. Nur Knippschild. Bei dem Geschäft muss es um etwas gehen, was mit den lateinischen Namen zusammenhängt, von denen du mir erzählt hast. Auch ich bin auf lateinische Bezeichnungen gestoßen, hatte aber keine Zeit, mir etwas zu notieren."

Jeder überlegte für sich. Auf einmal holte Konrad ein Notizbuch hervor.

„Komm, lass uns das gleich mal checken. Drüben der Rechner läuft.

Wort für Wort gab Konrad nun in eine Suchmaske ein. Am Ende des Durchgangs schauten sie sich verblüfft an.

„Das ist so ziemlich alles, was dir die Natur an Innenausstattung spendiert hat, damit du gut funktionierst", sagte Rüdiger.

„Und das meiste davon wird heutzutage routiniert von einer Brust- oder Bauchhöhle in eine andere verpflanzt. Die einen warten händeringend darauf, dass andere abnippeln, um an brauchbare Ersatzteile für sich zu kommen. Ein Markt der besonderen Art."

Wieder trat eine längere Pause ein, bis Konrad bemerkte:

„Ich denke, wir sollten mal einen Gang runterfahren mit unseren Spekulationen. Plausibel ist mir ein illegaler Deal noch keineswegs. Die Klinik ist spezialisiert auf Organtransplantation. Professor Knippschild allein bringt eine Menge Operationen auf sein Arbeitskonto. Die Spender sind bekannt, werden registriert, der Organtransfer wird streng überwacht. Ich selbst habe das während meines Klinikaufenthaltes mitbekommen. Die finanzielle Abrechnung läuft über die Kassen. Selbst wenn Professor Knippschild ein Verfahren gefunden hätte, Beträge für sich abzuzweigen und bei *Stromberger und Meyer* unterzubringen, könnte man doch unmöglich auf so exorbitante Summen kommen, wie sie hinter jedem Vorgang in der Datei KINLIK verbucht sind."

Achselzuckend kommentierte Rüdiger Konrads Einwand. Er spürte sehr wohl den moralischen Konflikt in dem Freund. Es wäre nicht auszudenken, wenn er aus bloßem Pflichtbewusstsein den Job verlöre.

„Ich habe auch keine Idee, wie das zusammenhängt. Fakt aber bleibt, dass Geld aus einer renommierten Hamburger Klinik ins Hamburger Rotlichtmilieu fließt. Vielleicht alles nicht so schlimm. Am besten, du lässt die Sache auf sich beruhen. Was geht´s dich schließlich an?"

„Mir geht jetzt aber auch noch ein anderer Gedanke durch den Kopf." Konrad wurde auf einmal lebhaft, so, als hätte er seinen Vorsatz, sich nicht mehr in die Sache zu verbeißen, schon wieder vergessen.

„Professor Knippschild näht mir die Beine eines Verstorbenen an, der Mitinhaber einer Firma war, in die Professor Knippschild möglicherweise systematisch Geld aus irgendwelchen Betrügereien mit Abrechnungen bei Organtransplantationen fließen lässt. In meinem Bestreben nach Identitätsfindung nötigt er mir die Adresse des Toten auf. So werde ich mit seiner Unterstützung auf die Firma aufmerksam, die gerade einen Mitarbeiter mit meinen Qualifikationen sucht. Und flugs bin ich mitsamt den Beinen des Firmengründers eingestellt. Findest du nicht, das ist viel Zufall auf einmal?"

Rüdiger schüttelte ratlos den Kopf.

„Zufall oder nicht, vielleicht auch Fernsteuerung, einen Sinn kann ich eigentlich überhaupt nicht ausmachen. Doch Connie, ich sollte dir die negative Nachricht auf keinen Fall vorenthalten."

Konrad lachte trocken.

„Mir ist gar nicht aufgefallen, schon mit einer positiven Nachricht versorgt worden zu sein. Du kannst also nahtlos weitermachen."

„Mein Hack ist wohl aufgefallen. Ich bin über eine Sicherheitslücke hereingekommen, die danach unauffällig und professionell geschlossen wurde."

„Auch das noch ", entfuhr es Konrad unwillig.

„Was wirst du tun, Connie?"

„Frag mich was Leichteres."

Sie redeten noch eine Weile über die ominöse Verquickung zweier verschiedener Geschäftswelten und ergingen sich in mancherlei Spekulationen, die sie schließlich allesamt als abwegig verwarfen. Irgendwann hatte sich die Fantasie verausgabt, und sie fanden zur dünnen Faktenlage und damit zum Ursprung ihrer Ratlosigkeit zurück.

Konrad wollte noch wissen, inwieweit eine Deanonymisierung des elektronischen Eindringlings möglich sei. Rüdiger, der eine Besorgnis des Freundes aus der Frage heraushörte, suchte ihn zu beruhigen. Konrad erwähnte dann gleich mehrmals hintereinander, wie sehr ihm an dem Job gelegen sei, was Rüdiger in diesem Zusammenhang jedoch als Vorwurf gegenüber seiner Hilfeleistung auffasste. Er nahm nun an, dass seine Dienste nicht mehr gebraucht würden. Das Gespräch kam daraufhin zum Erliegen. Mit einer unterkühlten Verabschiedung voneinander trennten sich die Freunde. Konrads Besorgnis um die berufliche Zukunft, die nach Rüdigers Weggang an den Nerven zerrte, trat erst dann wieder zurück, als er sich auf seine Gesundheit besann.

24

Als Konrad sich am Freitag auf den Weg ins Büro machte, tat er das mit einem beklemmenden Gefühl. Er war durch die jüngsten Nachrichten und Erlebnisse in seiner beruflichen Position stark verunsichert worden. Am meisten bedrückte ihn in diesem Zusammenhang, dass er seine Chefin und Mitarbeiterin überhaupt nicht mehr verlässlich in ihrer Rolle einzuschätzen wusste. Sollte er vielleicht von sich aus bald das offene Gespräch suchen? Oder tat er besser daran, erst einmal abzuwarten und so zu tun, als habe sich nichts verändert? Müde sehnte er das Ende dieser unsäglichen Arbeitswoche herbei, um die neue Situation leidenschaftslos zu durchdenken. Schließlich stand es in doppelter Hinsicht, beruflich und gesundheitlich, nicht zum Besten.

Ins Grübeln vertieft, erreichte er seinen Arbeitsplatz. Robert, der Bursche an der Rezeption, der normalerweise eine halbe Stunde früher als er seine Tätigkeit aufnahm, worin immer sie bestehen mochte, war noch nicht da. Auch Gloria war noch nicht eingetroffen. Oder war sie schon wieder gegangen? Konrad fand auf seinem Schreibtisch eine Notiz mit ihrer Handschrift vor: *Muss noch eine Besorgung machen. Bin um neun wieder zurück. Gloria.*

Konrad machte sich daran, seinen Rechner hochzufahren. Fehlanzeige. Das System ließ sich nicht starten. Sein Misstrauen war daraufhin durch keinerlei Überlegung mehr zu besänftigen. Beunruhigt versuchte er sich zu beschäftigen, räumte seinen Schreibtisch auf und stöberte in den Ablagen, ohne einen Sinn in seine Arbeitshandlungen hineinzubekommen. Endlich hörte er die Außentür ins Schloss fallen. Gloria war eingetroffen.

„Hallihallo", rief sie aufgeräumt schon von weitem. „Ich hoffe, du hast dich unterdessen nicht gelangweilt."

„Was ist mit dem Rechner?" wollte Konrad erst einmal wissen.

„Ach, wir hatten ein Hardware-Problem. Und auf einmal funktionierte das ganze Netzwerk nicht mehr. Erspar mir einfachen Geschäftsfrau spezielle Erklärungen. Du weißt, dass ich kaum etwas von der Technik verstehe."

Nichts in ihrer Stimme ließ auf eine besondere Bedeutung der Störung schließen.

„Und nun?" Konrad fühlte sich noch nicht auf einen angemessenen Wissensstand gehoben. Ganz so naiv zudem hatte er Gloria bei der Nutzung elektronischer Systeme auch nicht in Erinnerung.

Doch Gloria winkte geringschätzig ab.

„Mach dir keinen Stress, Rick. Bis Mittag wird alles wieder perfekt laufen. Das hat Robert fest zugesagt."

„Robert?" fragte Konrad überrascht.

„Ja, Robert, unser Spezialist für knifflige Computerfragen. Hast du das nicht gewusst? Rick! Der sticht uns alle beide aus. Es gibt sicher kein Problem, das Robert nicht lösen könnte. Und es gibt..." Jetzt legte Gloria eine kleine Pause ein und atmete tief durch: „...Und es gibt sicher nichts Auffälliges im virtuellen Raum unserer Firma, das Robert entgehen könnte."

Und ganz plötzlich, für den Bruchteil einer Sekunde, fühlte sich Konrad von Glorias Blick in einer Art und Weise fixiert, dass er sich gleichsam in den *Casanovo* während ihrer Tanzshow zurückversetzt fühlte. Ein unangenehmes, klebriges Gefühl beschlich ihn. Doch bevor es sich festsetzen konnte, war Gloria an ihn herangetreten, fasste seinen Arm und hakte sich leutselig unter.

„Was soll man sich das Leben verdrießen, Rick, wenn wegen höherer Gewalt die Pflichten einmal ruhen müssen. Komm, wir gehen in mein Büro. Da ist es etwas gemütlicher als hier."

Ohne seine Antwort abzuwarten, schwebte sie davon.

Jetzt erst, als er ihr folgte, kam Konrad dazu, sich Glorias ungewohntes Erscheinungsbild ins Bewusstsein zu rufen. Sie war aggressiv geschminkt, wie er das noch niemals bei ihr bemerkt hatte. Ihr Mund wirkte vergrößert durch das Design, das einem grellroten Lippenstift zuzuschreiben war. Und die schwarze Wimperntusche hatte unter kreativer Linienführung der Gestalterin ganze Arbeit geleistet, um den Augen von Gloria Meyer einen raubkatzenartigen Ausdruck zu verleihen.

Auch als sie Glorias Büro betreten hatten und die Chefin mit werbender Mimik an ihn herantrat, wollte bei Konrad keine spontane Leidenschaft aufkommen. Wenn sie es jetzt auch noch auf Sex mit ihm abgesehen hatte, dachte er, dann wäre es das erste Mal, dass von seinen Beinen her keine Voreinstimmung zu spüren war. Richies Gliedmaßen blieben teilnahmslos. Er hatte keine Idee, woran das lag. Oder doch?

Ihr Geruch war ihm fremd. Das Parfum, das sie überreichhaltig aufgetragen hatte, verwirrte ihn, stieß ihn ab. Der kurze schwarze Rock, den sie trug; die gelbe Bluse mit den unzähligen kleinen Knöpfen und den altmodischen Rüschen an den Ärmeln: Nichts passte in der heutigen Komposition zusammen, doch alles zusammen erzeugte einen unharmonischen emotionalen Klang. Was wurde das hier für ein Spiel?

„Nun zieh dich schon aus, Rick", ermunterte sie ihn, beinahe in einem bittenden Tonfall. Damit er auch wirklich verstehe, was sie meinte, löste sie mit geschickten Handgriffen seinen Gürtel. Konrad geriet im Gefolge dieser

Geste wieder ein wenig in den Bann von Glorias erotischer Werbekraft. Er machte seinen Oberkörper frei, hatte aber noch Hemmungen, seine Entkleidung fortzusetzen.

Nun ergriff Gloria seine Hand und führte sie mit sanftem Druck unter ihren Rock. Sie nötigte Konrad, ihren Intimbereich zu streicheln. Wieder einmal hatte sie kein Höschen angezogen. Konrad geriet nun doch in Erregung. Er hatte unterdessen das mühevolle Unternehmen begonnen, mit der anderen Hand Glorias Bluse aufzuknöpfen. Entgegen seinen Erwartungen und ihrer Gewohnheit trug sie ein fest geschnürtes Bustier, das seine Verpackungsaufgabe voll erfüllte. Wie war das möglich, dass diese Frau niemals berechenbar war und wieder und wieder seine Erwartungen durchkreuzte. Wie unschlüssige pubertierende Halbwüchsige standen sie sich gegenüber und fummelten unbeholfen aneinander herum.

Auf einmal nahm Gloria die Initiative fest in die Hand; sie drückte Konrads Kopf nieder, wiederum, wie zuvor schon seine Hand, mit sanftem, doch unmissverständlichem Nachdruck, bis er ungeachtet der schmerzhaft empfundenen Gliederverspannung artig niederging und sein Kopf Platz unter ihrem Rock fand. Sie wusste doch, grämte er sich, dass ihm die fremden Beine bei dieser Körperverrenkung Schwierigkeiten machten.

„Ohh, das ist gut", meinte Gloria nach einer Weile gedehnt. Nein, du musst nicht so tief hinein, Rick. In einer Höhle ist es gleich hinter dem Eingang am reizvollsten. Das wussten übrigens schon unsere Vorfahren. Ahh, nun ist es auch wirklich genug. Komm nur hoch und lass uns schmusen."

Ein wenig mühsam richtete Konrad sich auf. Als er sie aber küssen wollte, wich sie ihm aus.

„Du schmeckst jetzt bestimmt etwas säuerlich", sagte sie. „Außerdem verschmierst du mein Rouge. Und immer noch bist du nicht vollständig ausgezogen."

Konrad war emotional an einem Punkt angelangt, wo die Entwicklung nicht mehr so leicht wieder auf ihre

Ausgangslage zurückgeführt werden konnte. Er spürte wohl, dass Gloria in irgendeiner schäbigen Absicht mit ihm spielte. Doch er bildete sich ein, durch Vollendung der Logik des eingeleiteten Vorgangs am besten in der Sache einen akzeptablen Ausklang zu erzielen. Auch der dumpfe Teil des neuartig fremden und triebhaften Verlangens, von dem er zum ersten Mal im *Casanovo* überwältigt worden war, schien wieder mit von der Partie zu sein.

Erregt widmete er sich den restlichen der unzähligen kleinen Knöpfe von Glorias Bluse, während sie die Freiheit ihrer beiden Hände nutzte, um seine Hose zu Boden zu schicken. Endlich, nach einigem Hin und Her wie bei einer Häufung von partnerschaftlichen Missverständnissen während der Abarbeitung eines nicht abgestimmten eroti-schen Wunschkatalogs, hatte sie die Situation hergestellt, auf deren Vollendung sie es augenscheinlich abgesehen hatte.

Nackt und linkisch stand Konrad auf Richard Strom-bergers Beinen vor Gloria, vor einer körperlich attraktiven Frau, die, zwar ohne Bluse, doch mit Rock und üppigem, züchtig haftendem Oberteil bekleidet, noch in einer weit-hin akzeptierten Partykonfektion aufwartete. Mit unver-hohlenem Spott betrachtete sie die schmächtige Gestalt des jungen Mannes. Dieser mochte sich wohl plötzlich der habituellen Asymmetrie in der Paarungsanbahnung be-wusst geworden sein, denn mit der sichtbaren anatomi-schen Reaktion seines ganz besonderen Gliedes leistete er so etwas wie einen Offenbarungseid seiner stolzen Männ-lichkeit.

Konrad fühlte die Blamage tief in die Knochen dringen. Doch noch einmal wurde er hoffnungsvoll abgelenkt, als Gloria in scheinbar versöhnlicher Absicht ganz nahe an ihn herantrat und von beiden Seiten seine Oberarme strei-chelte. Doch gleich darauf drohte ihm auch schon der Schmerz die Sinne zu verdüstern. Diesmal schrie er tat-sächlich auf, als sich die Fingernägel der furchtbaren Frau in sein Fleisch bohrten und, brutaler als bei der ersten

Begegnung, diesmal von oben nach unten, durch das zarte Gewebe pflügten.

Fassungslos blickte Konrad abwechselnd in Glorias Gesicht, aus dem ihn hasserfüllte Blicke trafen, und auf seine Arme, aus denen in dicken Tropfen das Blut hervorquoll.

„Zieh dich an, Konrad!" befahl sie herrisch.

„Was soll das?" fragte dieser zaghaft. Und keinerlei Genugtuung wollte bei ihm darüber aufkommen, dass sie ihn endlich bei seinem richtigen Namen nannte.

„Zieh dich an! Räum dein Büro und mach dich davon! Du bist fristlos entlassen. Und hier ..." mit diesen Worten warf sie ihm ein Handtuch zu, das griffbereit auf ihrem Schreibtisch lag, „wisch dir das Blut ab, damit du mir nicht den schönen Veloursteppich versaust."

Während Konrad dem ersten Teil ihrer Aufforderung nachkam und dabei versuchte, sich gedanklich zu sammeln, brachte er die plötzliche Ereignisflut zwar schnell mit dem Hack von Rüdiger in Verbindung, doch eine zufriedenstellende Erklärung, wie er selbst so schnell in die Schusslinie der Firma geraten konnte, fand er nicht. Noch war für ihn deshalb die Möglichkeit eines Missverständnisses nicht auszuschließen.

„Erlaube mal", sagte er, als er beinahe vollständig wieder angekleidet war, „Du springst hier mit mir um, als hätte ich mich eines Vergehens schuldig gemacht."

„Hast du nicht??" parodierte Gloria seinen Entlastungsversuch.

„Wir hatten also keine Abmachung darüber, wie du deine Arbeitszeit während der Probezeit zu nutzen hast? Und der Versuch, streng vertrauliche Daten seines Arbeitgebers auszuspionieren, gehörte wohl zur kreativen Erfüllung eines Arbeitsvertrages."

Konrad versuchte einen Einwand:

„Ich war rein privat und zufällig im Casanovo, weil mich ein Freund um meine Begleitung für ein erotisches Vergnügen gebeten hatte. Und von einem Ausspionieren betriebsinterner Daten durch mich kann überhaupt keine Rede sein."

Gloria nahm jeden Affekt aus ihrer Stimme, als sie gleichgültig bemerkte:

„Es ist für einen Spezialisten wie Robert keine große Sache, einen naiven Eindringling ins elektronische Netz über dessen IP-Adresse zurückzuverfolgen und aus der Anonymität zu scheuchen. Wenn dieser Hacker dann gerade derjenige ist, der mit meinem Untergebenen Konrad Keller in einem firmeneigenen Betrieb aufkreuzt und sich dort umsieht, dann kann unsereins sich sehr wohl einen Reim darauf machen, von dem persönlichen Vertrauensbruch mir gegenüber mal gar nicht zu reden. Lass also mal einfach alle Ausflüchte beiseite."

„Aber..." Konrad wollte noch einen weiteren Versuch seiner Rechtfertigung unternehmen, doch Gloria ließ ihn nicht ausreden.

„Konrad Keller, du hattest eine wunderbare zweite Chance in deinem Leben. Durch ein tragisches Schicksal deiner Beine beraubt, wurden dir neue, funktionstüchtige Gliedmaßen eines großartigen Mannes angenäht. Vom Schicksal, dessen Bestimmung durch modernste wissenschaftliche Pionierleistung aufgebessert wurde, an diese Adresse geführt, wären dir außerordentliche Perspektiven beschieden gewesen. Du hast versagt. Du hast schon gleich am Anfang versagt. Du bist eben nicht Richie. Du kannst ihm nicht das Wasser reichen. Deshalb werden wir den Faden deines Schicksals an dieser Stelle zerschneiden."

Konrad wunderte sich über den theatralischen Unfug, den er von Gloria zu hören bekam. Ihre Bemerkung von schicksalhafter Bestimmung rief indes einen zurückliegenden Verdacht in ihm wach, und er sagte daher:

„Also war mein Kontakt zur Firma nicht das Ergebnis eines bloßen Zufalls."

Gloria lachte böse.

„Du trägst gute Stücke von unserem guten alten Richie an deinem Körper. Richie hätte mich immer gefunden, egal wo und unter welchen Bedingungen. Richie roch mich. Nun, nach seinem Tod, riecht er mich sogar mit seinen Beinen. Du hattest keine Chance, meiner Bekanntschaft zu entgehen."

Dann trat sie noch einmal hart an ihn heran.

„Glaube aber nicht, dass es das schon für dich war. Du hast unsere Erwartungen durchkreuzt. Unser Plan ist zunichte gemacht. Wenn wir aber nunmehr Richie nicht erhalten können, ist deine körperliche Funktionalität überflüssig geworden. Stimme dich auf Überraschungen ein! Und vor allem: Viel Spaß beim Mutieren!"

Mit diesen Worten drängte sie Konrad aus ihrem Büro hinaus, bewachte seine Bemühung, die wenigen Habseligkeiten aus seinem Büro zu holen und schloss hinter ihm die Eingangstür, ohne noch einmal ein Wort zu verlieren oder ihn eines Blickes zu würdigen.

25

Das hatte Konrad nicht erwartet, dass sich die Ereignisse derart überstürzen würden, und von der Schroffheit, mit der ihn das Leben aus der gerade erst eingeschlagenen Bahn der neuen Erwerbstätigkeit wieder herauswarf, war er regelrecht überrumpelt worden.

Wie bereits im Zusammenhang mit seiner Enttäuschung, welche nach der Entlassung aus der Klinik die respektlose Aufnahme in seinem vormaligen Bekanntenkreis in ihm hervorgerufen hatte, suchte Konrad auch diesmal Rückhalt in der Familie, die er, so, wie die Dinge lagen, allerdings nur oberflächlich über die genauen Hintergründe seiner Kündigung aufklären mochte.

Die Mutter war wegen des Schicksals Wendemanöver gar nicht einmal negativ eingestellt.

„Also, wenn du mich fragst, mein Junge, dann hat der Ausgang deiner Bemühungen am Ende gar etwas Gutes.

Arbeiten, in deinem Zustand! Etwas Törichteres konnte dir gar nicht einfallen. Siehst du, deine Mutter hat dir beizeiten schon von diesem Schritt abgeraten."

Der Vater gab sich hingegen kämpferisch.

„Denkst du nicht, Konrad, dass wir Klage einreichen sollten?"

„Nein, Vater, auf keinen Fall. Ich war noch in der Probezeit. Da sollte man sich keine Nachlässigkeit erlauben, wie mir das leider nun einmal passiert ist."

Nur gegenüber Sandra, seiner Schwester, räumte Konrad die Möglichkeit ein, an eine hinsichtlich ihres Geschäftsgebarens nicht ganz saubere Firma geraten zu sein, die ihn nach einigen neugierigen Fragen von seiner Seite möglicherweise als Sicherheitsrisiko betrachtete. Doch über die Spur, die in die Agnes-Klinik führte, schwieg er sich auch gegenüber der Schwester zunächst noch aus. Und ihre Frage, ob aus der Sachlage zu schließen sei, dass der Spender seiner Beine damit zwangsläufig auch ins Zwielicht rücke, ließ er unbeantwortet.

Sandra ergriff daher einen ähnlichen Standpunkt wie die Mutter und betrachtete es als einen Vorteil, dass Konrad die berufliche Belastung erst einmal los geworden war, bevor er noch in irgendwelche böse Verstrickungen wegen dubioser Machenschaften anderer Leute geriet.

Insbesondere zögerte Konrad, zu Rüdiger Knapp Kontakt aufzunehmen. Dem Freund die Schuld an dem Vorgefallenen zu geben, dazu verstieg er sich zwar nicht. Doch hatte sich, vielleicht aus einem Schuldgefühl heraus, ein kleiner Groll in ihm angesammelt, der ihm den Freund vorübergehend entfremdete. In dieser Situation, so frisch, wie sie noch war, verspürte er zudem keine Lust, die Schieflage, in die er geraten war, auch noch einzugestehen. Konrad hoffte zwar, dass bis zur Hochzeit von Margot und Rüdiger seine Verstimmung gegenüber dem Freund abgeflaut wäre und seiner Teilnahme an dem Event nichts im Wege stünde, doch ganz sicher darüber war er sich nicht.

Und als wären der Misslichkeiten noch nicht genug an der Zahl, war da noch eine Frage, die sich ihm immer wieder hartnäckig stellte, nämlich die, wie er mit den Verdachtsmomenten weiter umzugehen habe, die im Hinblick auf einen Zusammenhang zwischen Krankenhaus und Firma, zwischen Gloria Meyer und Professor Knippschild in seinem Kopf nicht mehr auszulöschen waren. Darüber wollte er sich erst einmal ganz im Stillen klar werden, bevor er irgendetwas in der Angelegenheit unternahm oder irgendjemanden in dubiose Spekulationen einweihte.

Allmählich rückte auch der Tag heran, an dem der Vater seinen 50. Geburtstag feiern müsste. Wenn es nach ihm, dem Vater, gegangen wäre, hätte man das Ereignis stillschweigend übergangen. Doch den in einem solchen Fall zu erwartenden Protesten in der Familie wollte er sich besser nicht aussetzen. So vereinbarte man denn, beiderseitig kompromissbereit, eine eher unspektakuläre Feier in einem nur mäßig über die Kernfamilie hinaus erweiterten Besucherkreis.

Als an einem Wochentag, ungefähr zehn Tage vor dem Jubiläum des Vaters, Konrad zum Besuch eintraf, waren die Absprachen darüber bereits so weit gediehen, dass man sich dem Thema nicht unbedingt noch einmal widmen musste.

Konrad grüßte lebhaft in die kleine Runde, und sogleich machte er sich über die Obstschale her, welche die Mutter wenige Stunden zuvor liebevoll aufgefüllt hatte.

Inzwischen hatte man es aufgegeben, seine Ernährungsgewohnheiten zu bekritteln, obwohl sie natürlich bemerkten, wie sehr die ehemals athletische und kernige Gestalt ihres geliebten Connie inzwischen an fleischlicher Masse und an muskulöser Straffheit eingebüßt hatte. Die Mutter schüttelte zwar immer noch den Kopf und öffnete gelegentlich sogar ihren Mund, wenn Konrad die schmackhaftesten Häppchen der zubereiteten Mahlzeit mit Verachtung strafte, doch am Ende nahm sie sich im Zaum und schwieg diszipliniert mit einem verhaltenen Seufzer auf den Lippen, wenngleich sie sich ihre Gedanken nicht nehmen ließ, nein, das ließ sie sich ganz bestimmt nicht. Und überhaupt, im Gesicht, ihr hübscher Konrad. Als Kind war das schon so gewesen, wenn er mal an Gewicht verloren hatte, wie das bei einer Krankheit nicht ausblieb, das sah dann gar nicht mehr schön aus, so eckig, fand sie, und die Backenknochen, das ging doch wirklich nicht. Jetzt, wo er nur noch Obst aß, ein Kopf wie ein Dreieck, um Gottes willen, niemals würde sie das sagen, aber was konnte sie dafür, wenn ihr solche Gedanken kamen, jedenfalls würde sie der Kopf, wenn der Junge sich weiterhin so unterernährte, bald wohl eher an die Biene Maja als an ihren hübschen Konrad erinnern. Schwamm drüber. Wenn sie denn schon in der Ernährungsfrage nicht mehr aufdringlich sein wollte, so sollte doch wenigstens die Beobachtung, die sie gerade heute bei ihrem Sohn machte, nicht unerwähnt bleiben, sei es auch nur um zu verhindern, dass jemand anders in der Runde ihrer Aufmerksamkeit zuvorkam.

„Habe Acht, mein Junge, ich glaube, du bekommst an deinem linken Auge ein Gerstenkorn. Damit warst du wohl tückischerweise irgendwo einer Zugluft ausgesetzt."

Konrad fasste reflexartig an die Stelle, die von der Mutter benannt worden war.

„Ich spüre nichts davon, Mutter. Eine solche Entzündung gilt doch im Allgemeinen als schmerzhaft."

„Das Missgeschick wird wohl erst im Anfangsstadium stecken, wenn niemand es schon bemerkt, außer eben eine Mutter."

„Ich glaube nicht, Frau, dass das ein Gerstenkorn wird", schaltete sich der Vater ein, der sich weit über den Tisch nach vorn gebeugt hatte, um besser sehen zu können. „Ein Gerstenkorn im Anfangsstadium habe ich anders in Erinnerung. Aber eine auffällige Hautrötung kann ich sehr wohl ausmachen. Da sind auch so kleine Punkte im Augapfel zu erkennen. Ich könnte mal meine Lupe holen. Du solltest wohl den Rat eines Augenarztes einholen, Konrad, wenn das nicht bald weggeht."

Unwillig winkte Konrad ab. Er kannte die Überfürsorglichkeit seiner Eltern zur Genüge, insbesondere die seiner Mutter. Nicht immer leicht war die *Betüttelung* zu ertragen. Doch auch Sanda von der Seite her blickte ihren Bruder jetzt aufmerksam und, so schien es Konrad, ein wenig besorgt an, schwieg aber in der Atmosphäre der von den Eltern geschürten Aufgeregtheit. Schließlich, um die Sache zum Abschluss zu bringen, erhob sich Konrad und ging zum Garderobenspiegel.

Als er von seiner kurzen Inspektion zurückkehrte, sagte er kleinlaut:

„Ihr habt ja Recht, da entwickelt sich möglicherweise eine Entzündung, die ich nicht einfach vernachlässigen sollte. Ich geh auch zum Arzt. Versprochen. Aber lasst uns jetzt bitte von etwas anderem reden."

Es zeigte sich aber, dass es an diesem Tag gar nicht so einfach war, sich in ihrer Runde auf ein unverfängliches Thema zu verständigen. Immer wieder schielte die Mutter besorgt zu Konrad hinüber. Und wiewohl sie sich tapfer dabei hielt, das grässliche Gerstenkorn in seiner mutmaßlichen Entstehung nicht mehr zu erwähnen, erinnerte sie sich spontan erstaunlich zahlreicher Hausrezepte, mit denen man es zu ihrer Zeit, wie sie befand, auf ganz segensreiche Weise verstanden hatte, die vielfältigsten Augenleiden erfolgreich und ohne große Umstände zu lindern.

Als sie bemerkte, dass das Interesse an solchen bewährten Hausmitteln in der Runde äußerst zurückhaltend blieb, fiel ihr noch etwas anderes ein, was nunmehr im Zusammenhang mit dem anstehenden Geburtstag vom Vater keinesfalls dem Vergessen anheimfallen durfte.

Mit dieser thematischen Hinwendung aber empfing sie von der Seite ihres Gatten her energischen Widerspruch, und es ward von dem zu feiernden Mann die ernsthafte Frage aufgeworfen, ob man sich in dieser Familie denn niemals sicher sein könne, dass ein zur Erschöpfung abgehandeltes Thema nebst allen den dabei bereits gelösten

Problemen auch tatsächlich einmal in Ruhe gelassen werde.

Spätestens an dieser Stelle war bei den beiden Geschwistern ein gewisses Moment der Heiterkeit in das Mienenspiel eingedrungen, das, einmal entdeckt, weder die Mutter noch der Vater als schicklich anerkennen wollten, weshalb die eine sich plötzlich daran erinnerte, dass der fällige Abwasch keinen weiteren Aufschub dulde, der andere nicht länger säumen zu dürfen vorgab, bevor dem Weine guten Gewissens zugesprochen werden konnte, die letzte elektronische Post des ausklingenden Tages gewissenhaft durchzumustern.

Sandra und Konrad waren keineswegs unfroh, noch einmal Gelegenheit zu bekommen, sich ungestört miteinander auszutauschen. Diesmal war es Konrad, der wissen wollte, ob es, wie er sich ausdrückte, neuere Informationen in Sachen irgendeines der beiden Knippschilder gab.

Da musste Sandra aber eingestehen, dass wegen einer Zwischenprüfung, von der sie arg in Beschlag genommen war, ihr Interesse an dem Genetiker Knippschild notgedrungen etwas zur Ruhe gekommen sei. Neuigkeiten habe sie also im Moment nicht parat. Sie sei aber dabei, einen Kontakt zu einem Biologen an ihrem Institut herzustellen, von dem ihr zu Ohren gekommen war, dass er ein ausgezeichneter Kenner der Materie sei. Von ihm erhoffe sie sich demnächst weitere interessante Informationen.

„Aber Connie", fügte Sandra hinzu, „ich nahm nicht an, dass dich der Genetiker sonderlich interessieren würde. Du hast doch zur Zeit auch dringendere Probleme, als dich mit einem wissenschaftlichen Sonderling zu befassen, der bei einer kleinen esoterischen Fangemeinde einen bemerkenswerten Kultstatus genießt. Wenn du allerdings möchtest, hänge ich mich sofort wieder stärker in die Sache rein. Weißt du, mein persönliches Interesse kommt vom Studium her. Die Materie ist ungemein spannend. Wenn dann noch jemand als erfolgreicher Überflieger so ein schräger Typ ist wie der Horst Knippschild, dann macht mich das besonders neugierig."

„Nein, nein", wehrte Konrad ab, „es war mir einfach nur so in den Sinn gekommen. Belaste dich meinetwegen nicht mit Bruder Horst. Für meinen Fall ist ohnehin Bruder Günther zuständig."

Ihr eigener Bruder wollte wohl einen ironisch-heiteren Unterton anschlagen, glaubte Sandra. Doch ein forschender Blick belehrte sie, dass Konrad alles andere als unbeschwert war. Und ihr Eingeständnis, nichts Neues über den Genetiker erfahren zu haben, schien ihn nicht wenig zu enttäuschen Darüber war sie traurig. Mit einem Spiel auf der Violine sollte sie ihn gleich für seine Trübsal entschädigen. Am Ende des Beisammenseins war Konrad dann tatsächlich ein wenig besser gestimmt als zuvor. Und er beneidete sogar solche Menschen wie seine Schwester, denen mit dem Musizieren ein wunderbares Mittel zur Verfügung stand, die Wechselfälle des Lebens mit den verschiedenen Stimmungslagen, die sie hervorbringen konnten, schöpferisch zu verarbeiten.

Am Abend des folgenden Tages erhielt Konrad eine E-Mail von Sandra: *Komm doch morgen um vier bei mir vorbei. Ich habe eine Überraschung.*

„Darf ich miteinander bekannt machen: Herr Windhorst, ein Biologe und Gen-Forscher. Mein Bruder Konrad. Herr Windhorst ist zu Vaters 50. Geburtstag eingeladen, aber heute haben wir seinen Sachverstand für uns allein." Sandra strahlte, als sie aus dem verblüfften Gesicht von Konrad herauslas, dass ihr die Überraschung gelungen war.

Sandra hatte ihr Zimmer zwar aufgeräumt. Man hielt sich aber besser im elterlichen Wohnzimmer auf, denn die Eltern waren auf Besuch bei Freunden.

Windhorst arbeitete in der biologischen Fakultät. Dort war Sandra auch auf ihn aufmerksam geworden. Mit dem Vater hatte Windhorst nur insofern zu tun, als dass jener den seinerzeit jungen Biologen in einer arbeitsrechtlichen

Streitfrage, die längst geklärt war, einmal vertreten hatte. Diese Schnittmenge einer gemeinsamen Bekanntschaft hatte Sandra genügt, beim Vater erfolgreich die Einladung zu bewirken, deren wichtigsten Zweck sie darin sah, den Biologen mit ihrem Bruder bekannt zu machen und ihm in einer ungezwungenen Gesprächsatmosphäre aufschlussreiche Details über ein außergewöhnliches Insiderwissen zu entlocken. Nun war der unauffällige Mann mit dem schütteren Haar und den unruhigen Augen alles andere als ein Partylöwe. Und von der Vorstellung, eine exklusive Rolle aufgrund eines bloßen Wissensvorsprungs zu spielen, war er gewöhnlich ganz und gar nicht beseelt. In der vollzähligen Runde der Gäste würde er mit seiner hartnäckigen Schweigsamkeit geradezu verloren wirken, wäre da nicht – auch das hatte Sandra in Erfahrung gebracht - seine Liebe zu gutem Wein, die es Windhorst sicher möglich machte, dem Eindruck, ein ordinärer Spielverderber von Geselligkeit zu sein, dadurch zu entkommen, dass er den kredenzten Weinen des Vaters, die sich allesamt ihrer Lese nicht zu schämen brauchten, nach jeweils stiller und sparsamer Verkostung eine im Ton zwar zurückhaltende, im Urteil aber überzeugende Kennerschaft entgegenbringen würde. Das war denn auch der Grund, dass Konrad an diesem Nachmittag eine Flasche Wein aus dem Bestand des Vaters bemerkte. Sandra hatte sie bereits entkorkt und für sich und Windhorst ein Glas hingestellt. Was Konrad nicht wissen konnte: Der Biologe würde an der Geburtstagsfeier gar nicht teilnehmen können. Als Sandra sich darüber klar geworden war und dabei noch unter dem Eindruck von Konrads Enttäuschung stand, weil sie nichts Neues über den Genetiker Windhorst berichten konnte, hatte sie kurzerhand den Stier bei den Hörnern gepackt und den schüchternen Mann zu sich eingeladen, allerdings ohne ihn über ihre stillen Absichten aufzuklären.

Die Hemmnisse für eine zufriedenstellende Gewährleistung des von ihr avisierten Gesprächszweckes, das wusste

Sandra wohl, würden sich erst gleich einstellen, wenn der Gast gewahr wurde, dass er von der hartnäckigen Gesprächspartnerin wieder einmal auf *das Eine* hin befragt wurde, von dem er überhaupt nicht gerne sprach, und wenn er dann gewiss nicht sogleich von seinem Vorsatz abließe, auf jenes spezielle Thema sich nur mit allgemeinen und unverbindlichen Aussagen einzulassen. Deshalb also die Flasche Wein.

Mit einem guten Tropfen in ihrem beschaulich kleinen Kreis mochten die Umstände andere sein als in den öden Tiefen des biologischen Instituts, in denen irgendwo ein verbissener Nachwuchsforscher die meiste Zeit seines drögen Lebens damit zubrachte, seinen bescheidenen Beitrag zur Entschleierung der Lebenszusammenhänge zu leisten und von dem jeder von vornherein als Störenfried wahrgenommen wurde, der, angemeldet oder unangemeldet, in dieser oder in jener Angelegenheit oder sogar in derjenigen, auf die Windhorst überhaupt nicht gern zu sprechen kam, in den inneren räumlichen Zirkel seiner Obsession eindrang.

Der Verdacht liegt zudem nahe, dass auch noch etwas anderes im Spiel war, um den widerspenstigen Geist einer Erkenntnis suchenden Absonderung zur Strecke zu bringen, dessen Inhaber, ermutigt durch die ersten Schritte seiner vorübergehenden Emanzipation, die Person auch gar nicht mehr entdecken wollte, die ihm nach mehreren lästigen Unterredungen an seinem Arbeitsplatz die kurzfristige Einladung für den heutigen Abend beinahe aufgenötigt hatte, der stattdessen jetzt von einer aufgeblühten jungen Frau mit charmantem Auftreten und gewinnenden Gesprächsattitüden freundlich begrüßt und umworben wurde. Weil Windhorst sich bereits eine Viertelstunde vor Konrad eingefunden hatte, war Sandra genug Zeit verblieben, in ihrem Gast ein gewisses Entzücken über einen einmal etwas anders verbrachten Nachmittag zu entfachen.

Das war übrigens auch Konrad sogleich aufgefallen, als er die Wohnung betreten hatte, dass die Schwester, die im

Allgemeinen ihre weibliche Ausstrahlung betont zurückhaltend zur Geltung brachte, heute Abend in einer höheren Liga der subtilen erotischen Betörungskunst zu spielen beabsichtigte. Wie sollte daher für Dr. Rafael Windhorst, immerhin einem Experten für das weite Feld des Biologischen, wenngleich durch seinen Lebensstil immer wieder von der Hauptsache alles Lebendigen abgedrängt, die besondere Aura eines weiblichen Kraftfeldes fruchtlos verströmen.

In der kleinen Runde mit Sandra und Konrad taute der spröde Wissenschaftler mehr und mehr auf und ließ sich fortziehen von Thema zu Thema, bis Sandra ihn dahin gebracht hatte, wohin sie ihn haben wollte, vor die Eingangspforte seines für ihre Neugierde unschätzbaren Insiderwissens.

Da war er peinlich überrascht und ließ solche inneren Regungen ungewollt nach außen treten, die glaubwürdig genug dafür waren, dass der eingefleischte Labormensch nicht aus bloßer Launenhaftigkeit oder wegen atmosphärischer Störungen im Wissenschaftsbetrieb vor dem ungeliebten Thema zurückscheute, sondern aus einer tiefen Betroffenheit oder einer emotionalen Virulenz heraus einen aus Verdrängung bestehenden seelischen Selbstschutz aufgebaut hatte.

Sandra erfasste sofort die Bedeutung des Augenblicks, der gleich darüber entscheiden würde, ob die persönlichen Hemmnisse, die einer Mitteilsamkeit ihres Gesprächspartners entgegenstanden, aufgebrochen oder für den Rest des Abends zementiert würden. Es war dann aber nicht so sehr der allerletzte Schliff in ihrem Auftreten als Frau, sondern die eher beiläufige Bemerkung Konrads, dass bei der an ihm vorgenommenen Beintransplantation beide Knippschildbrüder mitgewirkt hätten.

Diese Information rief eine doppelte Überraschung hervor, da sie auch für Sandra noch neu war, zu der Konrad von diesem Verdacht noch niemals gesprochen hatte. Für den Biologen aber schien sie der Auslöser dafür zu sein, dass er sich zu einer Entscheidung durchrang, die am Ende eines Augenblicks der Nachdenklichkeit mit einem entnervten Durchatmen besiegelt wurde.

„Sie müssen wissen", so begann er zögerlich und in gleichsam ein wenig entrückter kommunikativer Präsenz seine Ausführungen, „dass die kurze Zeit von eineinhalb Jahren, die ich im Team von Professor Horst Knippschild zubringen durfte, die prägendste Epoche meines Lebens war. Niemals zuvor und niemals danach lernte ich in einem vergleichbaren Zeitabschnitt so viele wissenschaftliche Details und fundamentale Zusammenhänge des biologischen Lebens kennen wie damals, als junger Mitarbeiter in des Professors kleiner Mannschaft."

Als Windhorst nach diesem einleitenden Satz eine Pause einlegte, befürchtete Sandra schon, der Mann habe sich eines anderen besonnen und wolle die Konversation zu dem Thema wieder auf Eis legen. Auch zum förmlichen *Sie* hatte er zurückgefunden, obwohl sie sich schon bei Gesprächsbeginn auf einen lockeren Umgangston geeinigt hatten. Doch wie sich bald zeigte, war es das nicht, was den Erzähler innehalten ließ.

Rafael Windhorst war von seiner Persönlichkeit her kein Mann, der nach einmal gefassten Entschlüssen auf halbem Weg wieder zurückruderte. Doch benötigte er in dieser Situation einen zusätzlichen Moment der Besinnung, um sich über die Tiefe und Breite dessen, was er über den Gesprächsgegenstand preiszugeben bereit war, vollkommen im Klaren zu sein. Einmal noch nippte er versonnen an seinem Glas, bevor er mit deutlich festerer Stimme als zuvor und zu dem vertraulicheren *Du* zurückfindend, in seiner Rede fortfuhr:

„Ich will aber auch nicht verschweigen, dass ich niemals zuvor und niemals danach in meiner inneren Einstellung, die ich als wissenschaftlich-ethische Verantwortungshaltung deklarieren möchte, dermaßen belastet war und herausgefordert wurde wie in meiner Zeit bei Professor Knippschild. Der Mann ist zweifellos ein Genie und vielleicht der größte lebende Evolutionsbiologe. Doch er ist ein Mann von vollkommen amoralischer Wissensorientierung. Und er ist mit seiner Vorstellung vom unaufhaltsamen Siegeszug einer rationalen Machbarkeit von furchtbarer experimenteller Konsequenz. Professor Knippschild, davon bin ich überzeugt, wird im Laufe seines Lebens als Wissenschaftler alles tun, was möglich ist. Und er wird bereit sein, auf diesem Weg alle bestehenden und alle denkbaren moralischen Schranken einzureißen. Das Problem in der Sache ist nur, dass niemand weiß, was ihm heute schon möglich ist und dass es keine Instanz gibt, die das herausfinden und seine Machenschaften kontrollieren könnte."

Die Worte ihres Gastes riefen bei den Geschwistern einen beklemmenden Eindruck hervor. Insbesondere Konrad fühlte sich auf einmal gar nicht mehr wohl in seiner Haut. Sandra, von ihrem Studium her ungleich vertrauter mit biologischen Fragen, wollte die Gelegenheit auf keinen Fall verstreichen lassen, ohne mehr Transparenz über das zu gewinnen, woran der Professor arbeitete. Auf eine entsprechende Frage ihrerseits zog Windhorst seine Stirn in Falten und suchte augenscheinlich nach Worten.

„Diese Frage ist gar nicht einmal so leicht zu beantworten", meinte er. „Ich bin immerhin schon fünf Jahre nicht mehr mit ihm zusammen. In der Wissenschaft ist das eine lange Zeit. Rückblickend muss ich das wohl so sehen, dass der umtriebige Geist an allem arbeitete, was nur irgendwie mit genetischer Evolution zu tun hat, insbesondere aber an den Entwicklungszusammenhängen, die zwischen den Arten auf der Ebene ihres Genoms bestehen. Zahlreiche Patente, die sich auf einzelne DNA-Abschnitte beziehen, sind von ihm angemeldet worden. Es gibt wohl niemanden, der die speziellen Mechanismen einer Mutation im Genom, in einzelnen Gensequenzen oder in einem einzelnen Gen so tief verstanden hat wie Professor Knippschild. Schon damals hatte ich den Eindruck, der Mann betrachtet ein Genom als einen Baukasten, und er versteht mit den darin angelegten Konstruktionsmöglichkeiten so umzugehen, als hätte er den Baukasten – ich übertreibe das einmal – selbst erfunden."

An dieser Stelle der Unterhaltung warf Sandra ein, sie habe im Zusammenhang mit Publikationen über Knippschild immer wieder von der Entdeckung eines Meistergens, eines Kontroll- oder gar eines Schöpfergens vernommen, aber nie richtig verstanden, worauf das abziele, weil die unterschiedlichsten Konsequenzen gemutmaßt wurden und es mit den Begriffen auch reichlich durcheinander ging.

Windhorst konnte sich ein Lächeln nicht verkneifen. Er unterstellte in einem Tonfall, in dem unverkennbar auch eine Portion Bewunderung mitschwang, dem Professor eine gezielte, auf Irreführung abgestellte Öffentlichkeitsarbeit, die ihren Zweck einer Verschleierung der Brisanz seiner Forschungsergebnisse bislang wirksam erfüllt habe. Damit ließ er es aber auch schon genug sein mit persönlichen Vorwürfen gegenüber seinem ehemaligen Chef, und er widmete sich wieder den fachlichen Problemen.

Da hatte es bald den Anschein, dass sich Konrads und Sandras Gesprächspartner von der wissenschaftlichen Seite zusehends inspiriert fühlte. Seine Lebhaftigkeit jedenfalls bei der Erläuterung von Forschungszusammenhängen steigerte sich, ohne dass ein verwöhnter Zuhörer den berechtigten Vorwurf hätte erheben können, dass die Darstellung an Anschaulichkeit oder Präzision einbüße. Aber sie war freilich, Konrad musste das für sich und sein laienhaftes Verständnis einräumen, von der Sache her nicht beliebig zu simplifizieren.

Alles in allem stellte sich bei den Geschwistern ein immer größer werdendes Erstaunen über ihren Gelegenheitsmentor ein, der über den spröden Eindruck aus dem Beginn der Unterhaltung längst erhaben war. Eine so gediegene Professionalität, gleichwohl sie sich ihren Sinn für die fachliche Beschränktheit im Rahmen eines größeren

Ganzen bewahrt hatte, hätten sie dem unscheinbaren Mann nicht zugetraut.

So verstanden sie bald schon viel besser, wie Professor Horst Knippschild im Wesentlichen durch zwei unerhörte Entdeckungen - von der Existenz eines zentralen Steuerungsgens und von der Herstellungsmöglichkeit eines von außen zu aktivierenden Biochips - die Biologenszene aufgemischt hatte. Keine Eile legte Windhorst an den Tag, sein Spezialwissen in disziplinierter Gedankenführung einzubringen. Den fachlichen Erzählkern bereitete er durch ein paar dozierende Belehrungen vor:

„Wir wissen heute, dass die Evolution ein in Teilen recht bequemes Prinzip ist. Sie vergisst einfach nichts, und sie lässt nichts auf Dauer ungenutzt. Sie betreibt keinen Planungsaufwand und hängt sich stattdessen lieber an den Zufall an. Und da, wo sie Höheres bewirkt, versucht sie immer wieder erfolgreich auf solches zurückzugreifen, was sich bereits im Niederen bewährt hat. Deshalb sind sogar Gene des Menschen, die sich auch in weniger komplexen Organismen finden, im Rahmen einer synchronen Aufgabenstruktur durchaus funktionsfähig, wenn sie dort eingeführt und mit dem primitiveren Original ausgetauscht werden."

Nach diesen allgemeinen Betrachtungen kam er dann auf die konkreten Probleme zurück. Er sprach von jenen rund 180 Basenpaaren der DNA, die als Homeobox gewissermaßen einen genetischen Grundbauplan für alle Körperformen abgeben würden und betrachtete dieses Phänomen als einen besonders signifikanten Beleg für die oftmals sparsame Arbeitsweise der Evolution.

„Für diese Bequemlichkeit der Evolution, die uns Menschen, wenn wir das nüchtern betrachten, ihre Einzigartigkeit nimmt und die uns der Fliege zweifellos näher bringt als Gott, hat Horst Knippschild eine Erklärung gefunden. Aber er hat eben auch, nach eigenem Bekunden, mit einem bestimmten Typus einzelner geheimnisvoller Gene, die er selber Prometheus-Gene genannt hat und die auf unterschiedlichen Hierarchiestufen nur für eine Art Prozesssteuerung zuständig sind, den genauen Mechanismus aufgedeckt, mit dem sich die vergleichbaren Körperabschnitte grundverschiedener Arten ineinander überführen lassen.

„Was?" staunte Sandra, „dass man eine Maus in ein Pferd verwandeln kann?"

Rafael machte eine lange Pause, in der er wie gedankenverloren wirkte. Dann fuhr er fort:

„So sollten wir uns das wohl nicht vorstellen. Es funktionierte sowieso nur vom höheren, komplexeren Genom zum niederen, weniger komplexen, vielleicht wenn sie in der Evolution erst nur wenige Millionen Jahre auseinanderliegen. Und meines Erachtens funktioniert das auch nicht in den außerordentlich komplexen Strukturen, also bei Säugetieren oder gar bei den Primaten. Obwohl ... vom Prinzip her ... es ist und bleibt ein bedrückender Beigeschmack bei diesem ganzen Forschungsgegenstand ..."

Sandra spürte, dass ihr Gesprächspartner sich noch etwas von der Seele sprechen wollte oder doch zumindest etwas wusste, was dem abstrakten Problem eine ungeahnte Aussagekraft verleihen konnte.

„Sag, wenn du irgendwelche Zweifel hast", ermunterte sie ihn. „Vielleicht tut es dir selber einmal gut, über deine Erfahrungen bei der Zusammenarbeit mit einem Ausnahmeforscher zu berichten."

Windhorst trug wohl noch einen inneren Konflikt aus, bevor er sich zu der folgenden Mitteilung durchrang:

„Ich würde um all die Spekulationen, dass man verschiedene Arten von Lebewesen sogar über Gattungsgrenzen hinweg ineinander umwandeln kann, überhaupt nichts geben, wenn ich nicht damals Zeuge eines außerordentlichen Experimentes geworden wäre. Der Professor hatte mittels eines Vektors, zu dem er einen speziellen Virus umfunktionierte, in einen Ringelwurm nach eigenen Aussagen die Prometheus-Gene einer Käferschnecke eingeschleust. In der Evolution sind beide Arten etliche

Millionen Jahre auseinander, dennoch unterscheiden sie sich stark in der optischen Ansicht ihres Körperbaus. Später wurde ein zweites Experiment vorgenommen mit Exemplaren verschiedener Insektenarten. Wir haben an den Mikroskopen beobachtet, was passierte; wie in einem nur scheinbar chaotischen Prozess Beine verschwanden und an anderer Stelle neu gebildet wurden und auch das Aussehen der Gliedmaßen sich veränderte, wie Flügel verkümmerten, der Rücken sich verkürzte und der Bauch sich aufblähte, wie schließlich ein ganz neuer Kopf entstand und der alte abgeworfen wurde wie ein nicht mehr passendes Hirschgeweih. Nach ungefähr zwei Wochen hatte das Versuchsexemplar der einen Art beinahe vollständig das Aussehen der anderen Art angenommen. Ich war damals wie vor den Kopf gestoßen, weil das mit zwei völlig verschiedenen Arten, mit Exemplaren sogar von ganz unterschiedlicher Gattung, nun wirklich weit über alles hinausging, was man zum Beispiel mit Mutanten der *drosophila melanogaster* angestellt hatte, und ich habe nicht zuletzt unter dem Eindruck dieser Begebenheit meine Stellung aufgekündigt. Ich erinnere mich noch, mit welchem Stolz der Professor erklärte, die verkürzte Überlebensdauer seiner Schöpfung hänge nur damit zusammen, dass er nicht den vollständigen Aufwand betrieben habe, restlos alle an der Steuerung der Umwandlung beteiligten Prometheus-Gene zu isolieren und zum Einsatz zu bringen."

Konrad war während dieser Ausführungen mehr und mehr in sich zusammengesunken, was Sandra, die nicht aufmerksam hinsah, als das Resultat einer gewissen Überforderung beim Verständnis biologischer Vorgänge auffasste. Sie wollte jetzt unbedingt noch etwas zu dem ominösen Mikrochip hören, den Windhorst als die zweite bahnbrechende Entdeckung ansah. Ob diese Erfindung damals, während seiner Zeit in Knippschilds Team, schon eine Rolle gespielt habe, wollte sie von ihrem Gesprächspartner wissen.

Windhorst nickte mit dem Kopf.

„Das war der zweite Grund für meine Verstörung, die mich zum Verlassen des Teams bewegte. Alle winzigen Akteure im Bauplan der transgenen Manipulation des Ringelwurms waren auf einen Biochip aufgebracht worden, der nichts anderes vom Prinzip her darstellte als ein zur Gänze abgeschalteter Genkomplex mit einer Schnittstelle zu einem Computerprogramm. Darin bestand die einzige Vorbereitung der Artumwandlung. Wir waren in den zwei Fällen dabei, als Knippschild, der das Teil schon drei Monate vorher in die Versuchstiere eingesetzt hatte, per Fernbedienung über eine Funkfrequenz den Chip aktivierte und damit die Metamorphose des Organismus auslöste. Ihr erinnert euch an meine Metapher vom Herrn der Baukästen. Der Chip enthielt als genetisches Programm, das auf einem synthetischen Weg erzeugt wurde, den Befehl zur Anschaltung der Prometheus-Gene, die dann ihrerseits, so deute ich inzwischen den Vorgang, über Anschaltung, Abschaltung und sequenzielle Umbauten das komplexere Genom auf das weniger komplexe zurückführten, so, als würde jemand im Zeitraffer die Evolution noch einmal rückwärts ablaufen lassen."

Über die kleine Runde legte sich ein betretenes Schweigen. Es war Konrad, der es schließlich brach und mit wenigen Worten für eine weitere Überraschung sorgte.

„Ich weiß oder besser ich vermute mal ganz stark, dass der Genetiker, von dem heute Abend die Rede ist, meine Spenderbeine mit Sensoren versah, bevor mir der Bruder Chirurg diese Gliedmaßen annähte. Diese Sensoren lassen mich weibliche Reize quasi mit meinen transplantierten Beinen wahrnehmen. Was sagt der Experte über die biologische Bedeutung einer solchen Manipulation, deren Zweck darin bestand, mich mit einer ganz bestimmten Frau und mit einer ganz bestimmten Firma zusammenzubringen?"

Die Frage verunsicherte den Gast. Windhorst drruckste eine Weile herum, bis er zu einem Urteil fand.

„Über den Bruder von Horst Knippschild kann ich überhaupt nichts sagen. Ich hörte bloß davon, dass er ein erstklassiger Chirurg sei. Der Fall ist natürlich fies, wenn die Information stimmt. Dennoch würde ich zur Gelassenheit raten und auf vollständiger Aufklärung bestehen. Die Angelegenheit klingt nach einer Spielerei, für die eine bizarre Persönlichkeit wie Horst Knippschild allemal zu haben ist. Ich will noch einmal betonen, dass man genetische Gestaltungsmöglichkeiten, die wir Biologen bei den weniger komplexen Genomen schon haben oder noch bekommen, nicht einfach auf die hochkomplexen Lebewesen und uns Menschen übertragen kann."

Konrad sprach dann noch vorsichtig den Verdacht über illegale Transplantationsgeschäfte in der Klinik aus, an denen einer der Brüder oder vielleicht sogar alle beide einen Anteil hätten. Dazu wusste Windhorst wiederum nichts zu sagen. Es klang nicht unglaubwürdig, wenn er versicherte, so sehr auf die Forschung ausgerichtet gewesen zu sein, dass er seinerzeit davon bestimmt nichts mitbekommen hätte. Damit schien das Thema nun erledigt zu sein, als Windhorst dann doch noch eine Bemerkung anfügte, deren mögliche Tragweite Sandra sofort richtig einschätzte.

„Ich habe nicht mehr viel darüber nachgedacht", sagte Windhorst, „doch es scheint mir angesichts des Einblicks, den ich damals gewonnen hatte, ausgemacht, dass Horst Knippschild das Problem der Gewinnung totipotenter Stammzellen aus älterem Zellmaterial vollkommen gelöst hatte, ganz nebenbei gelöst hatte, aber sich damit nicht weiter beschäftigte und den Durchbruch auch nicht publizierte. Das heißt aber, auf die Sache bezogen, es wäre ganz unlogisch, ihn mit einem Handel von entnommenen Spenderorganen in Verbindung zu bringen, wenn er eine Niere beispielsweise auch selbst herstellen kann."

Windhorst drängte jetzt zum Aufbruch. Er habe noch eine private Angelegenheit zu regeln und müsse die angenehme Plauderstunde nun verlassen. Er ermunterte Sandra ausdrücklich, ihn auch weiterhin in seinem

Institut zu besuchen, was diese erfreut versprach. Als er sich dann aus dem Sessel erhob, konnte sie sich, vielleicht ein Ausdruck der vielzitierten weiblichen Neugierde, die eine Frage doch nicht verkneifen:

„Wie sieht er denn eigentlich aus, der Professor Horst Knippschild? Ich habe kein einziges Bild von dem erwachsenen Mann auftreiben können."

Windhorst lachte trocken auf.

„Ich weiß nicht, wie er aussieht. In der ganzen Zeit habe ich ihn niemals anders als mit der Kluft, wie sie in den Reinsträumen zu tragen üblich ist, inklusive Schutzmaske, zu Gesicht bekommen. Auch alle Mitarbeiter kamen nur maskiert zusammen. Ansonsten arbeitete jeder in seinem eigenen Labor nach den detaillierten Plänen des Meisters. Anweisungen gab es per E-Mail. Meinungen konnten nur schriftlich auf demselben Weg vorgetragen werden. Ein derart ausgeklügeltes System der Kommunikation, in dem der Hauptakteur wie eine anonyme Macht agiert, ohne dass ein Effizienzverlust in der Arbeit zu beklagen war, habe ich nie wieder kennengelernt. Außer mir gab es nur noch zwei Mitarbeiterinnen, die ich ebenfalls nicht beschreiben könnte. Sie waren ihm vollkommen ergeben. Ob sie seine Identität besser kannten als ich, weiß ich nicht. Mir kam später zu Ohren, er habe nach meinem Ausscheiden keinen Ersatzmann eingestellt."

Damit war die Unterredung beendet. Die Geschwister blickten sich aus ratlosen Gesichtern an. Konrad war nervös. Sandra bewahrte äußerlich eine gefasste Haltung. Aber freilich, so richtig klar über das, was im Kopf des Bruders vorging, war sie sich nicht.

26

Als Konrad zu Hause ankam, war er erschöpft. Morgen würde er routinemäßig in der Klinik durchgecheckt, gewissermaßen eine Vorbereitung auf das, was der Professor mit ihm vorhatte. Freinehmen beim Arbeitgeber muss ich mir nicht mehr, dachte er verbittert. Am nächsten Tag erwachte er ein wenig benommen. Das Gespräch mit Windhorst hatte ihn noch die ganze Nacht in seinen Träumen belastet. Weil die Obstschale leer war, verzichtete er aufs Frühstück. Während der Taxifahrt hatte er mehrmals gegen ein Schwindelgefühl anzukämpfen, das er auf die abenteuerliche Fahrweise des Chauffeurs zurückführte. Endlich traf Konrad im Vorzimmer der Abteilung ein, wo er durchgecheckt werden sollte. Das Personal hier war ihm unbekannt. Einer spontanen Eingebung folgend, fragte er nach Schwester Tanja Krämer, mit der er dringend etwas zu besprechen habe. Dass ihm wieder einmal nur ein freundliches Kopfschütteln entgegengebracht wurde, enttäuschte Konrad, enttäuschte ihn wohl sehr. Überhaupt schien auf einmal der Augenblick gekommen, da alle zurückliegenden Enttäuschungen, die ausgestandenen Ängste und nervlichen Anspannungen sich bündelten und ihren Tribut forderten. Umsichtige ambulante Patienten würden auch darauf achten, ihre Konstitution durch Nachlässigkeit bei der Ernährung nicht noch zusätzlich zu schwächen. Konrad brach direkt an der Tür zum Untersuchungszimmer zusammen.

Einen kürzeren Weg aus der Notfalllage in die bestmögliche medizinische Versorgung konnte es unter den gegebenen Umständen nicht geben. Man kümmerte sich sofort um den ohnmächtig gewordenen jungen Mann und ließ ihm alle erdenklichen Maßnahmen zuteil werden. Den geplanten Check musste man selbstverständlich verschieben.

Ende des ersten Teils

Dies ist nämlich das Geheimnis der Seele:
erst, wenn der Held sie verlassen hat, naht
ihr, im Traume – der Über-Held
Nietzsche, *Also sprach Zarathustra*

1

Als Konrad wieder zu sich kam, fand er sich in einem Krankenbett wieder. Er war ein wenig benommen, und ihm kam es so vor, als sei er durch ein wiederkehrendes hartnäckiges P h h h t in seinem Kopf in das wache Diesseits zurückgerufen worden. Zu seinem Erstaunen schien er in dem Krankenzimmer zu liegen, in dem er auch nach dem schweren Unfall mit dem Verlust seiner Beine aufgewacht war. Die massige Gestalt im Hintergrund, das war zweifellos Schwester Roberta. Jetzt konnte es nicht ausbleiben, dass er bald auch Schwester Tanja wiedersehen würde.

Nach einigen Minuten mit geschlossenen Augen fühlte er sich schon wieder zu Kräften gekommen. Jetzt erinnerte er sich auch, mit seiner Enttäuschung über die negative Antwort zum Aufenthalt von Schwester Tanja ein schmerzhaftes Hungergefühl verspürt zu haben, woraufhin es ihm schwarz vor den Augen geworden war. Ein Blick auf die Uhr. Er stutzte. Sein Zusammenbruch lag erst zwei Stunden zurück? Dann schaute er genauer hin. Die Datumsanzeige hatte einen ganzen Tag hinzugefügt. Das machte ihn unruhig. Er rief nach Schwester Roberta. Sie drehte sich um und kam an sein Bett.

„Na, wieder aufgewacht, junger Mann? Sie hatten einen Schwächeanfall. Ist aber organisch alles in Ordnung. Uns scheint, dass Sie zu wenig essen und trinken. In Ihrer körperlichen Verfassung kann das problematisch werden."

„Wie lange muss ich noch hier liegen?"

„Wir haben Ihnen ein Beruhigungsmittel verabreicht. Der sehr lange Schlaf hat Ihnen gut getan. Jetzt ist es zwei. Um vier werden wir Sie wieder rauslassen."

Schwester Roberta grinste ein wenig unverschämt, als sie hinzufügte:

„Schwester Tanja hat jetzt keine Schicht, um sich selbst für Ihre Anhänglichkeit zu bedanken. Sie lässt Ihnen aber ausrichten, dass Sie bei Ihrer Untersuchung, die in die kommende Woche verschoben werden musste, zugegen sein wird. Vergessen Sie nicht, sich nachher den Termin geben zu lassen."

Konrad hatte das Bedürfnis, seine Beine zu begrüßen. Die Krankenschwester lachte, als der junge Patient ihr sein Anliegen erklärte, während er mit Augen und mit Fingern seine gespendeten Gliedmaßen inspizierte. Sie schienen genau denselben Anblick zu bieten wie den letzten, den er von ihnen in Erinnerung hatte. Plötzlich erschrak er.

„Was ist das, Schwester? Das Pflaster war noch nicht dran, als ich herkam."

„Nur keine Aufregung. Der Professor hat die Gelegenheit genutzt, Ihnen eine Gewebeprobe zu entnehmen."

„Hat man mir etwa einen Chip eingesetzt?" Konrad geriet in helle Aufregung. Die Unterhaltung mit dem Biologen Windhorst – von einem auf den anderen Augenblick besetzte sie sein Gefühlsleben.

„Was reden Sie? Eine ganz normale Gewebeprobe. Die Maßnahme wird den Prozess beschleunigen, der Klarheit über den Zustand Ihrer Transplantate bringt. Morgen dürfen Sie das Pflaster schon wieder abnehmen. Es gibt übrigens die gute Nachricht, dass nichts Besonderes auf Komplikationen hinzudeuten scheint, das genaue Ergebnis der Probe erst einmal abgewartet."

Konrad rief sich in seinem Inneren zur Mäßigung auf. Das war nun alles andere als hilfreich, dass er, kaum zu Kräften gekommen, schon wieder in Panik geriet. Er bedankte sich bei Schwester Roberta und ruhte noch aus, bevor er sich für die Entlassung fertigmachte.

So lief für Konrad der Schwächeanfall glimpflich ab. Auf seinem Nachhauseweg kaufte er noch etwas ein und ging früh zu Bett.

2

Drei Tage später schaute Konrad im *Blauen Engel* vorbei, zu einer Tageszeit, da er annehmen durfte, dass die Kumpane seines Bekanntenkreises doch allesamt wohl bei der Arbeit wären. Da hörte er zufällig, dass Maria wieder aus den Staaten zurück sei. Diese unerwartete Nachricht elektrisierte ihn förmlich. Er war auf einmal froh, sich nach der Entlassung aus dem Krankenhaus ganz auf seine Erholung konzentriert zu haben. Bis auf ein gelegentliches langgezogenes P h h t als lästigen Eindruck im Innenohr hatte er sich nicht zu beklagen gehabt. Wenn ihn allerdings dieses Geräusch in der nächsten Zeit wie ein Tinnitus begleiten würde, dann wäre das sehr lästig. Die kleine Narbe am Oberschenkel nach Entfernung des Pflasters hatte zwar erneut sein Misstrauen hervorgerufen, aber die erlebte Aufregung im Krankenbett nicht noch einmal angefacht. Was sollte er sich jetzt noch mit der jüngsten Vergangenheit belasten! Alle quälenden Gedanken und Gefühle dieser Tage traten erst einmal ins Abseits eines Stromes starker angenehmer Empfindung, und wohltuend breitete dieser sich in ihm aus. Am Abend noch desselben Tages suchte er Marias Adresse auf, ein wenig bange, ob sie dort überhaupt wieder untergekommen war. Nach einem tiefen Atemzug betätigte er den Klingelknopf. Sie war tatsächlich daheim. Und sie war, wie sich zeigen sollte, allein.

Als die junge Frau ihrem Besucher gegenüberstand, wirkte sie für einen Moment verständnislos. Sie blickte Konrad an wie jemanden, der sich in der Haustür geirrt hat. Obwohl der Augenblick nur kurz währte, empfand Konrad einen Stich in der Brust.

„Hi, Connie!" rief Maria endlich aus. „Na, wenn das mal keine Überraschung ist. Mit dir hatte ich, ehrlich, noch nicht gerechnet. Komm herein! Meine Güte, hast du dich verändert! Was ist mit deinem Auge passiert?"

Viele Fragen und Feststellungen auf einmal, fand Konrad. Doch ihre Freude, ihn zu sehen, schien jetzt ungekünstelt. Er selbst war noch mit dem Sammeln von Eindrücken beschäftigt. Darin vertieft, genoss er zunächst mit stummer Freude die wunderbare Begegnung.

Sie war noch schöner geworden; reifer und ausdrucksstärker vom Gesicht her, vielleicht ein wenig ernster. Das dunkelbraune Haar trug sie ein paar Zentimeter länger als vor ihrer Abreise. Genauso wie damals machte sie eine tipptopp-Figur, die sie an diesem Abend häuslich leger, mit einem knappen schwarzen Pulli und einem bunten Alltagsrock bekleidet, unprätentiös zur Geltung brachte.

Er musste mit einer plötzlichen, kurzen Attacke von Traurigkeit fertig werden, als er daran dachte, wie er kurz davorgestanden hatte, mit der sympathisch-einnehmenden Frau vor seinem Antlitz eine neue, bodenständige Lebenszeit für sich einzuleiten. Heftig schüttelte er die Emotion ab und fing einfach an zu plaudern. Das zumindest klappte noch beinahe wie früher.

Die dezente Augenklappe, die er schnell noch angelegt hatte, bevor er die Wohnung verließ, rechtfertigte er mit einer unangenehmen Bindehautreizung. Sie mache für ihn zur Zeit jeden Lichtimpuls unverträglich. In ein paar Tagen sei das ausgestanden, habe der Arzt gesagt. Die Erwähnung des Arztes war eine kleine Notlüge, die ihm helfen sollte, das Thema für den Abend möglichst klein zu halten.

„Nun wollen wir uns aber erst einmal richtig begrüßen", sagte Maria, als sie die Wohnung, in der er sich sofort wieder zurechtfand, betreten hatten. „Unsere Bekanntschaft hatte damals denn doch wohl etwas Besonderes, meinst du nicht auch, Connie?"

Ohne eine Antwort abzuwarten, nahm sie ihn in den Arm und drückte ihm vorsichtig einen Kuss auf den Mund, der ihm unter die Haut fuhr. Diese Geste erzeugte sofort eine Atmosphäre der Vertrautheit, über die Konrad vor dem Erfahrungshintergrund seiner aktuellen Malaise unbeschwert glücklich war.

Er wollte wissen, wie es ihr in den Staaten ergangen war.

Maria lachte trocken. „Ganz gut. Ich habe meine Laufbahn gehörig aufgebessert. Aber ehrlich, Connie, ich denke, der Einschnitt in meiner Biografie war weniger tief und aufregend als bei dir."

Es trat eine Pause ein. Beide nutzten sie dazu, um sich auf den Fortgang des Gesprächs über das Thema, das Maria sicher nicht ohne Absicht angeschnitten hatte, klar zu werden. Konrad wusste nicht einmal, wie viele der Tatsachen, die seinen spektakulären Fall betrafen, der Freundin von damals überhaupt bekannt waren. Für Maria wiederum war schwer abzuschätzen, inwieweit Konrad durch seinen Schicksalsschlag noch akut seelisch belastet war.

Vielleicht steckte dahinter der Versuch einer entspannenden und vertraulichen Unterlegung des schwierigen Themas, der sie in lockerem Tonfall sagen ließ:

„Ich sollte dir eigentlich wegen damals böse sein. Da ich aber inzwischen weiß, was aus deinem heimlichen Date geworden ist, trage ich nichts nach. Du bist eigentlich immer noch ganz süß, Connie, wie ich jetzt wieder finde, auch wenn du dich äußerlich gehörig verändert hast. Es war ganz bestimmt eine schwere Zeit."

Konrad fing vorsichtig an zu reden, nachdem sie bequem an einem kleinen Tisch Platz genommen hatten. Sie unterbrach ihn während seiner Ausführungen nicht ein einziges Mal. Bedächtig sprach er über den Unfall, wie er sich zugetragen hatte, ohne seine Schilderung mit solchen abstoßenden Details zu befrachten, die ihm durch Mechthild bekannt geworden waren. Er ging sodann auf seinen Klinikaufenthalt ein und ließ sich lobend über die medizinische Glanzleistung aus, die ihm ein zweites Mal in seinem Leben die selbständige Fortbewegung ermöglichte. Er versuchte auch seine Bemühungen zu beschreiben, unter den neuen Voraussetzungen nun sein Leben zu meistern.

Konrad erstaunte sich während seines Vortrags über den emotionalen Abstand, den er von jenem zurückliegenden Teil seines Lebens bereits gewonnen zu haben schien. Die innere Bewegung, wie sie sich gerade zum Ausdruck bringen wollte, erwies sich jedenfalls als erfreulich beherrschbar.

Als er auf die unmittelbare Gegenwart zu sprechen kam, wurde er jedoch allgemeiner, hielt sich auffällig bedeckt, wie Maria fand. Unruhe befiel ihn, was ihr ebenfalls nicht verborgen blieb. Der Informationsgehalt seiner Worte dünnte aus, was sie still für sich bedauerte. Bald schon, gleichsam mitten im Satz, erschöpfte sich sodann sein Aufklärungsbemühen.

„Ja, Maria", brachte er noch in einer abschließenden Floskel unter, „so war das, so ist das. Ehrlich, so was möchte man kein zweites Mal durchmachen. Aber du siehst ja mit eigenen Augen: Ich bin noch da und auch nicht tot zu kriegen."

Ganz konnte es wohl nicht ausbleiben, dass Marias Augen sich mit einem feuchten Film überzogen, in dem es mitfühlend schimmerte. Um davon abzulenken, aber auch, weil es ihr ein echtes Bedürfnis war, dem vom Leben übel Mitgespielten ihre Anteilnahme zu zeigen, erhob sie sich spontan aus ihrer Sitzhaltung und nahm ihren Besucher noch einmal fest in den Arm.

Konrad spürte angenehm Marias Körperwärme und den ausgeglichenen Rhythmus ihrer tief atmenden Brust, Signale aus dem Inneren eines geliebten Menschen, die ihn in einen Zustand des tiefsten Wohlbefindens versetzten. Eine lange Minute machte er keine Anstalten, sich von ihrem Körper loszumachen. Wie schon damals, als die Welt für ihn noch in Ordnung war, inspirierte ihn die Gewissheit, in der Nähe dieser lebensbejahenden Frau zu sein. Das machte ihn zufrieden und gelöst.

Als sie ihn auf einmal überrascht fragte und dabei die Umschlingung vorsichtig auflöste, warum seine Beine plötzlich so zitterten, sagte er leichthin:

„Das ist eine von diesen Nervenreaktionen, die ich nicht unter Kontrolle bekomme. Das hat aber nichts zu bedeuten. Diese Art des Zitterns spricht nur für die Anerkennung, die du bei meinen neuen Beinen gefunden hast."

Maria blickte ihn verständnislos an.

„Ach, vergiss es. Ein Scherz. Ich wollte nur sagen, dass derartige Reaktionen als Nebenprodukt der Transplantation normal sind."

„Na, dann bin ich ja beruhigt. Ich kann mir nur grob vorstellen, wie kompliziert das sein muss, die alten und die neuen Gewebeteile zusammenzufügen. Mir kommt das überhaupt wie ein Wunder vor, dass das mit dem Laufen bei dir so tadellos funktioniert."

In ihrem Gespräch trat jetzt eine natürliche Pause ein. Maria bot ihrem Gast etwas zu essen und zu trinken an. Doch Konrad winkte ab.

„Ich bin nicht hungrig. Bleib einfach in meiner Nähe, Maria. Jetzt weiß ich erst, wie sehr ich dich in der zurückliegenden Zeit vermisst habe."

„Manchmal", entgegnete sie nicht sogleich, „ging es mir auch so mit dir. Aber ich hatte nicht viel Zeit zum Nachdenken, weißt du. Ich bin auch nicht der Typ, der das Besinnliche sucht. Es bringt in unserer schnelllebigen Zeit wenig, sein Lebensglück nach vorne zu durch ausufernde Erinnerungen an das Zurückliegende zu belasten. Connie, ich muss es dir sagen, ich gehe sehr bald wieder zurück in die Staaten. Man hat mir die Leitung der dortigen Zweigstelle angeboten. Eigentlich bin ich nur hier, um alles Nötige für meinen Wechsel zu regeln und auch diesen Hausstand aufzulösen. Kannst du dir ausmalen, welche einzigartige Chance das Angebot meiner Firma für mich bedeutet?"

Konrad war trotz eines kurzen Augenblicks von tief empfundener Enttäuschung nicht wirklich überrascht. Er hatte eine Mitteilung der alten Freundin in dieser Richtung bereits geahnt, bevor er ihre Wohnung betrat. Nun war das, was auf der Hand lag, ausgesprochen.

Er gönnte Maria ihre einzigartige Chance und sagte ihr das nach einer kurzen Phase der inneren Sammlung mit aufrichtigen Glückwünschen ins hübsche Gesicht hinein. Nein, es war nicht so, dass er sich Hoffnung machte, es könnte zwischen ihnen noch einmal so wie früher sein. Die Zeiten ließen sich nicht zurückdrehen. Das war ihm auch in dieser Situation, nachdem die Neuigkeit ihren Giftgehalt aufgebraucht hatte, vollkommen klar. Beide waren sie einmal in demselben Geschäft tätig gewesen, hatten Ehrgeiz, Pläne und vielversprechende Möglichkeiten. Jedem aber drückte das Schicksal nun einmal eine eigene Entwicklungslogik auf. Eine so abrupte, krasse Asymmetrie in den Lebensumständen ertrug keine Beziehung.

Er war also nicht enttäuscht, nein, das war er wirklich nicht. Er war vielmehr glücklich, ihre Nähe zu spüren, die ihm so vertraut war, aufs Neue wieder so vertraut geworden war, als hätte es niemals eine Zwischenzeit der Trennung gegeben. Wenn auch ihr es so ähnlich erginge, dann war das gut, dann war das unendlich gut. Dann hatten sie noch einmal etwas voneinander, obwohl sie wussten, dass es nicht von Dauer war. Dann kam es auch gar nicht so sehr auf die Länge des Augenblicks an, in dem sich ihre Gefühle noch einmal miteinander verschmolzen, sondern nur auf die Intensität, mit der sie es taten und auf den kostbaren Niederschlag, der seine Spuren in ihren Seelen hinterlassen würde. Dann sprach nichts dagegen, dass sie beide noch einmal miteinander schliefen, zum letzten Mal in ihrem endgültig auseinanderdriftenden Leben ekstatisch miteinander schliefen und sich mit ihrer ganzen Kraft dabei liebten. Lag darin womöglich der tiefere Sinn, dass das Schicksal sie noch ein letztes Mal zusammengeführt hatte?

Konrad schloss die Augen und suchte nach einem vielversprechenden Weg, seine Empfindungen in dieser

Richtung auszudrücken, denn seltsam, so sehr Marias Nähe seine alten Gefühle für die Freundin wieder reanimiert hatte, so beständig desungeachtet erwies sich jenes Gefühl der Scheu, seine neue, fremde Körperlichkeit zu offenbaren, das er gleichsam als hemmende Mitgift aus der Klinik mit auf den weiteren Lebensweg bekommen hatte und das bisher als einzige Frau nur Gloria Meyer auf ihre unvergleichlich verletzende Art zur Strecke gebracht hatte.

Nun war es womöglich so, dass Maria erriet, was in dem Kopf von Konrad herumging, oder dass sie auch selbständig, auf einem eigenen emotionalen Weg, in eine positiv gestimmte Erwartung für ein intimes Miteinander hineingeriet. Jedenfalls lächelte sie ihm nach einer Weile des Schweigens zu und ergriff seine Hand.

„Komm, Connie, lass uns nach drüben zu meiner Chaiselongue wechseln. Dort ist es bequemer. Du erinnerst dich noch an das gute alte Stück?" Geradezu schelmisch wurde ihr Gesichtsausdruck, als sie diese Frage stellte, auf die sie nicht einmal eine Antwort erwartete.

Vieles ergab sich nach dem kleinen Ortswechsel bald von selbst, was Konrad soeben noch meinte problemlösend durchdenken zu müssen. Willig lieferte er sich, als der Bann erst einmal gebrochen war, der verführerischen Dynamik eines vorsichtigen zärtlichen Berührens aus und verlor sich zugleich gerne in die Köstlichkeit der emotionalen Architektur hinein, die sich im leichten Spiel der Körper, durch erotische Phantasiearbeit befördert, in ihm ausgestaltete.

Schnell erlag er wieder der bemerkenswerten sinnlichen Ausstrahlung seiner alten *Bekanntschaft*. Nicht lange und Maria erblickte ihren vormaligen Freund in seiner neuen, für sie noch ungekannten und ungewohnten Anatomie. Sehr feinfühlig ging sie mit der besonderen Begegnung um, die ihr insgeheim manche Verwunderung abnötigte, und sie suchte vor allem jede oberflächlich neugierige Attitüde zu vermeiden, weil sie ihn doch vielleicht hätte verletzen können.

Konrad verlor bald seine Anfangshemmung. Nicht viel Zeit brauchte es sodann, und beide machten sie die erneuerte Erfahrung einer vielversprechenden Vertrautheit, ja Verliebtheit beim Unterwegssein in jener wundervollen erotischen Erlebnislandschaft, in der sie früher schon sich gut zu ergänzen geglaubt hatten.

Bald auch hatten die sich gegenseitig lustvoll offenbarenden Körperwelten kein Geheimnis mehr voreinander zu verbergen. Als Konrad mit heißem Verlangen Marias letzte Verborgenheit enthüllt hatte, sah er sie überrascht an und konnte ein Schmunzeln nicht unterdrücken.

„Na, wenn das mal nicht ein Paradigmenwechsel in der weiblichen Intimpflege ist", rief er aus.

Maria zeigte sich unbeeindruckt.

„In Amerika, Connie, sind sie ja noch fanatischer als bei uns. Wenn ein Typ sich unten bei mir bis dorthin durchgearbeitet hatte, worauf es ihm ankam, dann war er sofort furchtbar enttäuscht, wenn er an unseren Stammbaum erinnert wurde. Irgendwann war ich es leid."

„Da hast du dich angepasst und bist zur Vollrasur geschritten."

„Was heißt schon angepasst. Du musst das so sehen: Die Typen sind auch dann noch misstrauisch, wenn sie die Landschaft so vorfinden, wie sie es erwarten. Dann lecken und schlecken sie in der beliebten Zone so lange mit der Zunge an dir herum, bis sie den absoluten Beweis haben, dass es an keiner Stelle mehr kratzt."

Konrad lachte und schüttelte den Kopf.

„Und das kann dauern!" fügte Maria mit einer gewissen Verzückung in der Stimme hinzu.

Von wegen *ernsthafter*, dachte Konrad. Ein richtiges Luder war sie geworden. Amerika hatte abgefärbt. Doch dann fiel ihm wieder ein, dass es einer von Marias Charakterzügen war, im Liebesspiel ordentlich aufzudrehen. Dies war keineswegs die erste Deftigkeit, die sie ihm im Laufe ihrer Bekanntschaft kommunizierte.

Da war dieser Witz damals, den sie ihm gleich in ihrer ersten gemeinsamen Nacht erzählt und mit dem sie ihn verblüfft hatte: *Ein verliebtes Pärchen liegt morgens im Bett. Sie schlägt ihm ein Verfahren vor, um zu entscheiden, wer die frischen Brötchen holt. `Ich hebe`, sagt sie, `vorsichtig deinen Penis an und lasse ihn dann los. Fällt er nach links, holst du die Brötchen. Fällt er nach rechts, hol ich die Brötchen.` `Und wenn er gar nicht fällt?` wagt er einzuwenden. `Ach`, sagt sie, `dann pfeif doch auf die Brötchen.`* Gleich darauf hatte Maria ihn so animiert, dass ihm Hören und Sehen verging. Sie vereinte wohl in sich die Fähigkeit, eine ausgeprägte, natürliche Sinnlichkeit, je nach Anregung, in differenzierter und filigraner Verspieltheit aufzulösen, oder in einer brachialen Rohform, sei es sprachlich oder praktisch, hemmungslos auf den Punkt zu bringen.

Aber wenn sie darauf stand! Er war kein Kostverächter. Hinter einem Amerikaner wollte Konrad jedenfalls nicht zurückstehen. Mit langer Zunge und filigran oralem Muskelspiel stimulierte er die Freundin. Stimulierte sich selbst in eine wachsende Erregung hinein, während gluckernde Laute aus dem Innenraum durch Marias zarte Bauchdecke an sein Gehör drangen und in Intervallen eine eigentümliche Klangwelt hervorbrachten und wieder niederstürzen ließen. Konrad durfte von Glück sagen, dass die festsitzende Augenbinde alle Motorik der im erotischen Feuer erwärmten Körper, ohne zu verrutschen, überstand.

Betörend zugleich, wie Weihrauch für die niederen Sinneszellen, diffundierte verlockend das unverwechselbare köstliche Aroma aus den charismatischen Tiefen von Marias Schoß und brachte einmal mehr seine Gliedmaßen zum Erzittern. Weiter erhitzten sich die einander zugewandten Leiber und lieferten den Energieschub für einen gesteigerten haptischen Tatendrang, als die Königsdisziplin des wollüstigen Vorspiels die Ansprüche erfüllt hatte.

Bei jener signifikanten Vorstufe der letztendlichen Triebbefriedigung war Konrad nicht einmal auf die Beachtung einer partnerschaftlichen Stimulierungssymmetrie erpicht gewesen. Von der eigenen Beschäftigung in so genügende Erregung versetzt, dass er nicht darauf bestand, was Maria, der auf gar keinen Fall eine fehlende Bereitschaft dafür zu unterstellen war, ein wenig verwunderte, dass sie ihm wie zuvor er ihr in vergleichbarer Weise oral gefällig wäre, schien er unerwartet zielstrebig eindringen und auf die Klimax hinarbeiten zu wollen. Noch hielt sein inspirierter Schwellkörper sich beim Vorhof des Tempels der Glückseligkeit auf. In früheren Tagen hätte er viel Lust dabei empfunden, noch abzuwarten, spielerisch zu zögern und gewissermaßen da erst anzuklopfen, wo sein besonderes Stück Einlass begehrte.

Da, auf einmal, suchte Maria den Augenkontakt. Sie schien irritiert und jetzt auch noch durch den ausdruckslosen Blick aus dem einen Auge ihres Partners befremdet, der sich indes wieder neu belebte, als er der Aufmerksamkeit gewahr wurde.

„Ach, es ist nichts, Connie", sagte sie in seine Überraschung hinein. „Ich dachte nur, du seist entrückt. Sei ein wenig zärtlicher zu mir. Es wäre schade, wenn du das verlernt hättest."

Konrad gelobte mit einigen Worten der Zerknirschung Besserung. Doch es war im Folgenden ersichtlich, dass er sich nur schwer unter Kontrolle behalten konnte; gleichsam mit sich selbst rang er in einem qualvollen Prozess um die kulturelle Hegemonie in einem ungeklärten Gemütszustand von emotionaler und triebhafter Zerrissenheit.

Jene dumpfe Sinnlichkeit, eine zügellose Gier im Gefolge eines wilden, primitiv strukturierten Verlangens, wie es seit seinem Besuch im *Casanovo* in seinen triebhaften Wünschen Einzug gehalten hatte, trat auch diesmal wieder in Wettbewerb zu seinem differenzierten erotischen Empfinden, zu dem er seit der Pubertät fähig gewesen war, und – ja! – es brachte das Wilde und Ungezähmte das kulturell Veredelte letztendlich zur Strecke.

Unwiderstehlich, wie das Fruchtfleisch überreifer Pfirsiche seit Längerem seinen schmalspurigen Appetit anstachelte, entfachten tatsächlich neuerdings die zur Geltung gebrachten Reize der weiblichen Anatomie einen brachialen Paarungswillen. Apodiktisch, eindimensional fokussiert, erstickte ein ungekannter, aus dem Urgrund evolutionärer Zeitläufte aufquellender Trieb die Empfindungskräfte höher entwickelter Dimensionen des geschlechtlichen Miteinanders in ihm und stülpte allen hellen und lichten Momenten seines Bewusstseins gleichsam eine Kapuze über.

„Connie, nicht so ungestüm!" beklagte sich Maria ungehalten, als Konrad sie wenig einfühlsam herumwarf wie ein Postpaket, auf dessen Oberseite er den Absender entziffern will. „Ich habe dich wirklich zärtlicher in Erinnerung. Aua, du tust mir weh! Ja, so ist es schon besser."

Maria begab sich daran, ihren Körper neu zu positionieren und Konrads augenscheinlichen Absichten für ein finales Szenarium zumindest in einem Kompromiss entgegenzukommen, denn eine Architektur, in der während der entscheidenden Momente, gleichsam wie auf dem Motorrad, in den Interessen und der Blickrichtung synchronisiert, ein Augenkontakt nicht möglich war, sagte ihr jetzt überhaupt nicht zu. Sei es auch, dass sie sich in nur einem Auge des Partners bei ihrer Verausgabung so menschlicher und so lustvoller Empfindungen während einer besonderen Stunde des Daseins spiegeln könnte, so war das allemal besser, als auf eine öde Tapete starren zu müssen. Davon abgesehen, machte sie jedoch ganz den Eindruck, als wollte sie nichts unversucht lassen, eine Situation zu retten, die im Begriff stand, ihre daran geknüpften Erwartungen zu enttäuschen. Instinktiv unterlegte sie ihre körperlichen Anstrengungen mit werbenden Einlagen einer differenzierten visuellen Kommunikation.

Und wirklich, wenn er ihr ins Gesicht sah, Konrad, mit seinem gesunden Auge, dann huschte ein freundlicher Zug über seine starre Physiognomie hinweg, und er mäßigte seine tumbe gymnastische Motorik – bis er sich wieder abgewendet hatte. Dann obsiegte erneut die Grundeinstellung eines zweifellos primitiveren Programms der biologischen Fortpflanzung.

So ging es noch einige Male hin und her zwischen extremen Verhaltensdispositionen, die aus der sonderbar zerrissenen Sinneswelt eines im Umbruch begriffenen jungen Mannes ihre divergierenden Steuerungsimpulse empfingen.

Endlich wollte Maria wohl nur noch, dass es ein Ende finde mit einem Vorgang, der vielversprechend begonnen hatte, bevor er für sie in die Spurrillen eines emotionalen Desasters geriet. Sie wischte sich, den Kopf seitwärts weggedreht, noch eine Träne von der Nasenwurzel, während sie sich bereitmachte, den versteiften, doch seelenlosen mechanischen Prügel einer vulgären Zeugungsimitation in ihrem Schoß zu empfangen.

Als sich der Eingang weitete, weitete sich auch Marias Blick und leuchtete auf, bevor sie ihre Augen schloss und für eine kleine Weile, die ihr noch dafür vergönnt war, in die Erregung eines glückseligmachenden Verlangens geriet und den ersten Ansturm der männlichen Penetration weich abfing.

Noch gab der Eindringling sich nicht umfassend zu erkennen. Er war in seiner primitiven Willensbildung schließlich erst nur von einer Richtung besessen, der nach vorne zu, die aber gleitend rasch durchmessen war. Erst als der besondere Rhythmus einsetzte, der vorgegeben ist, um dem Zeugungszweck zuverlässig Genüge zu tun und dessen Bestimmung es ist, sich zu steigern und konvulsivisch auszuarten, bis in einer nicht zu vermeidenden Hybris der unfassbare Drang seine verdiente Erlösung finden kann – da öffneten sich erneut Marias Augenlider und gaben ein Paar Pupillen frei, die vor Entsetzen bis zum Äußersten geweitet waren. Und zugleich riss sie, wie in einem grenzenlosen Erstaunen, ihren Mund weit auf.

Wo aber befand sich Konrad, als er unbeabsichtigt begann, der Freundin unter sich ein Martyrium zu bereiten, oder treffender gefragt: In welchem Zustand befand sich sein Bewusstsein?

Dieses nun war während der Vollendung eines abnormen Paroxysmus in eine seltsame Zwischenzone eingetreten jenseits von Helle und Finsternis, wo die Herrschaft der Grautöne, Größenordnungen entfernt vom Megapixelbereich, nur eine eindimensionale Fließrichtung des Begreifens noch zuließ. Verengt auf die Vorgaben einer singulären Genügsamkeit von unwiderstehlicher Gewalt, war ihm nahezu jegliche Energie für die Aufrechterhaltung aller Sinnestätigkeit entzogen und auf den Fortpflanzungszweck umgelenkt worden. In seinem verwandelten Zustand aber vermochte Konrad Maria nicht zu sehen, bloß noch in der Verfolgung seines maßlos beschränkten Aktionszieles schemenhaft ihre Anwesenheit zu ahnen. Dementsprechend auch konnte er Maria nicht hören, deren herzzerreißender Schrei sich für Konrad in der diffusen klanglichen Melange eines belanglosen Rauschens verlor.

Durch nichts und niemand war das Programm noch anzuhalten, dessen primitiver Durchlauf aus unerklärlichen Gründen der paarungswilligen Frau einen bestialischen, unerträglichen Schmerz bereitete. Nur sie selbst, bevor sie ihre Besinnung vielleicht verloren hätte, vermochte das Ungeheuerliche noch zu stoppen, indem sie unter Aufbringung von Kräften, die ihr Leistungsvermögen unter Normalbedingungen weit überstiegen, das verfluchte Tier über sich abwarf wie der aus dem Zügel gelaufene Gaul den überraschten Reiter.

In diesem rabiaten Moment, da er, in der Verfolgung seiner Triebbefriedigung jäh unterbrochen, beinahe von Marias Chaiselongue fiel, normalisierte sich Konrads Sinnestätigkeit schnell oder, anders ausgedrückt, sie sprang wieder zurück in den Rahmen der gewohnten Funktionalität. Da, mit einem Mal, verspätet, drang Marias heftiger

Schrei in sein rekonvaleszentes Gehör, drang ihm in die Seele und machte ihn fassungslos.

Mittlerweile aber schrie sie nicht mehr. Wimmernd, zitternd und zusammengekrümmt kauerte die malträtierte Freundin in einer Ecke ihrer Chaiselongue und hatte ihr Gesicht in den Armen vergraben, die sich über die angewinkelten Knie gelegt hatten. Was, um Gottes Willen, war nur geschehen?

In seinem Inneren aufgewühlt, streckte Konrad seinen Arm aus und näherte sich damit vorsichtig der verstörten Freundin. Als es dahin kam, dass seine Fingerkuppen ihren Arm berührten, schrie sie noch einmal auf und starrte ihn angsterfüllt an. Für diesen kurzen Moment des neuerlichen Schreckens löste sie auch ihre eingefrorene Körperhaltung.

Konrad bemerkte, bevor sie sich danach wieder zusammenkauerte und sich dabei noch weiter in die Ecke hinein verkroch, dass sie sich wohl verletzt hatte. Die Innenseiten beider Oberschenkel waren bis zum Schambereich hinauf mit Blut beschmiert. Doch auch die Chaiselongue, dort, wo sie eben noch gelegen hatten, war blutbefleckt. Wegen des dunkelrot und schwarz gemusterten Bezuges war ihm das nur noch nicht aufgefallen.

Unwillkürlich sah er an sich hinunter. Auch an seinen Oberschenkeln bemerkte er einige wenige Spritzer von Blut. Und sein erschlaffter Penis war davon gerötet. Doch zugleich wurde für ihn ersichtlich, und fehlendes Schmerzempfinden unterstützte die Richtigkeit seines Eindrucks, dass er selbst nicht verletzt war. Es war Marias Blut, das ihm den furchtbaren Anblick bot. Was nur, um Gottes Willen, war geschehen?

Da sich im Fall von Maria und auch von allen sonstigen Umständen her jegliche Spekulation darüber verbot, dass die mögliche Verletzung einer frühen kostbaren Unversehrtheit der noch keuschen Frau oder auch der Turnus natürlicher Empfängnisbereitschaft, mit deren periodischer Auflösung und Wiederkehr das weibliche Dasein zugleich beglückt und beschwert sein mag, diese signifikanten Spuren am Schauplatz der Paarung hinterlassen hatte, kam er nicht länger umhin, sich selbst als den Urheber eines unerklärlichen Dramas zu begreifen. Doch jetzt, das sah Konrad sofort ein, war nicht die Zeit für eine Ursachenforschung. Maria brauchte medizinische Hilfe. Vielleicht sogar ganz schnell.

In einem sanften Tonfall redete er auf die Gestalt ein, die sich soeben zur Seite hatte fallenlassen und in dieser veränderten Position, nach wie vor zusammengekrümmt, still vor sich hinweinte. Endlich flüsterte sie:

„Es tut so weh. Es tut so schrecklich weh. Was hast du mir bloß angetan?"

„Ich weiß nicht, was passiert ist, Maria. Aber es tut mir alles unendlich leid. Soll ich dir etwas zu trinken bringen?"

Maria schüttelte den Kopf. Sie sagte etwas, was Konrad nicht verstand. Als er sie streicheln wollte, zuckte sie zusammen und schrie wieder auf.

„Berühr mich nicht! Bitte, Connie, berühr mich nicht!"

Kleinlaut tat er, wie ihm geheißen wurde.

„Ich brauche die Ambulanz. Ruf einen Notarzt oder besser gleich das Krankenhaus. Und dann verschwinde!"

„Aber ..." Konrad wagte einen Einwand, doch Maria ließ ihn nicht zu Wort kommen. Sie hatte sich in ihrer inneren Haltung gerade etwas gefestigt. Langsam richtete sie Konrad ihr leichenblasses, verweintes und vom Make-up verschmiertes Gesicht entgegen.

„Dort drüben liegt eine Decke. Hol sie bitte her und wirf sie mir über. Dann tu, was ich dir sagte. Ich benötige dringend medizinische Versorgung. Wenn du telefoniert hast, zieh dich an. Und verschwinde, bevor die Ambulanz eingetroffen ist."

Beinahe mechanisch besorgte Konrad die Handgriffe, die ihm durch Marias Anweisungen vorgegeben waren. Schließlich stand er, fertig angezogen, wieder vor dem Menschenbündel unter der Kaschmirdecke und sagte:

„Sie werden in zehn Minuten hier sein. Soll ich etwas tun? Kann ich dir noch in irgendeiner Weise helfen?"

Maria schüttelte den Kopf. Schließlich wendete sie ihm noch einmal ihren Blick zu.

„Geh jetzt! Es ist nicht nur deshalb, weil ich dich nicht mehr sehen will. Sie würden dich auch nicht fortlassen, wenn sie mich in deiner Gegenwart hier so zugerichtet vorfinden. Was immer mit dir passiert ist, und nach unserem furchtbaren Zusammentreffen erfasst mich so etwas wie ein Schaudern, wenn ich mich an dich erinnere; der Connie, den ich kannte, den gibt es vielleicht nicht mehr. Ich wünsche dir trotzdem alles Gute. Aber geh, bitte geh jetzt endlich!"

Konrad sah ein, dass sein Besuch bei Maria beendet war. Er wartete noch das Eintreffen des Sanitätsfahrzeugs ab, dann schlich er sich, eingeschüchtert, deprimiert und ratlos, unauffällig davon.

3

Nach seinem niederschmetternden Erlebnis mit Maria begab Konrad sich auf dem schnellsten Weg in seine Wohnung. Er hatte das dringende Bedürfnis allein zu sein. Im Bad entkleidete er sich, trat vor den Spiegel und unterzog sich einer kritischen Musterung, um das, was bloß erst als Verdacht sich zum Bewusstsein vorgeschoben hatte zu bestätigen, und um das, was noch ein tiefes Geheimnis war, vielleicht schon bald zu lüften.

Oh, wie feinfühlig war Maria gewesen, als sie ihn, der in ihrem Beisein mit Schrecken auf die Verfärbung seiner Beine aufmerksam geworden war, fragte, ob es denn ein Südländer gewesen sei, der ihm seine Gliedmaßen übereignete. Von jenen wisse man, jenseits ihrer eigenen gemachten oder besser nicht gemachten Erfahrung, dass sie mit ihrem dunklen Teint oft zu einer außerordentlich starken Körperbehaarung veranlagt seien, wofür Konrad schließlich nichts könne. Wie hätte Maria wissen können, dass der Anblick seiner Beine auf ihrem Chaiselongue ihn mehr verstört als die Freundin befremdet hatte.

Da aber waren sie bereits so fortgeschritten in der süßen Vereinnahmung ihrer Sinne, dass er das Gesehene noch einmal erfolgreich verdrängen konnte, und Maria, die an den natürlichen Gegebenheiten von Konrads Spenderorganen zu zweifeln keinen Anlass hatte, sich auf andere, für ihre Gefühle und ihr spielerisches Interesse vertrautere Körperzonen konzentrieren mochte. An der beiderseitigen Überwältigung durch den unerwarteten Anblick derart fremd anmutender Körperteile war ihr Techtelmechtel daher nicht gescheitert.

Mit unverkennbarem Ekel studierte Konrad nun das auffällig veränderte Gewebe mit der borstenähnlichen Behaarung, die auf dem angedunkelten, wie mit einem dünnen Lackanstrich versehenen Untergrund der Haut, der die porenförmige Struktur abhandengekommen zu sein schien, in die räumliche Tiefe des Badezimmers hineinragten. Keinen anderen Weg der Gewissheitsfindung aber vermochte er in seinem entzündeten Gemütszustand einzuschlagen als den, der in die Richtung einer bereits im Voranschreiten befindlichen Unverträglichkeitsreaktion der verschiedenartigen Gewebe wies.

Unter den Ekel daher mengte sich die Angst vor der Ungewissheit seines weiteren Schicksals, das nach langem Zögern wohl doch noch befunden hatte, die gewährte Souveränität einer selbstbestimmten Bewegungsfreiheit wieder von seinem Leben zurückzufordern. Zu wenig, fand Konrad aus seiner plötzlichen Stimmung tiefer Resignation heraus, hatte er vom Professor dazu vernommen, wie eine unkontrolliert verlaufende Abstoßungsreaktion konkret von statten ging. Dass es vielleicht ein Prozess sein könnte, bei dem ihm die Beine gewissermaßen hüftabwärts abstürben, das hatte er nicht einkalkuliert. Doch warum mussten die sonderbaren Gliedmaßen trotz aller

Anzeichen eines organischen Verfalls bisher noch nicht ihre physische Leistungsfähigkeit einbüßen?

Diese Frage brachte ihn wieder zur Besinnung und drängte die soeben aufgekommen Panik vorsichtig zurück. Und mit Marias schrecklichen Verletzungen konnten seine Beine jedenfalls nichts zu tun haben. Dafür sollte nach dem Tathergang, wie er ihn erlebt hatte, doch wohl ein anderes, gewöhnlich viel unscheinbareres Glied als die allzeit kernig proportionierten Helden des aufrechten Ganges eine Urheberschaft beanspruchen.

Doch wie sollte das zarte handliche Ding, das die meiste Zeit wie ein verborgen gehaltenes bloßes Anhängsel gewöhnlich niemanden zu beeindrucken vermochte, zum Anrichten eines Blutbades befähigt sein? Kopfschüttelnd legte Konrad seinen Penis auf den Handteller. Doch so aufmerksam er auch auf das unscheinbare Würstchen blickte und sich sein überwiegend kümmerliches Dasein ins Bewusstsein rief, er nahm keinerlei Veränderung daran wahr.

Zerstreut presste er die Vorhaut zwischen Daumen und Zeigefinger und massierte sie, als ob er einer Unart zu frönen die Absicht hätte, vorsichtig in einem rhythmischen Hin und Her, bis er endlich eingesehen hatte, durch diesen stationären Hautkontakt bestimmt nicht etwas sonderlich Neues entdecken zu können. Immerhin hatte sich das Zielobjekt seiner Ermittlungen nun ein wenig stärker zur Geltung gebracht und erleichterte ihm schon aus Gründen der Konsistenz die weitere Nachforschung.

Von der Vorhaut weg in Richtung des Gliedansatzes strichen die beiden Finger, ohne dem Nervensystem irgendeine Information über strukturelle Auffälligkeiten in der Beschaffenheit der sensiblen Weichteile vermelden zu können. Schon war er mit seiner Prüfung am Ende des Weges angelangt. Ihn noch einmal zurückzulegen, versprach keine besseren Ergebnisse. So verblieb, der Vollständigkeit halber, dem Sondierungsbemühen nur noch dieselbe Strecke retour, die vielleicht zur Hälfte zurückgelegt sein mochte, da – „aua!" – zuckte Konrad mit der Hand zurück.

Dem kuscheligen Dahingleiten seiner Finger über der Penisoberfläche war ein schmerzhafter Widerstand entgegengebracht worden. Über den ganzen Umfang seines Zeugungsgliedes war er in einem Streifen von vielleicht ein oder zwei Zentimeter Breite zu vergegenwärtigen, wo immer der Tastsinn nachspürte. Wie eine Sperrzone funktionierte der Bereich, der jedoch nur in einer Richtung einem an der Hautoberfläche entlanggleitenden Gewebe zum Verhängnis werden konnte.

Konrad war blass geworden. Immer wieder fingerte er nervös an dem sonderbaren Kranz von scharfkantigen Erhebungen herum, bis er bemerkte, dass seine Fingerkuppen bereits zu bluten angefangen hatten. Aufgeregt lief er ins Arbeitszimmer und kramte in einer Schublade herum, der er eine leistungsstarke Lupe entnahm. Damit war dem vermaledeiten Ding doch hoffentlich sein Geheimnis zu entlocken.

Selbstvergessen geriet er in einen Beobachtungstaumel hinein, der ihm schließlich tatsächlich die gewünschte Klarheit brachte und zugleich die Tränen in die Augen trieb. Von der Lupe vergrößert ins Erkenntnislicht gerückt, lagen sie unauffällig hintereinander, wie Dachziegel geschichtet, wie die Schuppen eines Fisches auch, den zu streicheln nur in einer Richtung ein glitschiges Vergnügen ist: Winzige, messerscharfe Klingen aus Horn. Durch diese tückische Zone auf dem ungefährlichen Weg hindurchgelangt, gab es für keinen zärtlichen Okkupanten einen schmerzfreien Weg zurück. Wenn schon nicht am schlaffen, so erst recht nicht am erigierten Glied, das mit seinem Anschwellen und der damit einhergehenden Versteifung den anatomisch winzigen Minengürtel erst richtig scharf machte.

Konrad schoss nach der Anfangsreaktion des Erblassens das Blut ins Gesicht, als er sich die ganze unerbittliche Logik vor Augen geführt hatte, mit dem sein in einer furchtbaren Weise aufgerüstetes Begattungswerkzeug, doch eigentlich und insbesondere von den ursprünglichen Absichten des missratenen Abends her der Liebe und der Lust verpflichtet, in Marias Schoß gewütet hatte.

Seine emotionale Reaktion auf all das Merkwürdige und Bedrückende, das er soeben an sich entdeckt hatte, war zweigeteilt. Verständlich wohl, dass der junge Mann in ihm in einem Schreckensszenarium, als der Gedanke an Maria und der mitfühlende Schauer bewältigt waren, erst einmal die Konsequenzen beklagte, welche die neue brutale Signatur seiner Manneskraft, insofern sie nicht zu beheben wäre, mit sich brächte, nämlich dass er niemals mehr mit einer Frau, mit einem Mädchen, schlafen dürfte.

Er mochte sein *bestes Stück*, wie es scherzhafte Gepflogenheit in seinen Kreisen war, titulieren wie er wollte, es zum Beispiel liebevoll seinen *Mops* nennen; in der Sache liefe es immer auf dasselbe hinaus, und das hieße, wenn er in dem Bilde verbliebe: *Ein Leben ohne Mops war möglich, aber sinnlos.* Wie sollte das Verbot der geschlechtlichen Betätigung ohne Verlust der Befähigung dazu in einem 26-jährigen Mann auch nicht einen niederdrückenden Gemützustand hervorrufen!

Doch solche elementare Angst um die Zukunftsfähigkeit seiner Geschlechtskraft war zweifellos nur eine vorläufige Reaktion. Bevor ihn an diesem schicksalhaften Abend, der ihn mit unfassbaren Eindrücken und Ereignissen heimgesucht hatte, der Schlaf überwältigte und für einige Stunden erlöste, ging vielleicht zum ersten Mal seit seiner Entlassung aus der Agnes-Klinik der ahnungsschwere Gedanke durch Konrads Kopf, dass vielleicht etwas Unerhörtes und zugleich Fundamentales mit ihm geschehen könnte.

4

Desungeachtet schlief er traumlos und wachte sogar erfrischt wieder auf. Die Hoffnung allerdings, die er aus seinem relativ entspannten morgendlichen Empfinden zu schöpfen hoffte, dass es sich bei den Entdeckungen des gestrigen Abends um nervliche Überreizung oder um Überspannungen im Arbeitsmodus überforderter Sinneskräfte gehandelt haben könnte, erwies sich als trügerisch. Mehr noch, ein besonderer Eindruck, gestern noch angesichts der erdrückenden Evidenz des Absonderlichen, angefangen von der sichtbar mutierten farblichen Beschaffenheit der Spenderorgane über abnormer Beinbehaarung bis hin zu der furchterregenden Penisbewaffnung, an der Aufmerksamkeitsschwelle abgeprallt, ließ sich nunmehr nicht mehr zurückweisen: die Gewissheit nämlich von einer mehr als nur subtil veränderten Proportionierung seiner Gliedmaßen.

Konrad hatte bei einem erwachsenen Mann noch niemals derart dünne, vertrocknet wirkende Beine gesehen wie an dem Spiegelbild, auf das er gerade erschrocken starrte. Und dass sich Ober- und Unterschenkel im Hinblick auf ihre Dicke kaum noch voneinander unterschieden, war, gemessen an der anatomischen Normalität, ganz und gar ungewöhnlich. Zweifellos, sein Erscheinungsbild für Tennisplatz und Strandbad war nun endgültig ruiniert. Daran änderte auch die Tatsache nichts, dass sich diese sonderbaren Beine ungeachtet der krankheitsbedingten Metamorphose für die Aufgaben, für die sie zuständig waren, noch unglaublich fit hielten.

Für elf Uhr war er in der Klinik angesagt. Es war gemäß den Absprachen ein optionaler Termin, den wahrzunehmen er nicht verpflichtet war, zudem auf eine persönliche Begegnung mit dem Professor von seiner Seite her auch kein Anspruch bestand.

Professor Knippschild war wieder außer Haus. Die große Untersuchung in der kommenden Woche wäre aber nicht gefährdet, das Weitere liefe nach Plan, hieß es in seinem Sekretariat. Sich ersatzweise gleich beim Assistenten einzufinden, dazu mochte Konrad trotz aller Besorgnis, welche ihm die Verschlechterung des klinischen Bildes machte, sich nicht durchringen. Daher fand er sich mit der Situation erst einmal ab, hoffte auf die spätere Aufklärung und wollte die Klinik schon verlassen, als ihm der Gedanke kam, die Gelegenheit zu nutzen, um noch einmal nach Schwester Tanja zu sehen. Auf einen Flop mehr oder weniger bei seinen zahllosen Kontakt-Bemühungen kam es nun wahrlich nicht mehr an. Wer weiß, ob sie wirklich, wie angeblich versprochen, nächste Woche dabei wäre, wenn man ihn in einigen Tagen auf den Kopf stellen würde.

Der Weg vom Sekretariat des Professors, etwas abgelegen im westlichen Teil des Gebäudekomplexes des Klinikums untergebracht, hin zu seiner ehemaligen Krankenstation, im Mittelteil gelegen, machte einige zeitliche Umstände. Wenn er denn den Weg über den Außenbereich vermeiden wollte, der das Unternehmen ein wenig verkürzt hätte, musste er in Kauf nehmen, zweimal den Fahrstuhl zu benutzen und mehrere lange Flure zu durchschreiten. Doch diese Mühen schienen ihm gerechtfertigt.

Als er auf der Station eintraf, teilte sich ihm sogleich ein Gespür mit, dass er Schwester Tanja diesmal antreffen würde. Wieder einmal kam dieses Gespür von den Beinen her. Als Seismograf für erotische Schwingkreise aus dem magischen Schwerefeld der weiblichen Urkraft hatten sie ihre Funktionsfähigkeit also noch nicht eingebüßt.

Hoffnungsfroh näherte Konrad sich dem kleinen Aufenthaltsraum für das diensthabende Personal. Rechtzeitig bemerkte er, dass sich nur die Schwester Roberta darin aufhielt. Sie kehrte ihm gerade ihre wuchtige Rückenfront zu. Er prallte zurück und sah zu, dass er schnell aus der Reichweite dieses Schlachtschiffes aller Pflegekräfte gelangte. Irgendwo in der Nähe musste Schwester Tanja sein. Er konnte sich nicht irren.

Einer plötzlichen Eingebung folgend, begab er sich in die Richtung des Krankenzimmers, das er damals belegt hatte. Kaum war es in sein Blickfeld gerückt, sah er eine zierliche Gestalt in Schwesterntracht gerade daraus hervor huschen.

„Schwester Tanja!" rief Konrad aufgeregt. Die Gestalt zuckte zusammen und zögerte einen winzigen Moment. Dann bewegte sie sich, ohne sich umzuschauen, in beschleunigtem Tempo davon.

„Schwester Tanja!" rief Konrad noch einmal und nahm die Verfolgung auf, so schnell ihm seine Beine das erlaubten. Er war, auch wenn er kein Gesicht gesehen hatte, überzeugt davon, dass sie es war, deretwegen er den Weg hierher unternommen hatte, und er verstand überhaupt nicht ihre überstürzte Reaktion. Warum wich sie einer Begegnung mit ihm aus?

Als er in den Gang einbog, in dem die Gestalt verschwunden war, sah er niemanden mehr. Weiter hinten waren die Fahrstühle. Konrad stutzte. Ihm war gerade so gewesen, als ob für einen Moment eine Hand aus einer der beiden Kabinen herausgehalten worden wäre und gewunken hätte. Eine Einbildung?

In wenigen Sekunden war er an Ort und Stelle. Eine der beiden Kabinen war gerade auf dem Weg nach unten, die andere stand weiter höher in untätiger Bereitschaft. Konrad hastete zur Treppe und eilte, sich am Geländer abstützend, die Stufen hinab. Von Etage zu Etage prüfte er, ob die Kabine noch unterwegs war. Schließlich hatte er das Kellergeschoss erreicht. Weiter hinunter ging es nun nicht mehr. Er sah, dass der Fahrstuhl bereits wieder den Weg nach oben angetreten hatte. Wo aber war Schwester Tanja geblieben? Hatte sie ihn etwa erfolgreich abgehängt? Wo befand er sich überhaupt? Unschlüssig schaute er sich um.

Keine Menschenseele war zu sehen. Irgendetwas an diesem abgelegenen Bereich des Krankenhauses kam ihm vertraut vor. Hatte er sich schon einmal hier aufgehalten? Eine eigentümliche, dezente Geräuschkulisse verwirrte Konrad.   P h h h t !   In der Nähe musste die

Belüftungsanlage arbeiten. Ihm kam der Aufwachraum, in dem die Narkose der Operation aus seinem Bewusstsein geflüchtet war, in den Sinn. Durch diese verlassenen Gänge war er damals gefahren worden; von einem auf den anderen Augenblick war er sich dessen ganz sicher. Irgendwo musste auch der Lagerraum sein, in den hinein die Krankenpfleger den Verpackungsmüll verfrachtet hatten.

Da, schon wieder eine Hand! Weiter vorn auf dem Flur schob sie sich durch einen Türspalt hindurch und winkte. Dann verschwand sie wieder. Konrad hatte keine Zweifel, dass ihm das Signal galt. Er bewegte sich in vorsichtiger Erwartung auf den Eingang zu, der mit einer Stahltür versehen war und nach innen zu öffnen war. Jetzt war sie nur angelehnt. Kaum hatte Konrad einen Fuß über die Schwelle gesetzt, da wurde er ums Handgelenk gefasst und ins Innere gezogen. Er erkannte sie sofort.

„Schwester Tanja! Was für ein Versteckspiel treiben Sie mit mir?"

Statt einer Antwort legte sie ihm den Zeigefinger auf den Mund. „Pssst, nicht so laut. Man sollte besser nicht auf uns aufmerksam werden."

„Was soll das alles, Schw... ?" Konrad unterbrach sich. „Tanja! Ich wollte dich einfach nur wiedersehen. Und du spielst mit mir Katze und Maus."

Jetzt endlich, nach so langer Zeit, brachte Konrad die Courage auf, die *Schwester* wegzulassen, wie er sich das schon so lange vorgenommen hatte. Und als sei der Vertraulichkeit noch nicht genug getan, küsste er die Krankenpflegerin unvermittelt auf den Mund.

Schwester Tanja machte kaum irgendwelche Anstalten, sich dem Überfall zu widersetzen. Als Konrad von ihr abließ, gab sie ihm einen flüchtigen Backenstreich. Doch stand diese Geste mehr für eine Streicheleinheit als für eine Bestrafung. Die Körperhaltung der sympathischen Pflegerin blieb von Konrads zärtlicher Avance unbeeindruckt. Selbst die strenge Ernsthaftigkeit auf ihren Gesichtszügen verlor sich nicht.

Sie musterte ihren Patienten von einst mit kritischen Blicken. Überraschend griff sie nach seinen Schultern und tastete sie vorsichtig ab.

„Sind Sie wohlauf, Herr Keller? Ist mit Ihnen alles in Ordnung?"

Konrad seufzte.

„Du bist schon wieder rückfällig geworden, Tanja. Ich dachte, wir hätten den Zwang zur Förmlichkeit soeben beiseite geschoben."

„Also gut. Konrad!" sagte sie, während für einen Moment jetzt doch ein verhaltenes Lächeln um ihre Mundwinkel spielte. „Berichte mir einfach, ob mit dir und deinen Transplantaten alles in Ordnung ist. Es ist von größter Wichtigkeit, dass du aufrichtig bist. Was ist zum Beispiel mit deinem Auge passiert? Warum trägst du eine Binde davor?"

Konrad fühlte sich unbehaglich bei dem Gedanken, die jüngsten Beobachtungen an seinem Körper, die für ihn selbst noch frisch und emotional unverarbeitet waren, gerade vor dieser Frau, für die er Sympathie empfand, preiszugeben. Soeben erst hatte er sich vorgenommen, die Krankenschwester in ihr zu vergessen. Andererseits spürte er, dass irgendeine konkrete Besorgnis seiner Gesprächspartnerin vielleicht nicht aus der Luft gegriffen war. Zu viel war passiert, als dass er nicht liebend gern besser Bescheid gewusst hätte, was eigentlich gespielt wurde.

„Es ist nichts", sagte er beruhigend. „Ich habe eine Bindehautentzündung und soll mich vor Lichteinfall schützen." Und sogleich, um alle weiteren Aspekte des Themas abzublocken, konterte er mit einer Gegenfrage. „Geht es etwa um den illegalen Organhandel?"

Tanja sah ihn überrascht an.

„Es stimmt also, dass du darüber im Bilde bist", bemerkte sie. „Dieses Wissen gefährdet dein Leben."

„Ich weiß tatsächlich gar nichts. Ich reime mir bloß einiges zusammen. Schön, dass du mich gerade aufklären willst."

Tanja lauschte in den Flur hinein. Als sie nichts Verdächtiges hörte, begann sie Konrad eine Geschichte zu erzählen, die diesen in Erstaunen versetzte. Diese Geschichte bestätigte zunächst seinen Verdacht, den er zusammen mit Rüdiger Knapp erörtert hatte, dass Professor Knippschild einen schwunghaften Handel mit inneren Organen betrieb und das illegal verdiente Geld in die Firma Stromberger und Meyer steckte, bei der er stiller Teilhaber war. Der plötzliche Herztod von Richie Stromberger, der geschäftstüchtigen Seele des Unternehmens, zeitnah mit der Einlieferung eines jungen Mannes, dem beide Beine bei einem Unfall vom Rumpf abgetrennt worden waren, hatte die Idee hervorgebracht, einen Teil von Richies Körper zu erhalten und zugleich den betriebswirtschaftlich versierten jungen Mann, den man damit auszustatten gedachte, mit dem Geschäft von Stromberger und Meyer zusammenzubringen.

An dieser Stelle von Tanjas Erzählung wandte Konrad ein, dass es doch gar nicht möglich sein konnte, seine Kontaktaufnahme zu der Firma vorauszusehen.

Tanja schüttelte den Kopf.

„Du bist dir gewiss nicht darüber im Klaren, was es mit deinen Beinen für eine besondere Bewandtnis hat. Du weißt aber vielleicht noch, wie erschrocken ich war, als du mir von deiner Beobachtung berichtetest, den Namen Knippschild als Absender **und** als Adressat auf der Verpackung gelesen zu haben. Pakete, die in dieser Klinik von Knippschild an Knippschild gehen, sind immer eine besondere, nicht selten eine schreckliche Fracht. Die Beine, die dir Günther Knippschild transplantierte, sind transgene Organe. Sie wurden von Horst Knippschild vor der Operation genetisch manipuliert. Sie sind mit Sensoren der männlichen *drosophila melanogaster* versehen. Männliche Exemplare dieser Art nehmen an ihren Beinen die

Lockstoffe der Weibchen wahr und werden dadurch zur Paarung angeregt. Von dem Augenblick an, als du mit den manipulierten Beinen ihres Lebenspartners zum ersten Mal in die Nähe von Gloria Meyer kamst, war die weitere Entwicklung bis zu deinem Eintritt in die Firma vorgegeben, auch wenn dir das gar nicht bewusst geworden ist."

„Und wieso hat man mich so plötzlich entlassen, wenn doch alles so schön nach Plan lief?" empörte sich Konrad.

„Du selbst mit deiner Lebenseinstellung warst für sie natürlich nicht völlig berechenbar. Für Gloria Meyer und ihre Geschäftspartner hatte es den Anschein, als liefest du auf einmal aus dem Ruder und gingest selbständige Wege. Dein Auftauchen in der Striptease-Bar, der Hackerangriff auf das Netzwerk, die Verletzung der Absprachen für die Probezeit: Das war ihnen nicht mehr geheuer. Man wollte auf Nummer sicher gehen und dich als Sicherheitsrisiko für die Geschäfte der Firma ausschalten, auch wenn man dabei den Einkäufer und Finanzierungsfachmann wieder preisgab. Darin sehe ich für dich die naheliegende Gefahr, dass man es mit deiner Entfernung aus der Firma nicht bewenden lassen wird."

Ein Geräusch schreckte die beiden jetzt auf. Tanja zuckte zusammen. Sie ergriff Konrads Arm.

„Du musst dich genau beobachten..."

Tanja wollte noch etwas hinzufügen, wurde aber unterbrochen, als sich ein Krankenbett, das von zwei Pflegekräften geschoben wurde, der Stahltür näherte und daran vorbeifuhr.

„Sie werden gleich mit einem Patienten aus dem Aufwachraum zurückkommen und dann diese Tür abschließen. Wir müssen hier weg."

Sie zog Konrad, nachdem sie aufmerksam in alle Richtungen geblickt hatte, am Handgelenk auf den Korridor hinaus.

„Man darf uns auf keinen Fall zusammen sehen. Du nimmst wieder die Treppe dort drüben. Und noch einmal: Du musst dich beobachten. Hier ist meine Adresse. Mach bitte nur im Notfall davon Gebrauch. In dieser und der nächsten Woche habe ich Frühschicht."

Als Tanja in die entgegengesetzte Richtung davoneilen wollte, griff Konrad nach ihrer Hand.

„Tanja, bitte, was wird hier eigentlich gespielt? Und woher weißt du das alles, was du mir erzählt hast?"

Wieder schüttelte Tanja den Kopf.

„Frag mich das nicht. Ich kann dir unmöglich eine Antwort darauf geben."

Diesmal war sie es, die ihm einen Kuss auf die Wange drückte, bevor sie sich losriss und davoneilte. Konrad tat, wie ihm von ihr geheißen wurde und entfernte sich über die Treppe. Dann verließ er sofort die Klinik, die ihm nunmehr, mit den neuen Informationen im Kopf, reichlich unheimlich vorkam.

5

Mit der frischen Erinnerung an Tanjas wunderschöne Rehaugen gelang es Konrad ganz gut, die Zeit bis zum kommenden Samstag, an dem der Vater seinen 50. Geburtstag feiern würde, zu überbrücken. Mehrmals am Tag inspizierte er nun seinen Körper, wobei ihm die Entdeckung weiterer Veränderungen von Mal zu Mal erspart blieb, weshalb er sich bald an den Anblick aus dem Spiegel gewöhnte und ihn als unvermeidliche Begleiterscheinung der Unverträglichkeitsattacken des körpereigenen Gewebes auffasste. Davon war er hartnäckig überzeugt, an diesen Gedanken klammerte er sich.

Nur aus dem, was sich mit seinem Penis zugetragen hatte, konnte Konrad sich keinen Reim machen. Das Faktum eines in so bizarrer Weise an ihm veränderten Männlichkeitsbildes beunruhigte ihn sehr, nicht zuletzt auch deshalb, weil das Phänomen bei aller ausufernden Fantasiearbeit nichts mit den Beinen des *Anderen* zu tun hatte.

Auch die Besorgnis um Maria war keineswegs ausgestanden. Er musste demnächst eine Möglichkeit finden, Aufschluss über ihr Wohlbefinden zu bekommen, wenn es ihm denn schon verboten war, ihr noch einmal persönlich unter die Augen zu treten. Das war er ihr schuldig. Mit einer Portion Verbitterung, wie sie sein Gemüt in früheren Jahren niemals belastet hatte, wurde Konrad sich des Umstandes bewusst, dass es mit keiner seiner beiden Liebschaften, die er vor dem Unfall geknüpft hatte, auf ein auch nur einigermaßen glückliches Ende hinausgelaufen war. Und kleinlaut gestand er sich ein, dass er für beide Frauenschicksale, für Mechthild und Maria, ohne eigene Absicht und Verantwortung, eine verhängnisvolle Rolle gespielt hatte.

Sogar sein Auge kontrollierte er, als er sich Tanjas misstrauischer Frage erinnerte. Er hatte in all der Aufregung die unauffällige Binde, auf die sie hingewiesen hatte, schlichtweg vergessen. Auch nach der Rückkehr aus der Klinik, als er die vernachlässigte Malaise an seinem Auge inspizierte, entfernte er sie nicht vollständig; zu offensichtlich gab sich der Befund, dass er mit der Entzündung zu sorglos umgegangen war und jetzt bis auf weiteres erst einmal der schützenden Klappe bedurfte, bevor sachkundige Hände sich der Heilung des malträtierten Organs annahmen.

Das Auge war verklebt und eiterte aus der stark verengten Öffnung heraus. Vermutlich sah er damit in diesem Zustand gar nichts mehr. Das klinische Bild schien ihm indes typisch für einen unkontrolliert verlaufenden Entzündungsvorgang. Seufzend rückte Konrad die Binde wieder zurecht und vereinbarte sogleich für die nächste Woche einen Termin beim Augenarzt. Als einen Trost konnte er immerhin verbuchen, dass sich noch keine Schmerzen am Infektionsherd eingestellt hatten.

Dem Vater war es bemerkenswerterweise gelungen, einen leicht überschaubaren Kreis von Gratulanten um sich zu versammeln, deren Wertschätzungsoffensive er routiniert ins Leere laufen ließ, ohne befürchten zu müssen, dass man daran Anstoß nahm. Am Ende der Feier wusste niemand, warum er überhaupt hergekommen war, ohne dabei den Eindruck missen zu müssen, den das Beisammensein unwidersprochen hervorrief, dass es doch wirklich ein netter Abend war.

Konrad und seine Schwester Sandra durften mit den Umständen der Jubiläumsfeier locker verfahren. Die *Bescherung* für den Vater war bereits zu Tagesbeginn im familiären Kreis vorgenommen worden. Gesellschaftliche Verpflichtungen vor den Gästen mussten die Geschwister nicht wahrnehmen.

Umso mehr Bedarf aber war unterdessen bei ihnen entstanden, dass sie sich endlich doch miteinander austauschten. Denn seiner Schwester konnte Konrad nicht länger vormachen, dass es mit ihm zum Besten stehe und dass es ihm an nichts zu seinem Glücke fehle. Auf der anderen Seite hatte Konrad inzwischen begriffen, wie wichtig ihm Sandras Ratschlag in seiner dubiosen Persönlichkeitsentwicklung vielleicht einmal werden konnte.

Die Recherchen, die sie eher aus Zufall und ungebundener Neugierde über den Genetiker Horst Knippschild begonnen hatte, vor allem aber die gewichtigen Aussagen des Biologen Windhorst, lagen nach Konrads deprimierendem Erlebnis mit Maria und nach der Begegnung mit Tanja auf einmal viel näher an seinem Leben dran, als das vor wenigen Wochen überhaupt nur zu ahnen gewesen war. Er hatte daher den Vorsatz gefasst, mit der Schwester, wenn es der Verlauf der Geburtstagsfeier zuließ, offen über die jüngste Entwicklung seines Gesundheitszustandes und die mysteriösen Hintergründe seiner Transplantation zu sprechen. Alles an Spekulationen um die Verbandelung seiner Klinik mit dem Rotlichtmilieu und um illegalen Organhandel würde er vorbringen, würde überhaupt ungeschminkt auf den Tisch packen, was ihm in den letzten Monaten widerfahren war.

Durch die geschwisterliche Nähe, in der sie miteinander aufgewachsen waren, hatten Sandra und Konrad ein zuverlässiges Gespür dafür entwickelt, was in besonderen Augenblicken, wie sie das Leben schon mal hervorbrachte, in dem anderen Geschwisterteil vorging. Dies lernten sie umso besser, als der zumeist offene Umgang, dessen man sich gewöhnlich befleißigte, auch der Transparenz der eigenen Gefühle und Stimmungen für den anderen förderlich war.

Es war, um das hohe Maß an geschwisterlichem Verständnis auch für Sandra zu verdeutlichen, dieser natürlich nicht verborgen geblieben, dass Konrad seit der Zeit, da man ihm das Arbeitsverhältnis mit der Firma Stromberger und Meyer aufgekündigt hatte, stärker in sich gekehrt war, als sie das jemals an *ihrem Großen* wahrgenommen hatte. Es lag für sie auf der Hand, diese Zurückgezogenheit der Persönlichkeit mit einem inneren Konflikt in Verbindung zu bringen. Dass der Bruder allerdings nicht bald von sich aus auf die Natur dieses Konfliktes zu sprechen gekommen war, hatte sie sehr verwundert. Und noch mehr war sie darüber erstaunt gewesen, dass Konrad neulich in dem Gespräch mit Windhorst auf einmal unvermittelt mit seinen fundamentalen Enthüllungen herausgeplatzt war. War es das gewesen, was ihn quälte? Und war das wirklich auch alles gewesen?

Stoff für eine intime Verwirrung war es allemal, was Konrad an jenem Tag zu berichten wusste: Dass er vorsätzlich Gliedmaßen transplantiert bekommen hatte, die zuvor manipuliert worden waren; dass ein Brüderpaar, in sehr unterschiedlichen Wissenschaftsdisziplinen zuhause, vielleicht sogar eine komplette Klinikleitung, mit Transplantationen krumme Geschäfte betrieb. Wozu? Auf welche Weise? Darüber vermochte sie nicht einmal zu spekulieren.

Zunächst, als Windhorst das Geschwisterpaar verlassen hatte, stand Sandra aber noch unter dem Eindruck des Gehörten, und neben dem fachlichen Interesse, das sie als angehende Biologin dem Gegenstand entgegenbrachte, speiste auch ein Strom stiller Bewunderung für eine geheimnisvolle Forscherpersönlichkeit ihre Stimmung. Allerdings hatte sie sofort bemerkt, als sie ihren Gedanken darüber Ausdruck verlieh, dass Konrad auf diese Thematik überhaupt nicht ansprach. Erst mit dieser Beobachtung seines Desinteresses gewannen die anderweitigen Besorgnisse und Überlegungen, die den Bruder betrafen, allmählich wieder die Oberhand.

Was war mit ihm? Warum schwieg er beharrlich? Wie konnte sie wieder einen Zugang zu ihm finden? Er schien nach der Unterhaltung mit dem Biologen geistesabwesend und ganz mit sich selbst beschäftigt zu sein. Dass in einer solchen Situation seine Hände sich auffällig betätigten, war nicht ganz ungewöhnlich. Diese Beobachtung war aber nicht mehr zum Problem geworden. Konrad hatte sich auf einmal einen Ruck gegeben und sich verabschieden wollen. Nun, er hatte am nächsten Tag einen wichtigen Termin in der Klinik. Klar, dass er dafür ausgeruht sein wollte und dementsprechend erst einmal um einen Abstand von den Neuigkeiten aus dem Munde Windhorst bemüht war. Das konnte Sandra gut nachvollziehen. Nach Konrads Entlassung aus der Klinik hatten sie nur noch miteinander telefoniert und E-Mails ausgetauscht. Der Bruder hatte sich ganz schön viel Zeit gelassen, um sie auf dem Laufenden zu halten, fand sie. Es sollte hinzugefügt werden, dass Konrad der Schwester auch noch seinen Schwächeanfall verschwiegen hatte.

Gerade hatten sie sich der Geburtstagsgesellschaft entzogen und saßen sich in Sandras Zimmer gegenüber. Konrad bemerkte, er wolle sich einen Augenblick sammeln, um die richtigen Worte zu finden, dann werde er der Schwester über alles reinen Wein einschenken. Sandra übte sich in Geduld. Früher war Konrad spontaner gewesen. Dass er, um sich aus dem Inneren mitzuteilen, wie für einen Studentenvortrag vorbereiten musste, kannte sie nicht an ihm. Sie hatten keine Eile. Etwas amüsiert sah sie seinen Händen zu. Bald wurde sie ernster. Bis sie wegen dieser sonderbaren Handbewegungen des Bruders sich wiederum an den frühen Abend nach dem Treffen mit Windhorst zurückversetzt fühlte. Sie fiel in eine Unruhe, zumal Konrad überhaupt nicht den Eindruck erweckte, in absehbarer Zeit mit dem Gespräch zu beginnen.

Sandra erinnerte sich in diesem Augenblick auch an frühere Jahre während der gemeinsamen Schulzeit, wenn Konrad ganz angestrengt mit der Lösung eines Problems bei den Hausaufgaben beschäftigt war; dann war der *große Bruder* auch schon mal ähnlich weggetreten gewesen, und mit einem Gefühl der Belustigung oder auch mit einer Anwandlung von feinem Ekel, je nachdem, wie sie gerade mit ihrer Stimmung drauf war, hatte sie ihm bei seinem gedankenverlorenen Nasebohren mit wechselnden Fingern zugesehen, bis ihr endlich der Kragen geplatzt war und sie mit dem Ausruf *Ihhh, Connie, lass das doch endlich! Das ist ja eklig*, den gemeinsamen Aufenthaltsort verlassen hatte.

Diesmal bohrte der große Bruder allerdings nicht in der Nase herum. Doch seine Arme, seine Hände, waren trotzdem ständig in Bewegung. Bis Sandra, die schon eine Weile, während der ihr die Komplexität der Bewegung auffiel, zugesehen hatte, sich über die ständige Wiederholung der Motorik wunderte und den Eindruck gewann, als habe sie solche Bewegungsabläufe schon anderweitig beobachtet, ohne dass sie diesen Gedanken sofort genauer einem Bilde zuordnen konnte. Wie Konrad seine Hände mit hurtiger Geschmeidigkeit von beiden Seiten über das Gesicht gleiten ließ oder auch um den Kopf herumwirbelte, den er zugleich dabei verdrehte, das war doch nicht normal, dachte sie.

Es waren denn auch nicht so sehr seine Hände, die als Akteure dieser Körpersprache in Erscheinung traten, sondern die Oberseiten der Handgelenke, an denen die Hände, so verkrampft wie er sie hielt, abknickten und mit dem Unterarm jeweils einen rechten Winkel bildeten.

In dieser gleichsam verkrümmten Haltung kam es schon mal vor, dass jemand sich mit dem schmal zulaufenden Ende eines Handrückens über das Auge wischte, wenn da etwas hineingeraten war, oder dass in aller Eile einfach eine Träne abgefischt wurde. Nur eben, und das war das Auffällige bei der Sache, absolvierte Konrad derart ausgedehnte Bewegungspirouetten mit beiden Extremitäten, als gälte es, den gesamten Kopf mit allen wichtigen Partien ausgiebig zu säubern.

Dabei hatte es nicht den Anschein, als ob ihm das bewusst war. Ein bloßes Nasebohren, das darf einmal angenommen werden, wäre für Sandra als erschreckte Beobachterin gewiss nicht so verstörend gewesen wie diese seltsame Inszenierung während einer Gesprächsvorbereitung.

Bei den Turbulenzen, die dem Kopf zugemutet wurden, wiewohl von dem Akteur eine verblüffende Geschicklichkeit bei seinem Gestikulationsverhalten an den Tag gelegt wurde, blieb es nicht aus, dass die Binde, die Konrad immer noch über dem linken Augen trug, ein wenig verrutschte und der vereiterte Augenschlitz, den er seinerzeit bei der Inspizierung vor dem Spiegel glaubte ausgemacht zu haben, unbeabsichtigt in Erscheinung trat.

Viel zu sehen war dabei nicht, was für sich genommen schon auffällig genug war, wenn man an dem vom Tuch freigelegten Areal in diesem Moment tatsächlich nichts Vertrautes erblickte. Sandra stutzte jedenfalls bei dem ganz und gar ungewöhnlichen Anblick, und doch konnte die Überraschung nicht verhindern, dass eine fürsorgerische Ader in ihr zum Schwingen gebracht wurde, die den helfenden Impuls, den sie beförderte, die heftige Schockwirkung, welche durch die Wahrnehmung einer befremdenden Veränderung im Gesicht ihres Bruders hervorgerufen wurde, standhaft überdauern ließ.

„Du Armer", sagte sie mit unsicherer, ein wenig vibrierender Stimme zu Konrad gewandt, „du bist doch nicht etwa mit der richtigen Versorgung deines Auges überfordert? Komm, lass mich mal ran. Unser Gespräch können wir auch später noch führen."

Konrad schien durch die Art, wie seine Schwester ihn ansprach, zur Besinnung gekommen zu sein. Seine hektischen Armbewegungen erlahmten. In das gesunde Auge kehrte Leben zurück. Und mit einer Stimme, die Festigkeit ausdrücken sollte, erwiderte er:

„Ich habe einen Termin beim Augenarzt vereinbart. Vielleicht ist es besser, bis dahin nicht unnötig an der Entzündung herumzufummeln."

„Na, hör mal! Eine Wundversorgung wirst du mir doch wohl zutrauen. Dass man einen Verband zwischendurch mal prüft und gegebenenfalls erneuert, der Gedanke ist dir wohl noch nicht gekommen. Hast du überhaupt ein Stück Verbandszeug über das Auge gelegt? Nun rück schon heran ans Licht! Ich schau mir das mal an."

Sandra war nervös, als sie ihre Finger an die Augenbinde legte, sie wollte sich das aber nicht anmerken lassen. Vorsichtig, dem leichten Zittern ihrer zierlichen Gliedmaßen entgegenarbeitend, lüftete sie den dünnen Stoff, um zu prüfen, ob er mit der wunden Stelle des Gesichtes eventuell verklebt war. Als sie keine Hemmnisse spürte, lockerte sie das Band, mit dem die Augenklappe festgemacht war und schob diese zur Stirn hoch, über die Stelle hinweg, an der normalerweise ein menschliches Auge seinen angestammten Platz beansprucht. Noch ein Ruck. Ein Erzittern ihres Körpers. Und Konrads Kopf war wieder frei von allen sichthemmenden Beeinträchtigungen.

„Mein Gott!"

Nur diese beiden Worte presste Sandra tonlos zwischen ihren blass gewordenen Lippen hervor, als sie von einem unfassbaren, niemals erwarteten Anblick überwältigt wurde.

„Ist was?" fragte Konrad misstrauisch. Und sogleich fügte er hinzu und geriet dabei in helle Aufregung, obwohl er doch noch keine Antwort von seiner Schwester bekommen hatte. „Oh Gott! Was ist denn das nur wieder!"

Etwas Schreckliches verwirrte ihn offenbar. Hektisch wendete er seinen Kopf hin und her, warf ihn in die Höhe, stieß ihn zur Brust hinab, als wollte er sich mit diesen chaotischen Zuckungen von etwas Lästigem, das ihm anhaftete, das er aber nicht sehen konnte, befreien.

Sandra hatte doch zuvor den Bruder ein Stück weit in die Mitte des Zimmers gezerrt, das zu den anderen Räumlichkeiten hin offenstand. Die Zimmerleuchte, das war ihre Absicht gewesen, sollte ihr hilfreich dabei sein, Konrads Ungemach am Augenlicht zu begutachten.

Ein Spiegel befand sich nicht in Reichweite ihrer Position, so dass zu unterstellen war, dass Konrad bestimmt keiner Begegnung mit seinem virtuellen Ebenbild ausgesetzt war. Und doch schien er, darauf deutete seine Fassungslosigkeit hin, eine innere Erschütterung zu erleiden, vielleicht von einer furchterregenden Erscheinung hervorgerufen. Er gerierte sich in einer so auffälligen Weise, dass die Vermutung nahelag, er sei vor eine Offenbarung gestellt worden, die seine Selbstgewissheit von einem auf den anderen Augenblick veränderte. Wegen der überraschenden Reaktion des Bruders sah Sandra für sich nun keinen anderen Spielraum mehr, als Konrad endlich reinen Wein einzuschenken:

„Mein Gott, ich glaube, dir ist ein Fliegenauge aus dem Kopf gewachsen."

Man wird der milden Abschwächung an Evidenz, die in Sandras Formulierung *Ich glaube, dir ist ein Fliegenauge aus dem Kopf gewachsen* untergebracht war, nicht eine übergroße Bedeutung beimessen dürfen. So etwas Einschränkendes sagt sich in Augenblicken der Überraschung leicht daher. Um eine Glaubensangelegenheit ging es dabei tatsächlich nicht. Das vorgetragene Faktum war unumstößlich. Davon hätte auch Konrad sich leicht überzeugen können, wenn er nur vor einen Spiegel getreten wäre. Gerade das aber, was die ungewöhnliche Situation nahelegte, tat er nicht. Er nahm Abstand von jeder Bemühung, sich der Vergewisserung des Unerhörten zu verschreiben, gleichsam so, als hätte er die Gewissheit durch eine interne Botschaft, die ihm soeben ein heftiges körperliches Ringen auferlegt hatte, bereits erlangt und wollte sie durch visuellen Aufwand nicht noch zusätzlich überfrachten.

Er erstarrte allerdings in seinen Bewegungen. Dann warf er einen herzzerreißenden Blick, den Sandra niemals vergessen würde, auf die Schwester. Und mit einem Schwung, als habe man gespannte Sprungfedern an seinen Beinen gelöst, warf er sich in eine plötzliche Fluchtbewegung hinein. Mit dem schrillen Aufschrei *Mutabor* war er auch schon aus dem Zimmer geeilt. Im nächsten Augenblick erreichte er den Gesellschaftsraum, schwang sich an den verdutzten Gästen und den Gastgebern, ohne auch nur einem von ihnen Aufmerksamkeit zukommen zu lassen, vorbei und verschwand aus dem elterlichen Haus.

Nur wenige aus der geselligen Runde, die Konrad in seinem Lauf aus ihrer Gesprächsposition zufällig entgegengeblickt hatten, sahen sein entstelltes Gesicht. Zu ihnen gehörte die Mutter, die entsetzt ihre Arme über den Kopf zusammenschlug. „Oh Gott, was ist nur mit dem Jungen! Ich habe ihn vor dem Gerstenkorn gewarnt. Ach, dass er doch niemals auf seine Mutter hören will."

Der Vater, der Gefeierte dieses Abends, der ebenfalls auf das Vorkommnis aufmerksam geworden war und mit einem bereits etwas getrübten Blick die körpereigene Kalamität des Sohnes wahrgenommen hatte, wollte diese Sichtweise aber nicht gelten lassen.

„Aber Mutter. Das ist doch nun ganz und gar nicht mehr von der Hand zu weisen, dass so ein Gerstenkorn nicht aussieht."

6

Nur fünfzehn Minuten Fußweg lagen zwischen dem Elternhaus und Konrads eigener Wohnung. Mied er die einzige belebte Straße auf dieser Strecke, verlängerte sich die Gehzeit um einige Minuten. Eine schnelle Güterabwägung in diesem Konflikt machte ihm keine Pein. Denn weit hintan bei seinem denkwürdigen Heimweg, der ihm nun abverlangt wurde, stand die Bedeutung, die Länge des Weges ertragen zu müssen, gegenüber jener, eine menschliche Begegnung, ein öffentliches Aufsehen, erfolgreich vermeiden zu können.

Die Luftkühle, die ihn umfing, als er aus dem elterlichen Hause ins Freie trat, tat Konrad wohl, und sie besänftigte sein in Aufruhr geratenes Gemüt so weit, dass Sinneswahrnehmung und Folgerichtigkeit des Denkens bald wieder einigermaßen gewährleistet waren, die sich nun, zum ersten Mal in seinem Leben, unter den einzigartigen Gegebenheiten einer bizarren, wundersam aufgespaltenen Optik zu bewähren hatten.

Unsicher zu Anfang, begab er sich seines Weges und duckte sich scheu gegen den Häuserrand des Gehsteigs, den er rechtsseitig der wenig befahrenen Straße für sein Fortkommen ausgewählt hatte. Zur rechten Seite hin mental konzentriert, bot sich ihm zudem ein gewohntes Bild, auf dem er zuverlässig die verputzten Fassaden mit den eingelassenen, teils erleuchteten, teils in Dunkelheit getauchten Fenstern ausmachte. Unter sich erspähte er das graue Pflastergestein des Gehweges und hatte keine Mühe, achtsam zu sein und gegebenenfalls einem Unrat oder einem tückischen Hindernis mit dem Schritt auszuweichen, selten auch an einem einsamen Passanten, der ihm entgegenkam, mit tief herabgesenktem Kopf vorbeizuhuschen und erleichtert darüber zu sein, wenn ihm selbst keine Aufmerksamkeit entgegengebracht wurde. Die von der rechten Seite seines Gesichtsfeldes in Erscheinung tretende Umgebung war also in Ordnung geblieben und sendete vertraute Signale aus einer vertrauten Welt.

Umso fremder gab sich dafür die Hemisphäre des Seh-
feldes zur Linken. Konrad erschrak heftig, wenn er, den
Kopf unbeirrt geradeaus gerichtet, hinter sich auf einmal
ein Auto bemerkte, das gleich an ihm vorbeifahren würde.
Etwas verschwommen und in bestimmter Position wohl
auch verzerrt, schien es auf und war doch ohne große
Mühe von ihm als motorisiertes Vehikel zu identifizieren,
mitsamt dem Straßenabschnitt, den es befuhr, und der als
Muster heller und dunkler Flecken immer wieder neu zu-
sammengefügt wurde, wenn er den Kopf vielleicht doch
einmal bewegt hatte oder mit seiner Aufmerksamkeit
soeben von der rechten auf die linke Seite hinübergewech-
selt war.

Wie sonderbar nur im Ganzen gab sich diese neue vir-
tuelle Welt, die sich im Licht der Straßenbeleuchtung seiner nach links gerichteten sinnlichen Konzentration erschloss; gleichsam ein gekrümmter Raum eines verfrem-
det ausgeschnittenen Universums mit hinzugefügten Dimensionen, in dem die farblichen Kontraste verschluckt
waren und die körnige Struktur der gegenständlichen
Wahrheit an Aussagekraft einbüßte, ohne sie ganz zu verlieren.

Wie von einer plötzlichen strengen Weitsichtigkeit geschlagen, hatte er ungleich mehr davon und war tausendmal erfolgreicher dabei, den Dingen in der Ferne ihre Identität zu entlocken als denen in der Nähe, die sich, so schien
es ihm, in einer diffusen Grundsuppe auflösten, während
selbst ein rücksichtsloser motorisierter Raser noch weit
entfernt in seinem Rücken ihn nicht hätte überraschen
können.

Das Geheimnis aber, das hinter der neuartigen Perspektive auf die Welt, auf die halbe Welt, verborgen war,
bestand in der Wandlung, die sich in Konrads Gesicht vollzogen hatte. Achtlos ihrer inneren Tendenz überlassen
und in ihrer Bedeutung verkannt, war die vermeintliche
Entzündung im linken Auge in den zurückliegenden Tagen
unbehelligt ihrer Bestimmung entgegengereift, bis

schließlich unter Sandras helfenden Händen jenes riesige Facettenauge, ein Meisterwerk der Natur, das jetzt in keckem rotem Farbton beinahe die gesamte Fläche vom Schläfenansatz bis zum Ohr vereinnahmte, hinter dem schmuddeligen Tuch der Augenklappe hervorgetreten war, wie der ansehnliche Schmetterling, der mit der Sprengung seiner unscheinbaren Puppenhaut zum Abschluss seiner Metamorphose gelangt ist.

Sofort funktionstüchtig war das Gebilde gewesen, als man es aus der Verborgenheit erlöste. Und die neue Fähigkeit, die es aus seiner Welt mit bislang ungekannten Dimensionen heranholte, hatte Konrad mit der ganzen Wucht seiner überraschenden Absonderlichkeit getroffen. Denn gerade erst wollte er Sandras Bemerkung, dass ihm ein Fliegenauge entstünde, in seiner Bedeutung zu erfassen beginnen, als ihm das neue Organ auch schon zu Diensten war und schemenhafte Bilder von Vater und Mutter und der Geburtstagsgesellschaft, die alle weit weg hinter seinem Rücken beisammensaßen, während er der Schwester das Gesicht zuwandte, zukommen ließ. Der Anblick hatte ihn tief erschreckt, und die plötzliche Offenbarung, die in der Gemengelage von Bild und verbaler Aufklärung steckte, ihn in seinen Grundfesten erschüttert.

Und als wäre der Summe des Außergewöhnlichen noch nicht Genüge getan, fügte sich plötzlich ein ganz fremder Wesenszug in sein Empfinden ein und attackierte aufs heftigste sein Daseinsverständnis. Die Schwester, die liebe Schwester, die im Sichtfeld des neuen Auges keinen vertrauten Platz mehr fand, wollte ihm emotional verkümmern. Der Ort, das Haus, sein Heim in früheren Tagen, galten ihm in einem krassen Anfall von spiritueller Absonderung und affektiver Selbstbeschränktheit nicht mehr als die vertraute Verlängerung seiner eigenen Lebenswirklichkeit.

Gewiss, nicht von Dauer war der erste Anfall dieser Art. Doch war er intensiv genug, um Konrad im Stande eines vorübergehend rigoros vereinfachten Identitätsempfindens in die Flucht zu treiben wie ein in Panik aufgescheuchtes Tier. Das war der Moment gewesen, in dem er hochschnellte und mit jenem ungebräuchlichen Wort *Mutabor* auf den Lippen, das einer ungeheuerlichen Gewissheit ihren Ausdruck verleihen sollte, aus dem Hause sprang. Nur in seinem Blick zu Sandra hin, die diesen als herzzerreißend empfand, spiegelten sich bereits die Nöte eines bevorstehenden Artengrenzganges, eines biologischen Identitätswechsels, für den es im menschlichen Bereich noch keine gesicherte Erfahrung gab.

Unbehelligt erreichte Konrad seine Wohnung. Er tat dies sogar in deutlich kürzerer als der gewohnten Zeit, weil seinen Beinen, ausgerechnet den fremden Beinen, die vielleicht auf eine unheimliche Weise verantwortlich dafür waren, was ihm widerfuhr, ungekannte Kräfte zugewachsen schienen. Sie trugen ihn hoch, sie warfen ihn nach vorn. Sie beeindruckten durch ihre Leichtfüßigkeit. Sie stabilisierten die Statik seines Körpers, wie er das in seinem früheren Leben niemals erfahren hatte.

Auf dem Nachhauseweg dieses denkwürdigen Tages zu joggen, endlich einmal wieder zu joggen, es wäre ihm leichtgefallen wie nie zuvor, wenn ihm von seiner Stimmung her daran gelegen gewesen wäre. Doch trug Konrad an diesem Abend zu schwer an seiner jungen, Angst machenden Gewissheit von einer bevorstehenden Metamorphose, als dass er sich seiner wiederhergestellten sportlichen Befähigung unbeschwert hätte hingeben können. Es kam hinzu, dass in dem aufgespaltenen Gesichtsfeld, in dem er seine Umgebung wahrnahm, zu viel Ungewohntes und Verwirrendes zu Tage trat, als dass er sich an einem schnellen Lauf auch noch gefahrlos hätte erfreuen dürfen.

Als die Zimmertür hinter ihm zufiel, hatte Konrad sich in seinem Gemüt so weit gefangen, dass die Panikstimmung überwunden war. Er funktionierte wieder in seinem gewohnten Denken. Und bei der Nutzung dieser Eigenschaft fand er seine überstürzte Flucht aus dem Elternhaus im Nachhinein töricht. Doch ihn von der Erfahrung zu erlösen, dass etwas ganz Ungewöhnliches mit ihm geschah, etwas, das ihn weit stärker verändern würde als die Transplantation fremder Beine, vermochte die intellektuelle Gabe auch wiederum nicht.

Ein Blick in den Spiegel, den er sich jetzt endlich gönnte, belehrte ihn mit einem überwältigenden Eindruck über das bereits erreichte Stadium der widernatürlichen Verwandlung. Er war nicht blind geworden. Noch funktionierte auch sein herkömmliches Auge gut im Nahbereich. Gerade deshalb vermochte er, vor dem Spiegel in seine Gestalt vertieft, der Illusion zu widerstehen, dass dem zurückgebliebenen Doppelgänger in seinem verformten Gesicht ein anderes Schicksal beschieden sei als dem bereits erfolgreich transzendierten Partnerorgan, das ihn mit kalter Neugierde wie aus fein ziseliertem feuerrotem Samt anstarrte.

Hatte es eine solche Umschöpfung, wie sie nach Lage der Dinge für ihn begonnen hatte, überhaupt schon jemals gegeben? Er war im Kaffeegeschäft zu Hause. Um viel mehr in seinem jungen Leben, in dem er denn auch seinen Spaß und eine verdiente Unbeschwertheit haben wollte, hatte er sich nicht bekümmert.

Doch diese berufliche Erfahrung im Bunde mit all dem Wissen, das die moderne Zeit mit atemlos machender Geschwindigkeit und Vielfalt aufhäufte, medial verbreitete und über die bereits vom Wissen abgestumpften Seelen der Zeitgenossen ergoss, hatte ihm wie all den anderen seiner Generation die stoische Grundhaltung bereitet, dass doch eigentlich nichts unmöglich und selbst das Unglaublichste nicht von vornherein von der Hand zu weisen war .

Von dem, was der Biologe Windhorst vor wenigen Tagen vor den beiden wissbegierigen jungen Leuten ausgebreitet hatte, waren Konrad die biologischen Details längst nicht so geläufig wie seiner Schwester Sandra. Doch die Quintessenz ihres Erzählkerns hatte er mit seinem Verstehen nicht verfehlen können.

Viel Spaß beim Mutieren, diese Flapsigkeit hatte ihm die schöne Gloria Meyer zum perfiden Abschied noch zugerufen, ohne dass er damals darin prophetische Worte hatte vermuten können. Nunmehr war es evident: Er war jetzt nichts weniger als ein Labortier an der genetischen Leine; vielleicht das allererste seiner Art, das der Genetiker Horst Knippschild mit Hilfe seines Bruders Günther, eines renommierten Chirurgen, klammheimlich in die Evolution eingeschleust hatte.

Hatte es eine solche Verwandlung, wie sie nach Lage der Dinge für ihn begonnen hatte, tatsächlich noch nicht gegeben? Sein aufgestörter Geist arbeitete spontan in vieler Richtung. Aufgeregt erinnerte sich Konrad, dem bereits vor wenigen Viertelstunden in einer Sekunde der Offenbarung im elterlichen Haus ein Schlüsselwort aus einem doch längst vergessenen Märchen aus seinen Kindertagen in den Sinn gekommen und auf die Lippen gesprungen war, einer verrückten Story, die sie irgendwann einmal in der Oberstufe gelesen hatten. Verrückt vielleicht, doch als unheimlich war sie von den meisten seines Jahrgangs, so auch von ihm, damals empfunden worden. Er musste das Buch noch irgendwo stehen haben. Ein Roman war das nicht; eher eine Geschichte.

Konrad, kein ausgesprochener Büchermensch, war an ein Regal getreten und suchte hektisch nach einem Buch. Das hier konnte es sein. Er griff nach einem Band mit Erzählungen und las flüchtig den Namen des Verfassers. Wer weiß, wie lange und ob überhaupt ihm seine mutierten Augen das Lesen demnächst noch ermöglichen wollten. Konrad blätterte zerstreut durch die Seiten. Ja, das war es gewesen: *Die Verwandlung.* Augenblicklich vertiefte er sich in den Text: *Als Gregor Samsa eines Morgens aus unruhigen Träumen erwachte, fand er sich in seinem Bett zu einem ungeheueren Ungeziefer verwandelt. Er lag auf seinem panzerartig harten Rücken ...*

Konrad las und las, bis er Schmerzen in den ganz verschieden funktionierenden und überhaupt nicht synchron arbeitenden Augen verspürte. Dennoch las er weiter, in den Schmerz hinein, der bald auf den Kopf übergriff, bis die Erzählung zu Ende war und er, innerlich aufgewühlt, erschöpft einschlief.

7

In dieser Nacht rumorte es in Konrad wie in einem von Termiten befallenen Altbau. Vorboten einer neuen Wesenheit schoben sich aus ihrer stummen Anonymität heraus und traten in plastische Aktion. Obwohl er fest schlief, drangen die mechanischen Signale des aktivierten biologischen Umbaus durch sein Unterbewusstsein und erreichten mit schmerzfreien Erschütterungen seinen gnädigen Schlaf, dem sie wirre Träume bescherten.

Ein Knacken und Knirschen aus der Innenwelt sich verformender Knochen, das vom Surren aus heftig schwingenden Sehnen und Bändern seltsam konterkariert wurde, bestimmte die Sinfonik in Konrads einsamer und schicksalsträchtiger Nacht. Bizarre Laute zwischendurch mischten sich unter, wie sie von einem hartnäckigen Bohren und Hämmern herrühren könnten. Von Zeit zu Zeit mündete die exzessive Tonalität in ein Rumpeln, wenn nach getaner Arbeit im Inneren einer Skelettsequenz der notwendige Spannungsausgleich die Körperhaltung des Ruhenden abrupt in eine ganz neue Lage zwang. Am frühen Morgen schien der intensive Arbeitsschub dann erst einmal zum Stillstand gekommen zu sein.

Als Konrad aber erwachte, fand er sich zur Seite liegend in gekrümmter Haltung vor. Wie ein Embryo, dessen visuelles Erscheinungsbild noch alle möglichen Entwicklungsrichtungen zu einer fertigen Gestalt offen lässt, hatte er sich gebettet und die evolutionäre Unfertigkeit seiner selbst gleichsam thematisch abgebildet. Mit ein paar heftigen Zuckungen wurde die umgearbeitete Anatomie von der Wirkungsmacht der kolossalen Biomechanik schließlich endgültig freigegeben.

Er bemerkte sofort, dass es mit der Zwiespältigkeit des Sehens ein Ende gefunden hatte. Jetzt blieb ihm nur noch die Genugtuung darüber, dass er am Abend zuvor vielleicht ein letztes Mal zu einem außerordentlichen Lesevergnügen gefunden hatte, und die Hoffnung, dass im Prozess einer Adaption die neuen Organe ihm auch den Nahbereich allmählich besser erschließen würden.

Das Aufstehen erwies sich zunächst als schwierig, weil er spontan sehr unbeholfen mit der veränderten Form seiner Leiblichkeit umging. Der Rücken hatte sich deutlich gekrümmt, und die modifizierte Beckenkonstruktion erlaubte es ihm nicht mehr, eine aufrechte Haltung einzunehmen. Vornübergebeugt drohte Konrad mehrfach hinzustürzen, nachdem er das Bett endlich verlassen hatte, bis er begriff und den Umstand erfreut zur Kenntnis nahm, dass er sich auf seine Beine als Vehikel einer ausgleichenden Stabilität doch noch verlassen konnte, wenn er nur einige Bewegungsregeln beherzigte.

Diese Gliedmaßen, die er sich in aussichtsreicheren Zeiten einmal neu erworben hatte, schienen auf einen oberflächlichen Blick hin so sehr sich noch gar nicht verändert zu haben, wenn er von der borstenartig ausgewucherten Behaarung absah; wie aus einer zähen, schwarzen Lederhaut wuchsen die Individuen heraus und schmiegten sich an den verhärteten Untergrund. Die Knie allerdings waren Konrad abhandengekommen und durch ein unauffälliges Gelenk, durch das der untere von dem oberen Teil der abgemagerten Extremitäten geschieden war, ersetzt worden.

Vielleicht lag darin aber der Grund für jene Statik, in der Konrad noch so hinreichend eine vertraute Bewegungsfreiheit genießen durfte, dass er sich nach wie vor als Mensch fühlen konnte. Denn seine Beine vermochte er nunmehr genauso wenig durchzudrücken wie sein Rückgrat. Deshalb sollten sich wohl beide Beugungen in

Kombination mit der neuen Beckenstellung in ihrer Wirkung, die dem Einfluss der Schwerkraft geschuldet war, gegeneinander aufheben und Konrad in seinem anatomischen Zwischenstadium eine Zeitlang noch ein gutes Stück weit die gewohnte Mobilität sichern. Die augenblickliche Beinkonstruktion war zweifellos noch nicht an das Ende ihrer Metamorphose gelangt.

Möglich, dass erst ein zweiter Schub darin Abhilfe schaffen würde. Vielleicht würde das demnächst geschehen, im Einklang mit der Ausgestaltung jener Wülste, die sich in dieser Nacht beidseitig im Rippenbereich herausgestülpt hatten und in denen Konrad, der mit seinen weitsichtigen Augen lange in ihrem Anblick vertieft blieb, den Ansatz für ein weiteres Beinpaar zu erblicken glaubte, dessen er auch zweifellos bedurfte, wenn er im Fortschreiten seiner unerbittlichen Umformung nicht irgendwann auf die Nase fallen müsste.

Noch aber war es nicht so weit. Wann würde es dahin kommen? Von einem chaotischen Prozess hatte Windhorst gesprochen, als er von seiner Beobachtung am lebenden Objekt berichtete, die ihm während seiner Forschungszeit im Labor von Horst Knippschild gewährt gewesen war. Es gab also keine Anhaltspunkte über den zeitlichen Rahmen der Entwicklung und auch nicht darüber, welche Körperteile als nächste in die Umschöpfung einbezogen würden. Es konnte also gut sein, dass nach dem gewaltigen Schub in dieser Nacht vorläufig Ruhe im Ablauf des genetischen Programms eintreten würde. Genügend Grund also, fand Konrad, sich noch nicht geschlagen zu geben. Zumal er seine Geisteskräfte wieder fest im Griff zu haben glaubte und sich durch Willensanstrengung ihres unverdorbenen Zustandes versichern durfte.

Ein Verfall konnte aufgehalten, ein Programmablauf unterbrochen und zurückgefahren werden. Das würde vielleicht schwierig sein, ging es ihm zugleich ernüchtert durch den Kopf, als er am unscharfen Spiegelbild seinen schönen jungmännlichen Hals vermisste, dessen

Zurückbildung einen tiefen hässlichen Einschnitt zwischen Kopf und Rumpf hinterlassen hatte. Aber undenkbar war ein Erfolg deshalb doch nicht.

Womöglich hatte der Professor, dem die teuflische Erfindung zu verdanken war, der man ihn ausgeliefert hatte, bereits das Gegenmittel in der Schublade. Er musste nur zur Schaltzentrale vordringen. Er würde den Professor stellen, würde ihn bitten, zwingen oder was auch immer sinnvollerweise zu tun war, dass der Experte seine Verwandlung ungeschehen mache. Nur, wie konnte er zu jenem furchtbaren Mann hingelangen? Konrad hatte keine zündende Idee, aber eine klare Einsicht: Ohne Tanja war seine Absicht nicht zu verwirklichen.

Als es klingelte, ahnte Konrad, dass die Schwester nach ihm sehen wollte. So war es denn auch. Sandra zeigte sich erschüttert, als sie ihren Bruder in der sichtlich entstellten Verfassung vorfand. Doch war sie beherzt genug, sich nicht dem Jammern auszuliefern, sondern mit ihm gemeinsam auf Rettung zu sinnen.

Die Geschwister erörterten die Lage und waren sich bald einig darüber, dass das Problem ohne den Professor nicht zu meistern war. Sandra stimmte Konrad auch darin bei, dass über Schwester Tanja der vielversprechendste Weg führte, Zugang zu dem amoralischen Wissenschaftler zu erlangen, der irgendwo in der Anonymität der großen Klinik seine Wirkungsstätte aufgebaut hatte.

Sie selbst wollte sich später ins Institut aufmachen, um auch noch Dr. Windhorst, dessen Vertrauen sie doch inzwischen gewonnen hatte, in die Angelegenheit einzubeziehen und nützliche Ratschläge von ihm einzuholen. Eile war unbedingt geboten, weil jede weitere Verschlechterung von Konrads Zustand die Aussicht auf eine anatomische Rückentwicklung erschweren musste.

Wohl war Konrads Mobilität in der Hauptsache zunächst gewährleistet. Doch in seine Kleidungsstücke war er nur noch unter Schwierigkeiten hineinzuzwängen. Auf jeden Fall und in jeder möglichen Tracht würde er seinen

Mitmenschen schon jetzt einen ziemlich befremdlichen Anblick bieten. Erst in der schützenden Dunkelheit, dahingehend besprach man sich, sollte der Bruder sich dem Wagnis aussetzen und das Haus verlassen, um zu Tanja zu gelangen. Glücklicherweise passte dieser Zeitplan gut zu der augenblicklichen Schicht der Krankenschwester.

Konrad erinnerte sich, dass er sich aus der Hinterlassenschaft des Großvaters damals aus der Laune heraus einen weiten und langen Lodenmantel gesichert hatte, der für irgendwelche Spaßzwecke bei gegebenen Anlässen zu gebrauchen war. Gemeinsam mit Sandra probierten sie das in die Jahre gekommene Kleidungsstück jetzt an. Der Mantel, der einmal ordentlich an seinem Körper gesessen hatte, war nun auffallend weit für Konrad geworden und erfüllte gerade deshalb seinen Zweck, die darin vermummte Gestalt wirksam zu verbergen. Ein Lodenhut mit breiter Krempe, ebenfalls aus der Hinterlassenschaft des Großvaters stammend, rundete die Tarnung ab. So konnte es klappen, einigermaßen unauffällig zu bleiben, in dieser Sichtweise stimmten Bruder und Schwester überein.

„Ach, Connie, ich könnte heulen, wenn ich dich so sehe", rief Sandra aus, als *ihr Großer*, der nur noch bis zu ihrem Brustansatz reichte, sich von Hut und Mantel getrennt hatte und in seinem an mehreren Stellen eingerissenen Pyjama wieder so vor ihr stand, wie ihn die nächtliche Attacke zugerichtet hatte.

Konrad blickte sie hilflos an.

„Ich habe den Eindruck, so eine Verwandlung ist schlimmer als ein Ganzkörperkarzinom", entfuhr es ihm. „In diesem Zustand kann ich den Eltern unmöglich unter die Augen treten."

Sandra seufzte.

„Der Vater hat nicht sehr viel mitbekommen, weil er schon beschwipst war. Die Mutter habe ich einigermaßen beruhigen können mit dem Hinweis auf eine äußerst seltene Hautkrankheit im Gesichtsbereich, die du gerade in der Klinik behandeln lässt. Einige der Gäste haben dich nur kurz wahrgenommen. Es bleibt abzuwarten, was sie darüber erzählen werden. Das sollte unsere größte Sorge aber im Moment nicht sein. Was hast du?"

„Ich habe schlicht und ergreifend Hunger", erwiderte Konrad, der sich eine Hand auf den Bauch gelegt hatte und eine Grimasse schnitt. „Dagegen hilft jetzt nur noch Obst. Alle andere Kost widert mich an."

„Ich gehe nachher los und besorge dir einen Vorrat, bevor ich mich ins Institut aufmache."

„Warum liegen hier bloß so viele Hautfetzen herum?" fragte Konrad auf einmal erstaunt. „Hast du eine Erklärung dafür, Sandra?"

Die Schwester zögerte, bevor sie sich zu einer Antwort durchrang.

„Ich will´s dir nicht ersparen, Connie. Es liegt in der Natur des in Gang gesetzten Umbaus, dass sich auch die stoffliche Seite deines Körpers verändert. Die Cuticula, die Körperdecke der Insekten, besteht vornehmlich aus Chitin. Was ich eben von deinen Beinen gesehen habe, als der Pyjama verrutschte, da ist die Fertigstellung deines Haut-Ersatzes wohl schon weit gediehen. Ich bin auch überzeugt davon, dass du nach und nach noch viel kleiner würdest, wenn wir mit unserem Vorhaben keinen Erfolg hätten."

„Vielleicht schwirre ich ja eines Tages um deinen Kopf herum", bemerkte Konrad sarkastisch. „Pass aber auf, dass du mich nicht zerdrückst, wenn ich mich auf deiner Hand vom Fliegen ausruhe."

„Du, die Sache ist nicht lustig", entgegnete Sandra unwirsch.

„Es war auch wirklich nicht lustig gemeint", belehrte Konrad die Schwester.

Keine wirkliche Verstimmung war zwischen ihnen entstanden. Man war sich durchaus über den Ernst der Lage im Klaren. Noch einmal ging man den für den heutigen Tag ins Auge gefassten Plan durch, um sich nach der Beratung zu verabschieden.

Da, als sie sich bereits zur Tür wenden wollte, bemerkte Sandra bei Konrad jenes Abgleiten aus der Wirklichkeit, was ihr bereits vor seiner Flucht aus dem Elternhaus aufgefallen war. Wiederum gestikulierte der Bruder in derselben Weise wie gestern Abend selbstvergessen vor sich hin. Und es hatte gleichermaßen den Anschein, als sei er sich ihrer Anwesenheit nicht mehr bewusst. Mit den riesigen roten Facettenaugen, die diesmal mit im Spiel waren, bekam der Vorgang für Sandra eine unheimliche Note. War es Einbildung, dass diese Augen sie bösartig anstarrten? Eigentlich konnte man ihnen doch nichts von dem ansehen, was der *Sprache* des menschlichen Auges ihre unvergleichliche Aussagekraft verlieh. Vielleicht war es auch nur diese Ausdruckslosigkeit, vor der sie auf einmal heftig erschrak.

Sie wusste sich in diesem Augenblick nicht anders zu helfen als mit einem moderaten Befreiungsschlag. Sie gab ihrem Bruder einige Ohrfeigen; links, rechts, und dann noch einmal auf jeder Seite. Dabei traten ihr die Tränen in die Augen.

Konrad reagierte sofort. Er schien wie aus einer Betäubung zu erwachen und wandte sich der Schwester zu:

„Hast du mich gerade geschlagen, Sandra? Mir war so, als hättest du mir ins Gesicht geschlagen. Aber ich habe keinen Schmerz gespürt.

Sandra war nur teilweise erleichtert.

„Connie, bleib bei mir! Hörst du, du musst bei mir bleiben. Ich halte das nicht aus, wenn du in dieser Art und Weise aus dem Dasein entrückst."

„Aber ich bin doch noch da." Konrad verstand die Schwester nicht. Nur fühlte er sich auf einmal furchtbar müde und sprach den Wunsch aus, noch ein wenig zu schlafen. Für heute habe man doch alles Wichtige besprochen.

Sandra zögerte, sah aber ein, dass es wenig Sinn hatte, noch länger zu verweilen. Nicht ohne Besorgnis verließ sie das Haus. Als sie später mit einer riesigen Tüte voller Obst noch einmal zurückkam, fand sie den Bruder tatsächlich schlafend vor.

8

Zu Schwester Tanja hatte der junge Patient Konrad Keller in schwerer Zeit einmal ein großes Zutrauen gefasst. Das ließ sich auch dann nicht vertreiben, als er später, nach seiner Rekonvaleszenz, die Schwester einfach wegließ, wozu er sich bei seinem letzten Gespräch mit ihr im Kellergeschoss der Klinik endlich durchgerungen und diesen längst überfälligen Entschluss auch noch mit einem hoffnungsvollen Kuss besiegelt hatte. Besonders gut begründet war seine Zuversicht, gerade mit Hilfe jener sympathischen Pflegekraft dem schlimmen Schicksal eines genetisch programmierten Artenwechsels zu entrinnen, indes nicht.

Gewiss, Schwester Tanja schien ein wenig vertraut mit den Verwandtschaftsverhältnissen der Brüder Knippschild, und deren wissenschaftlicher Werdegang war ihr augenscheinlich kein Buch mit sieben Siegeln. Viel Geheimnistuerisches auch hatte aus ihren Worten geklungen, mit denen sie Konrad zu der Überzeugung brachte, dass sie über die Machenschaften der Klinik, soweit sie das Transplantationsgeschäft betrafen, jedenfalls mehr wusste als das wenige, was er selbst zusammen mit Rüdiger herausgefunden hatte. Nicht zuletzt die Aufhellung der dubiosen geschäftlichen Absichten, die demnach mit seiner eigenen Operation an den Beinen verknüpft war, hatte seinen Erkenntnishorizont erweitert und ihm die Gewissheit verschafft, zum Spielball fremder Interessen, die sich jetzt auf eine gemeine Weise seiner wieder entledigen wollten, gemacht worden zu sein.

Das alles wog nicht wenig und konnte bei näherer Betrachtung sogar eine Verwunderung darüber nach sich ziehen, wieso eine subalterne Stationsschwester mit derart hoch sensiblen, allesamt justiziablen Informationen über ihre Betriebsstätte überhaupt hatte vertraut werden können, ohne dass ihr daraus einschneidende Beschwernisse oder böse Nachstellungen erwuchsen.

Von einer solchen Verwunderung wurde Konrad allerdings nicht heimgesucht. Für ihn blieb Schwester Tanja über jedweden Verdacht, der sein einmal entstandenes Zutrauen zu ihr hätte untergraben können, erhaben. Er besann sich demgegenüber lieber auf die Chance, mittels Tanjas exklusivem Wissen sein eigenes Schicksal zu meistern. War ihm auch noch keine besondere personelle Verbindung bis auf die auf ihre berufliche Rolle beschränkte zu jenen mächtigen wissenschaftlichen Kreisen aufgefallen, die in den Fokus von Angst und Aufmerksamkeit gerückt waren, so lag doch die Vermutung nahe, dass Tanja auf jeden Fall zur Bereicherung seines Kenntnisstandes beitragen konnte, wie und auf welche Weise zu diesen Adressen vorzudringen war.

In der Hauptsache doch sollte es ihm darum gehen, den Genetiker von den beiden Knippschild-Brüdern in dessen Forschungslabor zu stellen und ihn zu einer Stornierung seines furchtbaren Programms zu veranlassen. Diesen Versuch zu wagen, duldete die Zeit keinen Aufschub.

Dass die Magie der Zeit gegen ihn spielte, wurde Konrad neuerdings im Schlaf geflüstert. So auch in jener unverfänglichen Schlummerstunde, der er sich, plötzlich von Müdigkeit übermannt, nach seinem anstrengenden Gespräch mit Sandra ausgeliefert hatte. Als er nämlich daraus erwachte, hatten die anatomischen Umgestaltungskräfte ihren großartigen Arbeitsschritt aus der zurückliegenden Nacht noch einmal zielbestimmt abgerundet. Wie ein Nachbeben in der Erde, wenn das hauptsächliche Geschehen längst beendet ist, die letzten Nester mit unbereinigten Spannungszuständen aus dem Gefüge zwingt und das übergeordnete tektonische Gleichgewicht auf einem neuen Niveau abschließend wieder hergestellt wird, so bedurfte der nächtlich betriebene Umbau von Konrads Phänotypus noch der selektiven Nacharbeit.

Zunächst erschrak er, als er die Augen öffnete, bei dem fremden Anblick, den das Zimmer bot, bis er sich mit seiner schlaftrunkenen Erinnerung wieder zurechtgefunden hatte und widerwillig akzeptierte, dass er sich in Zukunft wohl daran zu gewöhnen hatte, die Welt mit ganz neuen Augen zu sehen, die zu öffnen oder zu schließen er sich zudem gar nicht mehr bemühen musste.

Das Schlafen blieb ihm also auch ohne Augenlider vergönnt. Darüber war er erleichtert, als er seinen Schrecken erst einmal überwunden hatte, der ihm, so dachte er, nur deshalb entstanden war, weil er sich an die neuen Umstände noch nicht hinreichend gewöhnt hatte und dementsprechend noch nicht flexibel mit ihnen umzugehen verstand.

Bis er dann, im Bette verbleibend und auf dem Rücken liegend, doch noch einer frischen Erneuerung gewahr wurde. Er fühlte sie, unerwartet, bei seinem sonderbaren Gestikulieren, das er zum ersten Mal wie eine Morgengymnastik zelebrierte und das augenscheinlich den Anspruch erhob, zu einer etablierten Prozedur, sei es zu Reinigungszwecken oder aus welchen verborgenen Motiven auch immer, in seinem neuartigen Leben zu werden: Zwei antennenartige, verzweigte Gebilde von elastischer Konsistenz, die in der zurückliegenden Zeit des Schlummers aus den Teilen seines Gesichtes herausgewachsen waren, wo einmal seine alten Augen in ihren Höhlen steckten. Ratlos knibbelte Konrad daran herum, bis er enttäuscht davon abließ und auf die Beine zu kommen versuchte. Dieser Rückzug aus dem Erkundungsvorhaben bewahrte ihn davor, sogleich schon den Verlust seiner Ohren beklagen zu müssen. Die Entdeckung hätte ihn wohl sehr verwundert, hörte er doch immer noch in der gewohnten Weise die Straßengeräusche, die von draußen in die Wohnung drangen. Und die kleine Standuhr neben dem Sofa würde ihm auch mit dem heutigen Datum noch zuverlässig im Stundentakt das Altern des Tages verkünden.

Jetzt auf einmal, dem Bett entronnen, gab sich aber das Hauptergebnis des nachgelagerten biologischen Arbeitsschubs zu erkennen. Die Füße! Wo waren seine Füße geblieben? Mit einem Stückchen mehr an Zuversicht hätte er auch fragen können: Was war von seinen Füßen überhaupt übriggeblieben?

Er starrte auf die Enden seiner Beine, die wie abgeschnitten wirkten, mit einem kleinen Anfall von Panik. So ähnlich hatte er vor über einem Jahr hinabgestarrt auf die Füße des *Anderen*, mit dessen Beinen man ihn künstlich verwachsen hatte. Eine volle Schuhnummer waren sie kleiner als die vertrauten, die ihm der Weltraum gestohlen hatte. Das war ihm damals als erstes aufgefallen, noch bevor weitere Details seines anatomischen Zugewinns dank modernster Medizintechnik in sein Bewusstsein vordringen konnten.

Er würde seine Schuhe nun wegwerfen können. Alle Schuhe, auch diejenigen, die er sich in der bescheideneren Größe neu erstanden hatte, waren für die Müllverwertung gut. Schuhe waren viel zu individuell durch die formenden Kräfte ihres Gebrauchs, als dass man es aus gesundheitlichen Erwägungen heraus verantworten sollte, sie einem anderen zu vermachen. Was ihm verblieben war vom edlen Gliedmaß Fuß, das jedenfalls konnte keinem Schuh mehr einen Halt bieten. Es war das erste Mal, dass Konrad die hühnerhautartige Maserung, die zusammen mit den Füßen des *Anderen* einstmals auf ihn übergegangen war und die ihn seither zutiefst befremdete, schmerzlich vermisste. Weil ihn diese Begegnung mit den umgebauten Gliedmaßen des Spenders in ganz besonderer Weise aufwühlte, war es ihm möglich, den ebenfalls weit fortgeschrittenen Verlust seiner Hände vergleichsweise gelassen aufzunehmen.

Indessen stand er auch ohne Füße in der Stube. Etwas unbeholfen stand er, aber er stand. Noch ein Stückchen tiefer gebeugt zwar als vorhin im Gespräch mit Sandra, verteidigte er erfolgreich einen kümmerlichen Rest von aufrechtem Gang. Doch er haftete fest auf festem Grund. Und er vermochte sich auf den Beinen, die noch einmal dünner und länger und härter geworden waren, fortbewegen, obwohl doch aller auf mechanischer Erfahrung fußende Augenschein dafür sprach, dass der weit vorgebeugte Rumpf mit dem Kopf ihn alsbald aus dem Gleichgewicht hebeln musste. Nichts dergleichen aber geschah.

Jetzt wäre ihm die Anwesenheit der Schwester noch einmal ein Gewinn gewesen. Doch Sandra war, wie die Geschwister es ja auch vereinbart hatten, gegangen. Leise hatte sie sich, als sie den Bruder friedlich schlafend vorfand, aus dem Haus geschlichen, nachdem sie die große Tüte mit dem Obst sichtbar auf dem Küchentisch abgestellt hatte.

Deshalb konnte Konrad die Schwester also nicht zu Rate ziehen, den er im Augenblick weniger dafür beanspruchen wollte, um die erstaunliche Dauerhaftigkeit seines Körpergleichgewichtes zu erklären, sondern um Aufschluss über die Gründe seines unguten und vor allem ungewohnten Körpergefühls auf der Rückenseite zu bekommen. Da war was. Da war was entstanden, was er an den Stellen, wo er das Störende ausmachte, weder sehen noch betasten konnte. So in etwa im Bereich der Schulterblätter gab es sich als ein diffuses Etwas mit eigener Schwerkraftwirkung auf der Empfindungsebene zu erkennen.

Konrad kam es vor, nachdem er sich eine Weile mit wechselndem Tempo im Zimmer hin und her bewegt hatte, als habe man dort, an den beiden Schulterblättern eben, etwas festgebunden, was nun in irgendeiner seltsamen Weise hin und her schwang. Doch auf der linken Seite musste noch etwas anderes hinzugekommen sein, etwas Hartes nur, was nicht in Bewegung zu setzen war. Gerade noch konnte er, wenn er sich alle Mühe gab, soweit wie möglich mit der linken Hand den Schulterbereich abzutasten, eine Art Verdickung spüren. Es tat nicht weh, aber es störte ihn und schränkte seinen Bewegungsspielraum ein. Konrad seufzte. Im Augenblick war die neue Auffälligkeit für ihn noch nicht zu enttarnen.

Seine Vermutung allerdings war zutreffend, dass Sandra ihn wohl hätte aufklären können. Für die angehende Biologin wären die beiden anatomischen Gebilde, die wie Trommelschlegel aussahen und beidseitig vom Rücken schräg und halb steif herabhingen, doch dann immer munter hin und her oder auch auf und ab schwangen, wenn Konrad in Bewegung geriet, sicher sofort aufgefallen. Anhand ihrer typischen Verdickung hätte Sandra die beiden Sonderbarkeiten schnell als Schwingkölbchen identifiziert, die ihre Aufgabe, da Konrad noch ganz und gar flugunfähig war, Gleichgewichts- und Steuerungszwecken zu dienen, noch nicht ausfüllen konnten. Mit diesem Kenntnisstand wäre es der angehenden Expertin danach nicht weiter schwergefallen, Konrads unglaubliche Statik mit jenen Schwingkölbchen in Verbindung zu bringen und zu der Hypothese zu finden, dass sie bereits jetzt, jenseits irgendwelcher Flugkünste, eine erstaunliche Gleichgewichtshilfe für des Bruders ebenerdiger Fortbewegung abgaben.

Noch eine Weile hielt Konrad sich damit auf, den neuen Gegebenheiten seine Aufmerksamkeit zu schenken. Schließlich, als er auf sich gestellt nicht weiterkam, unterließ er es, über die Angelegenheit noch länger nachzugrübeln und sich dafür zu verrenken. Er kam mental der augenblicklichen Entwicklung sowieso nur schwer hinterher.

Binnen kurzer Zeit war seine Figur soweit ruiniert worden, dass es schon nicht mehr darauf ankam, ob diese oder jene insektentypische Ausstattung sein Erscheinungsbild noch weiter beschädigte. Er war im Hinblick auf die Verfolgung berechtigter Lebenschancen im Kern getroffen worden. Das war nicht mehr zu übersehen. Was einmal mit einer vielversprechenden Transplantation in einer renommierten Klinik begonnen hatte, endete vielleicht schon bald im vollkommenen Desaster.

Mit vielen Wenn und Aber in der Vorstellung hatte er sich im Zusammenhang mit der Transplantation abgeplagt. Komplikationen wurden einkalkuliert, zuvorderst die gefürchtete Abstoßungsreaktion des Gewebes von der Fantasie schrecklich ausgemalt. Doch das, was jetzt tatsächlich mit ihm passierte, darauf wäre er von allein niemals gekommen.

Noch aber wollte er die Hoffnung, einen Job zu finden und ein halbwegs normales Leben zu führen, nicht endgültig begraben. Allerdings daran vorbeizusehen, dass zu den bereits bestehenden Hindernissen, damit erfolgreich zu sein, nun noch eine weitere Hürde zusätzlich sich aufgebaut hatte, das konnte er auch nicht durchhalten.

Er wusste nur zu gut aus eigener Berufserfahrung, dass allem verfassungsrechtlichen Diskriminierungsverbot zum Trotz das Aussehen eines Bewerbers für seine Wettbewerbsfähigkeit am Arbeitsmarkt eine Rolle spielte, eine kleine zwar, aber doch besser nicht zu vernachlässigen. Und wer wollte das ernsthaft bestreiten, dass die individuellen Chancen des beruflichen Fortkommens umso mehr dahinschmolzen, je schräger ein Typ aussah.

Im seriösen Handelsgeschäft war das so. Im Kaffeegeschäft, seinem ureigenen Metier, hatte er das erlebt. Wer von seinen ehemaligen Kollegen würde ihn denn jetzt noch als Mitarbeiter, als Vorgesetzten gar, akzeptieren wollen? Nicht einmal für Rüdiger mochte er seine Hand ins Feuer legen. Außerdem war die Verstimmung zwischen ihnen, die wegen der Spionage im Netzwerk von *Stromberger und Meyer* entstanden war, noch nicht bereinigt worden.

Und die Frauen, die Kolleginnen? Sie waren im Kaffeegeschäft im Allgemeinen besonders stark vertreten, was er immer als einen besonderen Vorzug empfunden hatte. Jetzt, in seinem Zustand, würde er das für sich eher als Nachteil ansehen, wenn er im Job noch einmal zum Zuge käme.

Konrad schämte sich, als er sich in diese Sachlage hineindachte. Und er erinnerte sich an Maria. Auf einmal lastete es wie Alpdruck auf seinen Schultern, dass es furchtbar schwerwiegende Gründe gab, wenn gerade er, ganz unabhängig von seiner tatsächlichen Paarungsattraktivität als Mann, den Kontakt zum weiblichen Geschlecht meiden musste.

Von welcher Seite auch immer Konrad das Problem an diesem Tag betrachtete, es lief jedes Mal auf dasselbe hinaus: Er musste unbedingt erreichen, dass der Umwandlungsprozess, in dem er sich befand, rückgängig gemacht wurde; dass er als autonome Persönlichkeit bis auf jenen Zustand zurückgeführt wurde, da er noch mit Maria gefahrlos hätte schlafen können, ohne ihr das furchtbare Leid anzutun.

Bald war es Zeit, zu Tanja aufzubrechen. Auf sie setzte er nun alle seine Hoffnung. Ihre Schicht war seit einer Stunde beendet. Sie würde sich bereits ausgeruht haben. Konrad machte sich noch über das Obst her, das Sandra ihm besorgt hatte. Dann tarnte er sich mit Mantel, Hut und großer Hornbrille und bestellte ein Taxi.

9

Der Taxifahrer war froh, als er seinen seltsamen Gast endlich absetzen konnte. Nein, der war nicht renitent gewesen oder dergleichen. Er redete ja kaum. Schämte sich womöglich für seine piepsige Stimme, die zu einem gestandenen Mannsbild überhaupt nicht passte. Auch die verwachsene Gestalt des Sonderlings machte dem Taxifahrer nicht wirklich etwas aus. In seinem Beruf hatte er schon anderes transportiert oder befördert. Wer konnte schon dafür, wenn das Schicksal es bitter auf ihn abgesehen hatte. Trotzdem, in dem altmodischen Mantel steckte etwas Unheimliches, was nicht so recht zu greifen war. Die verrückte Gestik, die er im Rückspiegel beobachten konnte, als ob der Herr lästige Mücken einfangen wollte; das war doch nicht normal.

„Macht 9,30 €", brummte der Fahrer. Er hatte beschlossen, nicht auszusteigen.

„Stimmt so", flüsterte Konrad und reichte einen Zehner hin. Grußlos trennten sich die Geschäftspartner.

Als Konrad im Hausflur die kleine Treppe zur 1. Etage hinaufstieg, wo Tanjas Wohnung lag, trat er auf einen Zipfel seines Mantels und drohte hinzuschlagen. Doch siehe da, von einem auf den anderen Augenblick verwandelte sich sein Körpergefühl, mit dessen Unterstützung er dem nun drohenden Sturz erfolgreich trotzte. Blitzschnell langten die Gebilde, die seine Arme und Hände ersetzt hatten, nach vorn und fingen den Körper, indem sie drei Stufen über den Beinen aufsetzten, in seiner Bewegung ab. Und so genau und so geschmeidig gingen sie dabei zu Werk, dass für eine Verletzung keine ernsthafte Gefahr bestand.

Damit war den *helfenden Händen* seines vorderen Extremitätenpaares Genüge getan, und sie hätten sich eigentlich aus ihrer Funktion zurückziehen können. Oh nein, sie fanden wohl Gefallen an der Erdverbundenheit, deren sie zu Fortbewegungszwecken doch lange schon entwöhnt waren.

Konrad, der wieder einmal wie weggetreten wirkte und den von Sandra gefürchteten ausdruckslosen Blick bekommen hatte, unterließ die Bemühung sich aufzurichten. Langsam, überaus geschickt und in sauberer Bewegungsabstimmung, als hätten sie die Krabbelzeit niemals hinter sich gelassen, halfen die neuen *Arme* und Beine gemeinsam dem Körper hinauf zur 1. Etage.

Die Verwunderung aber darüber, wie gut das funktionierte, war Konrad vorläufig entglitten. Eine andere hatte sich stattdessen in sein Bewusstsein geschoben, die sich der Erfahrung eines Sturzes, der gar nicht vollendet wurde, annahm und etwas ausmachte, was nur die Körperrückseite betraf und dort von seinem Verständnis her schwerlich mit einem Gleichgewichtsproblem auf der Vorderseite in einem Zusammenhang stehen konnte.

Vom Schulterbereich kam es her, von dort, wo neue Triebe des morphologischen Umbaus sich seit dem letzten Schlummer der sinnlichen Identifizierung hatten entziehen können. Konrad bekam den Eindruck von einem elektrischen Rührlöffel, der an der lästigen Stelle in Betrieb genommen wurde und pflichtgemäß seine schnellen Umdrehungen machte, ohne in den Teig getaucht worden zu sein, damit er funktional agieren könne.

Am Treppenabsatz angelangt, war der Eindruck ausgelöscht. Jetzt besann sich Konrad und löste seine Arme von der letzten Stufe, um sich wiederaufzurichten. Es wurde eine Bewegung gegen einen mentalen Widerstand, weil die Körperhaltung, der er zustrebte, bereits beschwerlicher einzunehmen war als diejenige, der er sich wegen der Notlage des drohenden Falls spontan ausgeliefert hatte.

Als Tanja die Tür öffnete, bedauerte Konrad zutiefst, auf den Dienst seiner alten Augen verzichten zu müssen. Die neuen mochten gut dafür geeignet sein, die räumliche Umgebung zuverlässig zu erschließen, und auch in der schnellen Bewegung, das war ihm eben während der Fahrt im Taxi aufgefallen, warteten sie mit einem sehr speziellen Charme bei der Abbildung des Gegenständlichen auf. Doch ihm den fraulichen Charme von Schwester Tanja in den Sinn zu heben, bei dieser Aufgabe versagten sie jetzt kläglich.

Er war es gewohnt, eine Frau, mit der er in einen persönlichen Kontakt trat, sehr eingehend zu betrachten und sich des Eindrucks, den sie mit ihrem äußeren Erscheinungsbild auf ihn machte, mithilfe der optischen Wahrnehmung voll zu versichern. Von sich aus würde er mit dieser Gepflogenheit aller bestehenden Kalamität zum Trotz niemals brechen. Die Freiheit war ihm aber genommen. Mit der verschwommenen Abbildung, die ihm in der Türschwelle aufschien, konnte er sein erotisches Früherkennungssystem nun nicht mehr beeindrucken.

Wohl war ihm etwas anderes dafür entstanden, was ihn für den visuellen Verlust entschädigen sollte. Im Kopf und in den Beinen machte auf ungewohnte, doch eindeutige Weise eine Verlockung auf sich aufmerksam, die sein gelegentliches Verlangen nach dem begehrten Obst in seiner Intensität noch einmal überbot. Oh ja, Schwester Tanja war, auch wenn sie sich auf seinen Facettenaugen enttäuschend unscharf abbildete, eine überaus begehrenswerte Frau, in die er sich vielleicht schon vom ersten Augenblick an, da er ihrer in der Klinik ansichtig geworden war, heftig verliebte.

In die Dunkelheit, die sich in seinem Kopf auszubreiten begann, um ungehemmt den Trieb zu befördern, der das Begehrte sofort zu besteigen trachtet, blitzte es noch einmal rechtzeitig auf. Und Konrad erfasste, heftig atmend, wieder den Sinn seines Besuches, der sich gerade eben für ihn noch einmal bereichert hatte um die wunderbare Perspektive, dass er, wenn all das Unsägliche erst einmal hinter ihm lag und seine restaurierte Gestalt wieder um die Gunst des weiblichen Geschlechts würde werben dürfen, dass er dann um Tanja würbe und mit ihr endlich zu jener bodenständigen Paarbeziehung fände, die herbeizuführen er bei Maria so furchtbar gescheitert war.

„Nun ist es also doch passiert", sagte Tanja, die Konrad sofort erkannte. „Komm erst einmal herein!"

Sie half ihm aus dem Mantel und machte sich sofort daran, seinen Körper abzutasten. Konrad beklagte sich, dass er nur über eine eingeschränkte Wahrnehmung darüber verfüge, was sich bereits alles an ihm verändert habe.

„Da hinten auf dem Rücken zum Beispiel, wo nach meinem Empfinden etwas entstanden sein muss, kann ich weder etwas sehen noch etwas befühlen."

Mit diesen Worten verrenkte er sich und drehte sich um die eigene Achse, um Tanja so zu demonstrieren, wie eingeschränkt sein Erkundungsvermögen in der haptischen Dimension geworden war.

„Zieh dich aus!" sagte Tanja auf einmal.

Konrad erschrak heftig. Unwillkürlich brachte sich seine Bekanntschaft mit Gloria Meyer in die Erinnerung. Er sah Tanja verzweifelt an, die von oben nach unten auf ihn herabblickte, bemühte sich aber vergeblich, ihren Gesichtsausdruck zu erschließen.

„Ich meine", so glaubte die Gesprächspartnerin ihr Anliegen erläutern zu müssen, als sie seine Aufregung bemerkte, „ich werde dir kaum weiterhelfen können, wenn du den aktuellen Entwicklungsstand deiner Metamorphose vor mir verborgen halten willst. Nun zieh dich schon aus. Warte, ich bin dir behilflich."

Tatkräftig nahm sie sich seiner Konfektion an und assistierte ihm bei seinem unbeholfenen und teils schon beschwerlich gewordenen Unterfangen, aus der Wäsche zu kommen. Sie bemerkte aber, dass sein innerer Widerstand noch nicht ganz überwunden war. Deshalb steigerte sie noch einmal ihren resoluten Anspruch. Und mit der wiederholten Bemerkung „aber, aber, wer wird sich denn vor seiner Krankenpflegerin genieren" hatte sie Konrad bald von allen seinen Kleidungsstücken befreit.

Und geradezu wie eine Befreiung auch kam ihm sein entkleideter Zustand bald vor. So vertraut und bedürfnisnah, wie ihm bisher sein bekleidetes Dasein gewesen war, so vertraut und bedürfnisnah empfand er jetzt seine Nacktheit. Als alle Scham erst einmal abgelegt war, hatte er die wundervolle Empfindung, niemals in einem anderen Zustand als dem der hüllenlosen körperlichen Uneingeschränktheit existiert zu haben.

Zeit, darüber nachzudenken, war ihm allerdings nicht vergönnt, denn Tanjas Hände suchten sofort ein ungehemmtes forschendes Interesse zu befriedigen. Sie zurrte an den frisch gewachsenen Schwingkölbchen, bis Konrad ganz benommen im Kopf davon wurde. Dann griff sie an eine andere Stelle neben einem der beiden Halteren und sagte beiläufig:

„Diese Konstruktion hier meinst du bestimmt. Nun, auf der linken Seite ist bereits der Flügel durchgebrochen. Pass einmal auf!"

Mit diesen Worten gab sie ihm einen Stoß, sodass Konrad ins Straucheln geriet. Und genauso wie vor wenigen Minuten auf der Treppe entstand ihm der Eindruck von rotierenden Rührlöffeln auf seinem Rücken. Unverzüglich stabilisierte Tanja ihren Besucher wieder, und der seltsame Eindruck verschwand.

„Das war dein noch unvollkommener neuer Flügel, hast du ihn gespürt, Konrad? Es hat ganz den Anschein, als ob alle neuen Teile einmal zuverlässig arbeiten werden. Übrigens ist auch die Rückenbehaarung schon beinahe perfekt."

In die Gesprächspause hinein, die entstanden war, fragte Tanja:

„Weshalb bist du gekommen?"

Konrad, auf den Tanjas Reden zunehmend irritierend wirkte, verstand die Frage nicht.

„Aber Tanja, du siehst doch, was mit mir los ist. Du wirst mir helfen, meinen alten Zustand wiederzuerlangen, oder etwa nicht?"

„Wenn du ihn für besser hältst, dann will ich dich bestimmt nicht enttäuschen. Was glaubst du denn, was ich für dich tun kann?"

Ihre Frage machte Konrad bewusst, wie vage seine Vorstellung von einer erfolgversprechenden Gegenwehr von der praktischen Seite her noch war. Dennoch redete er frisch drauflos und klammerte sich an die Hoffnung, dass Tanja schon wissen werde, wie man im Einzelnen vorzugehen habe.

„Die wollen mich in ein Ungeziefer verwandeln. Du selber hast bei unserem letzten Treffen davon gesprochen. Und du kennst den Professor, zumindest doch den Bruder, der mit ihm zusammenarbeitet. Wer, wenn nicht du, wird sie davon überzeugen können, das furchtbare Programm zu stoppen. Und wenn sie sich nicht überzeugen lassen, dann dring mit mir ins Labor ein und nimm den Programmabbruch in die eigene Hand. Ich habe Vertrauen, dass du das kannst."

„Drosophila", gab Tanja nur als Erwiderung auf Konrads heftige Rede. Sie war nahe an ihn herangetreten, um den Sinn aus dem zarten Stimmchen akustisch zu verstehen.

„Was sagst du?" fragte Konrad verständnislos.

„Ich will nur sagen, das ist kein Ungeziefer, auf das du dich mit evolutionärer Dynamik hinbewegst, sondern die Fruchtfliege Drosophila Melanogaster. Du hast recht, wenn du vermutest, dass ich über die Forschungen ein wenig Bescheid weiß."

„Fruchtfliege!" rief Konrad erregt aus. „Wir hatten in der Oberstufe einen Biolehrer, der uns jenseits des Lehrplans mit dem Tierchen bekannt machte. Ich weiß, wie unscheinbar der Penis des Männchens ist, ein eher bemitleidenswertes anatomisches Kleingebilde. Dann erklär du mir doch bitte mal, wie es zu dem furchtbaren Werkzeug an mir gekommen ist, mit dem ich meine Freundin Maria so schlimm verletzte."

Tanja überlegte nicht lange.

„Es ist üblich, dass die Genetiker, so auch Professor Knippschild, meistens mit Mutanten arbeiten. Der Professor hat einen bizarren Humor und liebt genetische Kombinationen. Ich hörte davon, dass er gelegentlich das Erbgut des Mittelmeer Kaninchenflohs verwendet. Das würde für die Bildung eines Begattungswerkzeugs mit den Eigenschaften eines Schweizer Messers sprechen. Die kleine Variation, die dir aufgefallen ist, würde aber dein späteres Gesamterscheinungsbild nicht beeinträchtigen. Der Professor liebt es gewöhnlich nicht, Mutationen zu kumulieren. Du kannst also im Hinblick auf das Übrige unbesorgt sein. Wenn du erlaubst, will ich mich aber doch meiner Hypothese vergewissern."

Ohne eine Antwort abzuwarten, ergriff Tanja Konrads Penis und legte ihn sich auf den Handteller. Und in derselben Weise, wie er es nach dem Unfall mit Maria vor dem häuslichen Spiegel bei sich getan hatte, strich sie über Haut und Vorhaut hinweg, ohne dabei aber auch nur einmal die falsche Richtung, die keinen Erkenntnisgewinn brachte, zu bemühen. Vorsichtig, sehr vorsichtig handhabte sie sein männliches Glied, um sich nicht zu verletzen.

„Es ist tatsächlich so, wie ich vermutete", sagte sie, als sie ihrem Interesse Genüge getan hatte. „Wenn du also dein drohendes Schicksal so sehr beklagst, dann lass uns jetzt beratschlagen, was zu tun ist."

Es war gut, dass sie das sagte. Denn ihre Bemühung um die Wahrheitsfindung war nicht ganz folgenlos geblieben. Konrad drohte wieder in den Zustand einer engen sinnlichen Vereinnahmung abzugleiten. Davor bewahrte ihn die Hoffnung durch Tanjas Worte, nun endlich den Plan zu seiner Erlösung mit ihr zu schmieden.

Und weil Tanja nicht nur mit Worten Hoffnung spendete, sondern auch tatkräftig dem Erwachen der Männlichkeit entgegenarbeitete, indem sie ihren Probanden nach Abschluss der Sondierung auch noch schmerzhaft in den Penis zwickte, war diese neuerliche Versuchung, in einen primitiven und rudimentären Triebzustand zu gleiten, schnell ausgestanden. Ohne weitere Umschweife kamen sie auf die Planung eines möglichen Befreiungsschlages in der misslichen Angelegenheit zu sprechen.

Freundlicher und persönlicher als in den Minuten zuvor gab sich Tanja nun. Sogar nach seinem Befinden erkundigte sie sich. Sie stimmte auch zu, erst einmal über ein offenes Gespräch mit dem Professor, das zu führen sie Konrad versprach, zu einem Erfolg gelangen zu wollen. Es sollte doch glaubhaft zu machen sein, dass der einstmalige Klinikpatient Konrad Keller für niemanden eine Gefahr darstellte.

Der Versuch eines heimlichen Eindringens in Knippschilds Labor sollte demgegenüber nur die nachrangige Option sein. Wohl sei sie mit den Örtlichkeiten hinreichend vertraut, betonte Tanja. Doch der Zutritt zu der Forschungsstätte sei schwierig zu gewährleisten. Und den Mechanismus zu finden, der den genetischen Prozess in ihm anhielt und umkehrte ... Nein! versprechen konnte sie ihm das nicht, auch wenn sie ihm unverhohlen Mut machte.

Schon bald war alles geklärt, was zur Abstimmung ihres Verhaltens nötig war. Tanja half Konrad, der offensichtlich nicht mehr sensibel für den Zustand seiner Nacktheit war, wieder zurück in die Kleidungsstücke, was er, der Vernunft gehorchend, über die er noch in einem erstaunlichen Maße verfügte, mit einem gewissen Widerwillen geschehen ließ. Tanja meinte, vielleicht dabei den Fall eines möglichen Misslingens ihres gemeinsamen Plans im Sinn habend, ihm noch eine hilfreiche Belehrung mit auf den Heimweg geben zu müssen.

„Wir sind es so sehr gewohnt", sagte sie, „in der Beschränktheit unserer eigenen Art zu denken, dass wir die Würde einer anderen nur schwer begreifen können und uns überhaupt schwer damit tun, ihre Daseinsberechtigung zu akzeptieren. Noch bist auch du gegen diese Voreingenommenheit nicht gefeit, obwohl du schon einen beeindruckenden Weg zurückgelegt hast. Glaube mir, Konrad, du würdest auch in jener fremden Gestalt, die man für dich vorgesehen hat, ein stattliches Exemplar abgeben und dich deines Andersseins nicht schämen müssen. Doch es ist deine eigene Entscheidung, dich nicht zu fügen, der du, so hoffe ich, dereinst noch froh sein wirst."

Mit diesen Worten wollte sie ihren Gast verabschieden. Doch dieser machte Anstalten, die als ein Verlangen nach einem Abschiedskuss zu deuten Tanja nicht schwerfiel. Gefällig beugte sie sich zu Konrad herab, der ihr, zweifellos mit einem Minimum an Feinmotorik, gierig seinen Mund entgegenstreckte. Ei wei, war das ein Rüsselchen vor seinen weitsichtigen Augen? Kam es von Tanja auf ihn zu? Oder war es nicht doch sein eigenes? Ach, das war jetzt nicht wichtig.

Konrad, glücklich über den Kuss, auch weil er ihn zusätzlich hoffnungsfroh stimmte, machte sich auf den Weg die Treppe hinunter. An der Straße wartete bereits ein Taxi, in das er, genauso vermummt wie bei der Herfahrt, unbeholfen einstieg.

10

Etwa auf halbem Weg zwischen Konrad Kellers Elternhaus und seiner eigenen Junggesellenwohnung zweigte eine schmale Stichstraße ab, die in ein dunkel gehaltenes, weitgehend unbebautes Gelände einmündete. Dort drang aus einem schwach beleuchteten Gebäudekomplex gut hörbar ein musikalischer Lärm.

Der Standort der Diskothek war geschickt gewählt, da niemand im weiteren Umkreis sich von dem lautstarken Frohsinn aus dem Gebäudeinneren gestört fühlen musste. Und selbst der außerhalb der Diskothek gelegentlich herrschende Lärmpegel einer engagierten jugendlichen Freizeitkultur, die auch schon mal mit quietschenden Autoreifen, lautem Gegröle oder splitternden Bierflaschen in Verbindung gebracht werden konnte, wurde eher selten zum Stein des Anstoßes in der Gegend.

Am heutigen Abend zudem war die Zeit noch nicht weit genug fortgeschritten, um für die exzessiven Ausdrucksformen eines unkomplizierten Zerstreuungsbedürfnisses reif zu sein. Noch hatte der Türsteher wenig zu tun. Noch nirgendwo, weder drinnen noch draußen, entstand ein Gedränge. Die Dunkelheit, mehr das jahreszeitlich bedingte Resultat kurzer Tage als das einer fortgeschrittenen Nacht, gab sich noch erfolgreich das Gepräge von Beschaulichkeit, was der kleine Teil der Klientel, der sich bereits in dem Vergnügungsschuppen eingefunden hatte, als langweilig und unattraktiv empfand. Rechterhand, von der Gebäudefront her betrachtet, erstreckte sich eine Art Hof, der einige Stunden später sicher ordentlich belebt sein würde.

In diesem Moment hielten sich nur drei halbwüchsige Mädchen dort auf, die nervös an ihren Zigaretten zogen und von einem Bein auf das andere traten. Sie hatten sich nicht damit abgefunden, dass die warme Jahreszeit längst vorbei war und dass eine sparsame Ausstaffierung, die jeden Zweifel am biologischen Mädchenstatus einer jungen Person zunichte machte, von der körperlichen Empfindungsseite nicht mehr begünstigt wurde. Deshalb fröstelten sie lieber und wärmten sich notdürftig an ihren Zigaretten und den mit vielen Kichereinlagen aufgelockerten Gesprächsthemen, als dass sie sich mit einem Mantel belasteten und ihre Reize notgedrungen darunter verbargen.

Auf ihre Umgebung achteten die jungen Damen nur insoweit, als sie jedes Mal ihre Köpfe drehten, wenn sich die Eingangstür der Disco öffnete, und sie sofort wieder abwendeten, wenn kein Junge das Gebäude betrat oder verließ. Dann steckten sie die Köpfe schnell wieder zusammen und tuschelten in der Weise fort, die sie soeben unterbrochen hatten.

Von den geselligen Anforderungen ihres Daseins vereinnahmt, bemerkten sie nicht, dass sie schon eine ganze Weile von großen roten Facettenaugen lüstern angestarrt wurden, die zu einer seltsamen Gestalt gehörten, die sich ungefähr 20 Meter von den Mädchen entfernt hinter einem Busch verborgen hielt und in etwa die Größe eines 10-jährigen Kindes hatte.

Nicht nur wegen der Dunkelheit war schwer zu erkennen, ob die ungewöhnliche Wesenheit sich in einer Hockstellung befand oder sich auf allen Vieren niedergelassen hatte. Die flügelähnlichen Gebilde auf der Oberseite des Objektes sollten eher für die letztere Annahme sprechen. Die Gestalt vermochte es, sich völlig reglos zu verhalten. Nur gelegentlich bewegte sich der Kopf ruckartig in eine andere Richtung, doch nur, um nach wenigen Sekunden wieder in die vorherige Position zurückzuschnellen, die den Augen eine optimale Wahrnehmungschance in der Richtung der arglosen Mädchen bot.

An dem beinahe dreieckigen Kopf mit sonderbaren antennenartigen Gebilden waren diese Augen wegen ihrer Größe und ihrer Position die am meisten beeindruckende anatomische Auffälligkeit. Aber auch andere Teile des Gesichtes hätten für einen menschlichen Beobachter, der sich mit seinem eigenen körperlichen Erscheinungsbild als Maß aller Formen des Lebendigen abgefunden hatte, kritische Verwunderung, wenn nicht gar lautstarke Abneigungsbekundung hervorgerufen.

Die drei Mädchen beispielsweise, denen an der Aufmerksamkeit irgendwelcher Jungs an diesem Abend und darüber hinaus sicher viel gelegen war, hätten schwerlich auch an der besonderen Aufmerksamkeit, die ihnen heimlich aus dem nahen Busch heraus verlangend entgegengebracht wurde, ihr Vergnügen gefunden. Sie hätten sich, wären ihnen in eigener Anschauung die Observierungsumstände belichtet worden, von jener hässlichen Gestalt jede Nachstellung gehörig verbeten oder sie sogar als furchteinflößend empfunden. Und die sichtliche Erregtheit, der jene Kreatur trotz ihres erstaunlichen Beharrungsvermögens unverkennbar ausgesetzt war, würden sie gewiss als peinlich, widerlich und anmaßend empfunden haben.

Wie das eklige Rüsselchen in Erscheinung trat und ein Eigenleben zu führen schien! Wie die Augen so bösartig glühten! Wenn das mal auch kein Schaum war, der sich an einigen intimen Zonen des Getiers gebildet hatte. Was war das nur für ein Monstrum, das sich, da und dort mit Kleidungsstücken versehen, als wäre es ein Mops oder ein Pudel aus guter Familie, obwohl es mehr für eine Fliege durchging, ausgerechnet vor ihrer Diskothek versteckt hielt, mit deren Zerstreuungsangebot es doch unmöglich etwas anfangen konnte? Ein Schaudern hätte leicht die Mädchen erfassen können, die in der entwicklungstypischen Umbruchphase, in der sie selbst sich noch befanden, unmöglich mit all den moralischen Niederungen und gemeinen Wucherungen des Daseins vertraut sein konnten.

Konrad, der inzwischen also schon sehr verändert wirkte, doch noch keineswegs den Charme eingebüßt hatte, der ihn immer im Umgang mit Vertreterinnen des anderen Geschlechtes auszeichnete, wäre nicht für eine ehrliche Auskunft darüber beschämt gewesen, was er hier an diesem Ort treibe und worauf er es abgesehen habe. Wäre er überhaupt noch mit seinem schwindenden Stimmchen in den für das menschliche Ohr vernehmbaren Bereich vorgedrungen, dann hätte er, wäre er sich des Misstrauens, das er hervorrief, eingedenk geworden, als erstes beteuert, dass er, ginge es nach ihm, alles andere im Sinn habe als unausgereifte Mädchen zu erschrecken.

Aber der Trieb...! Aber das beißende Bedürfnis ...! Überhaupt der unberechenbare Zustand, dass der vertraute Eindruck vom menschlichen In-der-Welt-Sein aus dem Kopfe wich, um einem dumpfen, dunklen, uneinsichtigen Existenzempfinden ohne komplexe Lebensansprüche vorübergehend Platz zu machen, in dem er sich für Minuten, für Viertelstunden mitunter, immer häufiger verlor; über all die Unwägbarkeiten, die aus einem so instabil wabernden Bewusstseinsnebel ausfallen konnten, habe er nun keine Macht mehr.

Irgendetwas aus der Animation in seinem neuen Universum hatte Konrad in der Dunkelheit, als er sich auf dem Nachhauseweg befand, an diese Stelle geführt.

11

Dabei hatte er vor nicht einmal einer Stunde noch bei seinem Elternhaus gestanden. Das war zwar gegen die Abmachung mit Sandra gewesen, doch die Umstände, in die seine Empfindsamkeit hineingeraten war, nachdem er von Tanja an zwei aufeinanderfolgenden Tagen per E-Mail die stereotype Nachricht erhalten hatte: *Die Verhandlungen haben noch keinen wirklichen Fortschritt gebracht,* ließen ihm, in diesen Gedanken steigerte er sich hinein, keine andere Wahl, wollte er die lieben Eltern noch einmal zu Gesicht bekommen.

Sandra weihte er in sein Vorhaben nicht ein, weil er einen zu großen Widerstand von ihrer Seite befürchtete. Die Schwester kümmerte sich rührend um ihn, ließ aber nicht von ihrem Standpunkt ab, Vater und Mutter nicht zu viel zuzumuten und ihnen vor allem jede direkte Konfrontation mit dem Schicksal ihres Sohnes zu ersparen. Zweimal am Tag war sie zur Stelle, belieferte Konrad mit Obst und schenkte ihm ihre geschwisterliche Nähe, obwohl eine verbale Kommunikation schon nicht mehr möglich war.

Die Enttäuschung der beiden jungen Leute war groß, als der Prozess der Metamorphose bei dem Bruder einfach nicht zum Stillstand kommen wollte. Selbst von Windhorst, den Sandra immer wieder zu Rate zog, war kein brauchbarer Hinweis auf das, was sinnvollerweise unternommen werden konnte, zu bekommen.

Es wird ganz bestimmt demnächst eine Pause in der Umschöpfung eintreten, das war sein Reden. Doch wann und auf welcher Stufe die Wandlung des Phänotypus mit einer einigermaßen großen Wahrscheinlichkeit passieren könnte, dazu musste der Biologe passen.

Erstaunlicherweise blieben über alle körperlichen Veränderungen hinweg die geistigen Kapazitäten Konrads weitgehend erhalten. Immer wieder fand er nach den unvermeidlichen Phasen der mentalen Dunkelheit und der emotionalen Degradation wieder zurück zur geistig-moralischen Daseinsempfindung des modernen Kulturmenschen.

Es war, als hätte das genetische Programm, so aggressiv es auch sonst seine Umsetzung betrieb, im Hinblick auf die atavistische Rückberufung der menschlichen Gehirnfunktionen die allergrößten Schwierigkeiten zu überwinden. Die Teilhabe an den modernen Standards des kulturellen Kommunikationsprozesses war Konrad auch dann noch nicht verbaut, als das filigrane Flügelpaar auf seinem Rücken in seiner ganzen Pracht fertiggestellt war.

Über E-Mail hielt er Kontakt nicht nur zu Tanja, sondern auch zum Vater, und diesem gegenüber gab er vor, wegen seiner entzündeten Augen zur Zeit in einer Spezialklinik behandelt zu werden. Selbst wenn seine Hände, so wie es den Anschein hatte, sich bald ganz zurückgebildet haben würden, könnte er mit Sandras mechanischer Unterstützung den elektronischen Kommunikationsprozess sicher aufrechterhalten.

Bis ihn, es war der dritte Tag nach seinem Treffen mit Tanja angebrochen, der augenblickliche Status quo seiner häuslichen Isolation nicht mehr zufriedenstellte und ein unbändiges Verlangen aufkam, Vater und Mutter noch einmal zu sehen und ihnen, unter Danksagung für alle erzieherische Arbeit, für den Fall seines unwiderruflichen Eintritts in eine alternative Lebensspur, noch einmal ein letztes stilles Lebewohl zu sagen.

Eine Abklärung war in ihm zur Reife gebracht worden, die vielleicht als eine Vorstufe jenes *Loslassens* aufzufassen war, die Palliativmediziner im Hinblick auf den Sterbeprozess eines Menschen als eine begriffliche Berücke des tiefen Verstehens für die Hinterbliebenen geschaffen haben. Konrad mochte sich auf einmal gegen die Unabänderlichkeit einer transgenen Umwidmung seiner Erbanlagen nicht mehr sträuben und die Vollendung dessen, was morphologisch bereits sehr weit gediehen war, perspektivlos untergraben.

Die mit Tanja eingeleiteten Schritte würde er der Absprache gemäß zu Ende gehen. So fest war noch die emotionale Verbundenheit mit seiner Gattung, aus der es ihn in diesen Tagen mit Urgewalt herausdrängte. Doch jeglichen weiteren Emeuten gegen eine evolutionär rückwärts gerichtete Entwicklungslogik würde er eine Absage erteilen. Er war, ohne dass er das bisher bemerkt hatte, sehr müde geworden.

Ernst, doch nicht unfroh gestimmt, machte er sich am Abend dieses Tages auf und erreichte auf Schleichwegen das elterliche Haus. Wohl war das aufrechte Gehen, bis auf gelegentliche plumpe Erhebungen, ein abgeschlossenes Kapitel in seinem Leben geworden, doch die Mobilität funktionierte reibungslos. Das zweite Beinpaar, das ihm binnen weniger Stunden entstanden war, arbeitete zuverlässig und erlaubte ihm, nachdem die Lernphase, während der sich die Vielzahl der Gliedmaßen mitunter hoffnungslos verhedderten, überstanden war, ein vergnügliches Krabbeln.

Sogar die Flügel waren ihm eine ordentliche und originelle Bewegungshilfe. Fliegen, das sei gleich gesagt, konnte er damit natürlich nicht. In jedem Fall war ein komplexes Konstrukt im Hinblick auf seine Funktionalität immer mehr als die Summe seiner Teile. Sein Gewicht. Seine Körpergröße. Da mochten die Proportionen stimmen, eine echte Flugfähigkeit sicherte ihm das nicht. Vor den Gesetzen der Aerodynamik musste auch das biologische Genie eines Professor Knippschild sich geschlagen geben; vorerst jedenfalls, solange Konrad seine Zielgröße nicht erreicht hatte, wenn er sie überhaupt jemals erreichte.

Aber für mehr oder weniger holprige Gleitphasen über dem Erdboden, für eine Entlastung seines plumpen Leibes von der Schwerkraft und für die vorteilhafte Beschleunigung seines Fortkommens über das hinaus, was bloßes Krabbeln möglich machte, dafür waren selbst seine Flügel gut, die über den rudimentären Rührlöffelzustand jedenfalls schon längst erhaben waren.

Der Zeitpunkt, den er seinem Erscheinen vor den großen Fenstern der elterlichen Wohnung zugrunde gelegt hatte, war gut gewählt. Die Rollläden waren noch nicht heruntergelassen. Der Innenraum des Wohnzimmers war erleuchtet und ließ es zu, dass ein Teil der Helligkeit, die ihm zugute kam, der fensternahen Terrasse zum Garten hin nicht vorenthalten wurde. Dort hielt sich Konrad seitlich verborgen und beobachtete genau, was sich im Inneren des vertrauten Heimes zutrug.

Die Mutter war in einer Handarbeit vertieft und ging ganz und gar in ihrer stillen Beschäftigung auf. Der Vater hatte einen kleinen Stapel mit Papieren vor sich liegen, die er, Stück für Stück, sorgsam umlegte und mit gerunzelter Stirn oder einem feinen Lächeln überflog. Sandra war nicht zu sehen.

Konrad seufzte und scharrte mit den Vorderfüßen. Sogleich war er von der heimeligen Atmosphäre vereinnahmt und verspürte keinen sehnlicheren Wunsch als den, sich dazuzugesellen und von der familiären Geborgenheit seelisch aufgerichtet zu werden. Ach, wie oft in früheren Tagen, hatte er derartiges schon erlebt.

Doch täuschte er sich nicht mit seinen neuen Augen, dass der Mutter eine Träne im Augenwinkel entstand, die ihr nun die Wange herablief?

„Aber Mutter, warum weinst du denn?" wollte Konrad fragen, der dafür keine Erklärung fand, weil doch die Mutter gar nicht wissen konnte, was ihm widerfahren war.

Von seiner Gemütsbewegung getrieben und darüber unvorsichtig geworden, trat er vor das Fenster hin. Gerade in diesem Augenblick löste die Mutter ihre Augen von der Handarbeit und begegnete mit ihrem Blick demjenigen von Konrad, der sich an der Fensterscheibe aufgerichtet hatte und sich den Anschein gab, als ob er daran hochkrabbeln wollte. Konrad sah, dass die Mutter weit ihren Mund öffnete und damit den Vater aufschreckte, der seinerseits den Kopf drehte und durch das Fenster hindurch ins Freie starrte. Auch ihm blickte Konrad nun ins Gesicht.

Während die Mutter aber in ihrem Sessel zurücksank, derweil ihre Arme seitlich herabfielen und sich danach nicht mehr bewegte, sprang der Vater auf und schickte sich an, die Terrassentür zu erreichen. Da kam Sandra aus dem Nebenzimmer herbeigeeilt und erfasste mit ihrer Aufmerksamkeit sogleich die Lage.

Heftig winkte sie Konrad zu und machte ihm Zeichen, die wohl so viel bedeuten sollten, dass er jetzt besser verschwände. Den Vater ergriff sie am Arm und redete auf ihn ein.

Konrad bedauerte sehr, dass er nichts von dem verstand, was drinnen gesprochen wurde. Für einen Augenblick dachte er, dass er hineingehen und den Versuch unternehmen sollte, all das Seltsame, mit dem die Eltern unvorbereitet konfrontiert worden waren, zu erklären. Er würde Ihnen versichern, dass mit Tanja zusammen das Geschehene wieder rückgängig gemacht würde und dass am Ende alles gut ausginge. Die Mutter müsse sich nicht fürchten. Der Vater brauche nicht zornig zu werden.

Konrad ließ sich an der Fensterscheibe herabgleiten und krabbelte auf die Terrassentür zu, um seine Absicht unverzüglich zu verwirklichen. Da bemerkte er, wie der Vater sich von Sandra losriss. Impulsiv, doch unschlüssig trat dieser einige Male von einem Bein auf das andere. Dann blickte er zur Obstschale hin; sie stand beinahe in Reichweite auf dem Tisch. Der Vater besann sich und griff zu dem einzigen Apfel, der darin lag. Viel zu spärlich, fand Konrad enttäuscht, war die schöne große Obstschale mit Leckerem bestückt. Er war sich nicht mehr der Jahreszeit bewusst, von der die Menschen doch auch nur spärlich mit den gesunden Gaben der Natur versorgt wurden.

Schon eilte der Vater zur Tür, um sie von innen zu öffnen, während Konrad, auf einmal eingeschüchtert, draußen Halt machte. Geschwind hatte der Vater die Terrassentür geöffnet. Konrad erkannte an seinem Gesicht, dass er wütend war, und in diesem Zustand, das wusste er nur zu gut aus eigener Erfahrung, konnte der Vater leicht unberechenbar reagieren. Besser war es, wenn er sich erst einmal zurückzog.

Da hatte der Vater auch schon den Arm gehoben. Er warf den Apfel mit aller Wucht, zu der er fähig war, gegen Konrad, als der sich gerade abwendete, um die Flucht anzutreten. Das Geschoss streifte einen Flügel, richtete aber sonst keinen weiteren Schaden an. Später dann auf dem Heimweg bemerkte Konrad, dass es mit dem Dahingleiten durch unterstützenden Flügelschlag nicht mehr so gut funktionierte wie zuvor. Auch geriet eine Stelle, die bei den hohen Umdrehungen etwas weh tat, bei ihm in Verdacht, leicht verletzt zu sein.

Traurig darüber, die Eltern erschreckt und das Wiedersehen mit ihnen verpatzt zu haben, trat der Sohn den Rückzug an. Noch einmal zwar richtete er sich für einen Moment auf und blickte zurück. „Aber Mutter! Vater! Ich bin doch euer Konrad", rief Konrad aus, sah aber sofort ein, dass es aussichtslos war, die Situation noch zum Guten hin zu beeinflussen. Mit einem heftigen Geräusch gingen die Fensterrollläden nieder und tauchten das Grundstück in tiefe Dunkelheit.

Auf demselben Weg, wie er gekommen war, krabbelte Konrad heim. Dabei kam er in die Nähe der Diskothek und fühlte auf einmal eine heftige Reizwirkung. Sie veranlasste ihn zum Verharren, damit er die Gegebenheiten sondiere.

12

Konrad war mit den Örtlichkeiten hinlänglich vertraut. Daher realisierte er bald, dass die diffuse Verlockung für seine Sinne vom Hof kam. Von der Straße kommend, hatte er unterdessen sich einem Busch genähert. Darin verbarg er sich, um ungestört Ausschau zu halten. Dabei zerrissen weitere Kleidungsstücke oder lösten sich endgültig von der Cuticula, dem Exoskelett seiner neuen körperlichen Heimat. Mantel und Hut des Großvaters, die er noch während seines Besuchs bei Tanja getragen hatte, waren angesichts der rasanten morphologischen Anpassung des Phänotypus schon ganz nutzlos geworden.

Doch seine Nacktheit konnte von ihm nur mit Erleichterung und als sehr zweckmäßig für die neue Form seiner Leiblichkeit betrachtet werden. Mit Scham-, Selbstwert-

oder Kälteempfinden hatte er jedenfalls im Hinblick auf seine Einkleidung nichts mehr zu tun. Solche Sorgen, die früher schon mal, vor allem während der Berufszeit, kleinkarierte Züge angenommen hatten, war er jedenfalls ein für alle Mal los. Welcher Mensch hatte in seinem Leben eine Fliege wohl auch anders als nackt gesehen und Anstoß daran genommen.

Mit den Augen nahm er zunächst nichts Besonderes wahr. Doch mit dem neuen Sensorium, das ihm in seinem früheren Leben nicht zur Verfügung gestanden hatte, geriet er tiefer und tiefer in den Bann geheimnisvoller Lockstoffe, deren winzige Partikel ihm eine Botschaft vom immerwährenden Walten fundamentaler biologischer Lustbarkeiten in der Natur zukommen ließen.

Noch verfügte er über ein gesundes Maß an geistiger Autonomie, um sich über die Besonderheit und die mangelhafte moralische Belastbarkeit seiner neuartigen Triebsteuerung im Klaren und der dabei lauernden Gefahren eingedenk zu sein. Nur war er sich im Augenblick noch keineswegs sicher, welcher Teil seiner Triebhaftigkeit überhaupt angeregt worden war.

Gewisse Abstimmungsschwierigkeiten in seinem verwandelten genetischen Code, der vielleicht immer noch nicht ganz aus dem Probierstadium herausgekommen war in der Art, dass sein Empfinden sich nicht sicher wurde, ob er heftig darauf aus war zu fressen oder sich lieber zu paaren, die hatte er in der letzten Zeit schon mehrfach erlebt. Eine derartige Unsicherheit war nicht immer schön. Die Sache mit dem Paaren war sowieso nicht schön. Das Fressen konnte er mit Hilfe seiner Schwester Sandra immerhin noch ganz ordentlich gewährleisten. Doch die Paarungsgelüste waren völlig überflüssig und wegen fehlender Verwirklichungschancen nur quälend.

Oder vielleicht doch nicht chancenlos? Gerade hatte er drei Gestalten erspäht, die sich aus irgendeinem Schatten lösten und seine volle visuelle Aufmerksamkeit auf sich zogen. Drei Mädchen waren es. Für ihn nicht altersgemäß.

Aber die fehlenden Jahre machten sie mit dem Stil ihrer Kleidung leicht wieder wett. Konrads Beine fingen an zu zittern. An mehreren Stellen seines Körpers sonderte sich merkwürdiges Sekret ab.

Wie sollte er der Versuchung, über den Hof wie ein Sphärenschwingen herangetragen, nur widerstehen? Er spürte den kaum bezwingbaren Drang, in die Richtung der Mädchen loszukrabbeln. Auch wenn er den Verdacht nicht mehr belegen konnte, weil schon zu viele Akteure seiner komplexen Fortbewegungsmotorik sich ins Spiel gebracht hatten, so war er doch davon überzeugt, dass die Beine des *Anderen*, die in dem ganzen unnötigen Abenteuer, das er durchmachen musste, als erste die Anpassung vollzogen hatten, sich besonders ungebührlich zeigten. Mit ihrem Eigenleben, so dachte Konrad bitter, hatte überhaupt alles angefangen. Nun hatten wieder sie es besonders eilig, an den Ursprung ihrer aktuellen Versuchung zu gelangen.

Die verflixten Mädchen! Ihre Anwesenheit war für ihn eine große Herausforderung. Keine Frage, er war es gewohnt sich zu kontrollieren. Er hatte Ausdauer und Übung darin, seine Emotionen, selbst die Auswüchse eines mitunter heftigen banalen Verlangens, zumindest ansatzweise rational zu reflektieren. Ohne diese Fähigkeit zu Mäßigung und Selbstkontrolle hätte er es mit seinen jungen Jahren niemals zu einer gehobenen Stellung im Kaffeegeschäft gebracht. Er erinnerte sich nicht, selbst unter den Umständen einer extremen emotionalen Belastung, jemals den vollen Abstand zu dem Objekt einer heftigen Anregung eingebüßt zu haben.

Auch das war ihm nicht ganz verborgen geblieben, weder auf seinem Trip mit Rüdiger durch den Hamburger Puff noch mit Maria auf der Chaiselongue, dass der seine neue Gattungszugehörigkeit prägende biologische Trieb hemmungslos, uneingeschränkt und im Kern autistisch war. Fressen, saufen, paaren, putzen; setzte eines davon sich als drängendes Bedürfnis auf die Agenda, dann wurden klare Prioritäten gesetzt. Dann wurden alle anderen

Funktionen seines Daseins, die nicht der Aufrechterhaltung notwendiger Lebensfunktionen dienten, kurzerhand abgeschaltet. Es gab einfach keine Option mehr, den Mechanismus unter die Kontrolle zu bringen.

In diesem Punkt zweifellos unterschieden sich Fliege und Mensch. In seinem Kopf war er noch einigermaßen Mensch geblieben. Gleich würde womöglich die Fliege in ihm das Programm zur kulturellen Beherrschung des Triebhaften abschalten. Er würde für den Zeitraum einer kompletten Wirkungseinheit, während der es ihm nicht gelingen konnte, irgendeine Handlung mit einer Erinnerungsmarkierung zu versehen, dem Reich der Dunkelheit anheimfallen. Vor keinem Gericht der Welt würde er hernach schuldig zu sprechen sein, was immer auch während des Ausnahmezustandes geschehen war.

Unter dem wachsenden Druck in seinem Kopf spannte Konrad sich an. Er war fest entschlossen, sein Versteck zu verlassen und nach Fliegen Art auf Angriff zu gehen. In diesem Augenblick waren die Mädchen es wohl leid geworden, zu warten und zu frieren. Sie warfen ihre Zigarettenstummel weg und liefen, ihre nackten Oberarme mit den Händen reibend, übermütig kreischend auf den Eingang der Disco zu.

Nun sah Conrad seine Chance doch noch gekommen. Hurtig krabbelte er los in die Richtung, welche die Mädchen soeben für den Weiterweg freigegeben hatten, krabbelte vorbei an der Stelle, wo sie gerade vorhin gestanden hatten, und er setzte sogar noch schnell seine Flügel ein, um an das ersehnte Ziel zu gelangen, das zwar im Dunkeln lag, aber auch so allen Zauber verströmte, auf den er durch den Gestaltungsreichtum der Natur, dessen sich Horst Knippschild anmaßend bedient hatte, ansprechbar geworden war.

Jetzt war Konrad sich des dominanten Triebs bewusst geworden. Mülltonnen waren es, auf die er es abgesehen hatte. Die meisten waren bis zum Rand gefüllt. Ein paar standen offen. Auch gab es solche mit großem und solche mit einem geringeren Fassungsvermögen.

Wenn Konrad sich an einer der kleinen Mülltonnen aufrichtete, konnte er über ihren Öffnungsrand hinwegtasten. Einer ordentlichen Anstrengung danach bedurfte es noch, und er vermochte sich hochzudrücken. Langsam, ganz langsam überwand er, wie der Bergsteiger die gefürchtete Randkluft vor einer Eiswand, das Hindernis. Endlich dann machte es plumps, und er landete ganz oben auf dem herrlichen Haufen Unrat, den die Menschen unbedingt loswerden wollten.

Er war in einem Paradies angekommen. Denn mindestens ein Drittel des Inhaltes bestand aus angefaultem Obst, das aus der kleinen Küche neben der Disco entsorgt worden war. Schade, dass es ein durch die kalte Jahreszeit zurückgeschnittenes Paradies war.

Seit Mittag hatte Konrad nichts mehr gegessen. Jetzt vergaß er erst einmal die Welt und alle seine Probleme und tat sich einfach gütlich an der vorzüglichen, von den Konsumenten verschmähten Ware, die ihn mit ihrem betörenden Duft die ganze Zeit auf sich aufmerksam gemacht hatte. Wieder und wieder betätigte er sein Mundwerkzeug mit dem putzigen Rüsselchen, um seine Lieblingskost so aufzubereiten, dass sie ihm ihren vollen Nährwert zukommen ließ. Endlich fühlte er sich gesättigt und vielleicht auch schon ein wenig beschwipst. Zeit war es, sein kleines Eldorado näher in Augenschein zu nehmen.

Die sinnlichen Reize, die während seines Aufenthaltes hinter dem Busch auf ihn eingewirkt hatten, waren durch die Sättigung doch noch nicht ganz befriedigt worden. Er hatte üppig Mahlzeit gehalten, das stimmte schon. Doch war er sich dabei erst nur des einen Triebs bewusst geworden. Oh, lernte er doch auch den anderen kennen.

Dieser andere, der während der guten Mahlzeit überlagert war und abgeschlagen auf Platz zwei an der Aufmerksamkeitsschwelle abgedrängt verblieb, brachte sich nun wieder verstärkt zur Geltung und erzeugte bei Konrad nach und nach eine große Aufgeregtheit.

Die neuerliche Reizwirkung ging von kleinen wendigen Flugkörpern aus, die aus dem Inneren der Mülltonne wie aus dem Nichts auftauchten und eine Weile emsig im Raum herumschwirrten, bevor sie wieder irgendwohin verschwanden.

Gleich am Anfang, als er auf das Obst geplumpst war, hatte Konrad ein kleines Wölkchen davon aufgescheucht und in heftige Turbulenz versetzt. Er bedurfte keiner intellektuellen Lehrstunde, um sich über seine gesellige Umgebung klar zu werden. *Willkommen im Club*, hätte er sich am liebsten selbst zugerufen. Denn selbstverständlich hatte er seine neuen Artgenossen sofort erkannt. Drosophila Melanogaster eben - das Zielobjekt einer außergewöhnlichen Gattungssehnsucht, die in ihm zur Wucherung gebracht worden war und erst Halt machen würde, wenn er wirklich angekommen war. Allerdings nur für die Hälfte seiner neuen Kameraden interessierte er sich wirklich, nämlich für die Weibchen.

Wieder einmal schwirrte eines davon um ihn herum. Oh Gott, eine wahre Pheromonschleuder und dazu ein Prachtexemplar ihrer Art, das in Verwirrung darüber geriet, auf welche Begegnung es sich einzulassen im Begriffe stand; mal floh, dann wieder trudelte es zurück, und schließlich verschwand es resigniert in tieferen Lagen des faulenden Obstes, um doch noch etwas vom Abend und von der kostbaren kurzen Lebenszeit zu haben.

Es hatte wenig Sinn, so sagte sich Konrad, länger zu bleiben und sich doch nur zu eigener Qual zu verdammen. Er war im Niemandsland angekommen. Er steckte in der Übergangszone fest. Das hatte er zu akzeptieren. Für die Menschenweibchen hatte er das Interesse bereits verloren. Die Drosophila-Weibchen wiederum, die ihn mittlerweile heftig animierten, waren ihm vorläufig unerreichbar für eine nur halbwegs befriedigende Penetration, wie immer sein Werkzeug durch die fortgeschrittene Metamorphose

jetzt beschaffen sein mochte. Für feinere sexuelle Kultur-
techniken war er überhaupt schon nicht mehr gestimmt.
Selbst die Fantasie war ausgeschaltet und in eine öde
Blackbox verbannt worden.

Konrad, der nur schwer von dem Biotop loskam, in dem
er vielleicht schon bald seine neue Heimat finden würde,
gedachte die Situation zu nutzen, solange ihm die gewohnte Gehirntätigkeit noch erhalten blieb - die zweifellos
letzte verbliebene Bastion gegen den unvermeidlichen Gat-
tungssprung -, um das wichtige Thema zu durchdenken
und vollkommen mit sich darüber ins Reine zu kommen,
was er im Hinblick auf seine erotischen Ansprüche, die
ihm immer viel bedeutet hatten, verlieren würde und was
er demgegenüber, wenn er einmal in seinem neuen Freundeskreis voll funktionsfähig war, dafür eintauschen
würde.

Die Umstellung auf ein neues Nahrungsangebot und
der Verzicht auf komplizierte Tischsitten war ihm vergleichsweise leicht gefallen. Dieser positive Lernprozess
musste nicht zwangsläufig auf andere Bereiche ausstrah-
len.

Zweifellos würde Sex eine noch größere Bedeutung für
ihn haben als bisher. Das bekam er doch schon hier in der
Mülltonne mit, dass seine männlichen Artgenossen, vom
Fressen abgesehen, auf nichts anderes aus waren als auf
das Eine. Mit seinen Erinnerungen an den Biologieunter-
richt konnte er seine augenblickliche Feldforschung, die
nun alles andere als geplant war, zusätzlich bestätigen.
Wenn er noch sein Wissen darum, - sein verschrobener
Biolehrer mit dem abartigen Interesse an Drosophila hatte
diese wichtige empirische Tatsache nicht oft genug betonen können -, dass die Besteigung eines Weibchens bis zu
zwanzig Minuten dauerte, in eine Gesamtwertung ein-
brachte, dann sollte ihn das Resultat erst einmal zuversichtlich stimmen. Gemessen an der Lebenszeit von wenigen Wochen war *das Eine* für eine Fruchtfliege ohne Zweifel ein Topthema. Ob in seinem Sonderfall einer

transgenen Umschöpfung auch die enttäuschend kurze Lebensdauer seiner Ziel-Gattung Relevanz bekäme, darüber wollte er jetzt aber nicht nachdenken.

Er würde auch auf eine orale Komponente nicht verzichten müssen. Um für diese Perspektive des sexuellen Praktizierens in seinem neuen Kosmos ein Gespür zu bekommen, reichte unter den gerade gegebenen Umständen die provisorische Überprüfung seiner Wünsche aus, wenn wieder mal ein Weibchen mit mehr oder weniger eindeutigen Absichten vorbeisegelte, was immer häufiger geschah und seinen Verdacht nährte, seine Anwesenheit habe sich bereits herumgesprochen. Er kam jedenfalls alles in allem, von seiner Ausgangslage als Menschenmännchen her betrachtet, nicht in die Diaspora. Soweit so gut.

Dennoch würde der Vorgang, sooft er sich auch abspielte und durch eine immer wieder wechselnde Partnerin belebt wurde, ziemlich stereotyp bleiben. Es verbliebe ihm kaum die Freiheit, aus dem ewig gleichen und selbstähnlichen Begattungsmuster auszusteigen und es zu variieren.

Was er überhaupt jetzt schon vermisste, das war neben dem wunderbaren Gefühl einer zärtlichen Verliebtheit, die er bei Mechtild, vor allem aber bei Maria kennengelernt hatte und gern in eine Beziehung mit Tanja eingebracht hätte, die anregende Fantasiearbeit, die den Kopf mit einem Eigenleben füllte, welches das reale Geschehen eines Schäferstündchens oftmals überbot und es mit einer zusätzlichen Würze ausstattete. In seiner neuen Identität war auf jeden Fall Schluss mit dieser Art von Kino.

Konrad hatte erst einmal genug von dem neuen Milieu, dem er in Zukunft angehören sollte. Es schien ihm ratsam, sich bald auf den Rückweg zu konzentrieren. Ganz und gar ungewohnt war es für ihn, die steile Mülltonnenverkleidung mit dem Kopf voraus hinabzuklettern. Doch funktionierte die Akrobatik erstaunlich gut. Dass seine Gliedmaßen derart fest an der glatten Unterlage hafteten und aller Schwerkraftwirkung zuverlässig trotzten, das wurde an diesem Abend für ihn zu einer ganz neuen Erfahrung. War die Zahl seiner Leidenschaften fürderhin auch auf zwei begrenzt, wie seine vorherigen Überlegungen ergeben hatten, so mochte es doch sein, dass das abwechslungsreiche Abenteuer einer vielseitigen Fortbewegung ihn für den Verlust in der anderen Sache ein wenig entschädigte.

Ohne weitere Vorkommnisse erreichte er seine Wohnung. Sogleich machte er sich über das E-Mail-Konto her und bediente sich, obgleich er keine Hände mehr hatte, zur besseren Handhabung der Gerätschaften der soeben erlebten Haftwirkung seiner Extremitäten. Was in der einen Dimension gut war, nämlich mit dem, was einmal seine Arme gewesen waren, fest an einer Oberfläche zu haften, ließ sich auch in einer anderen Dimension nutzen; ein Holzstab, der sich quasi als Verlängerung an den Vorderbeinen, die einmal seine Arme gewesen waren, anhaften und zur geschickteren Bedienung der Tastatur verwenden ließ. Er war zufrieden mit der zielstrebig herbeigeführten Erleichterung.

Sandra schrieb ihm, dass sie heute nicht mehr vorbeischauen würde. Sie habe alle Hände voll zu tun, die verstörten Eltern zu beruhigen und sie von jedwedem Verdacht abzubringen, das Gesehene und Erlebte könnte etwas mit ihrem lieben Konrad zu tun haben. Morgen Mittag würde sie wieder nach ihm sehen und Obst mitbringen. Sie hoffe, er würde bis dahin nicht zu sehr Hunger leiden. *Ehrlich, Conny,* so schrieb sie abschließend, *ich habe schon bessere Ideen von dir erlebt als die, in deiner jetzigen Verfassung hier vor dem Haus aufzukreuzen. Mach's gut. Sandra.*

Da war noch eine Nachricht. Sie war von Tanja gekommen. Konrad war ganz aufgeregt, als er sie öffnete:

Meine Gespräche waren vergeblich. Wir werden nun aufs Ganze gehen, weil es höchste Zeit geworden ist. Morgen früh hole ich dich mit dem Auto ab. Ich denke, die Chancen stehen gut, dass wir Erfolg haben. Tanja.

Als Konrad diese Nachricht gelesen hatte, geriet seine Stimmung aus der ersten Tageshälfte, die noch um eine demütige Schicksalsakzeptanz gerungen hatte, in Bedrängnis. Er hatte wohl doch noch eine Chance befreit zu werden. Das stand schwarz auf weiß in Tanjas E-Mail.

Seine Verzagtheit war vielleicht voreilig gewesen. Ein Aufenthalt in Mülltonnen war sicher auf Dauer doch nichts für ihn. Tanja zeigte sich zuversichtlich für seinen persönlichen Gattungserhalt. Sie musste wissen, wovon sie schrieb.

Es gab noch eine Hoffnung! Das war jetzt entscheidend. Sie würde ganz zuletzt sterben, so, wie das Drehbuch des Lebens es auch vorsah.

13

Als Konrad am nächsten Tag erwachte, erschrak er heftig. Denn geradewegs starrte er in das Gesicht einer Stubenfliege. Der Anblick flößte ihm Furcht ein, obwohl ihm diese Art von Augen ja nicht mehr neu war. Wenn er die Proportionen richtig abschätzte, dann musste er in der Nacht noch einmal um die 10 cm geschrumpft sein. Er konnte sich nicht helfen, aber er empfand den Gesichtsausdruck seines Gegenübers als bösartig. Deshalb war er auch erleichtert, als die große Verwandte plötzlich davonflog, wenngleich sie ihm, so wie die Gegebenheiten zur Zeit lagen, ernstlich noch nichts anhaben konnte.

Tanja traf schon früh bei ihm ein. Diesmal zeigte sie sich überrascht von dem Voranschreiten der körperlichen Entwicklung seit ihrer letzten Begegnung. Noch unter dem Eindruck stehend, welchen das vis-à-vis mit der Stubenfliege bei ihm hervorgerufen hatte, strengte sich Konrad an, Zutraulichkeit in seinen Blick zu legen, und in seiner Haltung wollte er nicht zu verkrampft erscheinen, um allen Chitin-bedingten Verhärtungen zum Trotz den angenehmen Eindruck seiner Persönlichkeit gegenüber Tanja zu unterstreichen. Dabei wurde er sich indes der einge-schränkten Möglichkeiten und der engen Grenzen be-wusst, sich mittels Mimik und Körpersprache noch mitteilen zu können. Überhaupt war für das, was er als Konver-sation zu bestreiten einmal gewohnt gewesen war, auf sei-ner Seite nicht mehr viel Begabung vorhanden.

Auf keinen Fall konnte Tanja mit seinen stimmlichen Ausdrucksmöglichkeiten noch irgendetwas anfangen. Er seinerseits konnte sie akustisch durchaus verstehen, was sie zumindest ahnen musste, denn sie machte ausgiebig davon Gebrauch ihn anzusprechen, wenn es dringlich wurde, eine Abstimmung der Handlungen herbeizuführen.

Dabei blickte sie ihn fest an. Und sie wartete ab, wenn sie eine Frage gestellt hatte, welche Zeichen er ihr geben würde. Schon bald hatten sie gemeinsam herausgefunden, dass ein Anheben des linken Fühlers ein *Nein*, eine solche Bewegung beim rechten Fühler hingegen ein *Ja* zu bedeu-ten hatte.

Als diese gattungsübergreifende Kooperation gelungen war, hätte Konrad am liebsten fröhlich gelacht oder zumin-dest froh gelächelt. Aber natürlich ging das nicht mehr. Jedenfalls hatten sie eine Abstimmung ihres gemeinsamen Vorgehens erreicht, das dem Erfolg ihres Unternehmens nur dienlich sein konnte.

Bald war es Zeit aufzubrechen. Tanja beförderte ihn kurzerhand auf den Beifahrersitz ihres Autos und brauste los. Als sie die Klinik erreichten, war Konrad vollkommen gelöst. Die emotionale Belastung, die damit verbunden war, dass es für ihn heute um Alles oder Nichts ging, war verarbeitet und löste sich auf in einem Grundstrom von Gelassenheit, der sich mit den Handlungsabsichten ver-bunden hatte, entweder um den Erfolg zu befördern oder um sich dem Unabänderlichen unerschrocken zu stellen.

Durch einen versteckten Nebeneingang gelangten sie unentdeckt ins Gebäude. Auch auf ihrem Weiterweg wusste Tanja es so geschickt einzurichten, dass sie beide unter sich blieben. Sie traten, nachdem Tanja sich vergewissert hatte, dass er menschenleer war, in einen Fahrstuhl, wo sie einen unter einer Manschette verborgenen Knopf drückte.

In schneller Fahrt und ohne eine einzige Unterbrechung ging es daraufhin aufwärts. Konrad wollte es kaum fassen, wie gewaltig hoch doch das Klinikgebäude sein musste, wenn die Aufwärtsbewegung schier kein Ende nahm. Vielleicht hatte sich aber auch schon sein Zeitempfinden verändert. Endlich war ihr Ziel erreicht. Die Fahrstuhltür öffnete sich, und sie betraten einen weiten, lichten Raum. So sehr war die großzügige Etage von Helligkeit durchflutet, dass Konrad eine Zeitlang wie geblendet war.

Tanja streichelte zärtlich seine Flügel, bevor sie ihn sanft in die vorgesehene Richtung anschob.

„Komm jetzt, Konrad, du beginnst hier die wichtigste Reise in deinem Leben, und tausend Erwartungen begleiten dich, dass sie dir zu deiner vollen Zufriedenheit gelingt. Komm also nur her. Wir sollten jetzt nicht länger säumen."

Folgsam krabbelte Konrad los in die Richtung, die ihm angewiesen worden war. So weiß, so rein, hatte er noch niemals ein Gebäude in seinem Inneren angetroffen. Er war überwältigt von der Supersymmetrie der überschaubaren Strukturen. Hatten sie wohl eine Wand erreicht? Er erkannte es nicht. Er bemerkte aber, dass Tanja stehen geblieben war. Fragend hob er seinen Kopf, um sie anzusehen. War hier also das Labor des Biologen? Hatte von hier aus das Böse die Steuerung seines Lebens an sich gerissen und ihm die atavistische Wende aufgezwungen?

Tanja lächelte ihm aufmunternd zu. Und wortlos zugleich griff sie mit den Händen über ihren Kopf. Dort zog sie, wahrlich, sie zog mit einem übermütigen Schwung einen makellos weißen und in der Mitte geteilten Vorhang auseinander, der ihm nicht aufgefallen war und hinter dem eine verborgene weiße Tür zum Vorschein kam. Achtungsvoll blickte Konrad in die Höhe, um die schmale glitzernde Pforte, die bis in den Himmel hineinzuragen schien, soweit mit seinem Blick zu verfolgen, wie das überhaupt nur möglich war.

Da entdeckte er auf einmal einen Schriftzug. Mit greller roter Farbe war er ausgeführt worden. Zunächst kamen ihm die Zeichen wie Hieroglyphen vor. Wie er mit seinen Augen aber nicht davon abließ, schienen sie näher zu rücken, größer zu werden und schärfer zu Tage zu treten. Und siehe da, nach einer Weile vermochte er die Hieroglyphen tatsächlich zu entschlüsseln.

WANN HAT GOTT MICH GEMACHT?

Diese Frage notierte in Großbuchstaben über dem Vierzeiler, der deutlich abgehoben darunter stand:

In den Tiefen der Nacht,
Als er längst nicht mehr sah,
Was am Werkstück geschah,
Da hat Gott mich gemacht.

War das möglich, er konnte wieder lesen? Hatte die Rückbildung hin zu seiner ersten Natur bereits eingesetzt? Demnach hätte Tanja Wort gehalten und er konnte seiner baldigen Erlösung zuversichtlich entgegenschauen.

Wie Konrad aber noch ein Mehr an Zuversicht in sich aufnahm und auch darüber nachsann, was der Spruch bedeuten mochte, öffnete sich die hohe Pforte eine Handbreit.

Liebevoll streichelte Tanja seine Flügel ein weiteres Mal und zupfte zärtlich an seinen Schwingkölbchen.

„Den letzten Teil deines Weges, Konrad, musst du allein gehen. Jeder ist ihn bisher allein gegangen. Sieh nur hin, mit welcher Freude sie dich empfangen.“

Da aber sprang die Pforte vollends auf, und alles, was er erblickte und vernahm, ließ Konrad sogleich erstaunen. Leise wisperte es aus den Tiefen des geheimnisvollen Raumes. Nicht lange, und ein helles Summen und tiefes Brummen, wie von einer lieblichen Sommerwiese kommend, erfüllte sein Gehör. Eine Vielzahl faseriger Gliedmaßen tastete unbeholfen in der Luft durcheinander und wollte über die Schwelle der Pforte hinausgreifen. Das war ihnen durch das Wirken einer unsichtbaren Kraft aber verwehrt. Deshalb variierten sie ihre Bewegung, und das hatte ganz den Anschein, als winkten sie dem Besucher zu.

„Bis hierher sind sie alle gekommen, Konrad", sagte Tanja. „Doch gleich schon haben sie dir nichts mehr voraus. Du bist jetzt endlich angekommen."

Noch einmal sah Konrad Tanja fragend an. Für einen kurzen Moment und zum allerletzten Mal war er beeindruckt von ihren wunderschönen Rehaugen, in denen ein tiefes Vertrauen und ein stilles Begehren in ihm ihre tiefe Rechtfertigung gefunden zu haben glaubten. Tanja hatte ihm noch etwas zu sagen. Angestrengt lauschte er ihren Worten, um bloß keines davon zu verpassen.

„Alle Kreatur", flüsterte Tanja ihm zu, „ist festgemacht als Knospe im Stammbaum des Lebens. Wie Kerzen an einem Weihnachtsbaum hat jedes Exemplar darin seinen festen Platz. Ist es denn so wichtig, auf welcher Etage du wohnst? Musst du dich dafür interessieren, ob noch dieser über dir und jener unter dir und welcher von beiden dir am nächsten steht? Bis in die erstaunlichsten Verästelungen hinein sind die Formen des Lebens aus den Tiefen der Zeit ausgewuchert, und jedes gewordene Stück gehört dazu. Nur im Ganzen leuchtet das Licht der Schöpfung, so, wie der Weihnachtsbaum seine Strahlkraft von der Gesamtheit seiner Lichter erhält. Schicke dich drein, Konrad, in das Abenteuer einer Reise, auf der das Märchen vom *Kalif Storch* wahr geworden ist."

Mit diesen Worten zog sich Tanja langsam zurück. Konrad bemerkte das mit seinen wunderbaren Augen und wollte das geliebte Wesen zurückhalten. Doch die Kameraden ließen das nicht zu. Sie verstärkten ihr Summen und Brummen. Sie steigerten die Bewegung ihrer Gliedmaßen. Manche gar richteten sich mit ihren Körpern auf, obwohl es ihnen schwer fiel.

Als er aber davon Zeuge wurde, mit welcher Wertschätzung er empfangen wurde, ergriff Konrad eine große

Rührung. Er vergaß, warum er hergekommen war. So, wie er bereits vergessen hatte, wie Mechthild aussah. Selbst daran, wie Maria aussah, erinnerte er sich nicht mehr. Das war doch alles gar nicht mehr wichtig.

Ein völlig neuartiges Zugehörigkeits- und Gemeinschaftsgefühl erfüllte ihn hingegen und ließ ihn wissen, dass er nunmehr seine Bestimmung unverfälscht gefunden hatte. Mit all den Evolutionskameraden, die hinter der Pforte seiner harrten, fühlte er sich von jetzt an auf ewig verbunden. Alle waren sie einzigartig. Jeder von ihnen erfüllte seinen besonderen Zweck.

Noch einmal blickte Konrad zurück, ohne dafür seinen Kopf wenden zu müssen. Gleichmütig sah er noch zu, wie sich für Tanja an der gegenüberliegenden Wand eine Tür geöffnet hatte. Er erkannte den Professor, der ihr die Hand reichte. Er sah Gloria Meyer, die am anderen Arm des Professors untergehakt war. Ach, sollten sie nur ihrer Wege gehen.

Heiter und gelöst ließ sich Konrad über die Schwelle der hohen Pforte fallen. Sanft fingen die neuen Kameraden ihn auf. Ein großer Hirschkäfer, der ihm am nächsten stand, brummte gutmütig, als er Konrad mit seinen Fühlern streichelte und dabei sorgsam Acht gab, den neuen Freund mit den gewaltigen Zangen nicht zu verletzen.

Noch eine kleine Anstrengung wurde ihm abverlangt; jetzt war die Schwelle überschritten. Ein allgemeines Raunen, das dem Beifall eines Theaterpublikums gleichkam, entlohnte Konrad für sein Bemühen und erfüllte ihn zugleich mit großem Stolz. Heftig schlugen seine Beine aus und gaben Kunde von einer weiteren Überraschung. Er wusste auf einmal um etwas Kostbares weiter hinten, in den Tiefen des Raumes, den er sich erst noch erschließen musste. Eine weibliche Drosophila. Seine neue Königin. Untrüglich hatte sie sich ihm zu erkennen gegeben. Endlich! Jetzt hatte er bestimmt eine gefunden, die zu ihm passte und zu eindringlichen Zwecken auf ihn wartete.

Konrad war unendlich glücklich gestimmt, wie er das in der Intensität noch niemals empfunden hatte, als er sich an den vielen unterschiedlichen Leibern und konträren Persönlichkeiten vorbei auf den Weg machte. Er bemerkte gar nicht mehr, dass sich die Pforte hinter ihm und all den anderen Begnadeten wieder schloss. Nur die Helligkeit fiel ihm auf, die sich schließlich so weit steigerte, dass sie von der vollkommenen Dunkelheit, in die er fiel, rein gar nicht zu unterscheiden war.

14

Ein großes Aufsehen hatte der Fall Konrad Keller in jenem Sommer weit über die Hansestadt hinaus gemacht. Zu absurd schien das Ereignis, als dass man es im beschaulichen Bürgeralltag als eine realistische Offenbarung auch der wankelmütigsten Schicksalsgottheit in Erwägung ziehen wollte. Zu bizarr gab sich die dramatische Regie, als dass sie nicht sofort der naheliegende Einwand ad absurdum führen wollte: *Das gibt es doch gar nicht.*

Wissenschaft und Technik, zugegebenermaßen, waren auf ein Entwicklungsniveau hinaufkatapultiert worden, dass dem biederen Zeitgenossen davon nur schwindlig werden konnte, wenn er sich denn unvoreingenommen auf ein Durchdenken von Risiken, Gefahren und Unwägbarkeiten einließ, was übrigens auch dadurch erschwert war, dass die unbedarfte Menge immerzu auf die verlockenden Chancen angesprochen wurde, die der Menschheit aus der Anwendung neuer Erkenntnisse und aus jedem neuen Vorstoß in unbekannte Gefilde der Wissenschaft angeblich erwüchse.

Während darüber geredet, geschrieben und philosophiert wurde, als könnte irgendjemand maßgeblichen Einfluss nehmen auf den Verlauf der Dinge, wurden die Dinge doch einfach gemacht, die machbar waren. Da machten sie gar nicht viel Aufhebens davon. Von Station zu Station

walzte der ganze Fortschritt die praktischen und morali-schen Schwellen nieder, die ihm kurz zuvor noch entge-gengestanden hatten und von denen man hatte glauben wollen, dass sie unverrückbar seien. Wer kam bei dem atemberaubenden Tempo denn überhaupt noch mit?

Den Mond haben sie ja schon vor langer Zeit betreten. Mittlerweile las man von Projekten, ihn demnächst zu ko-lonisieren. Dem Mars, obwohl tausendmal weiter entfernt, tausendmal schwieriger zu erreichen und auch wieder zu verlassen, drohte ein ähnliches Schicksal.

Eine pure Expansionsideologie für das menschliche Ge-nom, das stand dahinter, das war das doch. Und kein Land der Erde, wenn es bloß von der Größe des Bodensees war, wollte bei dem großen Wettlauf außen vorbleiben und darauf verzichten, seinen Platz in dem ganzen Sonnensys-tem zu verbessern.

Nun haben sie sich allerdings geschnitten mit ihrer An-nahme, dass die kostspielige Tonnen-Ideologie für den sensiblen Nahbereich der Erde auf immerdar folgenlos bliebe für die arglosen Bewohner des blauen Planeten. Nun haben sie sie endlich bekommen, völlig unerwartet, die ge-lungene Probe auf ein Exempel, das der Zufall mit viel Liebe zum Detail spektakulär arrangiert hatte. Pech und nochmal Pech für alle Beschwichtiger.

Dass ein Mensch durch herabfallende Trümmer aus dem erdnahen Weltraum zu Schaden gekommen war, dass es also doch möglich war, dass all der Schrott, der, zu wel-chen dubiosen Zwecken auch immer, über unser aller Köpfe angesammelt wurde, bei einem ungünstigen Walten des Zufalls einem Menschen zum Verhängnis wurde, das ging den Zeitgenossen sehr, sehr nahe.

Man hoffte und man bangte um den jungen Mann, im-merhin das erste nachgewiesene Opfer eines orbitalen Fall-Out, dessen Leben zwar gerettet werden konnte, der aber durch den Verlust seiner Beine lebenslang ein Krüp-pel sein würde. Bis die gespannte Erwartung von Neuig-keiten allmählich dann doch nachließ und das Interesse

an dem winzigen Schicksal erlahmte, weil es schwer war, die mit dem Eifer des Mitempfindens verbundenen Gefühle bei sich am Leben zu halten, wenn tatsächlich in der Angelegenheit sich nichts Neues einstellte und aus dem Orbit danach auch nichts Besonderes mehr nachgeschickt wurde.

Dann geriet die öffentliche Meinung erneut in eine Aufregung hinein, als darüber berichtet wurde, einer der versiertesten Chirurgen Hamburgs habe das Unglaubliche gewagt, dem tapferen jungen Mann Beine eines Spenders zu transplantieren. Auch das hatte es bis dahin noch nicht gegeben, jedenfalls hatte man davon noch nichts gehört oder gelesen. Ach ja, in Spanien war so etwas mal gewesen. Erst als die komplizierte Operation längst erfolgreich abgeschlossen war und der junge Mann seine neuen Gliedmaßen bereits vorsichtig zu gebrauchen gelernt hatte, wurde die Öffentlichkeit informiert. Noch einmal wurde Konrads Schicksal zur Sensation stilisiert. Mit der Entlassung des bald erstaunlich mobilen Patienten wartete die Klinik allerdings ab, bis an der Medienfront einigermaßen Ruhe eingekehrt war.

Konrads aufregendes Daseinslos war von der veröffentlichten Meinung verarbeitet. Der junge Mann, so erfuhr man gelegentlich in kurzen Meldungen, lebte sein Leben, hatte irgendwann sogar eine Arbeit in einem nicht gerade besonders gut beleumdeten Unternehmen gefunden und stärker als zuvor die Geborgenheit in seinem Elternhaus gesucht. Mit seinen Beziehungen zu Frauen war es wohl schwierig geworden, wie man zwischen den Zeilen lesen wollte. Als gutaussehender Mann in einer renommierten Branche hatte er vor seinem Schicksalsschlag bei dem weiblichen Geschlecht niemals etwas anbrennen lassen. Die Schmierenpresse kann es ja nicht lassen, genüsslich im Vorleben auch von solchen Menschen zu stöbern, die es schwer getroffen hat. Nun ja, was war darüber zu spekulieren. Der Unglückliche schirmte sich doch auch sehr ab. Und wie sollte man Kontakt-Schwierigkeiten nach

einem so einschneidenden Wechsel der Lebensumstände auch nicht verstehen. Die junge Frau, die das Furchtbare miterlebt hatte, würde vielleicht ihr Leben lang an dem Trauma leiden. Eine zweite Freundin des Unglücklichen hatten Journalisten in Amerika ausfindig gemacht. Sie hatten zuvor aus Konrad Keller das Eingeständnis herausgelockt, er würde sie furchtbar gern noch einmal wiedersehen. Nun, nach der Erfüllung dieses innigen Wunsches sah es ganz bestimmt nicht aus. Mochte auch sein, dass auch jede andere Frau eher fürchtete, an der Seite von so einem Unglücksraben nicht unbedingt gut aufgehoben zu sein.

Mehr als zwei Jahre waren irgendwann seit dem Unfall verstrichen. Wie schnelllebig auch die Zeit geworden war. Wer konnte da noch mithalten? Aber Konrad Keller? Der Name war durchaus noch nicht vergessen. Was sollte mit ihm sein?

Die Nachricht kam wie ein Blitz aus heiterem Himmel: Das fremde Gewebe wurde auf einmal nicht mehr vertragen. Die fremden Beine mussten dem jungen Mann wieder abgenommen werden. Da war sogar dringende Eile geboten. Noch in der Ohnmacht direkt auf den Operationstisch. Derselbe Professor. Aber beim Abnehmen der Gliedmaßen fehlte ihm augenscheinlich die Fortune wie bei der Transplantation. Es herrschte Fassungslosigkeit. So viel erlitten! Von so großen Hoffnungen getragen! Alles umsonst? Alles umsonst! Doch damit nicht genug.

Die Nachrichten überstürzten sich. Von einem schweren Wundfieber wurde geschrieben. Komplikationen verschiedener Art hatten sich angeblich blitzschnell zusammengefunden. Die Nachricht von Konrads Tod wirkte für manchen wie ein Schock. Und jede kleine Information musste der Klinikleitung gewissermaßen aus der Nase gezogen werden. Wie so was denn bitte schön passieren konnte. Skandalös. Was glaubten die, worauf die Öffentlichkeit einen Anspruch hatte. Aber die vom Hamburger Abendblatt ließen nicht so schnell locker. Dass die Agnes-

Klinik schon vor fünfzehn Jahren einmal ins Gerede gekommen war, das griffen sie wieder auf. Nein, nichts mit
mangelnder Hygiene, Pfuscherei oder dergleichen. Eher im
Gegenteil: Die waren erstklassig in der Transplantations-
Chirurgie. Doch um Transplantate war es gegangen. Un-
regelmäßigkeiten oder Nachlässigkeiten. Etwas in der
Richtung. Man hatte seinerzeit nichts Verwertbares ermit-
teln können, obwohl sogar eine Untersuchung der Behörden stattfand. Vielleicht wollte das Blatt nur seine Scharte
von damals auswetzen. Immerhin, diesmal konnten sie die
Besorgnisse der Angehörigen ins Feld führen. Der Vater
von Konrad Keller behielt sich rechtliche Schritte vor, als
Anwalt war er da bestimmt ernst zu nehmen. Doch, etwas
Neues kam jetzt schon ans Licht. In der Firma, bei der der
unglückliche Konrad Keller in Lohn und Brot gekommen
war, steckte auch Kapital von dem Chirurgen des Welt-
raum-Opfers. Ein Professor investiert ins Erotik-Gewerbe.
Nicht schön. Schmuddelig. Wenn das wenigstens mal alles
wäre, was es heutzutage an unmoralischem Verhalten be-
günstigter Eliten gab. Die Brücke zu den dubiosen Vorwürfen in der Transplantationsgeschichte konnten die
vom Abendblatt trotz ihrer Hartnäckigkeit wieder einmal
nicht schlagen; ganz zu schweigen davon, dass der plötzliche tragische Tod des berühmten Patienten in den Zusammenhang ganz bestimmt nicht hereinpasste.

Man musste das wohl akzeptieren, dass inmitten der
Triumpfe des medizinischen Fortschritts im Einzelfall
auch schon mal die Routineversorgung nach einem Ein-
griff einen Patienten ins Jenseits beförderte. Von außen war
das sowieso nicht zu beurteilen, wie ein Organismus mit
so ungewöhnlichen Strapazen überhaupt zurechtkäme.
Die Schwester des verstorbenen Konrad Keller hatte nach
Aufkommen der Vorwürfe gegen die Klinik ein Interview
gegeben. Dabei war sie zuerst weit vorgeprescht und hatte
nicht nur in dasselbe Horn von dubioser Organvergabe gestoßen, sondern noch dazu Andeutungen gemacht, man
würde sich genetischer Manipulationen des Spenderguts

bedienen, um die Perspektive der Transplantation menschlicher Gliedmaßen zu verbessern. Einiges Kopfschütteln hatte es heraufbeschworen, dass sie auf den Bruder des Chirurgen, einen erfolgreichen Genetiker, ein schlechtes Licht werfen wollte. Letzten Endes musste sie aber zugeben, dass ihre Darstellung auf Äußerungen des eigenen Bruders begründet sei, die aus einer Zeit stammten, als die Gefahr eines Scheiterns des ganzen Transplantations-Projekts bereits vor den Horizont heraufgezogen war. Einmal auf dem Rückzug mit ihrer Urteilsschärfe, räumte die junge Frau auf die zielgerichteten Fragen der Reporter ein, dass ihr Bruder Konrad sich nach seinem Unfall in seinen Gewohnheiten und mit seiner Lebensauffassung überhaupt stark verändert hatte. Mit seinen transplantierten Beinen, obgleich sie ihm doch ein relativ großes Maß an Bewegungsfreiheit sicherten, hatte er sich seelisch nicht in Einklang bringen können. Sandra Keller berichtete von der anfänglichen großen Erleichterung ihrer ganzen Familie, die dann zunehmender Ernüchterung gewichen sei, als der leidgeprüfte Sohn im Geistigen nicht die Lebensqualität erlangen konnte, wie man das von der physischen Seite hätte erwarten können, jedenfalls bis zur Wende im klinischen Befund. *Die ganze Zeit,* so ihr Fazit, *ist für uns alle ein Wechselbad der Gefühle gewesen.*

Den Schlusspunkt in dem Drama Konrad Keller hatte dann aber Tanja Krämer gesetzt, eine Krankenschwester, die den jungen Mann im Laufe seiner wechselvollen Leidensgeschichte mehrfach betreut hatte und auch in der Schlussphase dabei gewesen war, als alle Anstrengungen der Lebenserhaltung scheiterten. Auch diese Frau war in den Fokus der Medien geraten. Oh nein, sie hatte sich trotz einer gewissen Zudringlichkeit der wissbegierigen Reporter nicht dazu hergegeben, gegen ihre Schweigepflicht zu verstoßen. Doch jeder spürte ihre Anteilnahme, als sie versicherte, wie sehr ihre Zeugenschaft beim Tod von Konrad Keller ihrer Berufs- und Lebenserfahrung einen Reifeschub gegeben habe. Wenn vielen Zeitungslesern auch ohne die Nennung weiterer Details eine Ahnung entstand, wie dramatisch die letzten Stunden im Leben von Konrad Keller gewesen sein mochten, dann entstieg sie den ergreifenden Formulierungen von Krankenschwester Tanja. *Doch es bleibt,* so meinte sie, *ein furchtbares Gefühl, das man in meinem Beruf niemals ganz unterdrücken kann, dass man sich doch niemals wirklich sicher sein kann, wann ein Mensch wirklich tot ist und dass man überhaupt nichts darüber weiß, was so eine Persönlichkeit in ihrem Kopf noch alles erleben kann und welche Impulse ihr Verstand dafür aus der Umgebung noch aufzunehmen in der Lage ist, bis auch restlos und unwiderruflich das Einzigartige verbraucht ist, das man gemeinhin das Leben nennt.*

Ende